漫遊與獨舞

九〇年代台灣女性散文論集

應鳳凰／編

目次

簡媜《天涯海角》中的歷史書寫與雙重認同

陳瀅州*

摘要

歷來探討簡媜的文學成就，主要專注在自傳體、女性書寫、詩化語言、修辭技巧等方面的分析，論者們已談論了不少。相對於先前的作品，有關《天涯海角》的評論卻是另闢蹊徑，紛紛轉向探究這部散文集中具足的歷史感，無論是躍然紙上的家國歷史，抑或迂迴曲折的簡氏家族史。例如方杞譽之為「開創現代散文領域罕見的史傳式長文」，何寄澎稱之為「『史詩』式的文本」，在在強調其散文承載歷史的成功。這樣一部「歷史散文」所引發的問題，焦點不應單單放在創新的重要性上，而是背後所隱含的深層意義。是故，筆者想要提問的是：何以散文能夠呈現出如大河小說中所鋪陳推展的歷史縱深？何以簡媜執意使用散文來負載歷史的深沉？另一方面，在書寫歷史的過程中，作者又不時透露出身分認同的思索，為何一位「本省」作家對於本土基本教義派的「血統純正說」感到焦慮不安？

本文以三個部分來談《天涯海角》中的歷史書寫。首先，藉由簡氏散文中的跨文類現象，亦即其融合詩與小說的技巧，積極進行實驗，開展更為自由的散文。因此，《天涯海角》能以散文擔負書寫歷史之機能，能夠很順利地開展。其次，實際放到具體篇章〈朝露〉來觀察，除了情節鋪陳、虛實相掩、人物對比等成功地突顯出歷史散文的優點外，簡媜更觀照到最基層的平民百姓在歷史現場的不安與無奈。最末，透過對《天涯海角》中簡媜展現的兩種認同（本地思維與宗族源流）的分析，觀察作者揭示身分認同之多元、變動特性。在尋求血統純正與否的解答過程中，她將歷史追溯、母系想像與父系尋根為主題來呈現，從而揭露「血統純正說」的荒謬；

* 現就讀成功大學台灣文學系博士班。研究範圍為現代詩、文學史與論戰、文學思潮等。著有碩士論文《七〇年代以降現代詩論戰之話語運作》。

不過，卻也落入了另一個本質論的陷阱——起源迷思。對此，或許我們可以說：雖然簡媜推翻本土基本教義派本質論述的用意可佳，可惜仍是一種本質論的書寫策略。

關鍵詞：簡媜、《天涯海角》、歷史書寫、身分／認同（identity）。

盡情謳歌之後
願　這土地
得庇佑
——簡媜

一、前言

自從 1985 年出版第一本散文集《水問》之後，迄今創作不懈、產量豐沛的簡媜，在每個寫作階段都呈現出不同的散文面貌。透過文類間的跨越與挪用，簡氏風格的文本雖以散文為基調，卻又帶有強烈的詩化語言、虛實互涉的小說情節，其中以《女兒紅》、《胭脂盆地》最為顯著。2002 年 3 月《天涯海角——福爾摩沙抒情誌》出版，標示著簡媜散文邁向一個新的里程碑。該書收錄自九〇年代初期到 2001 年的作品，整體而言，文類界線更趨模糊，如大量小說敘事體的運用、報導文學式的史料堆疊；書寫議題多元且更異於往常，包含父族姓氏的起源追溯、先祖來台拓墾與母系源流的想像、島嶼人文生態的關懷、前人守護家園的懷思等，這種濃厚的家國史詩式書寫，確實不同於其他同期的女性散文作家。這本書的出現，不僅暗合了九〇年代以來女性作家在家族史上多所著墨，其以散文達到超越散文所能承載的主題，這在女性散文發展史上可以說是一大創舉。

歷來探討簡媜的文學成就，主要專注在自傳體、女性書寫、詩化語言、修辭技巧等方面的分析，論者們已談論了不少。相對於先前的作品，有關《天涯海角》的評論卻是另闢蹊徑，紛紛轉向探究這部散文集中具足的歷史感，無論是躍然紙上的家國歷史，抑或迂迴曲折的簡氏家族史。例如方杞譽之為「開創現代散文領域罕見的史傳式長文」[1]，何寄澎稱之

1　方杞〈悲愴的宿命神主：簡媜《天涯海角——福爾摩沙抒情志》的寫作背景〉，《聯合報》聯合副刊，2002.8.9，39 版。

為「『史詩』式的文本」[2]，在在強調其散文承載歷史的成功。這樣一部「歷史散文」所引發的問題，焦點不應單單放在創新的重要性上，而是背後所隱含的深層意義。是故，筆者想要提問的是：何以散文能夠呈現出如大河小說中所鋪陳推展的歷史縱深？何以簡媜執意使用散文來負載歷史的深沉？另一方面，在書寫歷史的過程中，作者又不時透露出身分認同的思索，為何一位「本省」作家對於本土基本教義派的「血統純正說」感到焦慮不安？這些以往都沒有被關注到的面向，將在本文中進行探討。

二、破文類：簡媜散文中的跨文類現象

以文學手法來書寫歷史，古今中外歷來咸以小說敘事體為主要文類。為何簡媜執意使用散文來進行這項艱鉅的工程？竊以為，除了散文本身具有的特質之外，簡媜重新賦予了散文嶄新的定義與跨文類的創作技巧，使得散文足以承載宏大敘事如家國歷史、小至家族史的創作主題，而得以成為可能。以下，便試圖從文類跨越、簡媜定義下的散文來進行探討。

（一）以「破文類」來看簡媜散文

關於簡媜散文中的文類變形，筆者擬以「破文類」概念來看待這種跨文類現象，作家能在互相挪用的文類書寫中得到新的可能，而讀者也將在摸索、闡釋與再創作等閱讀過程中獲得回饋（feedback）。由於簡媜著作甚豐，文學語言與文類創作都呈現出非單一散文文類定義可承載的技巧與風格，因此能予以大量檢測，並進行細部探討。筆者發現，簡媜文本中呈現出多種流離份子，能夠以游牧[3]形式從散文跨越到其他文類如詩、小說。更

---

[2] 何寄澎〈「史詩」式的文本——我看「天涯海角：福爾摩沙抒情誌」〉，《聯合文學》19卷9期=225期，2003.7，頁74~75。

[3] 本文中的「游牧」，不完全取材自德勒茲與瓜塔里所發展的游牧理論，只是作表面的字義挪用。

因為本身中文系學院養成背景，使得文字能夠壓縮到文言、甚至艱深晦澀的地步，閱讀過程中一般讀者常須辭典在旁，否則恐一字之差，差之千里。這種游牧於白話、文言間的偏離方式，又不似男性作家如王文興《背海的人》、李永平《海東青》最終走進語言艱澀不可自拔的文字胡同裡，簡氏始終能夠自由跳脫。文／白，散文／詩／小說，感性／理性，男性／女性，個人／國族，這些原先一刀切的界線，在簡媜文本中急速瓦解，沒有中心，也就沒有對立。當游牧書寫在她底文本生產過程中奏效，她又會以另一種方式進行游牧。以形式技巧、內容性質分類的意識流散文、小說體散文、詩化散文、哲理散文[4]等，已不足以指稱簡媜的作品，筆者認為以「破文類」這種跨越文類的文字游牧現象來談簡媜，或許能夠得出較為妥適的結論。

早在八〇年代，文類之間開始打破各自的疆界，擺脫令作家窒息的囿限，這種情形尤其在散文上面特別明顯。跨越文類是文學發展過程中成熟期之後的必然趨勢，散文作為一種詩與小說的過渡文類，能夠吸取兩種文類的精華，加以轉化而呈現諸如融合、碎裂、拼湊與再解構等不同的書寫策略。在這種情形之下，產生一種跨文類現象，消除文類之間的界線，使得文類劃分不再被視為首要。對於這種跨越既有文類而產生文類交混的現象，不同於一般論者所提出置放於散文底下的一個次文類，筆者的看法與林燿德相似。

1995 年 10 月，林燿德發表〈傳統之軸與前衛之輪——半世紀的台灣散文面目〉。在回顧半世紀的台灣散文發展之後，他憑藉著余光中〈剪掉散文的辮子〉標舉「現代散文」、張秀亞〈創造散文的新風格〉提出「新的散文」這兩個例證來說明散文作家對「現代性」的追求，並延伸到自己有關跨越文類的思考：

4　詩化散文，將寫詩的意象、象徵等手法用在散文上，故有詩化散文。哲理散文，以講故事講哲理，寓言式的手法寫散文。

> 台灣當代的散文並沒有脫離文壇互動成長的激流急浪，所有不同的文類並非孤絕獨立發展而形成軍事上所謂「孤立區域」(pocket)，而是處於互相震盪、彼此影響的宏大脈絡中。[5]

雖然出發點相同，但相較於林氏使用軍事概念去談，筆者乃將文類視為一種「國族」的角度來觀察。在筆者看來，各個文類（國度）並非壁壘分明，城牆早已傾頹、護城河也已乾涸；各文類中不同元素（族群）自由出走、互相交流，甚至有繁衍後代——混血文類的結果產生。也就是說，把文類或文體當作國家與族群來理解，我們可以發現：縱然小說有小說的一套書寫模式、詩有其獨特的美學形式，散文也可以只停留在傳統定義下的寫作模式；然而，當散文向其他文類借鏡時，它可以充分截長補短，突破既有形式而作出異質的展演。因此，本文借用陳光興「破國族」論述[6]來討論這種跨文類現象，而擬稱以「破文類」。

早在八〇年代初期，林燿德曾提出「破文類」以發展其「都市散文」、「都市文學」概念；此處的「破」，意為「打破」固有疆界來豐富文學成果，特別是指能對散文能多所助益：

> 「破文類」，意即打破各文類的固有界域，互相借取彼此之長以補原來之短，小說的虛構、詩的跳躍、戲劇的張力無不可以滲入散文創作思維，使得散文的文類框限和「刻板印象」得以解除魔咒。[7]

參照陳光興「破國族」(Post-nation) 的邊緣文化想像，筆者則進一步將破文類的「破」，提升到 post（後）的層次來談。如此一來，從破文類的邊緣想像出發，「破」就有著至少以下三種意義：一、破除文類間的壁壘分明。

---

5 林燿德〈傳統之軸與前衛之輪——半世紀的台灣散文面目〉，《聯合文學》132 期，1995.10。後收錄於楊宗翰主編《林燿德佚文選 I—批評卷・文學評論新世代星空》，中和：華文網，2001.10。此處援引該書，頁 205。

6 陳光興提出「破國族」概念，主要是以反對「台灣國族主義」而發。不過，在此筆者僅是挪用他的「破」概念，並不必然同意其破國族論述。參見氏著〈帝國之眼：「次」帝國與國族—國家的文化想像〉，《台灣社會研究季刊》17 期，1994.7。

7 林燿德〈傳統之軸與前衛之輪〉，參考同註 5。

二、打破文類必然性的迷思。三、打破文類後的想像空間是一群「破爛」的文類存在著[8]，這種破文類創作無須在既定的文類限制下綁手綁腳，而可漫無邊際地、隨心所欲的書寫。以「破文類」來探察八〇年代以來的散文跨界現象，頗有可資發展的空間。簡媜的文本，事實上就是最典型的破文類文本。

然而，以此來看簡媜文本時，必須注意：在破除文類間界線時，她始終非常堅定、明確地以散文作為基調來進行創作。這歸因於她的散文定義是相當獨特的。如果「破文類」可以作為她文本面貌的詮釋，那麼簡媜定義下的散文——自由、沒有固定形式的散文——則再度證實了游牧或者游離於文類間的現象，暗合著作者的創作心態。

（二）簡媜的散文定義與實踐

較之詩與小說，散文向來被視為真實性較高的、較貼合現實生活的、書寫著作家個人經驗的一個文類。鄭明娳在《現代散文》中，對此有著適切的說明：「傳統的散文觀念總以為散文必須出自創作者生活的主觀心靈，必須以切身的情思見聞做為素材的唯一來源，甚或在散文的內容中意圖搜捕書寫者個人的傳記資料，要求散文家以全真、紀實的任務。」[9]不同於既定的散文概念，簡媜曾在與鄭明娳的對談中表示：散文創作並不和實際生活經驗之間沒有距離。畢竟，創作活動與現實生活經驗本來就有極大的差距。因此，她試著解釋一般人既存的散文定見：

> 散文容易被冠上寫實的面貌，可能跟長久以來我們閱讀或創作散文的習慣有關係，而我寧願將它當作一個文類，在裡頭可以有許多虛構的成份、創造的活動，甚至不一定要寫自身生活經驗中的東西，

---

8 此處參照陳光興解說「破國族」論述「破」的意義，並加以修正。參考氏著〈帝國之眼〉，參考同註 6，頁 210。此處的「破爛」，筆者認為原先散文文類的組成份子，在打破文類之後，呈顯出其本來面貌——不受規約拘束的，而非整體一致的。

9 鄭明娳，《現代散文》，台北：三民書局，1999.3，頁 333。

> 也就是說這些材料可以經過處理，而用散文這文類去表現，因此它允許很豐富的實驗方式。[10]

簡媜在這段談話中點出散文作為一個文類，其創作過程中必然有些虛構與想像的成分，它不見得那麼的「真實」。既然是文學活動，散文可以具有若干虛構性[11]，就無須去強調現實中實際的經驗；然而，虛構的部分也必須拿捏得宜、恰到好處，如同簡媜所言：「散文是虛虛實實，純粹虛構會失去散文的趣味，全部屬實又會陷入乏味」[12]。在同一篇文章中，她認為散文的優勢在於本身即「是掙扎格局的、限制的，帶有狂野、自由的發展的可能性」，因為它含有許多實驗的可能性。[13]這些說法都指稱一個新的概念，散文是一門充滿種種可能的實驗性文類。原本就是妾身未明、身分曖昧的散文，經由簡媜不斷地實驗創作，呈現出獨特的簡氏風格。

既然散文是可虛可實的，以創作來觸探、來認知散文為何的簡媜，便進一步借用了強調虛構、想像的詩與小說兩個文類之創作手法。她在一篇訪談文章中，就這麼說到：

> 故事強的散文，可以有小說的影子。那麼我是不是也可以以另一種比較精巧、銳利的文字、帶有詩的意象與詩的語言技巧來表現散文，這種詩式的散文，就會傾向於情感焦點模糊，意象轉變神速與語言應用較晦澀。[14]

---

[10] 蔡素芬紀錄〈鄭明娳、簡媜對談散文創作〉，《國文天地》4 卷 2 期=38 期，1988.7，頁 67。事實上，在對談過程中，鄭明娳便表達了她與簡媜相似的散文觀。有關這點更深入的探討，可參考陳進益〈讓散文自由——論簡媜對散文的幾點看法〉，《清雲學報》22 卷 2 期，2002.12。

[11] 鄭明娳曾經論述到前人對散文虛構性的抑制與否定：「歷來無人討論散文的虛構美。五四以降，絕大多數散文理論家否定散文的虛構意義及價值，自然不會同意散文有虛構之美。」參見氏著，《現代散文》，同註 9，頁 332。

[12] 林麗貞〈誤入散文「歧途」——簡媜談散文創作（下）〉，《自由時報》，2001.6.19，35 版。

[13] 林麗貞〈誤入散文「歧途」——簡媜談散文創作（上）〉，《自由時報》，2001.6.18，35 版。

[14] 黃瑞琴等五人合撰〈從一滴問號之姿的水到隨性自在的下午茶——作家簡媜訪談

因此，當簡媜在處理不同題材的時候，會根據不同需要而融入詩或者小說技巧，並以此對文章進行機能調節。在接受李瑞騰的專訪時，她仍然表達了一貫的看法：

> 隨著不同階段的實驗和閱讀，發現形式是人所賦予的，就像誰都沒有辦法告訴我什麼是散文，我只要把自己的散文寫出來就是，所以依據不同題材的需要，我會做比較自由的變化，所以有些東西寫起來有點小說傾向，有的作品又似詩的表現技巧。[15]

經過不同時期的實驗與創作的累積，簡媜運用詩與小說技巧來豐富散文，以此打破既定散文定義的邊框，例如融冶詩、散文、小說於一爐的《女兒紅》，以「密語」和「紀錄片」交織而成的《紅嬰仔》等。如此求新求變的創作題材與書寫技巧成就了簡媜文本，它們具現了每個實驗的可能，也在一次次讀者熱烈迴響之下，成功地說明散文能夠自由跨越到其他文類，並標示出傳統散文未能負載的文字密度與戲劇張力。

《天涯海角》的出版，更進一步將歷史敘事帶入散文。除了表現出獨特歷史書寫的散文景觀外，藉由這些文章，簡媜也扣連到自己對於身分認同的深層探視與思索。此為先行研究甚少關注之處，以下則分別就該書的歷史書寫、作者的雙重認同來進行論述。

三、獨特的歷史散文

《天涯海角》一書概可分為三輯，各輯三篇。在第一輯中，〈浪子〉、〈浮雲〉、〈朝露〉分別是獻給先祖、母靈、一八九五年抗日英魂的文章。〈浪子〉一文在於描述父系簡姓先祖渡海來台之事，以及自己前往「原鄉」尋根探

記〉，《文藝月刊》249 期，1990.3，頁 23。甚至早在 1987 年，在與陳幸蕙的對談中，簡媜便認為散文能允許實驗，具多重性格，也可挪用小說的技巧。參考〈從生活現實到生命實現——陳幸蕙、簡媜新銳對談〉，《聯合報》，1987.5.24，版。

15 楊錦郁紀錄整理〈從極地出發，終歸於幻滅——李瑞騰專訪簡媜〉，《文訊》96 期，1993.10，頁 98。

源的記事。〈浮雲〉則是在描述一則噶瑪蘭族女性與來台拓墾男子間的故事。〈朝露〉透過大量史料與文學想像，再現了簡大獅等人的抗日事蹟。顯而易見的，此輯著重在歷史紀傳書寫上。

第二輯較屬地理誌書寫的呈現，計有〈天涯海角〉（給福爾摩沙），及其附錄〈秋殤〉（為一九九九年九二一震災而作）、〈水證據〉（給河流）等三篇。其中除〈秋殤〉為震災而書的招魂之作外，悉皆舊作加以增補而成。〈天涯海角〉傷逝島嶼生態環境的破壞。〈水證據〉表面上悼寫蘭陽溪之死，然則卻隱含有指稱台灣所有河川之意。大體來說，此輯在於關注生長於斯的這塊土地。

在第三輯中則是回到小我的抒發，可視為成長故事之屬，分別為寫給童年的〈初雨〉、給少女與夢的〈煙波藍〉，以及給愛情及一切人間美好的〈渡〉，由於多用比興手法而非一般白描式書寫成長故事，通篇鋪陳出一種「淒迷」之感。[16]首篇回憶童年往事，第二篇假託兩個少女的對話來引發少女及其夢幻紀事，第三篇描寫好友母親的愛情與一生，此一超越族群與年歲的艱辛愛情歷程，雖是小我，卻也隱含著簡媜對普世愛情議題的探究。

因篇幅有限，本文將焦點放在第一輯有關歷史書寫部分。本節所處理的部分在於陳述抗日歷史的〈朝露〉一文，藉以從中觀察出簡媜所欲訴求的背後意義；至於〈浪子〉的父系先祖來台拓墾史、〈浮雲〉中虛構母系根源的畫面，雖然也有濃厚的家族史及母系根源建構，然而，由於兩篇皆涉及作者對身分的思索與焦慮，而呈現出交混的雙重認同，筆者擬置放在下節一併進行專題探究。

雖然簡媜《天涯海角》非開歷史散文之先，張瑞芬表示早在 1991 年林文義便已出版《關於一座島嶼：唐山過台灣的故事》[17]，但此作卻是女性散

---

16 吳鳴〈深沉的歷史書寫——《天涯海角》簡媜著／聯合文學出版〉，《中央日報》「中央副刊」，2002.3.18，19 版。

17 張瑞芬，《未竟的探訪：瞭望文學新版圖》，台北：麥田，2002.12，頁 207。

文作家的首次嘗試；並且就文學表現方面而言，無論結構與技巧都比前者來得更為純文學，值得我們去探究其間文學性與歷史性的密合與否。

向來書寫歷史的文類，除卻報導文學、紀實文學之外，以濃厚文學性來鋪展歷史議題者，在小說方面有歷史小說，在詩部分有所謂的史詩；以散文筆調來鐫刻歷史之厚重，遲至九〇年代以降方才有所嘗試。簡媜自創作之初便選擇以散文做為創作的文類，迄今不改，唯散文在她看來是更具可塑性的、相對而言較為自由的、發揮空間頗大的一個文類。如同前文所述，以散文為基調，她借用了小說與詩的語言、結構與技巧來進行創作，這些實驗豐富了散文的內涵。《天涯海角》的出版，使得簡媜邁向一個新的里程碑，能以散文承載如此厚重之歷史敘事與情感，放眼文壇確實不多。政大歷史系教授吳鳴在書評中說到：「這本敘事內容多樣、文字色彩豐美的散文集，堪稱是重量級之作，作者的觸角寬廣，歷史縱深悠長，文字植基於宋詞之疊宕婉轉，兼具雄渾與纖柔之美。」[18]誠哉斯言！竊以為，基於作者中文系的學養背景以及文字的高度掌控能力，使其長期以來的美文式表現依舊流暢，不因書寫歷史而有所窒礙。

〈朝露〉副題為「獻給一八九五年抗日英魂」，作者透過史料耙梳與文學想像，再現了乙未割台簡大獅等人的抗日事蹟。文章是從原鄉尋根之旅（下文將提及的〈浪子〉）無意間遇見一塊「簡大獅蒙難處」碑談起，促使她開始對甲午戰敗、乙未割台的台灣歷史興起一絲追溯的念頭，以及思索簡大獅等人的抗日動機：

> 讓我跨過簡大獅的屍身，跨過滿坑滿谷的骨骸回到一八九五年春天。我儘量做一個靜默的旁觀者不踏破任何一朵浪、不驚動一草一木，我只是想弄清楚給自己一個交代，我們做子孫的如何生，而他們怎麼死？[19]

---

[18] 吳鳴〈深沉的歷史書寫〉，參考同註16。
[19] 簡媜〈朝露〉，《天涯海角》，台北：聯合文學，2002.3，頁74。

乙未割台的消息一傳到台灣，當地士紳無不悲憤不已，試圖作最後的抵抗；然而等到日軍壓境，官員豪紳們相繼內渡，此時在島嶼上抵抗源源不絕的日方海陸軍者，實為部分基層的老百姓。話說老百姓應該是最希望能夠有一太平盛事的，實際上誰來治理，沒什麼區別。那麼，究竟為何而戰？簡媜向我們訴說，人生中比「生存」更重要的就是「尊嚴」，他們為了活得有尊嚴而戰。隨著行文演進，作者從多種人物對比來烘托出這段歷史，例如來台傳教的馬偕與日本海軍大將（首任總督）樺山資紀，抵抗日軍的將領吳湯興與協助日軍的商人辜顯榮，史書上無名無姓的老百姓與台灣民主國正副總統唐景崧、丘逢甲的倉皇離台……這就是大時局下的歷史，有人熱愛島嶼付出他的一生，有人苟且偷生；有人趁機攀附異族、造就一生繁華，有人則為了自己的尊嚴而戰、客死異鄉。

簡媜批判了高官厚祿者貪生怕死，知識份子、社會精英惜生保命，富商巨賈擁丁自保，將帥們紛紛劃地自限、消極應戰，她提醒我們如果當時人人為了一已之生存、沒有反抗、甘願接受異族統治，我們該如何看待這段歷史呢？

> 「斯土斯民」之所以壯麗動人，乃是有無數英靈以熱情澆灌之、以生命肥沃之，於漫長時間裡煉出一塊土地、一座島之奇特風景與骨性，而後世代綿延，巍巍然一棵歷史樹伸枝展葉——有先祖為尊嚴與生存而奮戰的枝幹，有先知、哲人為正義與公理而獻身的血色花葉。於是，當後世子孫回頭找尋自己的身世時，抬頭看到這顆高聳入雲的歷史大樹，震撼、讚嘆，剎那間初發心，也要把一切榮耀歸諸於這樹。[20]

有關這篇血淚交織的歷史散文或整本書中，林奇伯認為若吹毛求疵地品評：可能因為過於強調歷史的記述，與簡氏其他文本中柔情萬千的文字

[20] 簡媜〈朝露〉，參考同註 19，頁 135~136。

相比，似乎稍嫌枯燥不少；[21]而鍾文音則認為，書中「濃郁縝密的抒情體向來還是簡媜式的腔調，至於史料鋪成讀來似少了她個人的原味」[22]。筆者認為，這必須端視我們如何看待文學的功能而定。當文學承載一個歷史事實，無論它是經過文學想像的還是以史料堆積出來的，我們無法以既往的文學標準與之比較，只能要求它盡量朝向高度文學性來發展。不過話說回來，雖然簡媜《天涯海角》內的文字容或比往昔作品來得生硬，但也依舊比其他作家來得行雲流水、情溢筆端。

另有論者指出，這本書的出現是簡媜作品風格由著重個人情感的「感性散文」，轉而展現出家族、生長環境的關懷，並呈現出「推遠距離的『知性散文』」[23]；筆者也認為此番推論過於簡化。沒錯，展現出家族、生長環境的關懷，是一種從小我推移到遠距離的大我書寫；但是依照其一貫的感性筆觸來看，這本書通篇呈現的還是「感性散文」的簡氏風格。簡媜並無因為書寫歷史須講求客觀，而冷漠、抽離了出來，她反而透過感性筆調、敘事體與呼告法等技巧，使得大時代的人們瞬間生動、活了起來。

我們可從〈朝露〉看出，如此帶有濃烈歷史感的散文並非不可能，端看作者如何經營。簡媜在文中既承載著歷史，也流露出個人懷思，兩者並行而不相扞格；文字呈顯出想像、感性筆觸與客觀歷史陳述兩種風貌，而行文中情節雖按時序發展，但偶爾跳脫歷史來到創作的當下反思。最為可貴的是，一直以來文類在陳述歷史時總以大敘事中的大人物（英雄或者可資辨認的歷史人物）為主，而此處簡媜觀察的面向除了上述提及的馬偕、樺山資紀、辜顯榮、唐景崧、丘逢甲、吳湯興、簡大獅之外，她也觀照到那些被歷史遺忘的廣大基層草民百姓。在這點上，其實也暗合了宏大敘述與小敘述觀點的融合。

---

[21] 林奇伯〈書寫是一種靈魂的扣問——散文作家簡媜〉，《光華》30 卷 5 期，2005.5，頁 90。然而作者也認為這是以往作家將龐雜史實放入小說或散文中，向來難以突破的關卡。

[22] 鍾文音〈天涯海角〉書評，《中國時報》開卷周報，2002.4.7，23 版。

[23] 鄭淑娟〈論簡媜《天涯海角——福爾摩沙抒情誌》的思想與歷史情懷〉，《義守大學學報》11 期，2005.6，頁 109。

四、先祖與母靈：《天涯海角》中的雙重認同

（一）尋根主題與不純正的血統

經由〈浪子〉、〈浮雲〉所探求的主題可得知，簡媜試圖從兩方面去追索父系與母系根源，前者固然可視為家族史書寫，後者倘以「泛家族史」觀之，亦無不可。關於前者，簡媜透過最初的五字訣「簡、范陽、南靖」、九字訣（加上「二十二世」），以及「原鄉之旅」的尋根探訪、並蒙宗親致贈《簡氏族譜》，以迄搜羅專書與史料進行佐證比對，概略完成了簡氏的遷徙圖，以及先祖在宜蘭的墾拓史。

> 我想，這島之所以雄偉，在於她以海域般的雅量匯合每一支氏族顛沛流離的故事合撰成一部大傳奇；我從中閱讀別人帶淚的篇章，也看到我先祖所佔的、染血的那一行。[24]

每一支氏族由於各種因素離開原鄉，甚至冒著「六死、三留、一回頭」的偷渡風險，千里迢迢來到傳說中四季如春的新天地，願意在此開創新生活。經歷過迂迴曲折的尋根過程之後，如同張瑞芬從品評該書時所感嘆的：「一部歷史，往往是一部流浪史。」因為遷徙程度的不同，經常會在時間洪流的汰洗下，產生一些歷史的偶然：

> 原居江西之簡氏，有一支於明武宗年間（約一五〇六－一五二一）避亂遷至湖南長沙，長沙系自此開基。後代子孫於一九四九年隨國府來台，成為所謂「外省族群」之一。歷史的狡猾面目在此顯現無遺；即使同宗，福佬簡與湖南簡不僅言語不通且硬被分為不同族群。**可見本省、外省之分沒什麼道理，端視各房各派是否勤於遷徙。**[25]

關於這個歷史事實，說來也很諷刺，總得過了幾百年，歷史的狡猾面目方能被揭開。簡媜曾經表示，這本書的出現「只是替史上被除名的人為記，

---

[24] 簡媜〈浪子〉，參考同註 19，頁 6。

[25] 簡媜〈浪子〉，參考同註 19，頁 27。粗體為筆者所加。

也是說明島上居民無論是靈魂內在或血統都不是純正的，而水可以彌補這一切的間隙」[26]。如果說〈朝露〉是為了「替史上被除名的人為記」，說明島上居民無論是靈魂或血統的不純正，除了上述〈浪子〉所揭示的本省、外省之分的荒謬本質，〈浮雲〉則是從另一個面向來駁斥血統純正說。

〈浮雲〉描寫噶瑪蘭族的女子與前來宜蘭拓墾的漢族男子相戀的故事，雖然族人與漢人時有糾紛，但是愛情終能突破族群的框限。兩人結合而誕生了混血的下一代，年輕媽媽給予孩子祝福，並將他交由漢族家庭撫養長大，後便離去。

> 毋須害怕，放心長大吧！我會在暗處看著你，看著我的金鯉魚。長大後你會娶妻生子，雖然你不記得我的模樣，但你的孫子的孫子必有一代抬頭尋我，必有一代在午睡時牽祖母的手臂數一數青筋，就在筋絡之間看見我的臉，她會長得像我，那時就是我回來的時候！[27]

這種情節，間接輔助了早期大量拓墾移民來台「有唐山公，無唐山媽」的歷史現象，並且透過母性的親情描寫，來勾勒出族群融合／血統不純正的開端。

在與羅智成的對談中，簡媜坦白表示，她之所以會創作《天涯海角》這本書，必須歸因於兩個線索。首先，因為一趟意外之旅去福建尋根，再加上遇到簡大獅蒙難處的石碑，使得簡媜想要去知道這些故事。其次，是受到「血統純正」與「身分認同」的刺激：

> 我們這幾年的社會變化，出現了「血統純正」、「身分認同」議題，這成為一個重要的刺激，我開始想知道自己的血統有多純正？因為，我覺得自己與這個社會的關係一直像「異族」，所以，「血統純正」令我強烈不安。[28]

26　丁文玲〈簡媜隱居深坑，新作問市〉，《中國時報》，2002.4.7，21版。
27　簡媜〈浮雲〉，參考同註19，頁66。金鯉魚為小孩的名字。
28　張清志記錄整理〈在夢中書房遙望天涯海角——簡媜VS.羅智成〉，《聯合文學》18卷6期=210期，2002.4，頁100。

當社會掀起一股本土化的浪潮，開始以「血統純正」與「身分認同」來判斷一個人是否「政治正確」，簡媜之所以感到不安、與社會格格不入的是，她質疑這種說法的虛假面向。針對這一點，羅智成問到「你後來發現你自己不純正，而其實這需要有多強的純正的自信才敢於發現、或者有資格跟立場來講自己的不純正。」[29]簡媜則道出不同意社會上「血統純正」說的另一個原因，在於她先生的外省背景：

> 我之所以會那麼堅定地去發現自己的不純正，一方面是為了跟潮流對抗，另一方面來自設身處地的感受：我跟一個「純正的外省人」結婚了，我從他們家族身上發現「純正」的焦慮與脆弱。[30]

筆者認為，簡媜身為一位「本省人」卻對於本土基本教義派「血統純正說」感到焦慮不安，關鍵在於她本身的認同存有雙重性。而體現在這本書中，尤其是在獻給先祖的〈浪子〉、獻給母靈的〈浮雲〉兩篇文章中，透過父系與母系的追溯過程，作者不時流露出自己關於身分認同的看法。

這種由於對某些議題充滿焦慮不安，進而沉澱、發而為文，我們可從簡媜的策略性書寫談起。簡媜一向自詡的最佳寫作方式，即是先擬定一本書的主題整體結構，再進行單篇創作的「計畫性創作」[31]：

> 完整的事物，完整的呈現，對我是很重要的事。也就變成一種習慣，採取計畫性的寫作，一定先有終極的關懷，有一個主題，很明確的想處理的題材，會去進行閱讀、思考，一個架構的設立之後，再寫作。[32]

依照如此有系統的「計畫性寫作」，探究「認同問題」在該書中就成了她的書寫策略。

---

[29] 張清志記錄整理〈在夢中書房遙望天涯海角〉，參考同註 28。
[30] 張清志記錄整理〈在夢中書房遙望天涯海角〉，參考同註 28，頁 101。
[31] 張瑞芬〈語言的星圖——論簡媜的散文〉，《五十年來台灣女性散文‧評論篇》，台北：麥田，2006.2，頁 379。
[32] 林麗貞〈誤入散文「歧途」——簡媜談散文創作（上）〉，參考同註 13。

事實上，在陳述島嶼身世、追溯父系與母系的根源時，簡媜對台灣的認同以及自已的身分認同是相當複雜的。一方面她強調以島嶼、土地等為中心的本地思維，但是對於本土基本教義派的強烈排他性自我建構又感到不安。後者逐步建構的「血統純正」說，也就是使「台灣人」這個名詞等同於「本省人」，或者具有與其相同政治意識的人。如此一來，只要戰後來台的國民黨政府、新移民都被剔除在外。另一方面，既秉持著堅定的宗族源流、中國文化傳統，但也強調某些東西已在台灣這塊土地上產生質變、自成脈絡。以上種種，其實是多數「外省」第二代作家（如朱天心）筆下的共同點：他／她們強調的是「文化中國」，而非政治實體上的中國；然而，這種對於台灣／本土認同的矛盾，卻出現在「本省」女作家簡媜文本中。伴隨著這種雙重的認同焦慮的出現，正好「計劃性寫作」的書寫習慣給了簡媜一種解決的可能，使她能透過文字來解決令人困惑的認同問題。如同前文提及，她在文中曾指出本省、外省之別並非本質上的問題，而是歷史所造就的結果。因此，當簡媜在探索家族、島嶼的源起過程中，經由思考她似乎找到了答案：「血統純正」並不能被視為絕對的價值與標準，所謂的身分認同也可能因為遷徙程度、階級位置不同而有所差異。然而，筆者認為，當簡媜試圖瓦解血統純正說的本質之際，她也不自覺地產生了一些矛盾。

（二）解套或者批判：以霍爾的認同理論切入

筆者想從斯圖亞特·霍爾（Stuart Hall）〈導論：誰需要認同？〉切入。在談論「認同」（identity）觀點之前，由於認同並非固定的某樣本質，必然涉及到一種認知的歷程，於是他先闡釋「認同過程」（identification）的兩種研究取向：「論述取向」（discursive approach）與「心理分析取向」（psychoanalytic approach）。一般認為，認同過程是承認與他人有共同起源和特徵的基礎上，而肯定彼此具有同一關係；論述取向並不同意這種自然主義式的看法。論述取向認為：「認同過程是一種永遠未完成、持續進行的建構，不能以得到或失去、保持或放棄的觀點來看待認同過程。」[33]認同過程也並非一般所認為的融合，而是僅為一種「收編」（incorporation）的幻想。這種取向認為：「認同過程是一種接合的過程（process of articulation），是把多重因素縫合（suturing）、而非包容的過程。」[34]而心理分析取向則認為，認同並非內在一致的或者和諧的狀態，實際上它是相異、衝突，甚至是混亂的。[35]

關於認同，霍爾採取「非本質論」的觀點。所謂本質（essence），即是指一種先天命定式的條件或要素。根據哲學辭典的說明，本質大致上有以下解釋：一、使一個事物成為它在樣子的東西。（如果沒有這個東西，這個事物就不會成為現在的樣子）。二、使一個事物成為現在的樣子，而不是別的樣子或變為別的事物。三、一事物所具有的東西，而且它可以使這個事物可被認定為現在存在的這個特殊事物。（如果沒有這個東西，這個事物就不會被認定為這個事物。）四、一個事物的必然且重要的規定特徵。五、一個事物的基本的、首要的、終極的力量。六、我們用以進一步認識一個事物的特殊實例的該事物的抽象觀念（或規律）。[36]而霍爾非本質論的觀點則是表示：認同概念並非固定不變。它從來就不是統一的，並且在晚期現代社會更加破碎、斷裂；它從來就不是單一的，但卻是經由不同的（經常是交錯與對立的）論述、實踐與立場的多元建構，時時處於變動與轉化的過程。[37]事實上，認同是有關於使用歷史、語言和文化資源，來使自己成為（becoming）某種人的問題。身分認同是建構在論述之內的，我們必須將認同理解為特定歷史與制度之下，在特定論述形構與實踐之中，被特定的宣傳策略所生產的。[38]再者，認同是透過差異而建構的。只有透過與他者的

---

33 Hall, S., " Introduction: Who Needs 'Identity'? ", in Hall, S. & du Gay, P.(ed.), *Questions of Cultural Identity* (London: Sage, 1996), pp.2.

34 Ibid., pp.3.

35 Ibid.

36 Peter A. Angeles〈本質〉，《哲學辭典》，貓頭鷹出版社，2004.4，頁 129~130。

37 Ibid., pp.4.

38 Ibid.

參照，方能突顯出我們的同一關係。霍爾引述拉克勞（Laclau）的看法：社會認同的建構是一種權力行動。拉克勞依據德希達（Derrida）觀點，指出認同的組成總是建立在「排除」與「層級制」原則之上，比如男人／女人、白人／黑人等便是最顯著的例子。[39]

因此，霍爾提出一個知名的概念：認同是一個交會點、縫合點（the point of suture），它會合了以下兩個方面：一方面是「某些論述與實踐」，這些召喚（interpellate）我們成為特定論述的社會主體；另一方面是「過程」，亦即建構我們成為主體的過程。論述實踐（discursive practices）建構了主體位置（subject positions），認同就是這些主體位置上的節點。從「過程」的角度來看，認同是成功地把主體接合到大量論述之內的結果。[40]

由此角度切入簡媜文本中所呈顯的認同問題，她藉由追溯乙未抗日歷史、父系與母系的系譜，來突顯出「血統純正說」的荒謬。一些本土基本教義派人士聲稱具有某些條件與本質的就是「本土」、不具備者就被排斥為「非本土」，如今看來只是狹隘的民粹主義者。這種以排斥來建構認同、非此即彼的二元對比，即是上述霍爾、拉克勞所說的社會認同的建構本是一種權力運作。經過多次政權轉變、文化混融的島嶼歷史發展，血統不可能純正，身分認同不可能只是單一的，經常是多元組合的，甚至是多重矛盾成分的組合，這也就是霍爾為何要提出接合概念來談認同的原因。另外，身分認同又是一個縫合點，有兩方面在此點交會：一方面是論述實踐召喚使我們成為另一種身分的人，另一方面則是我們被建構成主體的過程。事實上，身分就像「丐裝」一樣，將各種不同顏色、材質的布料縫合成一件衣服，每個人都不可能是「純粹的」。簡媜在〈浪子〉中有這麼一段文字，似乎可以用來詮釋身分認同的接合與縫合概念：

> 無從推測他們從什麼時候開始講福佬話，在南靖或來台之後？不知道他們用語言換取身分抑是隱藏身分？我只願意這麼想：土地因擁

[39] Ibid., pp.4-5.
[40] Ibid., pp.5-6.

> 有多種語言而肥沃，語言因土地不同而抽長新芽。我的祖先最後入墾宜蘭，留下一口據說摻了南島語系的宜蘭腔福佬話給後代，完全遺忘客家淵源。或許，這就是土地的力量吧！[41]

「用語言換取身分抑是隱藏身分」以及「本省、外省之分沒什麼道理」等，無非就是對「血統純正說」的回應。畢竟血統純正與否，並非等於一個人的身分正不正確？何況經過歷史、社會變遷，當今世上已無所謂血統純正的民族或人種。更遑論如今科技便利、交通發達，再怎麼深山峻嶺、荒野僻處的「世外桃源」也都人跡可至，津津樂道的陶淵明筆下「桃花源」已不復存；桃花源中避世的人們可以不經受血統的混雜，但是這總是傳說一則。「台灣人」的概念，其實與「中國人」的概念一樣，都是一個歷史文化概念。從來就沒有一個單一血統民族，而且也不曾存在一個單一血統的民族，能夠指稱「台灣人」或者「中國人」。

然而，簡媜用來破解「血統純正說」的書寫策略，似乎也呈現出衝突。因為「血統純正說」作為本土基本教義派人士的條件限定，它具現為一種「什麼才是台灣人」的「本質論述」（essential discourse），這是簡媜所感到不安的。但是，在尋求血統純正與否的解答過程中，簡媜以歷史追溯、母系想像與父系尋根為主題來呈現，卻落入了另一個本質論的陷阱——起源迷思。

不只「血統純正」限定的「身分認同」具有本質傾向，種族、宗室、文化等的根源追溯，也是一種本質的思考與研究法。「起源」作為一種文化人類學的發生論研究，也作為民族主義召喚的大旗，在晚近的文化研究領域，經常被批判為「本質」的論述。當簡媜在追索姓氏、父系的原鄉、遷徙的歷程，追溯乙未抗日的悲情歷史，以及透過文學想像塑造一位噶瑪蘭族母系先祖的形象時，她的書寫策略容或警示讀者：語言與身分並非本質存在的，所謂的血統也是混合、而非純正的。這些都是上述霍爾「非本質

[41] 簡媜〈浪子〉，參考同註19，頁27。

論」觀點的展現。當一個人在某個時空環境中，因為週遭文化、社會的論述與實踐，使得他成為一個社會的特定主體；而在不斷建構成為主體的過程中，主體又被歸納於大量論述之中，認同就是如此流動不居的特質。身分認同一方面具現為一個多元文化的交會點，另一方面也是不斷進行的過程。但是，她所運用的根源追溯，本身卻是一種「本質論」的展演。對此，或許我們可以說：雖然簡媜推翻本土基本教義派本質論述的用意可佳，可惜仍是一種本質論的書寫策略。

或許，這是簡媜在撰寫過程中始料未及的吧；也或許，她明知有問題還是恣意為之。事實上，簡媜有無思考過這個問題並不重要；重要的是，當我們將《天涯海角》、她與羅智成的對談文章視為分析的文本，兩者間互文所形成的論述空間，就值得我們進行分析與比對。

五、結語

> 探索身世，塗抹當代，摸索荒蕪，流放感情，深入悽皇，簡媜是這座島嶼在紛亂人士裡的感情修築師，她縫補了島民遺忘的裂縫。在人世荒原，我秤到了文字訴說的重量，歷史如腥風過，感情如薰風拂，在她飽滿的比喻意象裡，跟著她一起深入了土地，栽植了一株有根的愛情樹，回味了不同背景的童年往事。[42]

上述是同樣撰寫過家族史《昨日重現》的鍾文音，在評介《天涯海角》時所寫的文字。全文對於該書讚譽有加，唯對歷史描述部分有點意見，認為史料鋪陳而喪失了個人原味。筆者認為，當散文承載起歷史的重量，這其實很難避免。我們應該對簡媜在不同階段出現不同的散文創作，予以稱許；另一方面，就實驗性與開創性而言，這部歷史散文集的出現，在女性散文史上應有其獨特的位置。

---

[42] 鍾文音〈天涯海角〉書評，參考同註22。

本文以三個部分來談《天涯海角》中的歷史書寫。首先，藉由簡氏散文中的跨文類現象，亦即其融合詩與小說的技巧，積極進行實驗，開展更為自由的散文。因此，《天涯海角》能以散文擔負書寫歷史之機能，能夠很順利地開展。其次，實際放到具體篇章〈朝露〉來觀察，除了情節鋪陳、虛實相掩、人物對比等成功地突顯出歷史散文的優點外，簡媜更觀照到最基層的平民百姓在歷史現場的不安與無奈。最末，透過對《天涯海角》中簡媜展現的兩種認同（本地思維與宗族源流）的分析，觀察作者揭示身分認同之多元、變動特性。在尋求血統純正與否的解答過程中，她將歷史追溯、母系想像與父系尋根為主題來呈現，從而揭露「血統純正說」的荒謬；不過，卻也落入了另一個本質論的陷阱——起源迷思。對此，或許我們可以說：雖然簡媜推翻本土基本教義派本質論述的用意可佳，可惜仍是一種本質論的書寫策略。

參考書目

專書

Hall, S.(1996), 'Who Need "Identity"?', in Hall, S. & du Gay, P.(ed.), *Questions of Cultural Identity*. London: Sage.

鄭明娳，《現代散文》，台北：三民書局，1999.3。

簡媜，《天涯海角》，台北：聯合文學，2002.3。

張瑞芬，《未竟的探訪：瞭望文學新版圖》，台北：麥田，2002.12。

張瑞芬，《五十年來台灣女性散文・評論篇》，台北：麥田，2006.2。

報章期刊

黃瑞琴等五人合撰〈從生活現實到生命實現——陳幸蕙、簡媜新銳對談〉，《聯合報》，1987.5.24，版。

蔡素芬紀錄〈鄭明娳、簡媜對談散文創作〉，《國文天地》4卷2期=38期，1988.7。

人合撰〈從一滴問號之姿的水到隨性自在的下午茶——作家簡媜訪談記〉，《文藝月刊》249期，1990.3。

楊錦郁紀錄整理〈從極地出發，終歸於幻滅——李瑞騰專訪簡媜〉，《文訊》96期，1993.10。

陳光興〈帝國之眼：「次」帝國與國族—國家的文化想像〉，《台灣社會研究季刊》17期，1994.7。

林麗貞〈誤入散文「歧途」——簡媜談散文創作〉，《自由時報》，2001.6.18~19，35版。

楊宗翰主編《林燿德佚文選 I—批評卷・文學評論新世代星空》，中和：華文網，2001.10。

吳鳴〈深沉的歷史書寫——《天涯海角》簡媜著／聯合文學出版〉，《中央日報》「中央副刊」，2002.3.18，19版。

丁文玲〈簡媜隱居深坑，新作問市〉，《中國時報》，2002.4.7，21 版。
鍾文音〈天涯海角〉書評，《中國時報》開卷周報，2002.4.7，23 版。
張清志記錄整理〈在夢中書房遙望天涯海角——簡媜 VS.羅智成〉，《聯合文學》18 卷 6 期=210 期，2002.4。
方杞〈悲愴的宿命神主：簡媜《天涯海角——福爾摩沙抒情志》的寫作背景〉，《聯合報》聯合副刊，2002.8.9，39 版。
陳進益〈讓散文自由——論簡媜對散文的幾點看法〉，《清雲學報》22 卷 2 期，2002.12。
何寄澎〈「史詩」式的文本——我看「天涯海角：福爾摩沙抒情誌」〉，《聯合文學》19 卷 9 期=225 期，2003.7。
林奇伯〈書寫是一種靈魂的扣問——散文作家簡媜〉，《光華》30 卷 5 期，2005.5。
鄭淑娟〈論簡媜《天涯海角——福爾摩沙抒情誌》的思想與歷史情懷〉，《義守大學學報》11 期，2005.6。

從女性到母者到大愛追尋
——試論簡媜書寫女性生命史的歷程及突破

郭漢辰*

摘要

一般研究簡媜的論者，通者都以「一半地母一半壯士」、「蝴蝶與坦克」的化身，看待簡媜的散文風格，本文企圖以女性心理學觀點，挖掘簡媜文本裡「成為母者」的深沈創作意念，母者就是含納地母壯士、蝴蝶坦克的混合體，是一個整體的概念，以此重新看待簡禎散文主軸的轉變，更以此串連成簡媜以散文書寫女性生命史的重要憑證。

以往撰寫女性生命史以紀實文體、平面立體影像等，但簡媜的創作，以散文為最重要工具，以成為母者為關鍵性的創作意念，並且以她著稱的計畫性寫作，分期分段，將其女性生命歷程裡的女性期（少女期、撞擊期）—母者期—成熟期，全面以散文書寫自我的一切一切，最後更關照包容島國國族及他者女性的生命史，使得簡媜的創作，從小我到母者到大我大愛的追尋，提升其創作視野，開拓散文關懷程度，將其散文創作推向最高峰，更有別於以往的女性生命史，只在於單一女性生命的紀錄，簡媜的散文書寫，讓女性生命史的深度、廣度，有了重大的突破。

關鍵詞：女性生命史、母者、記實文體

---

* 1965 年生，台灣屏東人，曾任十多年地方記者，目前為自由寫作者，並就讀成功大學台灣文學研究所，獲 2006 文建會山海文化獎首獎、2006 台北文學獎、2004 寶島文學獎首獎、2005 高雄打狗文學獎首獎、宗教文學獎、台北旅行文學獎、黑暗之光文學獎小說金獎、高縣鳳邑文學獎、屏東大武山文學獎卓越獎，著有短篇小說集「封城之日」（寶瓶出版社）。

一、看待簡禎散文的新方向

> 我是否曾低下頭，誠心誠意地祈求，給我可以可以靠岸的人，給我一個嬰兒，路過的風整了整袍袖，把語句盪入微眠中的神的耳朵。是的，我企求過，從花樣青春到有點疲倦的中歲邊緣，不只一次囁囁嚅嚅『給我一個娃娃！』，那聲音只能自己聽見，飄零的苦也只有靠自己折疊好，鎖入不想再打開的暗櫃，……，夢見自己懷抱一個白嫩嫩的小嬰兒，高高托起他，就著燦亮陽光看仔細，是個小男孩……。[1]

這是簡媜 1999 年在《紅嬰仔》一書裡吐露的自我祕密話語，但透過書寫，這些密語不再只是個人的囈語呢喃而已，而是光天化日之下，鉛印在書面扉頁幾近宣言的誓詞，這是簡媜對上天神祇及自我的祈求，這些祈求想必都在結婚生子之前作者在心中默默所訴說，相信這是簡媜女性生命的內在創作驅力，更是影響她創作的重大意念，即是「成為一位母者」。

1960 年出生的簡媜，從 1985 年開始出版第一本書《水問》開始，直到跨入新世紀，她在 2006 年 8 月洪範所出版的《密密語》、《微暈的樹林》兩本書，為最新的兩本散文集總計從 1985-2006 年，簡媜的寫作時間至少超過二十一年，一共出版了十七本散文專書，創作成績斐然，評論家張瑞芬認為簡媜在台灣散文史上的意義，可從三個方面觀察，簡媜在 1994 年獲得票選十大散文家裡女性作家的榜首，她的《女兒紅》並且在 1999 獲選台灣文學經典選拔，是入選中最年輕的女性作家，而從 2001-2004 年間有三篇專門研究簡媜的碩博論文密集出現[2]。

---

1 簡媜，《紅嬰仔》，台北：聯合文學，1999，頁 8 及頁 15
2 張瑞芬，《五十年來台灣女性散文評論篇》，台北：麥田，2006，頁 371

事實上，從 2000-2005 年，總共有六篇研究簡媜的碩博論文問世，以自傳體、女性書寫、散文藝術、語言形式等各個層面，探究簡媜的創作天地，中國大陸不但至 2000 年為止已有 12 本簡體版的簡媜著作發行，更已有研究簡媜的專論出現[3]。

這股簡媜熱已延燒至對岸，國內外各方對簡媜散文創作的研究持續不斷，無論是張瑞芬推崇簡媜以計畫性寫作，架構散文語言壯麗的星圖[4]；還是張春榮詳加列舉簡媜在《女兒紅》的修辭技巧已到精湛程度，「各篇充份發揮比擬、借喻、博喻、詳喻，極其渲染增……，交織成獨特瑰麗的文字魅力」[5]。鍾怡雯更「以擺盪孤獨與幻滅之間」，評論簡媜散文對美的無盡追尋[6]，論者更紛紛以簡媜自喻的「一半地母、一半壯士」、「蝴蝶與坦克」，稱許為簡媜散文裡的極大特色，並且是兩種一剛一柔的散文圖騰。

但論者似乎是有意還是無意，在一片讚譽的「眾聲喧嘩」中，卻忽略簡媜散文生命裡極大的創作意念，那就是想「成為一個母者」，這個早期被遺漏在簡媜作品各個狹小角落的創作意念，有時被論者提及，但都是僅提及一點點蛛絲馬跡，隨即論者被簡媜眩技般的散文技藝所淹沒，或者被導引成這是簡媜轉向女性主義書寫的過渡期，殊不知這股從早期的默默抽芽，到如今的茁然壯大，竟成為近期簡媜作品最大的創作主軸，我們處處在近年的作品中，發現成為母者之後的創作，文字落入凡間，氣勢更像一位逛菜市場的母者，對於任何事物的發言更加坦盪而直接，視野更是銳利。

如果我們認真尋找，不難發現簡媜在 13 歲喪父之後的生命歷程，母親在她青少年時期一肩挑起一家大小的生計，簡媜眼見母親肩負沈甸甸的重任，一開始就積累長久對母者的儒慕想像及憧憬，但早期這

3　李琴，〈簡媜散文中的死亡意識〉，大陸蘇州：常州工學院學報，2005

4　張瑞芬，《五十年來台灣女性散文評論篇》，台北：麥田，2006，頁 380

5　張春榮，《現代散文廣角鏡》，台北：爾雅，2001，頁 28

6　鍾怡雯，《無盡的追尋》，台北：聯合文學，2004，頁 100

些想法，不但隱隱約約閃現藏匿在散文裡的字裡字間，甚至連作品裡都很少見到母親及阿嬤的影子，除了在 1987 年初版的《月娘照眠床》之外，簡媜有著大量對母親及故鄉宜蘭的描寫，我們也在簡媜女性初期作品《只緣身在此山中》，嗅聞出這一絲絲對為母者的期待，那是一種源自心底對母性力量的盼望：

> 我期待母者力量的重新蒞臨，引領生者亦安慰死者[7]。

這個原先在早期作品裡隱隱約約，後來逐漸大鳴大放的意念，對母者力量的崇仰，以及渴望成為一個母者，逐一閃現在簡媜各個散文集裡。

本文即以「成為一個母者」，做為對簡媜散文分期三個階段的主要意念，形塑簡媜以散文書寫自己女性生命史的漫長歷程，簡媜的創作，以此可初步分為 1985-1994 女性期（少女期、衝擊期）、1995-1999 年母者期、1999-2006 年成熟期等三個重要歷程。

其中在少女期《月娘照眠床，1987》一書裡，簡媜就開始有作品，以凝視母者，將母親的形象深入心中，其二為女性期裡的成熟期及撞擊期，其中在《女兒紅，1996》，就有不少作品展現想成為母者的幻滅與期盼；此外，在《頑童小蕃茄，1997》，簡媜更展現一名母者對孩童的凝視。

此三期又以 1995-1999 年期間，成為整個創作的最關鍵期，簡媜步上紅壇懷孕生子，正式成為母者的喜樂，她不但書寫紅嬰仔，成為母者之後，母性力量的驅動，讓她的作品昂然闊步地進入成熟期，整個作品的文字視野及器度回到她摯愛的島國大地，書寫範圍更是時空跳躍，從遠古的福爾摩莎到近代受苦受難的福爾摩莎，到多元化社會眾聲囂繁的福爾摩莎，書寫出最佳成熟之作《天涯海角》（2002），放眼以台灣史、以地方歷史為經緯，展開對國族大愛的追尋及探密，更

---

7 簡媜，《此緣身在此山中》，台北：洪範，1986

認真描繪身之所在的台灣社會，其中在《好一座浮島》(2004)，有更多以母者觀點看待台灣社會的精彩作品。

由「成為母者」的創作驅力串連，筆者首次嘗試以女性生命史的角度，看待簡媜二十一年來的創作。所謂女性生命史，即是書寫女性一生的歷史或簡史，簡媜在漫長的寫作生涯，以散文書寫每一段每一段的自我女性生命的轉變，不但貼合女性生命史的紀實性文體，並且緊扣著簡媜自己的生命脈動，從少女期，到對婚姻幢幪的幻滅，到結婚到生子，以及到追溯自我國族大愛，簡媜如實地用散文之筆，以散文寫就了一部漫漫長長的自我女性生命史，論者陳芳明指出：

> 簡媜在進入九〇年代後半期之後，她寫出的《女兒紅》(1996)、《紅嬰仔》(1999)、《天涯海角》(2002)，整個書寫方向有了劇烈的改變，她不僅在作品裡讓女性意識浮現，同時開始投注於女性歷史的再建構，這兩個書寫的方向，也正是女性散文的趨勢。[8]

簡媜不止書寫自己的女性生命史故事，更以悲天憫人關愛的眼神，書寫其他女性的生命簡史，成為母者之後，簡媜的創作邁向另一個高峰，這與五〇年代的女性散文家一開始就以母者的角度登上文壇，剛好有了一百八十度的視角切換，簡媜歷經了漫長的女性期，其中又有一段刻苦銘心的感情挫敗，但這些都在簡禎成為母者之後，有了更強大的力量，讓她真正扮演了一直在作品演譯的「一半地母、一半壯士」，更化身蝴蝶與坦克的結合。

簡媜從此成了真正的母者，並且以成為母者為主要創作意念，將早期與近期的散文書寫，有了密切的串連勾結，簡媜以散文書寫的漫長女性生命史，因而更加具體明瞭，並且關照的層面，從小我的女性，映照到大我的關懷，甚至動筆為其他女性的生命故事，進行見證及關愛，這些都是簡媜以散文書寫女性生命史的突破，更有別於其他單一

8　陳芳明、張瑞芬主編，《五十年來台灣女性散文選文篇下》，2006，頁11

女性生命史的紀錄，其功能有如平面攝影、立體影像般，簡媜的作品早已將這個時代的集體及片段式的女性面貌，收錄在其散文創作中，讓她的創作，映照出這個時代女性的繽紛多元及真實面目。

二、簡媜書寫自我女性生命史的歷程凝視 想像—挫敗—母者成形—大愛追尋

所謂女性生命史，學者楊翠認為，近十餘來，台灣出現為數頗多的女性生命史文本，其書寫方式或由女性傳主自己以文字書寫，或由女性傳主口述，他人代為整理筆錄，女性因而直接或間接地成為說話主體。

書寫女性生命史的背景主要在八〇年代，台灣面臨解嚴之後，思想百花齊放的時期，那時國內開始引進女性主義的陰性書寫概念，經過一段時間的衝擊，1995 年台北市女性權益促進會，舉辦徵文活動集結成《消失的台灣阿媽》、《阿媽的故事》，書裡以報導文學的記實式文章，紀錄一個女性的生命史，這是國內女性生命史書寫的一個濫觴，此後，不但有攝影師以長達橫跨 20 年歷史的女性照片，形成《庶民。女史—66 個台灣女人的照片故事》一書[9]，用平面攝影做為女性生命史做紀錄，甚至到了 2005 年，仍出現像《內山阿嬤》這樣記實女性生命史的創作。

這股紀錄女性生命的風潮，近年也開始吹進國內的文壇，事實上，散文是除了紀實文體，最適合女性生命史的書寫策略，近年來也確有不少女性開始重建自我生命史，其中簡媜 1999 年的《紅嬰仔》就直接敘明了一個女人與她的育嬰史，鍾文音則在 2001 年以文字與影像共同撰寫的《昨天重現》，重現了個人及家族的生命史。而論及簡媜以散文書寫自我生命史，一定要從簡媜「成為母者」的創作理念說起。

---

9 簡扶育，《庶民。女史—66 個台灣女人的照片故事》，台北：玉山，2004

所謂「母者」根據女性心理學家 Bernice Lott 綜合西方傳統及現代的觀點指出，「雖然在文獻中，提供我們的母親形象，是創造奇蹟，替孩子餵食，穿衣、給予保護和寵愛，但是她也呈現女巫、刻薄、無情、不斷要求和冷酷的女性，母親的權力是一把雙刃刀，她可以施予或收回。」[10]，事實上，像這樣的兩種母者形象，如果我們將所謂刻薄、無情，換做堅強、勇敢（有時候母親在面對特殊狀況下，確實也是刻薄無情），的確很符合，簡媜後來詮釋自己散文個性的兩種圖騰，「一半地母、一半壯士」、或者是「蝴蝶或坦克」。

在女性期第一階段少女期時，如翻找簡媜早期的散文作品集《水問》、《只緣身在此山中》，只見到美麗古典時期的散文清麗，不見母者的任何影子，事實上，不要說母者，在這兩本書裡，很難窺見簡媜任何身世的隻字片語，就如同張瑞芬所言，「《水問》充滿大學時期初生之犢的昂揚、《只緣身在此山中》來自普門寺溫柔的慈悲」[11]。

至於對母者的凝視，一直要在《月娘照眠床》中才有明顯的顯現，這一顯現，我們可端看出母者這一形象烙印在簡媜心裡，是深刻而且久遠的，知名理論家拉崗詮釋凝視〈gaze〉，透過視覺理論的觀念，將凝視定義自我和他者之間的鏡面關係[12]，簡媜在《月娘照眠床》裡的〈竈〉一文中，將阿母在清洗竈之時的影像緊密看入眼裡，在簡媜的心裡投下了巨大的影子，是最早簡媜對母者第一個也是最深刻的凝視之一：

> 我見到阿母用棕刷用力地刷著竈，把灰黑色的磚頭刷成了暗紅，那黑漆漆的鐵鍋也洗得閃著光，連煙囪都擦得發亮。阿母辛勤的背影，和那口逐漸潔淨的竈，在昏黃的燈下，相互交織著，讓我極為感動，只有女人才懂得女人吧！……我總是在想，

---

10 Bernice Lott 著，陳瑞雲、危芷芬譯，台北：五南圖書，1996，頁 433

11 張瑞芬，《五十年來台灣女性散文評論篇》，台北：麥田，2006，頁 372

12 廖炳惠編著，《文學與批評研究的通用詞彙編，關鍵詞 200》，台北：麥田，2003，頁 120

> 竈是什麼？是阿母的希望？是阿母溢著微笑的眼？是的，是的，是累積一方母者的愛，我相信。[13]

簡媜看著母親忙於生計，尤其父親驟逝後，母親擔下家裡所有大大小小的經濟重擔，這個母親與竈的互動連結，後來在《女兒紅》一書裡，簡媜再一次回憶母者身影時，則與年節祭拜時期的紅龜粿與麵粿，有了緊密連接，更提升成為龐大的母形者形象：

> 牲禮的紅，是屬於童年時代與母親有關的記憶。年節祭祀中，紅龜粿與麵龜的紅令人感到溫暖，不獨是食物本身可口及其背後隱含的信仰力量，才叫人緬懷，更重要是每一幢磚瓦屋內，都有一名把自己當作獻禮的女子，才使那紅色有了鄉愁的重量。[14]

母者的形象，就這樣在簡媜長期的凝視下，看入了簡媜的眼裡，看入了簡媜的內心，有了奇妙的化學變化，「在西方電影研究裡，觀者與受眾也會在讀者反應的情境與螢幕屏映的投射下，藉由凝視和觀影的過程，形塑其認同主題（identity theme）。」[15]，在簡媜長期觀看母親，在母親相儒以沫之下，母者成了簡媜的認同主題，事實上，西方女性心理學也詮釋在傳統社會裡的女童，多少受了母親或社會的深度影響，都做了成為母者的心理準備：

> 女性表現出強烈的母性行為，是因為她們從童年期就開始有心理準備，而且這個選擇，最容易被社會所接受和強化，……，女孩學習的行為範圍，遠超過當母親所做的準備，成年女性也繼續學習和表現所有在適當性情境中的女性特質」。[16]

---

13 簡媜，《月娘照眠床》，台北：洪範，1987，頁 57-58
14 簡媜，《女兒紅》，台北：洪範，1996，頁 8
15 廖炳惠編著，《文學與批評研究的通用詞彙編，關鍵詞 200》，台北：麥田，2003，頁 136
16 Bernice Lott 著，陳瑞雲、危芷芬譯，台北：五南圖書，1996，頁 433

這樣從小到大的心理操演，直到簡媜的大弟生了一位小女孩「麥芽糖」（後來叫小蕃茄），有了全新的變化，簡媜大弟在麥芽糖生下來六個月後與妻子仳離，麥芽糖成了單親女孩，也成為許多親人照顧的焦點，而簡媜極欲想成為母者的心理情境，在此階段到達了高潮，不僅是簡媜預演了一位做母者的心理準備，更為簡媜全家帶來生之喜悅，簡媜在〈麥芽糖紀錄—給兒童〉一文裡，有輕快的筆調，描寫了這名小女娃帶給全家人的興奮，「麥芽糖是頭胎，家裡二十年沒聽到娃娃哭，她一哭，眾人宛如聆聽聖旨，十分感動，莫不搶著抱、搶著搖只差沒齊聲跪地喊：皇上萬歲。」[17]

〈麥芽糖紀錄—給兒童〉只是簡媜欲成為母者的一個先前暖身操，1997 年簡媜以女孩小蕃茄的成長生涯，做為創作主題，寫成了幾乎是《紅嬰仔》的前傳，一個女性育嬰史的備忘錄，一位母性待發揮的準母者觀察紀錄—《頑童小蕃茄——一個單親小女孩的成長錄》（小蕃茄即麥芽糖成大後的新名字）。

簡媜雖是女孩小蕃茄的姑姑，書裡也有形容簡媜的妹妹常照顧小蕃茄贏得「娘娘」的稱號，但簡媜看待這位小姪女，彷若用母者角度看待她的成長，真正背後的「娘娘」，好像才是簡媜本人，簡媜因此在這本書的前言，寫了一段如同媽媽給女兒的真心話，獻給這位她最疼愛從小看到大的小姪女：

> 成長，是一件很混亂的事。因為，有一卡車的人在旁邊鼓譟，幫你搖旗吶喊，成長也是一件寂寞的事，傷心時才發現，全世界只剩你一人，但無論如何，你終會成大。[18]

從這些凝視及想像模簡媜母愛豐沛極欲想成為母者，但或許因時機未到，她原本有一段可以走上紅壇那端的情愛，卻沒有機會成為好

17　簡媜，《胭脂盆地》，台北：洪範，1994，頁 170

18　簡媜，《頑童小番茄孩—一位單親小女孩的成長錄》，台北：九歌，1997，前頁

姻緣，簡媜在 1996 出版的《女兒紅》，有一篇名為「四月裂帛—寫給幻滅」的文章，欲語還羞地描寫了簡媜當時一段纏綿悱惻論及婚姻的感情，最後沒有結局的最終原因，「原宥我深沈的悲觀，婚姻也有雄壯的大義，但不適合你我—我們喜於實驗，易於推翻，遂有不斷、不斷地裂帛」[19]，到了此處，簡媜進入女性期的第二期衝擊期。

簡媜在《女兒紅》的自序裡，則畫龍點睛地指出，「『女兒紅』歷來指的是酒，舊時民間習俗，如果生女兒，即釀酒貯藏，待出嫁時再取出宴客。」，但很遺憾地，在這階段，簡媜家族為這名女兒所釀製的女兒紅這酒並沒有送與他人，因而無法讓人感受到簡媜所想像的那種女子出嫁之時，那種風蕭蕭兮易水寒的況味與蒼茫，雖然論者張瑞芬指該書，「開展了城市寓言到女兒心事的路線」，但見諸書裡各篇游離在小說與散文體類邊緣的創作，卻更體現簡媜在此階段的心情強烈擺盪與震動。

或許在這樣情緒激烈起伏下，簡媜在《女兒紅》的〈母者〉一文中，反而愈發勾勒出一幅天不怕地不怕、結合蝴蝶與坦克的母者形象，在簡媜的描寫下，堅忍不拔的母者與一股不知來自何處的聲音勇敢對話，母者站立在鋪天蓋地最深沈的苦痛中，寧願選擇了自斷羽翼、套上腳鐐、捨身割肉等成為母者不忍卒睹的殘酷命運，其動人心魄，讓人直視「母者」強大的生命力量：

> 「你願意走上世間充滿最多痛苦的那條路？」
> 「你願意自斷羽翼、套上腳鐐，終其一生成為奴隸？」
> 「你願意獨立承擔一切苦厄，做一個沒有資格絕望的人？」
> 「你願意捨身割肉，餵養一個可能遺棄你的人？」
> 「我願意！」

---

[19] 簡媜，《女兒紅》，台北：洪範，1996，頁 32

「我願意！」

「我願意成為一個母親！」她承諾。[20]

如此成為一位忍受各種痛苦的母者承諾，不但是簡媜筆下藉著描繪那名無名母者，形塑一個具體化卻是每名母者的共通形象，更是簡媜接下來成為母親的堅強允諾，簡媜在 1995 年閃電結婚生子，1999 年出版了自栩為簡媜貼近育嬰實況而寫的「散文紀錄片」—《紅嬰仔——一個女人與她的育嬰史》，簡媜因而進入了母者期。

簡媜一方面想成為母者，一方面卻在表面上常說不結婚，強調婚姻及生育如何戕害現代女性，這兩種心態，在心裡產生強大的予盾及拉扯，她在一次的專訪中就指出，「如果十年前，吉普賽人的水晶球說，有一天我會幫小孩包尿片、泡牛奶、洗澡，我一定會脫下高跟鞋，砸破水晶球……但卻在三個月內閃電結婚生子，人生方向盤打了個大逆轉。」[21]

為了要消解自己內在兩極化心態，簡媜書寫《紅嬰仔》，把自己成為母者的歷程，鉅細靡遺紀錄起來，她從最細微的生命來源寫起，「事情就從一隻迷路精子與一枚離家出走卵子的艷遇開始」[22]，接著簡媜歷經懷孕、嬰兒誕生、掉臍、彌月、收涎、斷奶、生病、周歲等嬰孩成過程，一直寫到兩周歲才結束，中間還夾雜著簡媜寫給小孩的十八則密語，細訴自己從以前就企求過上天賜給她一名孩童，早日讓她成為母者的心聲，密語裡滿溢著簡媜濃烈的母愛，不斷向她剛出生的紅嬰仔獨白，傾訴母者的用之不盡的愛。

簡媜在此書不只抒發她終於成為朝思慕想成為母者的喜樂，更重要的是，簡媜領悟了成為母者的所有歷程，她逐一將它寫出、點破，成為母者就是以自己的母親做為最佳典範：

20　簡媜，《女兒紅》，台北：洪範，1996，頁 145-146

21　蕭富元，〈簡媜的嬰仔經生命的意外之旅〉，《康健雜誌十五期》

22　簡媜，《紅嬰仔》，台北：聯合文學，1999，頁 11

> 於是，我開始理解，『傳承』必須靠時間促成，即使親如母女，也得等待『時間』慢慢鋪出階梯，讓小女孩一階一階走成少女、女人，她才肯瞧一瞧母親交給她的那方不起眼的小木盒，看懂盒內皆是以女人的身軀，情感為柴薪，一點一滴提煉出的智慧香精……，於是，在成為女人的路上，只有自己的母親可供模擬。[23]

簡媜不僅體會了成為母者的所有驚濤駭浪，「這是人生中最奧妙、最驚險、絢麗的一段體驗，聖美時如在天堂，驚懼時又似牢獄，從來沒發現這般自己這般脆弱，也從未見識自己如此堅強。」[24]，更重要的是，簡媜生子育子的過程，她最親愛的阿母、阿嬤一同被召喚前來幫忙，三代母者共聚一堂，上一代的母者不但無怨無悔地傳授所有母者的技巧、修為，更讓簡媜學習每一代母者的必要溫馨課程，阿嬤教導「做膽」、「斷臍」等奇妙技法，母親則替孫子縫製童衣、童飾，簡媜如此描寫做月子和她們相處的深刻感受：

> 這一個月，我有了特別的福份，一問一答之間，伴她們走回過去，令我驚訝的是，她們的記憶如此明亮細膩，彷彿倒吊於屋簷的枯玫瑰、乾雛菊，經天空飄來的靈雨一灑，紛紛醒轉，恢復成一朵朵絢爛耀眼的花，香氣一波波與風私奔。[25]

三代母者的形象在此交流相匯，互相疊影映照，有著最溫暖的熱流穿流而過，更是簡媜母者歷程中最令人動容的時刻，簡媜不但找回了早已走過的嬰兒期，「我全職投入育嬰工作，竟同時呵護了兩個生命的成長，一是兒子，一是早已遺失、如今藉由血緣羽翼飛回的嬰兒期自己。」[26]。她更體悟到上代母者帶給她的無數教導與愛意，讓她銘感五內，展現上一代母者的智慧及大愛，更藉此薪傳給下一代：

---

[23] 同上，頁 61
[24] 同上，頁 263
[25] 同上，頁 62
[26] 同上，頁 265-266

感謝我的八十六歲阿嬷與六十歲母親，即使日子苦得像飛砂走石，她們也未從母親『崗位』叛逃，一路以自己為餅為糧，哺育我們。她們不識字，她們是寡婦，但她們教我：在湯裡放鹽，愛裡放責任。[27]

跨進母者期，簡媜的創作視野開始攀入高峰，散文書寫更加大開大放，事實上，這樣的轉變，是否與母者的成形有密切關係？可說是奈人尋味，評論家陳芳明在〈母性與女性之間—五〇年代以降台灣女性散文的流變〉一文裡，描寫第一代女性散文作家時說：

母性的產生既然是從生活中孕育的，她們一旦從事文學創作時，就無法不注意生活的各種細節。[28]

陳芳明指出第一代散文作家，就是發揮母性，因而無不注意生活的細節，實際上，這正是簡媜散文成為母者之後的特色，不過，簡媜這代作家歷經比前輩散文家更漫長的女性期，再進入母性期，「行政院主計處在 200 年的統計，二十五－二十九歲的未婚率，從 1970 年的百分之十九加到 2000 年的百分之四十八，三十－三十四歲未婚率從百分之六增至百分之二十」[29]。

簡媜即是在三十五歲結婚的，歷經比前輩更漫長的女性期，簡媜這一代作家，在成為母者之前，就累積很強大的母者力量，因此，簡媜在成為母者之後，母者的創作之眼即被打開，「就無法不注意生活的各種細節」，像簡媜在成為母者之際，深度描繪身為母者與職場之間永無止盡的血腥拉鋸戰：

我開始看到一個現代女人面對事業與家庭永無止盡的鬥爭時，必須提刀砍斷自己的手腳才得以抉擇，我又發現女人乃千手千

[27] 同上，頁 266-267
[28] 陳芳明、張瑞芬主編，《五十年來台灣女性散文選文篇上、下》，台北：麥田，2006
[29] Cheers 雜誌，〈Working Women 只愛工作，不愛婚姻？〉，2003/7/27

腳觀音，每日斷其一、二也不足為奇。至少周圍的人看慣了血流滿地，日久，亦當作紅花磁磚，不足為奇。[30]

跨越《紅嬰仔》之後，事隔三年，簡媜 2002 年寫出《天涯海角—福爾摩沙抒情誌》，筆者認為這兩本散文集，才真正是簡媜創作生涯的扛鼎之作，進入其創作高峰成熟期，論者張瑞芬指出，「簡媜以《天涯海角》向台灣譜就一曲柔情百變的戀歌，以宏觀的閩台移民史、抗日史及個人童年生活等等作為串接主軸，作者親手繪製製的圖像附麗文字敘述，既樸拙可喜，又使得文志兼得想像之處，使簡媜於女性議題外，觸碰家國／族群，甚至身分證認同的更大更複雜議題上。」[31]

簡媜在《天涯海角》，其創作角色從「人母」躍升為「地母」，她從島國誕生時的一億五千萬年前開始書寫：

「初始是一億五千萬年前，你驚訝這古島只不過，像浮在海面的兩三滴嬰兒眼淚……，這回你看到菲律賓海板塊與歐亞大陸版塊宛似不共載天仇敵，擠壓、交戰，逼出這島的脊樑骨—中央山脈，接著你穿過約三百萬年之久的火山爆發期，滾燙的岩漿四處噴發。……」[32]。

簡媜接著追循台灣發展的歷史，一篇又一篇抒情的創作，書寫了島國久遠久遠的歷史，包括〈浪子—獻給先祖〉、〈浮雲—獻給母靈〉、〈朝露—獻給一八九五年的抗日英魂〉、〈天涯海角—給福爾摩沙〉、〈水證據—給河流〉，一字一句撼動人心，原來成為人母之後，簡媜的愛從小我進入大我，銳變得更加豐沛了，她把自己從人母的角色，想像成為這個土地的地母，關懷大我的母愛之情，追溯擴及到島國的祖靈、母靈、抗日英靈，追溯擴及到國族大愛的一切一切，包容島國的天和地、包容移民前來島國的每一個族群：

---

30 簡媜，《紅嬰仔》，台北：聯合文學，1999，頁 121

31 張瑞芬著，《五十年來台灣女性散文評論篇》，台北：麥田，2006

32 簡媜，〈水證據〉《天涯海角—福爾摩沙抒情誌》，台北：聯合文學，2002，頁 11

我想，這島之所以雄偉，在於她以海域般的雅量匯合每一支民族顛沛流離的故事合撰成一部大傳奇；我從中閱讀別人的篇章，也看到我祖先所佔，染血的那一行。[33]

在成為母者之後，簡媜對大愛的追尋，不但可上至國族，更已化為千千萬萬小我的關懷，簡媜在 2004 發表的《好一座浮島》一書裡，以自身逛菜市場為例，書寫成了〈聖境出巡—菜市場田野調查〉一文，深刻描繪婦女進入菜市場變身的神聖行為，令人捧腹大笑，又帶血帶淚地描繪現代婦女的果決猛勇：

如此說來，逛菜市場對女人而言實是一種遙遠的召喚，一種鄉愁，乃至一種重返聖殿的儀典。女人藉由置身其中再次回到遠古曠野，重新取得讓生命延續的祕密能量，且因這種回返而瞬間變身：目光炯炯似鷹，手指伸出利爪如虎，腿力矯健勝過野馬，背負重物不輸駱。只要菜場那裡精明女人挑選活魚跳蝦、鮮雞嫩鵝的手段就知道女人的獸性有多氣派。[34]

但入世既深，憤懣之情因而更無法遮掩，在《好一座浮島》各篇作品裡，簡媜對目前政治社會景況可說是再也無法忍受，不但有〈一個政治不正確者的針孔描寫〉直接對政治現狀的冷嘲熱諷，更有對於教育改革、社會怪現象大力撻伐不加手軟，就如同簡喻自喻的：

我感覺這書進入黑色麻衣時期，入味，乃動了肝火之故，某些篇章甚至有些焦味，串烤時代，浮生鹹鹹，筆尖流出的墨水甜不起來，是以借『浮島』一景以喻台灣現況，以浮島為戒，若台灣陸沈，必屬人為。[35]

---

33 同上，首頁前言
34 簡媜，〈聖境出巡—菜市場田野調查〉《好一座浮島》，台北：洪範，2004，頁 61
35 同上，頁 200

簡媜尤其對目前兩種意識型態撕裂台灣的情形深惡痛絕，在《好一座浮島》裡的後記〈浮生鹹鹹〉一文中，她痛陳島國現今的奇特政經社會景象，「一個糾纏不清的颱風引動山洪爆發，土石流湍流奔騰而下，走山、崩路、潰堤、埋屋、奪命，這不是地獄是什麼？想想啊，父母交給到我人手上的台灣不是這模樣，我們要交給下一代的台灣卻是這幅樣子，顏面何在？」[36]

就如同詩人羅智成在〈一九七九〉一詩的名句「我心有所愛，不忍讓世界傾敗」[37]，簡媜在進入成熟期之後的視野，面對日漸沈淪的福爾摩沙，雖有無限怨嘆，但仍是盡己之力，伸手搶救，她在《好一座浮島》裡的最後一段話，就最能說明，簡媜對於目前家國不捨不離的態度：

> 只能用文學抵擋這種墜毀，即時所有文字僅只是持柳條搏猛虎之舉，敬愛的讀者，我也必須緊握柳條，迎面而戰。[38]

三、簡媜以散文書寫女性生命史的突破

簡媜以計畫性寫性，搭配自己生命歷程，以成為母者做為主要意念，描繪自我女性生命史—女性期、母者期、成熟期三階段自我的故事，這是繼國內使用報導性紀實文字、平面攝影、立體影像之後，第一個用散文形式、計畫性書寫，長期性地紀錄自己及他者的女性生命，並且目前還在紀錄中，目前書寫女性生命史的文體，並沒有硬性規定使用哪一種文體，簡媜的散文書寫，納入女性生命史的範疇內，更具深刻意義與突破的指標。

簡媜以散文一直默默書寫獨特的長篇女性生命史，簡媜在 2005 年年底的一次演講中，透露了自己的看法，她認為「每一篇文學作品，

---

36 同上，頁 200

37 羅智成，《傾斜之書》，台北：聯合文學，1999，頁 79

38 同上，頁 203

講的都是生命故事」，她不但以此做為書寫創作目標，更認為「諸葛亮寫〈出師表〉、李白寫〈將進酒〉、蘇東坡寫〈赤壁賦〉，不是為了給千百年後台灣中學生參加考試用的」，而是真真正正用生命書寫的文學作品，簡媜指出，「胡適、徐志摩、鍾理和活過的一生就像一方方珍貴礦石，有悲歡離合的紋路、愛恨情仇的光澤，有不可割切的傲骨之處，也有人性的軟弱。」[39]

目前大多數論者都以寫作技巧、女性意識等各種角度詮釋簡媜的創作，但迄今尚未從女性生命史角度看待她的散文，2003 年許瑞秋在碩士論文〈簡媜的自傳體散文研究〉，是少數使用自傳體的特別視野，看待簡媜創作的論述，如此不同的視角，的確已看出簡媜以散文書寫女性生命史的些許意涵，並且多少突顯簡媜在書寫女性生命史的略干突破，許瑞秋指出：

> 她以文字書寫建構自己的斷代史，在自傳體散文中探索記憶的版圖，並運用虛實交映的敘事風格，拓展散文的書寫空間：此外，她進一步探索女性的集體命運，勾繪時代女性的艱難處境，近年來，她把女性散文從柴米油鹽、風花雪月的內容，帶往對身世的紀錄、探索、反思，也提出女性對歷史事件的觀點，對社會現象的關心與批判。[40]

許瑞秋提出這種所謂斷代史式的散文自傳體，相當扣緊簡媜的創作核心，其實比照簡媜的散文，她就是以個人生命歷程做為主軸而創作，而斷代史式的散文自傳體，更因「成為母者」的創作意念，再加上她計畫寫作的創作分期，使得一個又一個的生命斷代史，緊密銜接起來，交會融通成了個人的生命通史，成就了一個完整無缺簡媜模式的女性生命史。

---

[39] 2006-01-01／聯合報／E7 版／聯合副刊

[40] 許瑞秋，〈簡媜的自傳體散文研究〉，國立政治大學／國文教學碩士／碩士論文，2003

而簡媜這種以散文書寫的女性生命史，與一般紀實式的女性生命史，終究有何不同及突破？一般紀實體的女性生命史，使用的是如同報導文學式的文字，僅以紀錄一個女性的生命歷程為主要目的，有時以口頭錄音專訪再轉化成文字，但是簡媜以藝術性價值更高的散文，做為紀錄自己生命歷程的文字，單就文學價值來說，早已超越了報導式文體。

正因簡媜的創作多元發展，不單單只有描寫個人的生命史，有時更因創作者的無限想像、無際關懷，讓簡媜以散文書寫女性生命史的文本，更具高度張力及突破性，張瑞芬更直指，簡媜各作品涉及的層面包羅萬象，實是令人驚艷：

> 「從《水問》到最近的《好一座浮島》、《舊情復燃》，山中月娘、夢中盆地、私房密語、女兒心事、對情愛的探問、對道性的觀照，甚至鄉情的捕捉，簡媜的文字，出入於胭脂與紅粉，剛烈與柔情間，開始負載了深沈的歷史重量與社會批判，也證明了自己從容出入不同寫作主題的能力。」[41]

簡媜長期書寫自我生命歷程的散文，雖然部份時期的作品，擺盪在散文與小說、現代詩等各種文體之間，但是，學者鍾怡文仍認為，「她的散文喜以小說的敘述和架構，以虛構的人物為題材，冶詩與小說為一爐，而其質地仍是絕佳的散文」。[42]。

事實上，簡媜的創作一度在各文類游離，都只是她意圖吸收各文類的長處優點，為其散文王國擴大軍備的書寫策略運用，她最大的企圖心是有計畫地書寫其生命各個面向的範圍，嘗式用各種技巧創作散文，讓簡媜這類既是散文又具女性生命史的特色文體，展現既高度寫實又強烈抒情的特性，這正是簡媜以散文書寫女性生命史的另一個突破之一。

---

41 張瑞芬著，《五十年來台灣女性散文評論篇》，台北：麥田，2006，頁 372
42 鍾怡雯，《無盡的追尋》，台北：聯合文學，2004，頁 101

簡媜不但展現自己的女性生命史，最特別的是，簡媜在其創作裡，更有意無意書寫他者的女性生命史，關照層面相當廣泛，把女性生命史的觸角，從一己延伸到無數命運大不同的女性，其中在《天涯海角—福爾摩沙抒情誌》一篇名為〈渡〉的作品裡，描繪簡媜大學同學母親一生歷經桑滄的故事，故事以情愛為出發，描寫一個平凡的女性，歷經亂世、兒女不幸，最後她深愛的男人過逝，一生堅守自己執著的愛情，其情節彷若一則永恆的愛情故事，連死亡都要雙雙葬在一起：

> 有一天，他要妳找那位做墓園工作的朋友來，託他在陽明山公墓找夫妻雙穴地。他要往白雲飄遊，群樹吟哦的地方造一個冥府小家，等妳來，他自己擬好墓埤文字，只空下時間而已，他又特別囑咐墓工在主穴位另一小埤，埤上嵌一張你們年輕時坐在公園草地、彼此合情脈脈對望的黑白照片，他寫下十字碑文：愛永不至渝至永恆一對。[43]

簡媜在另外一篇〈浮雲—獻給母靈〉的文章裡，甚至把時空背景，大幅挪移到 17、18 世紀的葛瑪蘭平原，書寫一名兩百年前的母親，在大自然生存以及照顧孩童的過程，在這裡的母親，就真如簡媜早期形容的一半地母、一半壯士，還要擁有在原始洪荒生存的本領，簡媜在此處重見的母者形象，彷若是她心裡母者的真正身影：

> 妳會在孩子們腰間繫幾個大葫蘆，帶他們像魚一般游到海口，告訴他們，海洋就是幫我們保管鹽與夢想的地方；要學習追逐海浪，擋捉沙灘上的白色泡沫，用布袋裝好，帶回家煎熬成鹽……。[44]

簡媜在《好一座浮島》裡的〈飄泊的新台灣人之母—寫給外籍新娘〉一文，則將文學視野溫暖投射到遠嫁來台灣的外籍新娘，但她也

---

[43] 簡媜，《天涯海角—福爾摩沙抒情誌》，台北：聯合文學，2002，頁 275
[44] 同上，頁 62

擔憂這支新族群未來的命運，「這一支以母系命名的外籍族群勢必在二十一世紀台灣史占重要一頁，我無法預測歷史學家將如何下筆，但我擔憂，這一頁將寫得艱辛」。[45]

這種描寫他者女性生命史的作品，在《頑童小蕃茄》一書裡達到了高峰，簡媜以此書寫她第一本紀錄兒童成長的書，她在該書自序裡，自喻「人生的旅程開始了，不管喜不喜歡，旅程內有一份名叫命運的行程規劃書，她必須遵守、經歷……」，簡媜以生動活潑的文字，紀錄這名與簡媜有血緣關係的六歲小女孩，所觀看到的大千世界，楊茂秀評論簡媜寫作此書的技巧時，正透露該書即是描寫小女孩的生命史：

> 簡媜對小蕃茄的描述，更重要的她藉著對小蕃茄的活動，以現象學的描述手法，將目前社會的教養環境，特別是環境中文化的傳承與衝突，一層一層、一環一環，展示出來，她的筆鋒帶著主觀及明明白白的議論，絲毫沒有一點點假客觀及偽科學的成份。[46]

簡媜不但描繪各年齡層、各個時空的女性生命，簡媜在《紅嬰仔》一書，更企圖將書寫的觸角，伸向未知的本土神明世界，她在「婆祖母」一文中，就說到民間傳說中七娘娘及旗下十二婆祖母的故事，這些婆祖母護佑著每一個初生的紅嬰仔，彷若西方傳說裡伴隨個人的天使，簡媜敘說十二婆祖母的精采故事，她們既是女性又是神明，其生命歷程更是為照顧嬰孩而生，她們一生奇特又富傳奇色彩，在簡媜的眼裡，其實這些女性神明的故事情節，更映照著人間母者的偉大及艱辛，母者即是人與神共體，這幾乎是簡媜以成為母者為創作意念的發展指標，更是簡媜書寫女性生命史的極至及完美結尾：

---

45 簡媜，《好一座浮島》，台北：洪範，2004，頁 136

46 簡媜，《頑童小番茄孩——一位單親小女孩的成長錄》，台北：九歌，1997，頁 8-9

七娘媽與姐母的信仰著實動人，我情願這麼想，因著母親的責任艱鉅，繫乎小生命之存亡，女性怕自己扛不起這擔子，須要有大力量的人做靠山，遂創造這麼一群巍峨女神，陪她一同袡抱幼嬰，面對成長路程的每一處險灘……女人做了母親似乎即擁有自體改造的能力，不是雌雄共體，是神人共存，把自己的母體凡胎擴建一座小廟，裡頭供著神靈，這一切，只為了向四面八方索求力量，將人世與神國的護符放在她的孩子身上……[47]

四、小結

簡媜在《女兒紅》裡的「母者」一文，（這是簡媜唯一一篇以母者做為題目的散文，揭露其創作意念極為重要的作品），描寫一名默默忍受生命裡無邊無盡苦楚的母者，在眾人前往廟寺膜拜的行列中苦苦前行，簡媜籍著這位母者，體會到母性力量的雄渾：

「我甚至不能想像一個女人從什麼時候開始擁有這股力量？彷彿吸納恆星之陽剛與星月的柔芒，萃取狂風暴雨並且偷竊了閃電驚雷，逐年逐月在體內累積能量，終於萌發一片沃野。」[48]

簡媜藉著書寫自我及他者的女性生命史，編織壯闊的島國集體女性命運面貌，展現了台灣近二十年的女性生命脈動，如同簡媜在「母者」裡所形容：

蝴蝶的本能是吮吸花蜜，女人的愛亦有一種本能：採集所有美女子事物引誘自己進入想像，從自身記憶煮抽絲並且偷摘他人經驗之片段，想像繁殖成更豐饒的想像，織成一張華麗的密網。[49]

---

[47] 簡媜，《紅嬰仔》，台北：聯合文學，1999，頁 86
[48] 簡媜，《女兒紅》，台北：洪範，1996，頁 144
[49] 同上，頁 145

簡媜以成為一名母者的意念及文學視野，將自我及他者的女性生命史或簡史，以散文式的書寫，在漫漫長的 21 年創作生涯，形塑台灣散文史裡令人動容且深刻一張又一張的母者容顏，簡媜將心中的小我母愛，藉由散文的描繪，擴及到包容天地的大愛，就像《天涯海角》裡前言那三行包容無盡大愛的文字：

盡情謳歌之後，願這土地得以庇佑。[50]

[50] 簡媜，《天涯海角—福爾摩沙抒情誌》，台北：聯合文學，2002，首頁

參考書目

專書

簡媜，《水問》，台北：洪範，1985 初版。
簡媜，《只緣身在此山中》，台北：洪範，1986。
簡媜，《七個季節》，台北：時報文化出版企業有限公司 1987 初版。
簡媜，《下午茶》，台北：洪範，1994 初版。
簡媜，《女兒紅》，台北：洪範，1996。
簡媜，《月娘照眠床》，台北：洪範，1987 初版。
簡媜，《浮在空中的魚群》，台北：漢藝色研 1988 初版。
簡媜，《私房書》，台北：洪範，1988 初版。
簡媜，《空靈》，台北：漢藝色研 1991。
簡媜，《胭脂盆地》，台北：洪範，1994。
簡媜，《夢遊書》，台北：洪範，1994 初版。
簡媜，《頑童小蕃茄》，台北：九歌，1997。
簡媜，《紅嬰仔》，台北：聯合文學 1999。
簡媜，《天涯海角——福爾摩沙抒情誌》，台北：聯合文學，1999。
簡媜，《跟阿嬤去賣掃把》，台北：遠流，2003。
簡媜，《好一座浮島》，台北：洪範，2004。
簡媜，《舊情復燃》，台北：洪範，2004。
簡媜，《微暈的樹林》，台北：洪範，2006。
陳芳明、張瑞芬主編，《五十年來台灣女性散文選文篇上、下》。
張瑞芬，《五十年來台灣女性散文評論篇》，台北：麥田，2006。
陳芳明，《後殖民台灣—文學史論及其周邊》，台北：麥田，2002。
簡扶育，《庶民。女史—66 個台灣女人的照片故事》，台北：玉山，2004。
劉寶琴，《內山阿嬤》，台北：寶瓶，2005。
陳芳明，《後殖民台灣—文學史論及其周邊》，台北：麥田，2002。

張春榮，《現代散文廣角鏡》，台北：爾雅，2001。
鍾怡雯，《無盡的追尋》，台北：聯合文學，2004。
鍾文音，《昨日再現》，台北：智慧田，2001。
江文瑜編，《阿媽的故事》，台北：玉山社，1995。
Bernice 著危芷芬／陳瑞雲譯，《女性心理學》，台北：五南，2006。
邱珍琬，《女性主義治療—理論與實務運用》，台北：五南，2006。

期刊雜誌

李琴，〈簡媜散文中的死亡意識〉，大陸蘇州：常州工學院學報，2005。
胡錦媛，〈或父或娘或散文或小說—讀簡媜《女兒紅》〉，《聯合文學》13 卷 2 期 1996-12。
蕭元富，〈簡媜的嬰仔經生命的意外之旅〉，台北：健康雜誌 15 期。
陳國偉，〈論簡媜的回頭鹿—簡媜《女兒紅》中的記憶對話書寫〉，《台灣文藝第 166／167 期，1999-2》。
簡媜，〈文學素養專題 1：一位作家對語文學習的看法〉，2006-01-01／聯合報／E7 版／聯合副刊。
何寄澎，〈一半壯士一半地母，論簡媜《女兒紅》〉，收入陳義芝編，《台灣文學經典研討會論文集》（台北：聯經，1999）。
Cheers 雜誌，〈Working Women 只愛工作，不愛婚姻？〉，2003／7／27。
鍾文音，〈染紅的歷史胭脂—簡媜《天涯海角—福爾摩沙抒情誌》〉，《中國時報開卷周報》，2002-4-7。
何寄澎，〈孤寂與愛的美學—綜論簡媜散文及其文學史意義〉，《聯合文學》19 卷 9 期，2003-7。

學位論文

林玉薇，〈建構一座壯麗星系—簡媜散文研究〉，東吳大學／中國文學系／碩士論文，2000 年。

張偉萍，〈簡媜散文研究〉，台北市立師範學院／應用語言文學研究所／碩士論文，2001。
許瑞秋，〈簡媜的自傳體散文研究〉，國立政治大學／國文教學碩士／碩士論文，2003。
林思玲，〈簡媜《女兒紅》女性書寫研究〉，國立彰化師範大學／國文學系／碩士論文，2003。
鄭如真，〈簡媜散文藝術發微〉，國立中山大學／中國語文學系研究所／碩士論文，2004。
翁育惠，〈簡媜散文的隱喻和語言形式—兼論作品分期和風格轉變〉，國立清華大學／中國文學系／碩士論文，2005。

自我是唯一的救贖：
論女性主體重構——以鍾文音散文為分析對象（1999-2006）

朱于君*

摘要

崛起於九〇年代中後期的新生代作家中，鍾文音是一個不可忽視的名字。無論創作的質或量，她的文壇地位是如此穩固而清晰。但細讀在她大量書寫的文字背後，透露出的卻是一場不斷尋求自我主體重建的私我歷程。緣由於其作品中極顯著的私我性質與高度紀實性，本篇論文嘗試自其散文作品出發，藉由探討日記體與書信體寫作的特殊性與策略性，得以發現文中「我」所具有的介質作用，並且看見在與「你」的對話中，鍾文音試圖重返自我。由此可以推知，鍾文音最為關心的無疑是「我」這個寫作主體的存在意義。

接著進入文本具體分析時，筆者將鍾文音的陰性書寫視為一種概念、一種立基於女性書寫自身的立場，目的僅在提供鍾文音散文作品的另一種理解視角，並跳脫近來重文本與論述，輕作者和書寫的研究主張，希望藉此找到重訪女性作家作品心靈世界的途徑。進而在鍾文音極為自我指涉的書寫中，由她絲密綿長而不間斷的文中絮語，拼湊起她因痛故出走、因出走故有我、因有我故我寫、因我寫故我在、我在故困惑、困惑故書寫的複雜生命圖像。

因此本文將鍾文音生命中的情感創傷視為她寫作的原動力，書寫為她自我療癒的一種途徑與方法；旅行／出走即是其重新證明自我存

* 國立成功大學台灣文學系第一屆畢業生。現就讀國立成功大學台灣文學研究所碩士班。

在的探索。循此遞嬗而下，持續書寫便成為鍾文音自我救贖的一種途徑、成為一趟自我主體的追尋與探索。由此途徑，她逐步建構並展演其自我認同，最終，藉由書寫面對他人，重建個人主體。

關鍵詞：鍾文音，主體重構，散文，情感創傷，書寫，旅行

一、緒論：以文字為巫、感情為術

文學很像燐火，在它鄰近熄滅時發出最燦爛的光芒。[1]

在今日被視為結構主義經典的《寫作的零度》一書中，羅蘭・巴特如是說。而這樣的譬喻邏輯，或許在女作家鍾文音身上亦可一體適用。在鍾文音開始大量書寫、湧吐情感之前，因為出走療癒情傷而造成長時間內心的煎熬與陣痛，曾讓她一度置身於無邊際的寂寞況味之中。在 1995 年飛往紐約學生藝術聯盟進修油畫創作的兩年間，她將自己的異地生活點滴以日記成冊，於回台後集結成為《寫給你的日記》一書，自此確立了以自我提問、藉寫作認證自己、建構自我主體為目的寫作生涯。1997 年鍾文音自紐約學畫返國後，隨即開始進行大量書寫[2]，1998 年開始她發表了第一本小說《女島紀行》，更讓我們看見她從惚恍中慢慢甦醒，一股生命力在巨大沈默裡最後如湧泉噴發而出。

她的寫作歷程至今雖僅約八年（1998～2006），但著作量豐富、寫作類型橫跨數種文體，自長、短篇小說、散文寫作到傳記文學皆可見其筆蹤。除此之外，綜合她數年間嘗獲多項全國重要文學獎的肯定，讓她成為九〇年代後期質量兼具的新生代寫作者，一股不可忽視的文壇能量來源。

1　Roland Barthes（羅蘭・巴特）著，李幼蒸譯，《寫作的零度》，（台北：桂冠，2004.04），頁 98。

2　鍾文音自 1998 年出版小說《一天兩個人》、《女島紀行》後，至今已出版日記體散文《寫給你的日記》（1999）、美術及旅行雜文《台灣美術山川行旅圖》（1999）、長篇小說《從今而後》（2000）、《在河左岸》（2003）、《愛別離》（2004）、《豔歌行》（2006）、家族史散文《昨日重現》（2001）、短篇小說集《過去》（2001）、繪本書《裝著心的行李》（2000）、旅行書《遠逝的芳香》（2001）、《奢華的時光》（2002）、《情人的城市》（2003）、《山城的微笑》（2004）、《廢墟裡的靈光》（2004）、《孤獨的房間》（2006）、旅行隨筆《永遠的橄欖樹》（2002）、《最美的旅程》（2004）、散文集《美麗的苦痛》（2004）、《中途情書》（2005）等，共計 21 本。

如果說崛起於九〇年代中後期的部份寫作者，其風格是十分後現代的，那麼我們可以試著追溯這些作者如駱以軍、張蕙菁等人，在以知識系統顛覆世紀末文學圖像的同時，是不是因為他們總有個沈重的現實世界在底層裡作祟著他們的深沈哀歡[3]？從駱以軍後現代如迷宮書寫般的家族史、張蕙菁由夢幻與現實交織而充滿後現代特徵[4]的散文，再到鍾文音略帶疏離感的回憶愛情，他們其實尚未壯大，但青春已然快速流逝[5]。而由他們的作品所建築起來的這已萎然成了廢墟狀態的文學花園，正呼應了鍾文音所說：「書寫也是一種萎棄，一種自我腐蝕，它的理想性到了現代已經是非常個人自我情懷了」[6]。雖然同與這樣的寫作為謀，但相較於駱、張之於現實世界的遊戲本質，鍾文音的書寫無疑更接近一種以殘缺示全體，以不完整寫完整[7]的生命故事。「我有使命，一個提筆者的使命，就是無法停止述說」[8]，這些令她無法停止述說的萎棄與腐蝕，便強烈體現在小說與散文寫作中由「愛情」命題而開啟的書寫之旅，因為一切皆導因於「我體內留有一種對愛的荒蕪感，這對痛的荒蕪感催生了我的原始寫作底層」[9]。

接著當我們開始進入並梳理鍾文音數量極多的作品時，首先會遇到的第一個難題，應該是她繁多的作品文類，畢竟難以歸類者是注定遊晃游離的，哪裡都可上岸卻也哪裡都無岸可棲[10]：小說之於她，可以是釋放累結能量的途徑；作為一個遊蕩者的旅行寫作，代表的是空間的移動；視日記體如心靈遺址的寫作，成為紀錄時間流逝的筆記；而

---

[3] 鍾文音，《美麗的苦痛》（台北：大田，2004.10），頁 249。
[4] 張瑞芬，〈海邊的卡夫卡—論張蕙菁散文〉《五十年來台灣女性散文‧評論篇》（台北：麥田，2006），頁 441。
[5] 同註 4。
[6] 鍾文音，《美麗的苦痛》，頁 256。
[7] 張瑞芬，〈漂流女島—論鍾文音散文〉《五十年來台灣女性散文‧評論篇》，頁 407。
[8] 鍾文音，《中途情書》（台北：大田，2005.11），頁 35。
[9] 同註 7，頁 356。
[10] 同註 7，頁 83。

書信體作品的出現，更是讓時間與空間有了對話的可能。於是，這些具有目的性質的寫作，逐漸在文類的分別當中被歸納收編。

假設我們可以將她生命中的感情創傷視為她寫作的原動力，那麼書寫則似乎成為她自我療癒的一種途徑與方法；旅行／出走便是其重新證明自我存在的探索。在這樣的觀察與假設之下，若進一步仔細閱讀其作品，更可以發現她的作品始終帶有極高的紀實性，在其中我們不斷看見她對於自我的詢問與探究，亦即鍾文音從看見自己的故事來寫自己的故事。由此，我們便可以透過她作品中反覆的自我剖析，衍伸假設這一連串高產能的寫作最終是帶有目的性質的。

進而，可以連結的是，藉由散文作品的「有我」[11]特質，作者不斷地在作品中自我提問「我如何以寫作回望自己？」[12]由此推知，鍾文音所真正關心的，無疑是「我」這個寫作主體的存在意義。因此藉由她絲密綿長而不間斷的絮語，我們是不是隱然可以看見一條線，拼湊起她因痛故出走、因出走故有我、因有我故我寫、因我寫故我在、我在故困惑、困惑故書寫的生命圖像？若循此遞嬗而下，文學的持續書寫似乎成為一種鍾文音自我救贖的途徑，成為一種自我主體的追尋與探索。循此，藉由文本的細讀，研究者得以大膽透過其散文作品，對於這些年來她作品中貫徹地這樣始終的孤寂而擺盪的心靈進路進行辯證式的理解。並進而探討鍾文音文本中孤獨、流浪者般的喃喃細語、不斷在寫作中置入自我的寫作特色，究竟對其寫作帶來何種影響與意義？最終深入耙梳鍾文音如何以情感／寫作／旅行建構起個人主體。

綜合以上因素，本篇論文便順水推舟將研究範圍縮小至其散文作品，更清楚地說，筆者的研究焦點將鎖定在《寫給你的日記》(1999)、

---

11 在這裡所謂「有我」概念，可解釋為作者處理寫作題材、面對客觀事物時的主觀角度。並且是具有個人主義特質的，可以此解釋一個散文家的創作心態。參見鄭明娳，《現代散文類型論》(台北：大安，1988.11)，頁24。

12 鍾文音，《孤獨的房間—我和詩人艾蜜莉、藝術家安娜的美東紀行》(台北：玉山社，2006.01)，頁316。

《昨日重現》（2001）、《美麗的苦痛》（2004）、《中途情書》（2005）等以日記體、書信體寫成的散文，以及旅遊隨筆《永遠的橄欖樹》（2002）、紀行體、書信體合成的 my journal 四部曲《遠逝的芳香》（2001）、《情人的城市》（2003）、《奢華的時光》（2004）、《孤獨的房間》（2006）等書。

最後，在唯心論（idealism）被現今研究者避之不談的後現代時刻，筆者仍試圖拉出另一條軸線來思考，將陰性書寫視為一種概念、一種立基於女性書寫自身的立場來論述。因為鍾文音追求心靈超越、重構女性主體之於寫作的重要性，是本論文亟需處理的部分。但仍需一提的是，我們不必然需將陰性書寫的所有特質套用其上，此作法的目的僅在提供鍾文音散文作品的另一種理解視角，並跳脫近來重文本與論述，輕作者和書寫的研究主張，希望藉此找到重訪女性作家作品心靈世界的途徑，在鍾文音極為自我指涉的書寫中，逐步建構並展演其自我認同，最終，看見她藉由書寫面對他人，重建個人主體。

二、你我之間

（一）故事少有完整：日記與書信體寫作的特殊性與策略性

在觀看鍾文音的散文作品時，讀者首先明顯可觀察到的特點，即為她作品中大量採用日記與書信體的寫作形式。在現今散文的類型定義中，「日記體」這樣的寫作體例，特色在於高度凸顯了作者寫作時的個人主觀意志與揀擇過程，誠如鄭明娳在分別散文類型論時所提到：「日記體散文，乃是借用日記的形式，以『日』為敘述的章節，用日記體獨白的方式行筆。但大量刪節原來原始日記中較無意義之雜事。日記體散文不但記錄作家的生活經驗，也記錄其心靈活動。」[13]即舉鍾文音的第一本散文《寫給你的日記》為例，此書不但來自於鍾文音有

---

[13] 鄭明娳，《現代散文類型論》（台北：大安，1988.11），頁 179。

條件篩選過後的真實日記本[14]，內容更是充滿了寂寞與相思的調味，成為作者自語形式的單身旅人手記顯影。此外，「散文的所有文類中，書信是最能拉近作者與寫作對象之間的距離，而更有效地傳遞思想、感情。基於此，作家乃有藉書信的型製來創作散文，是為書信體文學。」[15]對於寫作者而言，在觸摸不到的距離之上，在不斷的魚雁往返之間，通常蘊含著最多的期待與可能。從一九九五年出走紐約開始，這一封封越洋情書由鍾文音筆下逐一記／寄出，在這書信體的語言構築出的文本世界中，我們得以慢慢可以感受其始終含藉如此深沈的悲傷，一種原始性情緒展演。

統合上述所說，在面對鍾文音眾多的文學作品時，與其浮虛地評價它們具有特殊性的表現與作用，倒不如轉個方向思考：其中或許是更具策略性與對話性的。

> 我選擇以日記體來揭露時光的變軌，以書信來和故里述旅地衷曲。日記體隨筆式的紀行，是某種回憶錄的時光切片；書信體是感情出走的對談集，二者皆是人生旅程當下發生的紀實。[16]

在此段文字中，鍾文音已自述日記體、書信體之於她的重要性：日記猶如她人生片段歷史的組合，書信體則為感情出走的最佳證明，一切都只因為她的文學作品中大量承載了自己的重量。除了小說，鍾文音曾提到自己最愛也最常表現的寫作形式是書信與日記體，一則因為書信體和日記體帶有強大的自省力，是認識作者的捷徑之一；一則因為書信、日記體的體例讓它成為管窺別人與自己生活片段的望遠鏡。而一般咸認為由書信抑或日記體例寫成的作品，可能有被論者質疑為過於私密、個人性的危機，由此，我們可以試著聽聽鍾文音的自

14　鍾文音，《寫給你的日記》（台北：大田，1999.6），頁 10-11。

15　同註 14，頁 200。

16　鍾文音，〈後記〉《奢華的時光—我的上海華麗與蒼涼紀行》（台北：大田，2004.10），頁 275。

我解釋：「人是片段的組合，故事少有完整，為何人們要質疑我的支離破碎？」[17]

這些破碎的文體與片段的生活記事結構集合起來，讓我們得以漸漸為鍾文音書中所欲揭露與隱藏的自己勾勒出一幅完整的人形像，文本中散布各處的一個個生命故事也由此漸漸清晰。但這過程中我們不免會碰到另一個問題，我們是不是可以由鍾文音文中的蛛絲馬跡拼湊出她文中所描繪「你」的形象？這個「你」究竟真有其人嗎？是不是或許這些細碎如絮語般的信件，既是寄給遠方不知名的「你」，也是寄給遠在文本前進行閱讀的「讀者」？又或許更圓融且更完整的解釋，是這些其實是寄給居住在她心中的自己？

（二）我是景色，也是目光：不間斷的自我對話

為了便於進入第三部分論述能夠更清楚地剖析關於情感／書寫之間的糾葛，並且解答先前文中所提出的問題意識，在這裡筆者必須繞個圈子，先嘗試釐清鍾文音散文文本中特殊的「我」、「你」存在關係。

談到書寫，首先必然意味著有一個寫作者和寫作主體存在，雖然在散文一般被論者所承認的「有我」特質中，主體／自我時常指涉為「正在寫作的人」抑或「寫作者」，但在鍾文音的散文作品中，我們應該試著跳脫這樣的劃分，避免將其理解為一般意義下具有生命的「人」（person），而應該將之視為一個「位置」（position）。但同時間我們也應該反過來質疑，這樣的劃分究竟意義為何？

這裡在分析時第一個所引用的概念，即來自於書寫是透過語言以運作此一事實。這個觀念清楚表述了：作者的所思所想，藉由語言轉化必定會產生某種程度上的化學變化。因此，將之套用在鍾文音的散文文本上，便可視文中不斷被置入的「我」為一個「人稱代名詞」，而非某個實在的「個人」（作者／鍾文音）。我們可以說它所指涉的是在某個歷史

---

[17] 鍾文音，《美麗的苦痛》，頁 284。

情境與時間點下藉由文字所產生的一個「超我」，如鍾文音所表示：「寫作也是這樣，必須要超我，必須有一個超越我的我來寫作，來觀察。」[18]且這個超我應該「同時既是『主體』又是『客體』，並且同時存在著『施與者』與『接受者』的身份」[19]。因此，以散文為例，在這裡鍾文音所指出的超我，其實便是書寫過程中所產生的那個近乎執妄的自我，文本中所有的沈淪墮落和誘惑，便是由於這個「超我」在作祟。[20]

再者，「自我大半源於回憶，所追憶事件的分量和結果，以及他們所創造的個人圖像紀錄。」[21]在這裡的自我除了應與作者本人清楚劃分之外，更是寫作者在書寫的過程中，經由不斷回憶所形成的結果；是處於一種持續被劃分、在書寫過程中被逐漸建構起的這個自我，而不是當初寫作之時便已經完整呈現的自我。因此，鍾文音文本中的自我，便帶有一種「介質」的作用，「當創作者把自我放進去，便會在別人身上發生治療的效果。我一直這樣地想著，所以也總不厭其煩地把『自我』給不斷地放進了書寫。」[22]藉著書寫過程中逐漸產生的觀察著自己的自我／超我、藉書寫來回憶／替現已發生的過去，鍾文音得以在昨日已死的狀態中，藉自我書寫／書寫自我此介質讓生命再次流動，讓書中發亮的文字治療自己的傷痛，「人喜歡為過去發生的人、事、物有個依附，在心目中建構一個『自我』」[23]於是我們便可以推知，在「自我」的產生機制中，鍾文音在文中誠實地承認所有曾經存在過的自我，只為了繼續往下走去。

---

[18] 鍾文音，《中途情書》，頁 356。

[19] 胡紹嘉，〈書寫與行動—九〇年代後期，女性私我敘事的態度轉折及其意義〉（台北：政治大學新聞研究所博士論文），2002.07，頁 128。

[20] 參見鍾文音，《中途情書》，頁 339。

[21] Diane Ackerman 著，莊安祺譯，《氣味、記憶與愛欲—艾克曼的大腦詩篇》（台北：時報文化，2004.5），頁 176。

[22] 鍾文音，〈序〉《孤獨的房間—我和詩人艾蜜莉、藝術家安娜的美東紀行》未編頁碼。

[23] Elizabeth Loftus（伊莉莎白・羅芙特斯）、Katherine Ketcham（凱薩琳・凱遜）著，洪蘭譯：《記憶 vs.創憶：尋找迷失的真相》（台北：遠流，1998），頁 7。

鍾文音便是從這裡開始讓自己具有能動性，漸漸得以釐清並重新建構起自己的主體認同。因此鍾文音文本中所帶有的主體性（subjectivity）認知，我們最好將之理解為指稱身為（being）特殊主體的內在經驗，是藉由重構的方式產生另一種可能，而非一般所認知的變成（becoming）主體的線性建構模式概念。

在釐清了文中「我」的問題之後，我們便可以往下探究，深入推論散文中大量出現相對於我的「你」究竟和「我」有著什麼樣互為因果的關係？那日記與書信體中的「你」與「我」成為一種相對的概念，是不是只不過是與某一種位置或情感的連繫？由此，那些複數的「你」究竟是誰？我們該如何區分受話者的虛與實？

提到「你」「我」的定義，我們便必須再回過頭來重新耙梳散文文體體例上的問題。因為在前述鄭明娳對書信體的文體定義中，她又進一步將書信體散文分為兩種，一為有特定對象者，一為非特定對象者。而所謂已設定特定對象的書信，其特點在於寫信者（文中「我」）直接將訊息投射給受信人（文中「你」），而讀者站在旁觀的角度，既觀察了寫信者，又觀察了受信者，以及授／受之間的微妙關係。[24]在這一段話中我們姑且可先擱置鄭明娳所處理的寫作者／受信者／讀者三者之間的關係，專注焦點於前二者即寫作者／受信者之間，因為在後文中鄭明娳更明白指出「在書信體文學中，特定對象往往缺乏真實存在的受信人」[25]，如果放在這一層關係上討論，似乎便可以鍾文音的話作為印證：「這裡書信所指的不是單一特定的對象，那個『你』其實是我個人情感累結刻痕的投射；而戀情是隨時在流動變化的，不是任何一個『你』可以框住的」[26]。

---

24 參見鄭明娳，《現代散文類型論》，頁200。
25 鄭明娳，《現代散文類型論》，頁200。
26 鍾文音，〈後記〉《奢華的時光》，頁276。

所以將鄭明娳對於書信體中「你」的定義與特性，用以解釋鍾文音文本中的我你關係，似乎是極具詮釋性的。例如鍾文音散文文本中慣常使用的書信體形式，雖經常性地出現投射對象「你」，但卻又不特指單一的固定對象，這樣的另類獨白時常發生在出於自我想像的治癒書寫之中：「藉由重新書寫你，我也重新書寫了自己」[27]，這樣的寫作心態，可與作家張蕙菁的自述形成一層互文性（intertextality）：「無論是誰，當我寫了他們，文章結尾的最後一個句點落下時，我總是知道，他們已經在我的文字之外了。」[28]緣此，使得我們在不斷閱讀鍾文音散文作品的過程中所感受到的，是鍾文音在書寫我你之間、在寫給「你」時，便已經開始向「你」告別，轉而在不斷與自我的對話中重構自身。

循此脈絡，至此可以先簡單針對鍾文音散文文本中日記體與書信體特質，與其策略性書寫所帶來的特殊性、對話性做個小結。對於鍾文音散文作品中極具「私語性」的書寫向度，我們若站在主體重構、自我療癒的角度上來看，《寫給你的日記》、《中途情書》及其他散文作品中的「我」實產生於書寫的當下，是帶有「介質」作用的角色，是具特殊主體內在經驗的存有，負責媒介鍾文音本人與其心靈相見，因此必須與作者本人分別視為不同的個體。「正如《西蒙波娃回憶錄》（Memories Dune Jeune Fille Rangee）所說，分成兩半注視自己，在日記中與自己交談，『我像在藍色的丘陵後面注視流空的夜晚一樣……我是景色，也是目光』。」[29]而文中頻繁出現的各個「你」，或許可假設是她自我的投射，藉著文中設定的每一個書寫對象、寫給「你」的每一封信，鍾文音試著重返自我。也就是說，雖然是文本中的我對你單向發聲，但卻存在著一層自我對話的可能性。而在這發聲過程中，就有

27　貝爾・胡克斯，〈選擇邊緣作為基進開放的空間〉，原載於《渴望：種族、性別及文化政治學》，收於顧燕翎主編，《女性主義經典》（台北：女書文化，2005.9），頁 357-365。

28　張蕙菁，〈自序〉《告別》（台北：洪範，2003.10），頁 7。

29　張瑞芬，〈漂流女島—論鍾文音散文〉《五十年來台灣女性散文・評論篇》，頁 407。

如法國女作家西蘇所提出的概念：女作家將自我納入文本，透過書寫，可在不斷追尋自我的過程中發現前所未有的創作領域。況且，寫作是如此具有排他性質的活動，當寫作之時，作者或許是無時無刻不感到自我的危機與飄忽，既要時時刻刻摒棄自己，又要時時刻刻超脫自己，於是，書寫的虛實就在這間隙之中產生，讀者我們也因此得以看見那未有的領域。

三、愛的反覆賦別曲

（一）懺情者言

克莉絲蒂娃（Julia Kristeva）在評論法國女作家莒哈絲時，曾經提及莒哈絲對於寫作之不可抗力，終使她成為一名專業的懺情師。而自詡私淑西方作家米蘭・昆德拉與莒哈絲的鍾文音，在作品中不斷與莒哈絲進行類比、對話的書寫調性，使其作品亦不時洩露出一股由美麗苦痛而來的懺情特性：「書寫是吾之必要的懺悔儀式。懺悔無關對與錯，懺悔是還原際遇的無奈或捉弄，懺悔是一種心境，重新看待自己和所懺的客體。」[30]透過「書寫」此一行動，哀傷的鍾文音在此所亟欲重新看待的，無疑是窮其一生文學路所追尋的：自我主體與在對話之中、文本之上所建構出的客體（自我）。

透過文字的閱讀，我們所接收到的鍾文音，是這樣堅持於完整自身的存有，在情感不斷飄泊擺盪之後，她企圖從宿命之河泅泳上岸的一切努力，似乎只是為了小小的自我安放與重建。在愛情／自我／寫作之間權衡，無疑是人生的最大難題。此時此刻的我們，藉由閱讀，藉由文字意義的演繹與詮釋，我們遂得以站在目的地回望後方，是不是能夠看得見鍾文音為何書寫？書寫與言說的儀式對於寫作者而言，究竟意味著什麼？書寫過程又是如何產生／建構自我？在書寫過程中

---

30 鍾文音，《美麗的苦痛》，頁 171。

她該如何與「你／妳」互動，才不致陷入自我的封閉與獨白？而愛情、自我與書寫三者間剪不斷理還亂的複雜關係又該如何描繪？

在這趟充滿疑問的人生旅程上，鍾文音不出意料之外地選擇由痛起始，「早期我的寫作是本能的驅使，內在有個痛點需要被文字流洩出來。」[31]便是情感創傷的痛點，逼使鍾文音必須藉由書寫情書才得以讓沈重的情感透氣。

> 我們本身有一種寫作狂熱，強烈的寫作狂，但我們發狂並不是因為寫作。正好相反。
> 寫作是未知。寫作以前我們完全不知道將寫什麼。而且十分清醒。這是我們本身的未知，我們頭腦和身體的未知。寫作甚至不是思考，它是你所具有的能力，是在你身旁與你平行的另一個人，它無形無象，出現並前進，有思想有怒氣，它的行動有時使自己處於喪失生命的危險之中。[32]

莒哈絲此段關於寫作的經典自述，似乎亦適用在鍾文音身上。如果我們可以假設鍾文音的寫作譜系上承於莒哈絲的創作，那麼由克莉絲蒂娃所提示而來，莒哈絲所帶有的寫作根源：

> 缺乏抒洩，面臨痛苦，承認痛苦，卻也到處散播那召喚創作成形的痛苦。這是與醫學相關文字正相反的一種—雖然與醫學文字很接近，但享受病症附帶的好處（譯註：即寫作靈感得自病）加以培育不使枯竭。莒哈絲對痛苦向來無比忠誠。[33]

我們可依恃這樣的寫作系譜大略描繪莒哈絲與鍾文音兩師徒之間的高度類同。如同克莉絲蒂娃的分析，兩人的寫作靈感皆來自於患了感情

31　鍾文音，〈從陣痛到無痛分娩—勾勒一張華麗的織錦圖〉，《文訊》247 卷（2006.05），頁 73。

32　Marguerite Duras（瑪格麗特・莒哈絲）著，桂裕芳譯，《寫作》（台北：聯經，2006.01），頁 40。

33　Julia Kristeva 作，林惠玲譯，〈哀傷之症莒哈絲〉《當代》158 期（2000.10），頁 100。

的重症，緣由於心靈傷痛以及絕望與孤獨兩項生命情境而產生的寫作動力，使莒哈絲終其一生從不停下她的筆尖，她不是書寫文字，而是被文字所書寫的人。

相較於莒哈絲作品內始終充斥而徘徊不去的死亡與絕望幽靈，鍾文音的創痛更明顯來自於喪失了愛情之舟，而不斷在情愛間漂泊流離，「愛情來了，又走了。愛情本質如雲如風，這樣的多樣面貌成就了我的筆墨。」[34]每個人都有自己特有的存在準則以此誕生愛情的面貌，亦有自己定義的普世價值來看待自己與周遭的延發關係，失去了愛情此一生命元素，鍾文音絲毫不畏懼地開始想方設法癒療傷口，在文中她並不處理自己的愛情，即使有過，也都慣常被簡化成愛情哲理而非愛情過程描述，即使有愛情過程描述卻也帶有點事不關己的疏離況味。

對於鍾文音而言，由於愛情的苦痛，她出走，她寫作，她開始試著寫出自己，試著與自己進行更深刻的靈魂對話，「感情，永遠是作品內容最初凝結的基調；儀式，永遠是作品形式最後呈現的姿態。」[35]不斷歷經情感創傷的她，在每回痛過且姿態極低之後、在心變得很冷之後，反萌生了力量。於是，基本書寫調性的確立、欲求將情感傷痛的治療轉化為創作能量的來源，成為鍾文音在近期散文作品中逐漸浮現的特性之一。

> 情感經常為我們的生活帶來陰暗的註腳。由於它們可以帶來成長，因此我們未必會避開它們。麥唐納在《幻思》中寫道：「後來我學到，處理某些痛苦思想最好的方式，就是向它們挑戰，要它們無所不用其極，任憑它們啃蝕你的心，直到它們筋疲力竭。」[36]

---

[34] 鍾文音，〈後記〉《美麗的苦痛》，頁 327。
[35] 鍾文音，《美麗的苦痛》，頁 208。
[36] Diane Ackerman（黛安・艾克曼）著，莊安祺譯，《氣味、記憶與愛欲—艾克曼的大腦詩篇》，頁 239。

面對由愛而來的痛苦與創傷，鍾文音所能做到最勇敢的方式就是不斷地與之挑戰。她深刻明白虛幻的愛情基地終將拆倒，任何再深刻的情愛，再刻骨銘心的戀情總有消逝的一天，「無論每一場戀情多用力或多虛無，終將說再見。於是我開始背對戀人，面對我的寫作，這時我才又從破碎裡又回到己身的完整。」[37]為了拾回自己，為了重新建立起完整的自身，鍾文音決定勇敢面對自我，在作品中不斷重寫自己，以一種孤獨的姿態。

而這充斥文中的孤獨，或許便是建立徹底自我完整性的一種狀態與必要。孤獨，是一種關於自身的自我對話，「寫作的人永遠應該與周圍的人隔離。這是一種孤獨。作者的孤獨。作品的孤獨。」[38]從巴黎莒哈絲到八里鍾文音，這強烈的孤寂感緩緩飄盪在兩人作品之間，她們用文字創造它。假若我們妄想找到一份具體的實證來說明那份傷感，終將只能是在耙梳她們的感情底蘊和作品氛圍之時，從她們一字字的話語中，感受那份孤獨，終究，孤獨是作者獨自創造出的。「本質孤獨者從來都無法從一事一物裡一人裡得到安慰，因為凝視孤獨的本身就已是安慰，就像作家的回饋在寫作過程裡已經獲得了。」[39]她的冷靜、孤獨和倨傲，使她的文字展示出一股堅強而絕對的韌性。在接下莒哈絲寫作的棒子之後，我們看見鍾文音用全然屬於她的時光與心力持續以書寫作為她的獨特告別式，「寫作於她，是一種自我內化的儀式，由孤寂產生，並不斷穿鑿自己」[40]。也許亦如她所說「離開寫作時的那種孤獨，作品就不會誕生了」[41]。

---

37 鍾文音，《美麗的苦痛》，頁 161。

38 Marguerite Duras（瑪格麗特．莒哈絲）著，桂裕芳譯，《寫作》，頁 4。

39 同註 38，〈後記〉，頁 326。

40 張瑞芬，〈漂流女島—論鍾文音散文〉《五十年來台灣女性散文．評論篇》，頁 409。

41 鍾文音，《情人的城市》，頁 31。

（二）書寫重複，重複書寫

循此我們再轉回到鍾文音的散文作品當中觀看，她是如何在書寫過程中逐漸拼湊出一幅自己的生命地圖，並由此重構自我？從 1999 年第一本散文《寫給你的日記》開始，到近期《中途情書》、my journal 四部曲等書，題材的不斷重複與細語呢喃式的自我提問，或許是鍾文音最被論者所質疑之處。這不斷覆轍的書寫印記、明顯耽溺在自我圍城之中的覆誦情調，時時刻刻情不自禁地充斥她的文字之中，一再往她的內裡駛去。在論者所在的位置之上檢視她今年來書寫的成績單，讚賞者有之，批判者有之，但這些成績的核定標準，皆僅只侷限於其書寫主題與內容。認定鍾文音始終不變者雖委婉言其作品為書寫調性一致；但反面而言，鍾文音的書寫卻誠然逃避不了被歸諸於設限自己寫作景框的危機。

雖然說以創作歷程的變革而言，鍾文音似乎是顯得過於緩慢且有覆轍過多之嫌。但如果像她自己所堅持的：

> 我知道我這一輩的寫作者被提及的寫作之罪有：缺乏故事、喃喃自語與重複。其中以重複的罪最大。『不要光是在原地打轉，妳要試著離開安全領域。』……但人類終生都在打造安全領域，這是人類追求幸福的渴望與本能，沒有人願意在流冰上蓋房子，沒有人願意在半空中懸吊擺盪的，除非我們是雜耍團或是馬戲團的人。[42]

根據此段的自我辯解，她作品中題材與主旨的不斷重複環繞，其原初信念單純只是冀望尋找安身之居。印證到她的散文作品之中，就體現在一模一樣的書信體內容大量重現在各文本之中，且交錯在抒情與紀行之間。我們可以說，鍾文音以斷簡殘篇的方式書寫自身故事，因為她正在捕捉她心目中的自己，「人喜歡為過去發生的人、事、物有個依

[42] 鍾文音，《孤獨的房間》，頁 314。

附，在心目中建構一個『自我』」[43]。由此，斷簡殘篇式的述說是她書寫自身的唯一方式；在安全領域之內敲擊文字，則是她建構完整自身的必須。寫給「你」的眾多書信，等同於對自己生命過往的一再回憶重組，對過去的眷顧其實表達了想要介入現在形塑過去的欲望。她「必須」透過不斷的書寫重複，重複書寫，以滋潤自己心靈的土壤，築蓋自己可信的安全堡壘，為自己找到安身立命的住所。只有穩固了故事的堡壘，她才有繼續往下走的依靠。

這種在書寫中建構自我的反覆書寫概念讓我們看見，鍾文音散文中的主體「我」如此不停書寫、言說，不斷複轍的書寫方式，只因為鍾文音寫作的主路尚未行盡，仍有許多空間等待行進、延展。

「如同我的思想都在我的作品一般，從作品了解我，我更無所遁形。但我還是囉唆的言說自己，可能因為還是感到這個世代創作者的寂寞吧，有機會說說話就不免說多了。」[44]這樣一來不禁讓我們又必須重新想起莒哈絲的狂熱，自四十歲直到逝世前夕，莒哈絲花了三十多年的精神氣力來描寫她的情人，參照評論者蔡淑玲在描寫莒哈絲的論述中所提到的，莒哈絲「不斷重寫荒蕪的意義是為了回歸一個無法被純正性界定收編的原點，純的原點。……不是需要另一個人來填補，而是需要另一個人來，使其顯現。」[45]為了回到那寫作的原點，使其完整顯現，這段話中所謂的「另一個人」，應該可挪用比擬為鍾文音散文作品中的「你」。雖說留在文字裡的，多少都已改變了本質，你不再可能是既定的你，我也不可能是書寫當時的我，過去所寫下的，在當下都已成為遺跡，無人能夠有力且完整無誤地再度重刻當時的心靈版圖。但除此之外，在這中性空間內部，藉由「我」在文中與「你」不

43　Elizabeth Loftus、Katherine Ketcham 著，洪蘭譯，《記憶 vs.創憶：尋找迷失的真相》，頁 6。

44　鍾文音，〈後記〉《在河左岸》（台北：大田，2003.02），頁 293。

45　蔡淑玲，〈導讀：烏托邦之不可抗力—致生命讀者以莒哈絲的神話〉，收於 Marguerite Duras（瑪格麗特・莒哈絲）著，桂裕芳譯，《寫作》，頁 9。

停止的對話、逑說，鍾文音仍然正在嘗試治療自己。畢竟寫作者的創作標的始終需按一定的軌道行進，必須是盈足內在、蓄勢待發的狀態之後，才將行進至改變的門口。

> Do or die Create you exist. Keep grown is only evidence You Exist. 保持成長是存在的唯一證明，保持成長，才能證明存在。如此一說，我突然感到自己的大片空白，因為我並沒有成長何況還要保持成長，那麼我的存在在哪裡呢？[46]

這是她在第一本散文《寫給你的日記》中所提出的，當時的疑問經歷這許多年的寫作，至今已化為一種肯定。「長久以來的書寫，都為了完成生命中一次又一次的告別儀式，為了追悔、悼念、挽回，或者只是抒發難以排遣的憂傷。」[47]寫作，即代表記憶的死亡，像是舉辦了一場告別式，在寫完這些感情的死屍之後，過往的她也就能夠由此入土為安。

藉由不間斷的書寫，在越接近後期的文本中，我們可以見到曾經一度沈浸在自憐自艾哀傷氛圍中的鍾文音，漸漸脫胎而出。一方面因為希冀警惕後來者於情路執著之坑疤，於是她開始「以一種自我無情的揭露，來撥開屬於生命的時光的情愛的殘酷內裡。」[48]於是我們看見她藉由不斷的自勉與自我質詢，漸漸從莒哈絲式的荒蕪與細語靠攏向理性而強韌的西蒙・波娃。經過了幾年漫長行旅，在書寫、心靈療癒之間，時間拉開了她之於記憶、情人的糾纏。雖然說時間可以挖深記憶的隧道，但人究竟該不該因此哀傷？則似乎緊扣於自己的內心及其所繫之客體。「女人的自立，不能依賴他者的感情與注目，否則永遠都是個附屬者。」[49]一次次感情受創，於她都是一種再成長，當愛情不再

---

[46] 鍾文音，《寫給你的日記》，頁 93。
[47] 張清志〈自序〉《告別的年代》，頁 7。
[48] 鍾文音，〈代序〉《中途情書》，頁 21。
[49] 鍾文音，《中途情書》，頁 276。

被升高到大過於一切的存在，她也才能夠回到自己的洞穴，以自我為主體，不再被一切殘害，更加有能力去愛。

就像她在談到西蒙・波娃時的感悟：「走得比時代遠的人，都是注定要孤獨的；看得比自己的愛情還要深的人，都是注定無依的。自己就是唯一的救贖，一切都是自己，自己也是一切。完整，這是屬於創作者不可被侵犯的領土。」[50]也是鍾文音對愛情觀的展示與對舊我的告別。

四、從移動的身體到行動的主體

（一）有所本的旅行：旅行書寫定義

評者張瑞芬在討論鍾文音作品時，曾認為「旅遊」是鍾文音的散文作品中一支最鮮明的旗幟，標榜著她近幾年來除了小說創作之外，論者更不可忽略的成就。[51]的確如此，通過寫作認證自我，是鍾文音確認自我存在型式的途徑之一；而旅行之於她，也是自我探索與延伸的另一媒介。

> 遊歷他方，生活他城，旅行讓我回到無身份的過渡狀態，宛如童年之眼，對一切感官感到光鮮。和他者的一切交逢，既上心又不上心，既存在又不存在。……人生故事永遠發生在路上，我是旅人，生命的旅人。邊緣行走，悠悠緩緩，喃喃自語，總是感謝陌生人的慈悲，陌生人的慈悲讓我得以安全抵返我的母城，我的島嶼。
>
> 是陌生人的慈悲，是旅途風霜雨露最後凝結成的美感，安慰了注定在內心擁有巨大孤獨王國的一個寫作者。[52]

---

[50] 鍾文音，《情人的城市》，頁 243。

[51] 參見張瑞芬，〈漂流女島—論鍾文音散文〉《五十年來台灣女性散文・評論篇》，頁 407-408。

[52] 鍾文音，《最美的旅程》（台北：閱讀地球，2004.04），頁 2。

不論在旅途前夕與旅途過程，文中的鍾文音皆是有所本的。她拋棄一般遊山玩水觀覽式的旅行方法，試著採取一種無身份的空白姿態，直接採用與自己對話的喃喃自語來觀看這個世界，觀看身體內在不斷遊走的漂泊靈魂。為了安慰這孤寂的靈魂，鍾文音選擇出走，但如此灑脫的出走，於她而言或許並不是逃避，而是另一種洗滌自己的選擇：為了與他者發生關係，為了證明自己枯涸的靈魂還有精神。

而如同鍾文音這般以日記體、書信體組合而成的寫作體例，如此私我、個人式的旅行書寫，在一般文學作品中並不常見。關於旅行文學、旅行寫作的定義，在郝譽翔探討旅行與文學關係的一篇論文中，她曾經提及「結合『旅行者』／『書寫者』雙重身份的人，方才是構成旅行文學的關鍵核心。」[53]因此，或有論者將鍾文音的作品置於旅行文學的定義下評斷其文本優劣[54]，但另一方面如果誠如鍾文音文中所言：

> 在移動中，我永遠帶著故里看異鄉，也帶著異鄉看故里。所以我一直都不是一個好的旅行者（旅行家就更不是了），因為我不以旅行為專業，更無法在旅行中放下故里所愛所盼，甚至我憎惡別人稱我為「旅行作家」，我只是個時空遊蕩者，對異旅人事物有所執愛的遊蕩者。旅行寫作不是我的專業，我的旅行只是寫作過程的某種養分，人生移動的某個出口，我的旅行其實是有所本的，是有所追尋的。[55]

由此看來，便相當程度地推翻了現行評論者對其作品的定義收編。而究竟鍾文音此類型的書寫作品，可否歸屬於旅行寫作之列，仍

---

53 郝譽翔，〈旅行？或是「文學」？—論當代旅行文學的書寫困境〉，收於東海大學中國文學系，《旅遊文學論文集》（台北：文津，2000.01），頁 289。

54 如林秀蘭，〈創作者的孤獨之旅—論鍾文音的旅行書寫（以 my journal 系列為討論主軸）〉，《中國現代文學季刊》8 期（2005.12），頁 75-99。此篇，即是以旅行文學的框架來討論鍾文音 my journal 系列文本。

55 鍾文音，〈後記〉《奢華的時光》，頁 275。

舊是個值得深辯的問題，但此部分已在筆者可處理的議題之外，還望後來論者可再深入討論。除文體定義上的模糊之外，於此其實並不妨礙筆者在此單元內部所想要討論的主題，因為本篇文中所欲處理的範疇，相較之下更接近於文本內容的辯析與旅行／出走之於鍾文音主體重構的意義。因此基於方便本文論述的立場，筆者且權宜性地在談論鍾文音這些帶有旅行意味的散文文本時以「旅行書寫」稱之，希望能夠以較為中庸的姿態，避免與相形之下以旅行為本、文學為末而定義的「旅行文學」、「旅行寫作」等名詞產生混淆。

（二）旅行，探視自身、撫平傷痕

究其實，在鍾文音的散文作品中，一直不斷流露著「出走」的形象與概念。提到書寫與旅行之間錯綜的關係脈絡，便讓筆者想起，在法國作家西蘇的作品中，便常以不斷重現的旅行概念描摹書寫過程，「書寫是沒有地平線的絢爛旅程，超越一切，驚人又陶醉的遠行，直入不曾言說之境。」[56]。若更深一層解釋文中的這個旅行概念，其實是具有多元意義的，它可以看做是所有介入書寫過程事物的互動，包括：心靈／感官、身體／文本、主體／他者等各項相對性的概念，因此，這段引文極適合用於解釋鍾文音的書寫與旅行之相關。書寫，可以是一次次關於自我心靈的旅程，藉由書寫之旅以通過自我，出走於焉成為一種不可抗拒的選擇。於是，我們便可以看到，「旅行的地點成了我心情移動的布幕，成了我個人時光消逝的見證人。說穿了，我的旅行寫作只是我的所思所見，它是過程，不是終點。」[57]不論是實際上的身體出走之旅，亦或是書寫作為旅程，兩者成為鍾文音重構自我的雙重出口。

---

[56] 蕭嫣嫣，〈我書故我在—論西蘇的陰性書寫〉，《中外文學》24 卷 11 期（1996.04），頁 61。

[57] 鍾文音，〈後記〉《奢華的時光》，頁 276。

但更需要釐清的是，雖然鍾文音關於旅行書寫系列文本的背景，無疑具有旅行的事實，但筆者卻更傾向相信她的出走接近於心靈層次上的出走，是由心靈帶領身體而開始的行動。由此她的旅行書寫風格，始終堅持著一股冷調與自我探問的氛圍，透過自我的徹底放逐，文本中的我始終在疆域與疆域之間來回擺盪、出軌，她的表面看似閒散，但其實內在「我」與「你」的思索活動卻無停歇時刻。誠如宋美華定義「旅行書除了記錄旅途的經驗表象，更重要的是建構作者的自我主體以及和他者之間的對話交鋒。[58]」行文至此，藉著書信體與紀行體的形式，鍾文音亟欲重整自我、建構主體的企圖，便已逐漸呼之欲出：「這一系列書寫一直都不是旅行寫作，這是非常個人的人文移動風景，是對已逝靈魂的考察，和對自我感情底層在離開故里之後的探測。」[59]因此文本中所希望呈現出的層面，無疑更接近於作家於旅行之時所帶出內心的尋幽訪勝與自我探微，更接近於看見鍾文音在出走的過程中，以雙重焦距凝視周遭事物，既向內心省思也向表相注視的歷程。

從紐約學畫到波里尼西亞追尋高更，從上海到巴黎莒哈絲而至美東尋訪愛蜜莉，鍾文音近年來不斷地飄移流動，在世界的各城市之間。與其說她的流離感造成了書寫，不如說她書寫的勇氣來自於旅行或出走，起始以為愛出走為本，至終以返鄉歸根為末。唯有孤獨處在一個不熟悉的環境中，她始可安心地帶著異旅人的身份觀看世界，反證自身。

而旅行不啻就是將自己拋到全然異化的空間之中，以身在另一國度的自己作為原先自我的某種映照，其中強烈反射出的是與以往自身更大的差異。旅行，是心懷站在他鄉看故鄉的心境，於此所能夠看見的不僅僅是故鄉，亦包含故人。於是她書寫。寫信，藉著書寫無論虛

---

[58] 宋美華，〈自我主體、階級認同與國族建構〉，《中外文學》26卷4期（1997.09），頁 4-28。摘引於郝譽翔，〈旅行？或是「文學」？—論當代旅行文學的書寫困境〉，收錄於東海大學中國文學系，《旅遊文學論文集》，頁 279-302。

[59] 鍾文音，《奢華的時光》，頁 276。

實的書信，她開始尋找與自我對話的空間，旅行與書寫的大量結合，便由此反覆體現在其眾多散文作品中。經歷時間與空間的轉換，書信跨越了時空的限制，讓文本中我的自我救贖成為一種可能。並且，當她在旅途過程中，不斷將鏡頭反照自身之時，其實也預設了一個清晰的立場，一種不得不如此的概嘆：

> 行前我一再提醒自己，就把自己的眼睛當攝影機拍吧，拍向他方他人他事，就是不要把鏡頭對著自己。可我過往旅程常一不小心就讓鏡頭兜轉個彎，對著自己的心事沈墜。不要再在美景中掉落一種虛空狀態。否則將看不見那個美麗。[60]

對於旅途中經常造訪的虛空狀態，鍾文音寫得這樣無奈，但這種已然認定且不得不如此的語氣，終究讓她設定旅行之為逃脫，必是應有所獲得的，尤其表現在旅行書寫的過程中。讓她在「離鄉返鄉，不斷地靜止和移位交叉，終於知道了如何和『自己』好好相處了。」[61]

旅行之於她，正如前所論證，這一切的離鄉行為皆是早有預謀、是有所本的出走，而這樣毅然決然的出走，自然與其寫作風格帶有密不可分的關聯，「二〇〇一年之後，我的旅行書寫雖是有所主題和目的的探索，但旅行的文字風格則顯得更自我，無寧更接近一種純粹和瑣碎的個人小歷史的紀行。」[62]這段話中的重點，便是鍾文音無國界的性格造成了她文字的自我風格，藉著從此地到彼地的旅途之間，迢遞旅程所漫衍出來的複雜情緒，鍾文音帶領我們一步步看見旅者行走的身影，是回歸自身的探視，是撫平傷痕的憑藉，「旅行，起先是光鮮對外的，總是要在疲憊之際才會停下來和自己竊竊私語。四處爬行，原是為了一場又一場的他者際遇中，和自己交會。」[63]因此，在這樣一次又

---

[60] 鍾文音，《中途情書》，頁 174。

[61] 鍾文音，《寫給你的日記》，頁 237。

[62] 鍾文音，《永遠的橄欖樹》（台北：大田，2002.05），頁 272。

[63] 鍾文音，〈自序〉《永遠的橄欖樹》，頁 6。

一次對於各個作家、藝術家的追尋之旅，鍾文音利用旅行將我們也將自己帶到異質的空間，與過往的記憶相互碰撞，進而內化生命，創造深度。

五、結語：自我是唯一的救贖

> 遠方沒有名字，只有存在。
> 遠方沒有地圖，只有方向。
> 我將去遠方走走，心是唯一的行李。[64]

天生帶有孤單細胞的鍾文音，自寫作之始身上即披掛著累累傷痕。她的存在於何處？她終將歸何方？現階段的我們，只能看見她一次次帶著決心向遠方走去，而「心」是唯一的行李。

在本文中，筆者已自文體的例析、書寫與旅行之於作家的重要性等角度，試圖釐清作家一直以來執著於消解龐大傷口的過程。藉由書信體與日記體的寫作，作者在破碎的文體與片段的生活記事中，開始與自己對話，由文本中瑣碎而片段的記憶組合而成，我們得以慢慢從中拼湊出一副完整的生命圖像。猶如柯裕棻所說，「只有當我不再時時刻刻期待自己完整無缺，我才能夠不再害怕世界，我才能夠時時刻刻使自己成為手捧烈焰的人，能夠凝視過去，為它灼傷淚流，卻毫不後悔。」[65]鍾文音在過去數年之間，嘗以「文中我」作為介質，藉著書寫過程中產生的自我／超我、藉著書寫此一型態來回憶／替現已發生的過去；更甚者，在與「你」對話的過程中，她試著向外凝視，對著遠方不知名的「你」敘說心中所思所感，由此出自自我想像的療癒書寫中反觀自身，告別過往。因此我們得以看見，在時光如韶飛逝的狀態

---

[64] 鍾文音，《裝著心的行李》（台北：玉山社，2000.12），頁 22。
[65] 柯裕棻，《恍惚的慢板》（台北：大塊文化，2004.08），頁 242。

之下，鍾文音不斷經由自我書寫／書寫自我讓生命緩緩流動，誠實地以書中不斷飛翔的文字治療自己的傷痛。

鍾文音曾經如此說過：「現今如此生活和如此的書寫狀態，並不為什麼，只因為本能的內在呼喚而已，我想誠懇面對與拼回大量失落的自己面目，不論美麗與醜惡，不論慾望或希望。」[66]就閱讀鍾文音作品中經常出現靈光乍現的書寫特性而言，我們或許不如將它理解為積累憂鬱的狂洩。而在這樣的靈光閃現之後，往往緊隨而來的是人生歷練的補充過程，這樣的補充，就是透過將寫作視為一種媒介而得以完成。或許我們可以說鍾文音是極為自覺地以寫作隨時隨地審視記憶中的自己；以旅行中異域化的眼光重新編織自身。循此遞嬗而下，持續書寫便成為鍾文音自我救贖的一種途徑、成為一趟自我主體的追尋與探索。

除了書寫以外，我們繼續透過作家的寫作歷程與文本分析進而追索下去，更進一步可以發現，在鍾文音大量寫作的這數年間，寫作資料的蒐集，旅遊、出走的必須，是鍾文音為預先填補空白的寫作內部而做的準備，

> 我終生將不再滿足於任何一種角色，也不再服膺於任何一種被要求的生活狀態。我已經飛翔在青天，遊之於江河了，我怎麼樣也無法再自欺欺人地生活在一座天花板圍城和一個小小池塘。[67]

這樣一份已儲存在生命磁碟片內的記憶，需要具有隨時能被召喚而出的能量，自詡為永遠的旅人的她，擁有吉普賽人的流浪靈魂，而旅行，就是她成就生命無限機緣的一種動力。由此，旅行／出走之於鍾文音而言，成為不可或缺的生命元素，旅行書寫就是其重新證明自我存在、主體存有的探索成果。

---

[66] 鍾文音，《永遠的橄欖樹》，頁 273。

[67] 鍾文音，〈自序〉《永遠的橄欖樹》，頁 4。

但當我們接連閱讀至此，或許曾經質疑鍾文音的漂泊之時，「心遊蕩累了就會回來。」[68]她如此回答我們。告別了昨日，鍾文音或許已經打點好自己準備面向明天，而告別是為了什麼？在告別與慰留之間，只有一條細細的線，書寫者在其上行走，為的是使發生過的再發生一遍，為了召喚亡逝的時間，也為了可以總結過往，重整自我走向下一站。於是，再回到這塊島嶼之後，她開始了下一階段的書寫，在涵醞過後，書寫女性是她現今的企圖[69]，在生產過二十多部作品之後，她的這一系列書寫嘗試確實值得期待。

文末最後，必須再多語地提到，鍾文音在一次關於演講的經驗中，是這樣說的：「我的翅膀不能借你們飛，你們必需用自己的翅膀飛行自己的人生地圖。」[70]這樣的一句話，當然亦可回應到西蘇在〈美杜莎的笑聲〉中曾提筆說過：「飛翔是婦女的姿勢一用語言飛翔也讓語言飛翔。」[71]人生的黑暗只能自己度過，鍾文音縱使也必需時常將自己的翅膀送修，但筆者始終相信，通過數千百個如迷宮般的人生路途，鍾文音從此應可以更無掛慮地展開她獨一無二的飛翔姿態。

（本論文已發表於 2007 年 06 月第四屆全國台灣文學研究生學術論文研討會）

---

68 鍾文音，《裝著心的行李》，頁 84。

69 關於此點，鍾文音預計於 2006 年至 2008 年完成「島嶼百年青春物語」系列三本書，此系列書寫以時間作為分卷準則，分別是八〇至千禧年之後的《豔歌行》、戰後至七〇年代的《短歌行》、日據至四〇年代的《傷歌行》，是鍾文音首次企圖拉開敘述的時間長河，僅以「青春人」的時光為敘述內容的小說。第一卷《豔歌行》已於 2006 年 11 月出版。

70 鍾文音，《情人的城市》，頁 19。

71 Helene Cixous（埃萊娜・西蘇），〈美杜莎的笑聲〉，收於顧燕翎主編，《女性主義經典》，頁 95。

參考書目

專書

- Diane Ackerman（黛安・艾克曼）著，莊安祺譯，《氣味、記憶與愛欲—艾克曼的大腦詩篇》（台北：時報文化，2004.5）。
- Elizabeth Loftus（伊莉莎白・羅芙特斯）、Katherine Ketchum（凱薩琳・凱遜）著，洪蘭譯：《記憶 vs.創憶：尋找迷失的真相》（台北：遠流，1998）。
- Jill Freedman（吉兒・佛瑞德門）、Gene Combs（金恩・康姆斯）著，易之新譯，《敘事治療—解構並重寫生命的故事》（台北：張老師文化，2006.07）。
- Marguerite Duress（瑪格麗特・莒哈絲）著，桂裕芳譯，《寫作》（台北：聯經，2006.01）。
- Peter Brooker（彼得・布魯克）著，王志弘、李根芳譯，《文化理論詞彙》（台北：巨流，2003.10）。
- Philip Koch（菲力浦・科克）著，梁永安譯，《孤獨》（台北：立緒，1997.11）。
- Roland Barthes（羅蘭・巴特）著，李幼蒸譯，《寫作的零度》（台北：桂冠，2004.04）。
- ——————————，汪耀進、武佩榮譯，《戀人絮語》（台北：桂冠，2005.07）。
- 何寄澎，〈當代台灣散文的蛻變：以八〇、九〇年代為焦點的考察〉《文化、認同、社會變遷：戰後五十年台灣文學國際學術研討會論文集》（台北：行政院文建會，2000）。
- 柯裕棻，《恍惚的慢板》（台北：大塊文化，2004.08）。
- 張瑞芬，《五十年來台灣女性散文・評論篇》（台北：麥田，2006）。

- 張清志，《告別的年代》（台北：寶瓶，2006.07）。
- 張蕙菁，《告別》（台北：洪範，2003.10）。
- 廖炳惠編著，《關鍵詞 200》（台北：麥田，2003.12）。
- 鄭明娳，《現代散文類型論》（台北：大安，1988.11）。
- 鍾文音，《寫給你的日記》（台北：大田，1999.06）。
- ———，《裝著心的行李》（台北：玉山社，2000.12）。
- ———，《昨日重現》（台北：大田，2001.02）。
- ———，《遠逝的芳香—我的玻里尼西亞群島高更旅程紀行》（台北：玉山社，2001.10）。
- ———，《永遠的橄欖樹》（台北：大田，2002.05）。
- ———，《情人的城市—我和莒哈絲、卡蜜兒、西蒙波娃的巴黎對話》（台北：玉山社，2003.08）。
- ———，《最美的旅程》（台北：閱讀地球，2004.04）。
- ———，《奢華的時光—我的上海華麗與蒼涼紀行》（台北：大田，2004.10）。
- ———，《美麗的苦痛》（台北：大田，2004.10）。
- ———，《中途情書》（台北：大田，2005.11）。
- ———，《孤獨的房間—我和詩人艾蜜莉、藝術家安娜的美東紀行》（台北：玉山社，2006.01）。
- 顧燕翎主編，《女性主義經典》（台北：女書文化，1999.10）。

期刊論文

(1) 期刊雜誌

- Mills, Sara 作，張惠慈譯，〈女性主義批評中的女遊書寫〉，《中外文學》27 卷 12 期（1999.5），頁 6-27。
- Janet Wolff 作，黃筱茵譯，〈重新上路：文化批評中的旅行隱喻〉，《中外文學》27 卷 12 期（1999.5），頁 29-49。

- Julia Kristeva 作，林惠玲譯，〈哀傷之症莒哈絲〉，《當代》158 期（2000.10），頁 92-123。
- 林秀蘭，〈創作者的孤獨之旅—論鍾文音的旅行書寫（以 my journal 系列為討論主軸）〉，《中國現代文學季刊》8 期（2005.12），頁 75-99。
- 郝譽翔，〈旅行？或是「文學」？—論當代旅行文學的書寫困境〉，收於東海大學中國文學系，《旅遊文學論文集》（台北：文津，2000.01），頁 279-302。
- 張淑麗，〈書寫「不可能」：西蘇的另類書寫〉，《中外文學》27 卷 10 期（1999.3），頁 10-29。
- 鍾文音，〈多重曝光的折射迷魅—略述一個她者和創作者的魔術時間〉，《藝術家》58 期 5 卷（民 93.05），頁 414-417。
- ———，〈一種述說無盡的氣味——侯孝賢作品對我的影響〉，《文訊》211 卷（2003.05），頁 68-70。
- ———，〈從陣痛到無痛分娩—勾勒一張華麗的織錦圖〉，《文訊》247 卷（2006.05），頁 69-73。
- 陳嬿文，〈伊能靜 V.S 鍾文音—百變精靈／不斷向昨日告別的女人〉，《聯合文學》220 期（2003.02），頁 46-56。
- 蕭嫣嫣，〈我書故我在—論西蘇的陰性書寫〉，《中外文學》24 卷 11 期（1996.04），頁 56-68。

(2) 碩博士論文

- 林宛青，〈從混沌到豐饒—論鍾文音文本中的女性主體〉（台中：靜宜大學中國文學研究所碩士班），2004 年。
- 胡紹嘉，〈書寫與行動—九〇年代後期，女性私我敘事的態度轉折及其意義〉（台北：政治大學新聞研究所博士論文），2002.07。

完美的存有：家族書寫中的戀物意象
——以《戀物人語》、《昨日重現》作為探究對象

林唯莉*

摘要

周芬伶與鍾文音分別為五、六年級世代，在文學生產的數值上無疑是非常豐碩的，兩者的作品所呈現的都會女子樣貌也有所逕庭。周芬伶《戀物人語》及鍾文音《昨日重現》出版時間差去不遠，兩書皆以一幀家庭老照片作為封面，「家」則是為作家表現物像、記憶、情感的重要基調。「家」不僅是寓居的所在，更是凝聚一群有血緣關係的人作為情感投射、認同歸屬的象徵物。一旦這個象徵物「擬象化」（simulacrum），該物件的具象因此有了生命的意義。這兩本充滿物件圖象的散文作品，充斥著各種以「家」出發，用一種女性絮語的方式去闡述該物件背後的情感結構，卻又不是「懷舊」二字所能一言蔽之的。「假設記憶可以被改寫，那麼記憶當然也可以僭越了歷史」，記憶不僅僭越了男性史家所追隨的線性史觀，也同時改寫了流行（fashion）的時間以及收藏者與收藏物之間的關係，在這兩本書寫物件的散文作品，我們看見女性如何「在瑣細事物中，以片段、跳躍及拼貼的方式，建構起屬於女性記憶與想像的歷史版圖」。

* 台南市人。目前就讀成功大學台灣文學所博士班，靜宜大學人文教育中心兼任講師。著作有碩士論文《女遊與女性自傳式書寫中的家國語藝：以《逆旅》、《漫遊者》、《海神家族》為分析對象》（成功大學台灣文學所，2006 年；並獲得國家台灣文學館主辦「第一屆台灣文學研究論文獎助」），其他得獎作品有：〈尋找君父的城邦：試論《逆旅》、《漫遊者》中女性自傳式書寫與家國尋索〉（第二屆台灣文學全國研究生學術論文研討會佳作，2005 年）、〈凝望媽祖、傾聽媽族：《海神家族》的女性形象演現〉（第十二屆府城文學獎文學論述類佳作，2005 年）。研究旨趣有現代女性小說、飲食文學、眷村文學、自傳書寫等等。

《戀物人語》及《昨日重現》中出現的物件大抵上與作家的家庭成員及其關係攸關，本論文欲從探究各異的家庭關係及對話；作家的戀物模式如何表現在文學書寫中，這些收藏的意義在《昨日重現》的復古情懷與《戀物人語》的流行敏銳度其實蘊含著物件作為投射女性內在的感官經驗如何連結家族情感，同時也可以說是女性作家用來悼亡自我的手段。第一部份闡述物件在家族書寫裡扮演的轉碼角色，據此分析作家不僅詠物思人，更是一場組構重製記憶的精神工程。第二部份以插取式記憶概念出發，物件散發出的氣味如何引導作家聯結己身生命經驗的滋味；第三部份進入家族書寫的主脈，女性之於「家」這個地理空間俱扮演著「旅行者」的角色，父權體制下的女性被動地成為「他者」，此部份將一一剝解女性如何從中脫殼而出。藉此亦可看到女性透過封面照片推演訴說女性／家族故事的過程中，所展演出不同的書寫面貌。

關鍵詞：戀物（fetish）、收藏、家族書寫、懷舊（nostalgia）、移情作用（empathic）、記憶（memory）

一、物件的編碼與重構的記憶

周芬伶與鍾文音分別為五、六年級世代[1]，在文學生產的數值上無疑是非常豐碩的，兩者的作品所呈現的都會女子樣貌也有所逕庭。周芬伶的寫作年譜歷經婚姻、育子及婚變，在婚姻過程的悲歡洗禮之間，其文學內質亦蛻變萬千，評家常以《熱夜》作為周氏文學轉折的一大分水嶺，在此之前「天真冠冕一切德行」[2]，不脫以往中文系出身的女性作品所流露出的婉約清麗氣質；《熱夜》是她婚變後首部作品，從此以降，周芬伶文字丕變，以駭女之姿一再挑戰世俗對離婚女性的捆綁，看似背德、激烈、挑釁的文字背後，更多的是一種意識流的喃喃自療話語。鍾文音從《女島紀行》開始，在城裡城外不斷穿梭洄旅，在都市的挾小閣樓中眷戀雲林老家，回到雲林老家卻恨不得拔腿就跑；近鄉情怯又無法自已的心情成為鍾文音的作品一貫的基調。

周芬伶《戀物人語》及鍾文音《昨日重現》出版時間差去不遠[3]，兩書皆以一幀家庭老照片[4]作為封面，「家」成為作家表現物像、記憶、情感的重要基調。周芬伶迷戀靜物其來有自，她認為收藏靜物之人，不但拯救物品也拯救自己，並從中獲得自由[5]；自忖異於豢養寵物之人，她喜歡靜物背後的永恆意義，經過長年環境的風乾與時間的淬練得以成為一只雋永的珍古寶藏，更重要的是沒有生命存活的時間限制，也因此少了失去的傷悲。周芬伶藉詠物訴諸感性的作品，除了本

---

1 周芬伶於 1955 年生於屏東，鍾文音則於 1966 年生於雲林。

2 其師趙滋蕃稱譽之語。

3 前者出版於 2000 年 10 月，後者出版於 2001 年 2 月。

4 《戀物人語》封面是一張女性家庭合照，窺測出周芬伶在選擇這張照片的同時，擘畫一個排除男性的影像策略，告知讀者「這是一部女性文學，同時是一部給女性閱讀的文學」；《昨日重現》則戲謔地將家族照片擺置在書頁中，從書冊封面看來，是一位年幼女孩的獨照，表明文本「欲了解這位女孩的成長經驗，必須事前一一抽絲梳理其家族故事」的旨趣。

5 周芬伶，《仙人掌女人收藏書》，台北：麥田，2006 年 7 月，頁 32。

文探討的《戀物人語》外尚有近期推出的《仙人掌女人收藏書》，便是一部分享多年來收藏靜物的時尚散文，從珍品古物、瑰麗珠寶、名牌配件到玩偶小物等等，都可窺見周芬伶自成一家的時尚美學與購物哲學，同時也闡明了經濟獨立的現代女性透過物件的購買和私藏來表現寵愛自己的新生活運動。異於《仙人掌女人收藏書》顯示作家的中產階級高消費模式，後資本主義時代快速且價昂的購買行為反而更加凸顯馬克思主義所批判的拜物（fetishism）概念[6]；稍早出版的《戀物人語》則多了幾分「人情」，透過物件中介進而帶出作家對人世的情感表達與生命記憶的再現。這本書分為〈上〉〈下〉兩卷共計四十篇，〈下〉卷「戀人物語」是作者作為一個後現代消費主體的參與者，從旅行經驗、消費行為及時尚品味養成的種種文化洗禮後，企圖解釐「強迫購買」行為的深層探索，同時也看到周芬伶如何解讀或諷刺流行文化內蘊的現代性、民族性甚或文化史論述；另一方面，〈上〉卷「卿卿入夢」著重在物件背後連結的情感結構，婚變後的周芬伶對愛情、親情和婚姻的本質有著更細膩的思辨，進而發展出一套「周氏哲思」，物件透過商品價值輸送後所產生的紀念價值在幾乎每篇散文的末後都會留下一段闊達卻悒鬱的愛情哲語。

鍾文音所呈現的戀物圖像誌，又是一種截然不同的樣貌；這本載明「物件和影像的家族史」的散文《昨日重現》共計十卷，通篇圍繞以作者記憶家族成員為主軸，拉開時空布幕所展現的便是一個個由物件串結而成的有機體，這個有機體—「家」不僅是寓居的所在，更是凝聚一群有血緣關係的人作為情感投射、認同歸屬的象徵物；一旦這個象徵物「擬象化」(simulacrum)，該物件的具象因此有了生命的意義。

---

[6] 根據廖炳惠對拜物（fetishism）的闡釋，拜物「指涉的是將社會中以金錢交易的商品以外在表象包裝，藉由符碼和意象的充填和再現，來掩飾社會階層關係中的剝削與不平等」。廖炳惠，《關鍵詞 2oo》，台北：麥田，2003 年 9 月。而這種發展於後資本主義時代的消費模式正說明了商品被編製成一種文化資本，以區分身份、地位和核心價值的文化符碼。

這兩本充滿物件圖象的散文作品，充斥著各種以「家」出發，用一種女性絮語的方式去闡述該物件背後的情感結構，卻又不是「懷舊」二字僅能一言蔽之的；「假設記憶可以被改寫，那麼記憶當然也可以僭越了歷史」[7]，記憶具有改寫、重組以及再現歷史現場的特殊性質，無論是「瑣碎政治」抑或「細節描述」[8]，不但僭越了男性史家所追隨的線性史觀，也同時改寫了流行（fashion）的時間以及收藏者與收藏物之間的關係；更重要的是，由作家透過自行篩選並組織的歷史記憶，意味著作家給予某一特定時空的永恆價值，透過這類敘事建構以揭露文本裡頭所隱含的懷舊模式，包括對過去時空的執迷眷戀而致的自我沉溺、面對當代快速汰換的流行物象所產生的失落感與空虛感。鍾文音另一部作品《美麗的苦痛》[9]同樣藉物思人，透過敘說人生過程中的種種儀式以見證個人出生老死，儀式供養著記憶，也同時紀念儀式過，後所遺留的物件，其背後所韞匿的青春時光；因此，這本敘說人生儀式之書亦可作為細部探究時的參照。在《戀物人語》與《昨日重現》中即可發現這樣的書寫策略，我們看見女性如何「在瑣細事物中，以片段、跳躍及拼貼的方式，建構起屬於女性記憶與想像的歷史版圖」。[10]

《戀物人語》及《昨日重現》中出現的物件大抵其家庭成員及關係攸關，本論文欲從物件的感官經驗連結家族情感，探究各異的家庭關係及對話；作家的戀物模式如何表現在文學書寫中，這些收藏的意義在《昨日重現》的復古情懷與《戀物人語》的流行敏銳度其實蘊含

---

7 鍾文音，《昨日重現》，台北：大田，2001 年 2 月，頁 290。

8 張瑞芬認為鍾文音散文中，借物寫情的書寫模式使得大歷史課題通通退到背景去；周蕾（Rey Choe）就說這種方式指涉「相當程度的破壞傳統的中心性，和傳統歷史的父系傳統顯然是背道而馳的。收錄於張瑞芬，〈漂流女島—論鍾文音散文〉，《五十年來台灣女性散文・評論卷》，，台北：麥田，2006 年 2 月，頁 405。

9 鍾文音，《美麗的苦痛》，台北：大田，2004 年 10 月。

10 張瑞芬，〈漂流女島—論鍾文音散文〉，《五十年來台灣女性散文・評論篇》，台北：麥田，2006 年 2 月，頁 403。

女性作家用來悼亡自我的手段。第一部份闡述物件在家族書寫裡扮演的轉碼角色，據此分析作家不僅詠物思人，更是一場組構重製記憶的精神工程。第二部份以插取式記憶概念出發，物件散發出的氣味如何引導作家聯結己身生命經驗的滋味；第三部份進入家族書寫的主脈，女性之於「家」這個地理空間一直都是旅行者，父權體制下的女性被動地成為「他者」，此部份將一一剝解女性如何從中脫殼而出。藉此亦可看到女性透過封面照片推演訴說女性／家族故事的過程中，所展演出不同的書寫面貌。

二、味覺的插曲式記憶[11]

周芬伶涉獵的文學書寫形式非常多元，遍及散文、小說和少年兒童文學，出身學院的她參與文學論述、口述歷史，更曾成立「十三月戲劇場」並擔任舞台總監與創作劇本。[12]而鍾文音的藝術創作形式也是多采多姿，大眾傳播系畢業的她於九五年曾遠赴紐約習畫兩載，早期曾任電影評論、電影劇照師、場記、美術記者，出版作品的種類橫跨文學、繪畫及攝影。周氏的散文作品圍繞生活而寫，寫學者生涯與學生相處種種、寫流行文化帶來的購買慾望後的解慾剖白，婚變後的她

---

11 派特·瓦潤等作者於《嗅覺符碼：記憶與欲望的語言》中提到，人的記憶可依不同方式分類，除了短暫的和長久的記憶外，明顯的和潛在的記憶，另外尚有插曲式記憶和語意性記憶。其中，插曲式記憶使人依感官經驗和其情緒聯想記得許多事情。以上參考自楊乃女，〈香水與記憶的交歡—朱天心〈匈牙利之水〉中的嗅覺地圖〉，「疆界／將居：2004 年文化研究學生論文研討會會議論文」，2004 年 12 月 18~19 日。

12 周芬伶歷年來的藝術創作多元，少年兒童文學有《小華麗在華麗小鎮》、《藍裙子上的星星》、《醜醜》；小說有《百合雲梯》、《世界是薔薇的》、《妹妹向左轉》、《浪子駭女》、《影子情人》、《粉紅樓窗》；散文則有《絕美》、《花房之歌》、《閣樓上的女子》、《熱夜》、《戀物人語》、《汝色》、《母系銀河》、《仙人掌收藏書》、《紫蓮之歌》；論述類有《西遊記與鏡花緣之比較研究：兩種神怪小說的心理分析》《豔異：張愛玲與中國文學》；口述歷史類有《憤怒的白鴿：走過台灣百年歷史的女性》。另外，曾成立「十三月戲劇場」並擔任舞台總監，編有《春天的我們》等劇本。

在《戀物人語》中，我們看到涉及家族書寫的部份較以往多，在原生家庭成員身上看到關懷與愛，了然如重生地感受它並珍視親情的可靠／可貴。同時，在許多篇幅中讀者看到婚變後必須與兒子分離的肝腸寸斷，婚姻在女人身上耗費的時間與痛苦的鞭烙，在這部作品裡昭然若揭；另一本《仙人掌女人收藏書》亦有述憶其母親及其姐妹的情誼紀事，俟後論及相關探究時再行互文參照。《戀物人語》是其結束婚姻關係後的創作，獨居學院宿舍的周芬伶思索人與人之間的相處關係時，透過一些物件反芻往昔婚姻關係中的橫逆不堪，凸顯出自己與原生家庭的醇厚親情，並藉此深化書寫對象。與周芬伶創作肌理不同的鍾文音，從初啼之作《女島紀行》以來，《昨日重現》、《過去：關於時間流逝的故事》、《愛別離》、《美麗的苦痛》等等，或隱或顯地自我低喃，虛實難辨的創作語言正為其多年來從中找到自己與家庭救贖的可能；然而，《昨日重現》運用了舊時家庭常備的生活用品圖片，企圖以味道回憶那段澀黃霉溼的逝往；引起筆者關注的是，《昨日重現》雖以十卷標明家族書寫的人事座標，但每一卷裡卻又細分為無數小標，這些小標中的物件直接性地聯結、組織、並描摹出被書寫者的樣貌、氣味及生命姿態。

作家透過回憶（recall）重現並確認過去經驗的事物，而這個過程往往需要透過間接回憶，即經由某些與過去經驗相關的物件加以聯想確認；嗅覺往往是一個直接而敏銳的記憶體，藉著氣味的引導進而模擬身體與自身環境之間的關係，「嗅覺記憶能模擬某個時刻身體與環境互動的感覺，所以人常在聞到某些特別氣味時不自覺的會去搜尋氣味的記憶並且追尋那時的環境。」[13]透過某些氣味或其他感官經驗的聯結，人方得以辨識、搜尋記憶中雷同或重複發生的歷史情境；既然感

[13] 引自楊乃女，〈香水與記憶的交歡—朱天心〈匈牙利之水〉中的嗅覺地圖〉，「疆界／將居：2004 年文化研究學生論文研討會會議論文」，2004 年 12 月 18~19 日。

官經驗具有召喚記憶的能力，透過某些強烈的感官刺激，同樣經由這種「強烈」去激發個人經驗中「模擬」氣味的情緒反應。〈酸柚與甜瓜〉一文，提到父親聽聞女兒欲結束婚姻，挈柚北上探視，阻隔在兩代之間的觀念在父女間對話裡屢起勃谿，然葡萄柚的味道不知不覺中瀰漫整個屋室，周芬伶聯想婚姻生活所模擬出的味道竟與葡萄柚味道如此契合，辛酸的味道足以割舌（割捨？），即使結束或回憶卻仍如滿室辛酸（心酸？）的葡柚，轉成無盡的苦味。對於甜瓜的美好記憶卻來自於婚姻中的婆媳關係，當時象徵著被寵愛時的幸福甜美，如今卻成為心酸的回憶。周芬伶面對這味覺喜好的轉變，殷嘆過去幸福為今日痛苦，婚姻恰如一場幽夢，往昔美好卻如今朝惡夢。酸澀之味在〈酒釀的年夜〉依然可聞，酒釀的酸澀入喉後，取而代之的是麻痺神經後飄然悅然的赤子神情；婚變後的周芬伶卻聯想到童年逾矩飲酒的記憶，「女兒紅」其美意過早逾越，婚姻不似醇酒愈陳愈香，反倒陷入舊式父權家庭的桎梏裡；姻親家庭的囫圇年節對照起兒時的盛筵過節，更顯得淒涼酸楚，被迫守著為人媳婦之道卻又不忍家中父母四眼相對之景，以至於如今嘗到的只有酒的艱澀難耐。

除了那汗水淋漓蒸餾而成的母親體味，黑砂糖、美琪、白雪、資生堂是鍾文音記憶母親的氣味硬碟；早期香皂工業發達時，黑色包裝下的濃烈甜味和紅色紙袋下的消毒氣味對青春期的女兒無疑是一道氣味的隔闔，人子只得以號召青春荳蔻的白雪或資生堂以之相抗。別於其他作家憶寫亡父時，多由其美好、溫儒的面相書寫之，亦非書寫血濃於水的父女親情等方式，鍾文音用最接近父親死亡的時間序列記憶父親，告世之前的電擊急救是其脫離肉身的劇烈方法；父親死後的手尾錢與偶然間拾獲的金戒則是父女相思的唯二信物。米酒頭、保力達B 及長壽香菸則是鍾文音父親留給女兒的憑弔物，墨色如夜號稱補血聖品的保力達 B 加上沁涼無色的米酒頭，加速父親的肝臟衰敗，嗆鼻的長壽菸最後取代三炷清香，記憶憂鬱父親的混雜著青草、肥料與菸酒等層疊沁入的體味。

三、「家」的旅行者

（一）戒指・戒律・戒痕：父權家庭的轉植

造成女性婚姻不適症的原因，最早可以歸因於拉岡（Jaagues Lacan）的鏡像理論，母嬰合體在初生兒的認知裡是成立的，一旦嬰兒意識到自己與母親是兩個分裂的個體時，嬰兒對自我的定義被解構而有「從此不再完整」的失落感，這導致人終其一生不斷彌補失落的缺憾，無時無刻都在找尋代表完整的母親的身體。這個「母親的身體」正好說明了女性在父權社會中的「門裡門外」處境，「母親的身體」比擬為「家」，當女孩被教育原生的「家」終究只是一個暫停的居所，成家前的女孩竟日惶惶不斷湧升失去「家」的危機感，這個害怕失落的恐懼在普世觀念的灌輸下，女性仰賴男性的救贖企以建立一個自己的家；然而，進入依舊包裹著父權思想的婚姻體制後，女性被迫參與另一個全然陌生的家庭，必須去融入、同化成為這個家的外圍成員，守護著丈夫承諾的誓言不斷退居屋宇的最小處，一家子擠身三坪房間亦幸福自得。〈衣魂〉看見女性作為一個「他者」進入新家庭的卑微，連母親為她搶灘的床組家具只能擱置；床組家具代表的新嫁娘身份在這裡更顯露「他者」的女性空間是被忽略不見的，作家珍愛母親留予她的舊物是一種擁有失落，失落的是被珍寵的少女時光及幸福的過去，必須藉著發黃的珍珠、母親結婚時的手套等物件維持一種妥協後的希望寄託。因此，女性永遠無法主體化，〈孤獨吟〉就是作者自剖這段奇轉迴折的女性客體化歷程，〈沙的夢遊〉即有一段如是說：

> 我們共同傷痛的來源是母親和男人。……上天如要你失去，一定是你最執著的東西；要你受傷，一定傷在最致命的地方，當所有的熱情傾注完畢，剩下的就只有對人生苦笑。[14]

最後周芬伶選擇攬鏡面對自我分裂的事實，婚姻的結束正是她女性主體化的結果。〈提鳥籠的女人〉描寫女人離婚後被迫與兒子分離，多次饋贈寵物希冀盼回兒子的體諒及親情，最後卻只得提著半人高的鳥籠含淚離開。一隻細緻玲瓏的雲雀住在半人高的鳥籠裡，雖然人人知曉小鳥「不飛則已，一飛沖天」，困囿在宛若豪宅的半人高鳥籠裡卻仍有志難伸；比喻女性在婚姻中受到丈夫、孩子或是婆媳等人的親情箝制，往往必須先男性捨棄自己的理想或優勢去屈就家庭的優先性，雖然看似自由卻如嬌小雲雀有志難伸的壓抑，文末說明了女性探子不成後的堅強決定：

> 天色由灰轉黑，女人站在路邊，臉上的表情看不清楚，彷彿垂著一頭黑紗，女人垂著頭看了鳥籠許久，打開竹門，雲雀不飛則已，一飛沖天，女人仰著臉露出淡淡的笑容。[15]

連結兩個世代女性的是一枚枚絢麗奪目的戒指，女兒愛美的天性遺傳至雍容母親，周芬伶提到母親的掌型飽滿圓短與她相仿。結婚時，母親連夜押送家具床組和生活用品，為的是使女兒在夫家得被尊重關愛；化妝箱內的龍銀和首飾則代表了母親殷望其幸福歸宿的祝福。母親自年輕時就懂得為女兒盤算，一枚枚天然成色、七彩皆有的彩色寶石是女兒們童年新奇的玩物，「戒指的意義等於母親」[16]，故女兒手指鑲上母親的諄諄教誨，同時進行了母親傳統貞操觀念的移植；「戒痕記錄了女子受戒的歷史」[17]，更是一場男人與女人之間的角力：

---

[14] 周芬伶，〈沙的夢遊〉，《戀物人語》，頁 55。
[15] 周芬伶，〈提鳥籠的女人〉，《戀物人語》，頁 184。
[16] 周芬伶，〈戒痕〉，《戀物人語》，頁 38。
[17] 周芬伶，〈戒痕〉，《戀物人語》，頁 37。

> 交換戒指時，新娘母親總會叮嚀莫讓戒指一套就成功，必須要彎曲手指以示抗拒，否則將來會被吃定。[18]

不管是男性或女性，訂盟儀式前一晚，身旁的婆婆媽媽總會如此叮嚀幾聲，彷彿婚姻關係中，強弱地位在列祖列宗前進行儀式化的掠奪行為方得以確認。在儀式進行時，各種突發狀況措手不及，最後各自撫著自己手上的戒指，守著婚姻的戒律，他們的母親—特別是新娘的母親，總是告誡著：

> 「女子一生，只能愛一個男人，心是一，戒要多。」[19]

（二）如鯨之背：我的天可汗

與雍容愛美的周母截然不同的鍾母，在女兒心中則是不可違逆的「天可汗」形象。鍾文音筆下的母親形象是強悍專制、充滿生活的韌性，母親的個性使她倉皇欲逃，多年後摩娑著母親贈與她的一只便宜玉環，驚然透徹母親：

> 我是透過一只玉環（玉鐲子），才在多年後明瞭嚴厲少恩的母親其實心是像凍豆腐般，表面如霜冰的硬，一旦遇熱卻軟，且軟得四處有空心小洞地一塌糊塗。[20]

在透徹母親的柔軟之前，母親個性的陰晴未定一直都是鍾文音驚懼的來源，包括購買衣服必須妥協母親的選擇，甚或一旦惹惱母親，返家路上即招來咆哮洪雷以及撕碎遍地的新衣裳，唯有旅行返家後，面對母親的抱怨責難時，了解的心情油然而生：

---

[18] 周芬伶，〈戒痕〉，《戀物人語》，頁 41。
[19] 周芬伶，〈戒痕〉，《戀物人語》，頁 43。
[20] 鍾文音，〈十八歲的一只玉環〉，《美麗的苦痛》，2004 年 10 月，頁 64。

> 我聽了一時啞口無言，突然有一刻裡童年至中學的吉光片羽進入腦海，原來母親為我買衣服，是因為她的眼裡放了太多我的身影，身影以衣服來丈量思念和擁有。[21]

鍾文音筆下的母親戀物意象，可歸納出洗衣機、衣架、染髮劑、卦香等母親兼顧工作及家庭的符碼串，串聯出一張「母親」的圖騰。除此之外，所有意象皆與賺錢有關，包括愛國獎券、六合彩、股票；見證台灣現代博奕文化史的鍾母，稚嫩歪斜的數字以及螢幕如紅綠燈跑來轉去的漲停跌停符號，編輯出一套母親為生活奮力一博的庶民生活誌。而走私生意的洋酒、洋菸及洋貨更伴隨著鍾文音的一段流徙躲藏的暗淡童年。

內斂的母女感情就在生活勞頓奔波中沉默澱積，無法承受龐大壓力襲來的母愛，一直被鍾文音視為一種想要擺脫牢籠；對母親訴說不出的愛只有在夢裡裸身相見：

> 我努力回想，才想起不論我泅泳在何方，不論那江水那大火要直直漫過來或是燃眉之急，我的小身子竟都安穩地坐在母親的背上。如鯨之背，光滑柔軟而溫煦，遇難則拱起我身，無難則讓我悠游。[22]

《戀物人語》與《昨日重現》雖同樣透過物件追索體會父母關愛女兒的用心之殷，周芬伶的中產家庭背景帶給她童年優渥無虞的時光，電影院、寶石戒指、垂髫捲髮或紀念相本所組構成的兒時記憶無疑是一段絕美的黃金時代，因此，她所戀之物充滿古、舊、乾燥的意象，它們所隱喻的是見證、回憶、懷舊及逃避。然而，這並不代表周芬伶全然接受了傳統或舊思維，透過母親饋贈戒指的一段話，不經世事的女孩進入婚姻後，成為女人、妻子、母親及媳婦的她卻找不到屬

---

21 鍾文音，〈我的天可汗〉，《昨日重現》，2001 年 2 月，頁 64。
22 鍾文音，〈我的天可汗〉，《昨日重現》，2001 年 2 月，頁 68。

於本體的身份，這樣的驚疑與後來在當中的不快樂記憶造就了往後經歷某些事、聞過某些氣味卻無法憶起成為女人之後的種種事項；[23]婚姻價值完全崩塌的她，面對此後觸及前段婚姻或建構婚姻的的種種物件，具表現出坦白直率的批判、拒絕態度。她與父母親的關係也停留在解釋離婚的停滯階段，可以說，婚變後的周芬伶正致力於清除她內心的旁騖紛擾，如同鎖上獨身的衣櫃，一派怡然空淨的寧靜的心。鍾文音則透過不斷地書寫母親，從逃離慢慢靠近，在許多物件的勾引之下，理解為生活奮戰的母親只得憑藉咬牙的韌性方能扶持整個家，女兒的天生感性來自於理性母親的豐厚羽翼。

（三）情深緣淺的手足關係

剖析家族書寫中的親子關係外，《戀物人語》與《昨日重現》皆略微提及作家與其手足的相處經驗，前者描寫五姐妹的深厚情誼與小弟因病過世的遺憾，後者寫兩位兄長的敦厚簡實，也因此留下的影像更少。作家獨鍾純白窗紗，以為現有的白紗不是尼龍布即是呆板的機器織花，既無質感又無手工細膩人情之感；簇新白淨的窗紗不僅僅為裝潢家居而生，挑選窗紗時期遭逢生命中的幾則變化：與母親不合、即將出國、弟弟精神失常等，白淨無紋的窗紗難覓，人生複雜難解的習題易擾，正需要一支皓白如雪的窗紗洗滌受創的心靈。而堅持素雅潔白的花色才方便篩透陽光的分子，是一種悼念么弟早逝的神聖儀式。《仙人掌女人收藏書》裡有兩則散文敘說姐妹情誼，分別是《我女小布》及《串珠珠》；前者藉換裝玩偶回憶記述五姐妹童年相處的點點滴滴，後者述及相遠兩國的姐妹，心有靈犀地串起珠珠手工藝，並彼此分享加溫。《我女小布》文末提到：

---

[23] 如〈六歲寫真〉中提到，「對童年的記憶停滯在六歲—之前無記憶，之後不願記憶」預告了作家選擇性失憶的動機，不是不能記憶而是不願記憶。不願記憶的還有作家對結婚時的婚紗，她說「結婚時的婚紗應該有蕾絲罷，許是動機性遺忘，完全不記得它的款式和花樣。」

> 姐妹長大後感情好到朋友情人插不進來，有什麼事相互扶持傾訴。只是大家的路越走越不相同，結婚後各有命運，交集也越來越少，人有了年紀，也會多一點怪癖，再不像從前一樣融洽，……。[24]

說明姐妹情誼依舊，隨著年紀、生活及境遇的變化，姐妹之間不再像往時無話不聊毫無隔距，窘迫的無奈和遺憾之感也出現在〈很咖啡〉中，周芬伶與妹妹相約羅馬咖啡廳見面時出現的微妙而尷尬的感覺：

> 我們的關係一直很親密，每回相見卻是混亂、乖違的，有些什麼阻隔在我們之間，一種旅途的寂寥漸上心頭，我一口仰盡那杯咖啡，在咖啡館前匆匆分手，那種心情很咖啡很咖啡。[25]

手足之情再深厚，各自成家後的人生也逐漸走向分裂的道路，即使震撼台灣的百年大震，夜半來電的卻是交情未若血親的學生，這不是人生的無情卻是必然。

《昨日重現》所呈現的兄長形象正面且敦實，成績突出的大哥對幼妹總是甘於奉獻慷慨，「書店記憶的連結盡頭是一輛腳踏車」[26]，不寬裕的年代對於既有的物資都相當珍惜，鍾家大哥半工半讀完成研究所，對妹妹的要求從不打折，從古箏、相機到紐約習畫的費用均出自大哥之手，篇幅極袖珍卻道盡兄長如父的真摯情誼。種樹的二哥則如森林參木充滿芬多精的香氣，兄妹間的情感自然無法言語。鍾文音的作品多年來不斷尾隨母親的腳步，欲近又離，母女關係的析究是許多研究者關心的議題；在〈棒球好手與種樹的男人〉裡，我們難得見到鍾文音以輕快喜樂且佈滿感恩的筆調去描寫家族中的成員，兄妹之情由此可見一斑。

---

[24] 周芬伶，〈我女小布〉，《仙人掌女人收藏書》，頁 68。
[25] 周芬伶，〈戒痕〉，《戀物人語》，頁 171。
[26] 鍾文音，〈棒球好手與種樹的男人〉，《昨日重現》，頁 228。

四、結語

現代女性散文中，詠物睹人的篇章不可說不多，然而鮮少像周芬伶及鍾文音以物件聯結為經緯，最後集結成冊；故筆者認為有將此兩部作品作一比較探究的必要性，亦可提供文學論述另一研究方向。本論文第一部份「物件的編碼與重構的記憶」，主要為論文開展前的研究取徑進行粗概爬梳，女作家在家人身上細膩觀察的物件，這些物件雖渺小，卻足以編製一幅具有獨特性、代表性的被書寫者圖誌；女作家有意地透過這種拼湊、瑣碎記憶的手法書寫他們的家人，正說明女性拒絕用男性寫史的傳統習慣去命名他們的家族，家族書寫一開始就在打破男性為政的觀念。其次，「味覺的插曲式記憶」採以派特・瓦潤等人關於嗅覺符碼的概念，說明感官經驗提供一個記憶人事物的聯結點，以文本舉例進行分析。第三部份進入本論文主脈，探討「家」之於女性是一個固定的旅行空間，此謂固定是指「家」本質的不變；變動的是傳統父權體制所傳承的—女子出嫁即外人—的觀念，造成女性不論在原生家庭或婚姻家庭都是「他者」的尷尬身份。本論文由作家透過自行篩選並組織的歷史記憶，意味著作家給予某一特定時空的永恆價值，透過這類敘事建構揭露文本裡頭所隱含的懷舊模式，包括對過去時空的執迷眷戀而致的自我沉溺、面對當代快速汰換的流行物象所產生的失落感與空虛感。作為女性散文中的戀物意象初探，限於篇幅暫無法進行更細微更廣泛的探究工程，俟往後一步步進行。

（本論文獲成大第卅五屆鳳凰樹文學獎外系文學評論組第三名）

參考書目

專書

◎周芬伶著作

《戀物人語》，台北：九歌，2000 年。
《仙人掌女人收藏書》，台北：麥田，2006 年 7 月。

◎鍾文音著作

《女島紀行》，台北：探索，1998 年 11 月。
《從今而後》，台北：大田，2000 年 4 月。
《昨日重現—物件和影像的家族史》，台北：大田，2001 年 2 月。
《過去：關於時間流逝的故事》，台北：大田，2001 年 8 月。
《在河左岸》，台北：大田，2003 年 1 月。
《愛別離》，台北：大田，2004 年 3 月。

◎一般論著

派特．瓦潤（Piet Vroom），安東．范岸姆洛金（Anton van Amerongen），漢斯．迪佛里斯（Hansde Vries）合著，洪慧娟譯，《嗅覺符碼：記憶和欲望的語言》，台北：商周，2001 年 3 月。
約翰．史都瑞（John Storey）著，李根芳、周素鳳譯，《文化理論與通俗文化導論》，台北：巨流，2003 年 8 月。
琳達．麥道威爾（Linda McDowell）著，徐苔玲、王志弘譯，《性別、認同與地方—女性主義地理學概說》，台北：群學，2006 年 5 月。
尚．布希亞（Jean Baudrillard）著，林志明譯，《物體系》，台北：時報文化，1997 年 6 月。

期刊論文

◎單篇論文

張瑞芬，〈追憶往事如煙──周芬伶《戀物人語》、張讓《剎那之眼》、隱地《漲潮日》〉，《未竟的探訪：瞭望文學新版圖》，台北：麥田，2002 年 12 月，頁 39~50。

張瑞芬，〈年暗中偷換──沈君山《浮生三記》、鍾文音《昨日重現：物件和影像的家族史》、桑品載《岸與岸》〉，《未竟的探訪：瞭望文學新版圖》，台北：麥田，2002 年 12 月，頁 76~89。

范銘如，〈土地氣味的家族史〉，《像一盒巧克力—當代文學文化評論》，台北：印刻，2005 年 10 月，頁 20~23。

◎期刊論文

柯品文，〈屬於那些重生的家族記憶—鍾文音《昨日重現》〉，《文訊》188 期，2001 年 6 月。

梁一萍，〈鍾文音的家族三部曲—台北上河圖〉，《聯合報》B5，2003 年 4 月 6 日。

廖炳惠，〈地方‧記憶‧物象〉，《中央日報》19 版，2001 年月 2 日。

張俐璇，〈記憶拼圖—鍾文音《昨日重現》家族史書寫當中的嗅覺符碼與影像圖誌〉，「第四屆全國研究生文學符碼學學術研討會」會議論文，2005 年 5 月。

◎學位論文

徐蘭英，《邊緣敘事—周芬伶小說研究》，東海大學中國文學所碩士論文，2004 年。

林宛青，《從混沌到豐饒—論鍾文音文本中的女性主體》，靜宜大學中國文學所碩士論文，2005 年黃宗潔，《當代台灣文學的家族書寫—以認同為中心的探討》，國立台灣師範大學國文學系博士論文，2005 年。

記憶書寫・書寫技藝
——鍾文音《昨日重現》

陳奕翔[*]

摘要

一九九八年《女島紀行》、二〇〇一《昨日重現：物件和影像的家族史》以及二〇〇三年《在河左岸》，形構出鍾文音「同史不同觀」的家族史三部曲。本文將聚焦於散文集《昨日重現》，其經由散落物件、影像所開啟的記憶平面，以共時的、點狀的敘述取代了傳統的線性史觀；而遊走進出於真實與虛構之間所建構出的記憶王國，更迥異於男性史觀中那正確、唯一並且真實的歷史。

筆者擬將整本書視為一整體文本，自外在的裝幀設計跨入文本空間，再從影像物件、嗅覺符碼及隱喻意象等面向，分析《昨日重現》中所運用的書寫策略。由此觀看其呈現出的記憶世界，並探討如是書寫技藝對於鍾文音在家族史書寫、記憶建構上的意義及內涵。

關鍵詞：鍾文音、裝幀設計、影像物件、嗅覺符碼、隱喻意象、記憶建構

---

* 1983 年生。畢業於國立台北師院語教系，現就讀成功大學台灣文學研究所碩士班。

一、前言

自一九九八年《女島紀行》起，鍾文音以女性與孤島的意象凸顯女性在歷史／社會中的邊緣屬性[1]，並圍繞阿滿和母親數十年來情感糾纏的主線，刻畫載浮載沈的島上女子群像，可視為象徵性再現作者與母親內在關係之初步嘗試。鍾於二〇〇一年，接續出版散文集《昨日重現：物件和影像的家族史》，以「盈滿每個剎那」[2]的物件喚起往事，更穿插以舊相片和圖像，具體重現自身家族記憶的企圖不言而喻。二〇〇三年的《在河左岸》不僅接續前兩部作品，更轉換形式，擺蕩於小說／散文間書寫過去，將雲林鍾家投射在漂流於淡水河兩岸的場景之上。此三部作品連接成「同史不同觀的循環式家族書寫」[3]，堆疊出鍾文音的昨日王國，並開創出不同於男性的歷史書寫格局。

在男性霸權當道的年代，歷史記憶不僅是一種連綿不斷的線性延伸（linear extension），並且是正確而真實的歷史。[4]不同於此，鍾文音在處理家族歷史的書寫時，不僅形式遊走於散文小說間，鍾在記憶書寫中滲透以虛構的想像，不論填補或置換，在在都呈現出屬於她自身的記憶地圖。記憶之於她，只是個人的虛幻與現實交叉之惑（頁 86），正呼應了西方學者 Elizabeth Loftus、Katherine Ketcham 在《記憶 vs.創憶：尋找迷失的真相》一書中的看法：

1 張瑞芬：《五十年來台灣女性散文‧評論篇》，台北：麥田，2006，頁 404。

2 鍾文音：《昨日重現：物件和影像的家族史》，台北：大田，2001，頁 288。附註：為免行文繁重，後文凡引用本書，皆直接於引文後標示頁碼，不另作註。

3 梁一萍：〈鍾文音的家族三部曲—台北上河圖〉，《聯合報》B5，2003 年 4 月 6 日。

4 陳芳明：〈女性自傳文學的重建與再現〉，收錄於《後殖民台灣——文學史論及其周邊》，台北：麥田，2002，頁 153。

> 記憶是一個重建的過程，新的細節混入舊的影像、舊的想法而改變了記憶的性質。……你加上新的觀點、新的看法、新的架構，你就改變了整個記憶的表徵。[5]

本文以散文集《昨日重現：物件和影像的家族史》為範圍，除了此書以家族相片與文字文本互文的書寫方式，在家族史書寫三部曲中所佔紀實的成分最高外，鍾於本書中擺脫歷史記錄慣用的線性敘述，自物件召喚記憶，在共時的歷史呈現中書寫各家族成員的記憶，此種論者張瑞芬所謂女性書寫中的「瑣碎政治、細節描述」[6]，更是迥異於以大時代歷史事件為經緯所串連起的男性歷史書寫傳統。

以下章節，筆者首先討論文本中鍾文音在書寫歷史與記憶時，面對其真實與虛構所秉持的觀點；而後將整本書視為一整體文本，自外在的裝幀設計跨入文本空間，再從影像物件、嗅覺符碼及隱喻意象、敘事的視角聲音等面向，分析《昨日重現》中所運用的書寫策略。從而觀看由上述書寫策略所呈現出真實與虛構交雜的記憶世界，並回歸文本中，歸納出書寫家族歷史對於鍾文音具有確立自身定位以及療癒過去傷痛之意涵。

二、真實的歷史或虛構的記憶

隨著一九八七年戒嚴的告終，長久以來被劃歸在單一大敘述之下的多元聲音有了發聲宣洩的契機，對抗中原漢文化、男性、漢人、異性戀等霸權論述的思考及作品相繼萌現，關於本土、女性、原住民、同性戀、酷兒等議題開展出嶄新的書寫面向。

九〇年代之後，女性作家更躍上書寫歷史記憶的舞台，如平路、李昂、施叔青、陳燁等，紛紛以寫作揭開那化約、壓抑過去的歷史面

---

5 Elizabeth Loftus、Katherine Ketcham 著，洪蘭譯：《記憶 vs.創憶：尋找迷失的真相》（The myth of repressed memory），台北：遠流，1998，頁 396。

6 同註一，頁 405。

具。論者陳芳明指出：「對於男性歷史撰寫權的挑戰，是九〇年代台灣女性小說家的重要策略之一。她們一方面探索女性的身體與身分，一方面藉女性浮沈的故事，對於男性大敘述歷史的虛偽與虛構從事穿透、解構的工作。」[7]

女性作家在歷史記憶、家族史的書寫中，企圖轉換歷史詮釋視角和角色的思考，到了九〇年代中期之後，似乎有了另一種不同的轉變。根據研究者林唯莉的觀察：

> 近年來女性自傳式書寫開發出新的視角，作家將家族史借喻為台灣整個大時代的遞嬗興替及揭露父權社會下對女性不平等待遇的關注已慢慢轉移，並開始注意到家族史小說裡頭一向鮮少參與對話及事件的女性角色。[8]

二〇〇一年問世的散文集《昨日重現》即是呈現出這般風貌的代表之一。透過文本，鍾文音並非企圖翻轉、改寫某段被壓抑被隱沒的歷史記憶，而是從自身出發，書寫關於家族成員的記憶，自物品、人物至環境、地景層層向外推展，描繪出屬於作者個人記憶的鍾家地圖。雖未針對某段特定的歷史詮釋進行拆解，但文本中經由散落物件、影像所開啟的記憶平面，卻是以共時的、點狀的敘述取代了傳統的線性史觀。張瑞芬在評論鍾文音散文時如是說：

> 以殘缺示全體，以不完整寫完整，這渺如螻蟻的浮世眾生，其實是女性看世界與歷史的時候，與傳統男性史家最大不同處，也是九〇年代以下，解構而出的新思維。[9]

---

7 陳芳明：〈女性自傳文學的重建與再現〉，收錄於《後殖民台灣——文學史論及其周邊》，頁 172。

8 林唯莉：《女遊與女性自傳書寫中的家國語藝——以《逆旅》、《漫遊者》、《海神家族》為分析對象》，成功大學台灣文學研究所碩士論文，2006，頁 1。

9 張瑞芬：《五十年來台灣女性散文・評論篇》，頁 407。

另一方面，在《昨日重現》以親族成員為主軸的回憶書寫中，作者淡化了大時代的歷史背景，使其成為情感呈現的半透明底色，甫達到交代時間及事件緣由的功能，歷史便隱然退居幕後，作者亦不對其提出任何評價。尤其是〈大合照與缺席者〉此篇，描述三叔公和祖父因白色恐怖分別遭逮捕槍決和避居山中的過去，「這段台灣歷史事件的驚天動地，如同遠方的雷聲，只成為眾村寡婦與稚子『日子照樣要過』的淡淡背景。」[10]如此顛覆男性大敘述以歷史課題為中心的書寫，「和傳統歷史的父系傳統顯然是背道而馳的」[11]。

除此之外，鍾文音在家族史書寫中遊走進出於真實與虛構之間，她的過去已不完全是真實的歷史呈現，而是以想像滲透隙縫，建構出屬於自身的記憶王國，全然異於男性史觀中那正確、唯一並且真實的歷史。呼應了陳芳明在討論到女性自傳文學時的看法：「記憶是一種虛構，書寫是一種虛構，文字也是一種虛構。藉助虛構的文字，透過虛構的書寫，重現虛構的記憶，在二十世紀與二十一世紀交會之際，已經在台灣女性作家之間蔚為風氣。」[12]

「假設記憶可以被改寫，那麼記憶當然也可以僭越了歷史。」（290）《昨日重現》中一段文字這麼說明著。當然，這並非意指鍾文音筆下的記憶世界完全是由想像所搭建而成的虛構體，而是我們在傳統被要求呈現高真實性的散文文本中，仍然發現作者混合了想像及再建構的痕跡，在在呼應著作者在多篇文本中不斷提及的創作觀—小說未必虛，散文未必實。《昨日重現》中，敘述者未曾見過曾祖母廖伴，遂根基於長者講述阿太涉水嫁入鍾家的故事，添加以豐富的想像，透過濁水溪水記憶曾祖母。〈言師採藥去〉一篇中，更是在木桌上以想像經歷了一場早於自己誕生的旅程，祖父的死亡與葬禮好似現實歷歷在目。

---

[10] 同註九，頁 406-407。
[11] 同註九，頁 405。
[12] 陳芳明：〈女性自傳文學的重建與再現〉，收錄於《後殖民台灣——文學史論及其周邊》，頁 151。

面對無法來得及參與的過去，鍾文音選擇放縱想像，恣意的拼湊出親人的面貌；而對於自己曾經經歷過的那些，她這麼自陳：

> ……不知是我如今回味起來改寫了記憶，還是記憶本就有它的不穩定性。（63）

> ……而所有的記憶其實說穿了，也許只是我個人的虛幻與現實交叉之惑……（86）

由此可知，鍾文音的確在家族史的書寫過程中進行了部分的想像建構，並且這樣的動作，作者是具備有相當自覺的。循此脈絡，我們已逐漸理清鍾文音在書寫歷史與記憶時，面對其真實與虛構所秉持的觀點。而關於記憶的建構特質，我們可以從《記憶 vs.創憶：尋找迷失的真相》一書中尋得相似的觀點：

> 記憶，一個沒人能進入的房間，一個屬於自己的神秘宮殿；藉由記憶，我們的過去和現在得以聯結起來；只有在記憶裡，我們才能完全的掌握過去、詮釋自我……但記憶終究不是錄影機、照相機或是電腦磁碟片，能客觀忠誠的紀錄我們過往的歷史。記憶和知覺一樣，會受到處理方式、過程所影響；易被我們自動以推論的方式填補細節、重新建構—最後，記憶裡混合了事實和虛構。[13]

記憶的世界，是個人的、私密的，在《昨日重現》裡，作者憑藉記憶為自身與家族其他成員建立了情感的連結。歷經時光洪流的沖刷、淘洗，某些事情或已不復記憶，或不堪回首，不論想像用以填補或置換，作者建構出屬於她自己的家族記憶。而這般的記憶建構運用了哪些獨特的書寫策略？以及之於作者，建構記憶的原因、意涵又何在？

---

[13] 黃東雯：〈編輯室報告〉，於 Elizabeth Loftus、Katherine Ketcham 著，洪蘭譯：《記憶 vs.創憶：尋找迷失的真相》，台北：遠流，1998。（按：無頁碼）

三、重現的技藝—書寫策略

（一）凝視之眼—裝幀設計

本節筆者欲從外在的裝幀、設計探討本書如是安置編排與文字文本相應之處，書寫動機源自於初接觸本書之時，便被其特殊的書衣和外在裝幀抓走了目光，而後於閱讀的過程，像是在探險中步步拾得藏寶圖碎片，漸漸發現這般的設計似乎能在字裡行間拼湊出相應的詮釋。在此，筆者試圖將《昨日重現》整本書視為一整體文本，認為書籍自外在包裝、裝幀至視覺、空間、圖文配置的設計皆是能夠承載意念的媒介物，而如此想法在《框架內外：藝術、文類與符號疆界》一書中獲得了支持：

> 無論形式如何，書籍總是以整個的「身體」與其內在各部相互作用來迎對讀者，它是如何進入（特定與否的）公眾交流軌徑與環境，都以「書」的特有方式直接間接影響到其接收。不可否認，閱讀之愉悅也有賴於這些外在條件。[14]

論者許綺玲更進一步主張「書的物質實體不再只是內文訊息的媒介支撐物，從封皮到裝訂、從書的輪廓到書的空白，一切元素都有權作為作品的發言體。」[15]秉此相同觀點，筆者期望透過讀者閱讀的「解碼」[16]過程，開闢不同的詮釋視野。然而，為避免唯心論（idealism）的一味獨大，將會揀擇裝幀設計中與文字文本相應之處加以論述。首先，我們即以目光最先接觸到的外部裝幀開始。

14　許綺玲：〈「令我著迷的是，後頭，那女僕。」—觀閱《巴特自述》一書的圖像想像〉，收入劉紀蕙編《框架內外：藝術、文類與符號疆界》，台北：立緒文化，1999，頁 2-3。

15　同註十四，頁 3。

16　解碼一詞參考自《兩岸書籍裝幀設計》，書中提及：設計師透過「裝幀」或「排版」來製碼（encode），讀者則經由自己人生累積的智識來解碼（decode），而就在這一來一往之間，「閱讀的快感」於焉產生—閱讀的經濟產值也隨後而至。積木編輯部企畫製作：《兩岸書籍裝幀設計》，台北：積木文化出版，2006，頁 11。

在外書衣「昨日重現」的書標之下，印著隱晦的“My Solitude”（孤獨）字樣[17]，雖然在本書中並無與此相應的文字敘述，但我們可以從作者一系列的作品中覓得互文線索：鍾文音一直將寫作視為極私密的動作，是「創作者不可被侵犯的領土」[18]，因此於她而言，孤獨是寫作之必然，更直言「書寫是我的獨特告別式，離開寫作時的那種孤獨，作品就不會誕生了。」[19]寫作之於鍾文音，如同論者張瑞芬所說：「是一種自我內化的儀式，由孤寂產生，並不斷穿鑿自己」[20]，書衣上的“My Solitude”字樣，不僅透露了書寫之於鍾文音是一趟孤獨的旅程，而這般孤獨更是她作品生發成形的田地。

此外，《昨日重現》一書的副題是「物件和影像的家族史」，其中相片影像和文字文本所形成的互文關係一直以來都是研究者關心的焦點。羅蘭・巴特（Roland Barthes）在《明室・攝影札記》[21]中提出：相片的時間具有靜止不動的純粹本質，正契合鍾文音於《昨日重現》後記中將影像視為生命的凝結之觀點：

> 然至少對我個人而言，這一本以環境、物件和影像交叉對應所鋪成的文章，可說是每一刻我都以盈滿感覺的剎那來書寫它。

因此之盈滿，因此而剎那，所以物件和影像才有了一種永恆的歷時性。

> 它是我的似水年華。(291)

透過影像凝結時間的特性，作者意欲呈現記憶中曾有過的片段，那生命中閃耀著光芒的片段。「鎂光燈咔嚓一聲，瞬間生命裡所裝扮而出的

---

17 見附件一。

18 鍾文音：《情人的城市：我和莒哈絲、卡蜜兒、西蒙波娃的巴黎對話》，台北：玉山社，2003，頁 243。

19 同註十八，頁 31。

20 張瑞芬：《五十年來台灣女性散文・評論篇》，頁 409。

21 Roland Barthes 著，許琦玲譯：《明室・攝影札記》，台北：台灣攝影《季刊》，1995。

流金光影，被攝掠而成紙上的永恆。」（14）呼應此想法，本書所採用的典雅金色外書衣，似乎象徵著時光隧道之門，開啟便能夠返回記憶中過往的繁盛景象。

再進一步，外書衣上的橢圓框設計[22]別有意味，蘊藏著不同的雙向視角。透過橢圓框，我們的視角由外而內，聚焦在內封面的小女孩（幼時的鍾文音）身上，透顯出讀者即將進入的是有關於這個小女孩的家族記憶；而另一個角度，橢圓框框就像扇窗，由內而外，小女孩得以通過它觀看這個世界，將此連結至《昨日重現》的文字文本，便和敘述者由幼時而長大的視角相應，讀者將在本書中伴隨小女孩成長的過程，通過她的視角觀看並感受這個世界。而接著掀開外書衣，內封面呈現了一張結婚時的黑白家族照片[23]，黑白相片的採用呼應了文本中糅雜以虛構想像的回憶書寫：

> 「黑白」影像天生就具有比「彩色」更為強烈的藝術性格與特質……可以把大家習以為常的「彩色」經驗，被帶入一個由單一色調組成「既虛幻又真實」的境界當中。[24]

此外，我們不難發現，這張相片略向左傾，甚至有人物影像因此被切截，在一般觀念中，家族相片以如此方式陳列相當怪異。但，將小女孩置中於頁面的設計，其實綜合了上述的雙視角向度，再度揭示本書的家族史書寫是以小女孩為聚焦中心，依據其視角所呈現的歷史記憶。

22　見附件一。
23　見附件二。
24　蔣載榮：《高品質黑白攝影的技法》，台北：雄師圖書，1996，頁13。

（二）凝結瞬間—影像物件

1、影像

> 攝影是純粹的偶遇……攝影即刻展陳所有「細節」。[25]
>
> 攝影不需任何中介，不必捏造作假，本身已是確証。[26]

相片，因其紀實的本質，常被視為「真實」的再現。筆者認為《昨日重現》中的相片不僅可視為文字的「佐證」，更可視為文字隙縫的補足，代表著不同的敘述角度，正如許綺玲所言：「圖像挑動著另一種閱讀；也不是閱讀，是不同於閱讀的觀看。」[27]因此，文本中的影像不再只居於為文字提供解釋的附屬地位，而是作者用以書寫回憶的一項重要策略，像是另一個不同於文字文本的敘述者，欲透過影像訴說故事。對此，論者張瑞芬持相同的看法，認為《昨日重現》中「照片（影像）和文字形成的互文關係，幾近於兩種敘述聲調同時進行，所形成的震撼力可想而知。」[28]於是因為影像，讀者得以再見當時蠻荒的雲林，泱泱濁水溪和猩紅色的西螺大橋；見到威嚴軍裝底下仍舊一派文弱的父親；從一身勁裝騎著重型機車的照片，更感覺到母親的豪邁大氣；或是跟隨著敘述者翻開醫書，從字跡和圖畫去想像祖父瀟灑的身影……。

或許於作者而言，影像和畫面再現了過去的時光，這凝結的時間觸發了內心的情感，便成為她書寫家族史的動力。筆者相信《昨日重現》中所配置的影像，張張都承載了作者巨大的情感記憶，而那觸動作者、Roland Barthes 所謂的「刺點」（punctum）[29]，讀者雖然無法全

---

[25] Roland Barthes 著，許琦玲譯：《明室・攝影札記》，台北：台灣攝影《季刊》，1995，頁 38。

[26] 同註二十五，頁 103。

[27] 許綺玲：〈「令我著迷的是，後頭，那女僕。」—觀閱《巴特自述》一書的圖像想像〉，收入劉紀蕙編《框架內外：藝術、文類與符號疆界》，頁 21-22。

[28] 張瑞芬：《五十年來台灣女性散文・評論篇》，頁 404。

[29] 同註二十五，頁 36。

然得知，但在文字與影像互文的敘述中，依舊能夠察覺作者那從字裡行間流露出來的深刻情感與不滅的記憶；而如同研究者柯品文所言：「其中不可忽視的是，照片不單只是這部作品出現的一個『物件』角色罷了，更重要的是透過了它，一個投射物，那些被作者拼湊起來的情節、人物、環境背景等等，都不再居於一種既定的框內位置，而是隨著文字與影像開始啟動了自己屬於框外的生命。」[30]。文本中的影像和文字正試圖在讀者的眼前，交織出作者心中的記憶王國。

2、物件

> ……心想著我們該用什麼來回憶此生和他人的交集呢？以感情以方位以姓氏以人種以身軀以靈魂？
>
> 還是我們的記憶所需的呼喚只是一個小小的物件。(288)

於是，以物件召喚回憶，成了《昨日重現》中鍾文音用以書寫家族各成員時所採用的重要策略。在開篇〈尋物依舊，尋影流轉〉中，便透過女人的衣裝、首飾、配件、梳妝刻畫出當時代女人的氣質，無論是泱泱閨秀或是鄉土草根。而後鏡頭慢慢聚焦，來到雲林、鍾家，最後依戀的停留在每個家庭成員身上。作者並非依順時序述說故事，而是如同在收拾整理房間一樣，被散落的物件捲進不同的過去時光，以多點的共時敘述取代線性的歷史敘述方式，呈現出一張交織綿密的記憶網絡。

回憶起過往，是草仔粿、紅龜粿、年糕為祖母在記憶裡掙出了「不朽的位置」(107)；米酒頭、保力達B和長壽菸則是阿爸生平不可缺的三樣物件；祖父去世時趴的方形木桌，成為逸入想像的進口，傳下來的醫書，更成為縫合家族世代斷裂的妙方；回憶起外公時，耳旁滿是腳踏車伊呀伊呀的聲響，嘴裡唾沫生發是對外公私釀的葡萄酒和青梅

[30] 柯品文：〈屬於那些重生的家族記憶鍾文音《昨日重現》〉，《文訊》188期（2001年6月），頁35。

子的想念；著墨最多的天可汗一母親，由於生活中的朝夕相處，情感的觸發多來自提款簿、束腹、洗衣機、衣架、白雪、資生堂等。這生活中的種種，在作者的記憶地圖中映照出每個家族成員的「經典」物件，之所以經典，在於物件之於對象所佔據的獨特代表地位，是記憶留存的源頭，也是日後踏上回憶的最佳進路。

鍾文音於《昨日重現》後記中針對以物件和影像作為家族史書寫策略曾記下這麼一段話：

> 此書是我所欲書寫的百年家族小說史的小小先聲，因為在整理物件、爬梳記憶、流連影像的細節過程中，我也讓記憶之筆隨意地遊走在以物件以影像所書寫的生活劇場。物件可以是人物的地標，影像可以是生命的凝結，如此一來，物件和影像就成了我對許多人的催情劑和不滅的記憶了。(290)

一張由物件和影像交織出的家族史網絡，是《昨日重現》在形式上最鮮明突出的表現策略，而「瑣碎政治、細節描述」[31]的書寫手法迥異於傳統歷史的線性敘述，也充分的透顯出女性在歷史書寫上，空間感重於時間感的特質。於是，誠如研究者林育丞所說：「鍾文音拆散剪斷了家族歷史線面的直線敘述，以個人觀點和情感經緯，將家族成員和事蹟，以己身為敘述圓心，放射性地描繪出一個以物件和影像為座標的家族歷史。」[32]

（三）氣味瀰漫—嗅覺符碼

> 伴隨事件的感官細節越多，記憶就越強烈，因為基本上，事件是用感官的線繩為錨索，以強烈的記憶為輔助。[33]

---

[31] 張瑞芬：《五十年來台灣女性散文・評論篇》，頁 405。

[32] 林育丞：〈昨日帝國的記憶與重現——鍾文音的物件・影像・家族史〉，收錄楊宗翰主編《台灣文學研究叢刊 2》，台北：富春文化，2002，頁 182。

[33] Diane Ackerman 著，莊安祺譯：《氣味、記憶與愛欲—艾克曼的大腦詩篇》，台北：時報文化，2004，頁 150。

> 嗅覺和我們其它的感官不同，它和記憶中樞的關係非常密切，很容易就會與情感混雜……很少有事物如氣味這般值得記憶，它可以掀起濃重的懷舊思緒，因為早在我們來得及編輯修改之前，它就勾起了強有力的印象和情感。[34]

上述是在多本著作中以文學筆法來詮釋感官世界的黛安・艾克曼（Diane Ackerman）針對感官之於記憶，尤其是嗅覺之於記憶的看法，將是我們理解《昨日重現》中那隨記憶瀰漫的氣味之重要進路。

普魯斯特在《追憶似水年華》中以豐富的感官書寫和氣味的描述堆疊出的記憶世界奠定了他不朽的文學經典位置，而鍾文音在《昨日重現》序曲中，引用了普魯斯特所言：「是後來一杯茶的味道，勾起了多少往事的生動形象。」追隨普魯斯特的企圖不言而喻，序曲中以話語：「氣味引領呼喚，呼喚勾起遐思。」（8）帶入時代的回憶，苦茶油的澀、張國周強胃散的嗆、明星花露水的刺……這些時代的共同氣味，為鍾文音的家族史兜出了一幅氣味濃厚的背景。

「煙絲竄上了昏昧的光源，起先是一縷一縷的，然後是煙散成霧，飄出窗外，散進廚房。煙味和煮食物的煙氣溶為一體。」（21）作者以煮食的煙味引領著自身的記憶且帶領著讀者，淡入雲林的鍾家厝，濁水溪畔鍾家那蠻荒的「莽莽氣味」在文中不斷的被憶起、提及。除了家族大環境的氣味，鍾文音書寫家族成員的記憶更是和氣味息息相關，她這麼說：

> 人最怕見到死者留下的衣物，因為曾經貼身的衣飾充斥著人生前的肉身氣味，氣味引領鼻息，氣味呼喚記憶，衣飾就像影像，讓人的肉身亡滅了，依然留存彼人的形象，且更深沈。這是因為所有的形象讓人執幻，所有的感官都因此依附在人之心上。（244）

---

[34] 同註三十三，頁 160。

時光推移，因肉身的消逝，親人的形象在一次次的回憶中漸漸失焦、模糊，但那氣味卻還深刻的印在心中，成了情感記憶的依附，鍾文音遂以如此氣味堆疊出個個清晰可辨的親人形象。

關於母親，文本中以相當大篇幅處理作者在成長過程與母親的互動，而氣味是建構母親地位的重要指標。回憶起幼時替母親扣胸衣聞到了母親的體味，那「是少女體味啟蒙的感官經驗，這氣味是地圖，指認母親的肉身帝國所在。」（67）母親在成長過程中的啟蒙，隱含了對母親女人身份的認同，於是這混雜了汗水和身體的氣味便成了記憶母親最鮮明的感官經驗。亦相應著《嗅覺符碼—記憶和慾望的語言》一書所指出，由於子宮液體內的「生命氣味」對嬰兒的銘刻（imprenting），在動物界，母親和子女間的聯繫絕大部分由氣味形成。[35]《昨日重現》中，不僅是敘述者以氣味記憶母親，母親也同樣對女兒擁有深刻的氣味記憶：

> 母親則大不以為然，她不相信我會洗衣，從以前到現在，「妳都洗不乾淨的，妳的每一件衣服都有體味，臭臭的。」
> ……也許我誕生時胎體上有一股她難以忘懷的臭氣也說不定，以致於我無論多香、空間燃燒噴灑了多少自然芳香精油，她遇見了我和我有連結的一切事物及空間都有一股難以言喻的乳臭吧。（81）

此外，文本中回憶起外公帶著幼時的她進入房間，那「房間黝暗，終年曬不進陽光的小空間有一股悶騷的溼味，溼氣氾在地上，讓我聞到泥土的味道。當年的地上都有一股石頭或泥土味，沒有鋪地磚的表面一浸到了溼，就整個惶惶老去般的極為陳腐陰悒。」（172）不僅是以光影和氣味描繪出房間，更形塑出外公垂垂老矣的形象。待取出了

---

35 Piet A.Vroon、Anton van Amerongen、Hans de Vries 著，洪慧娟譯：《嗅覺符碼—記憶和慾望的語言》，台北：商周出版，2001，頁 27。

外公的私藏，「我們祖孫倆走出三合院，坐在庭前石階上，各端著碗，一老一小，一飲一嚼……四周有著強烈的氣味淡入當下的鼻息，化糞池、人、畜、植物、泥土氣味一絲一縷都在我們又喝又擊掌的當下飄過。」（174）書寫這段和「童年和外公之間的秘密」（174），氣味成了最重要的標示記號，不但是外公形象的表徵，更是和外公間最私密的回憶。

在眾多感官經驗中，嗅覺「和記憶中樞的關係非常密切，很容易就會與情感混雜。……這神秘、古老和情感強烈的部位，充滿著欲望和渴求，由杏仁核（情感）和海馬回（記憶）記錄下來。很少有事物如氣味這般值得記憶，它可以掀起濃重的懷舊思緒，因為早在我們來得及編輯修改之前，它就勾起了強有力的印象和情感。」[36]，鍾文音在書寫家族史時，以氣味引領那承載著深刻情感的記憶，或許原始，卻直接的將心中所感所想呈現與紙上，於是，那座屬於她的記憶王國，處處瀰漫著濃濃的懷舊氣味。

（四）意喻漫延—意象隱喻

1、紅與白

紅映著白，生命裡的絕對之色。（270）

《昨日重現》中〈肉身流年〉篇章裡，回憶起小時因為牙痛看牙醫，在那白色的牙齒被拔出後淌出鮮紅色的血時，敘述者做出了這樣的評價。紅與白，不僅代表著鮮血與牙齒顏色上的對比，在文本中亦處處可見以紅色和白色象徵之物，而紅色多與女性緊密連結，白色則是牽連著男性的形象特徵。

開篇〈尋物依舊，尋影流轉〉中，自氣味漫進大時代的環境記憶後，鏡頭漸漸聚焦到女人身上，而「紅，是我對那個時代女子所想像

[36] Diane Ackerman 著，莊安祺譯：《氣味、記憶與愛欲—艾克曼的大腦詩篇》，頁 160。

和延伸的顏色，一切事物以『紅』來做散放和連結。」(9) 自身體出發，紅潮、紅淚、紅顏到紅妝、紅袖在在將紅色與女性繫上聯結，在回憶中的時代，不只是富家女穿著豔紅的絲綢羅緞，草根味種的鄉村女子亦以豔麗的顏色映襯大地的豐收，「穿著『紅衣』呼應著金黃大地與白色屋宇」(12)。文本中的紅色隱喻，就好像剖開的大西瓜，透顯出紅澄澄的生命力，更代表著生命中的青春時光、燦爛年華。鍾文音筆下的女性即是如此，不論曾祖母、祖母、外婆、母親和其他親族女性成員都有著旺盛而不服輸的堅韌性格，面對困苦貧瘠的生活充滿著生命力和活力。

相對的，呈現在《昨日重現》中的男性親族，顯露出來的是蒼白而相對模糊的形象。論者張瑞芬亦言：

> 如果說曾祖母廖伴、祖母廖對、外祖母廖嫌、母親蘇秋貴，三代家族女性的生命，向秋陽下的濁水溪畔，芒草搖曳，是粗礪砂土中剖開的血紅西瓜，乾稻草燒的灶火，熊熊吐著火焰。那麼，本省女兒鍾文音筆下的父祖，就如同灶冷火熄後溫熱的餘燼。[37]

老沈老態的父親，並沒有餘留下什麼生動的話語，讀者只能從些許的行動和物件拼湊出一張「瘦弱沈默無語的臉」(123)；淡出於白色恐怖背景下的三叔公，蒼涼的逃亡歷程，被槍決時的孤單身影；外公則是由前述曾提及的，以氣味和光線呈現的陰暗房間，映照出那蒼白的老者形象。

鍾文音曾經在受訪中說道：「男人在我筆下都缺乏血肉，女性卻很立體，因瑣碎與感官的確是我描繪最多的。」[38]《昨日重現》文本中的女性成員，在細節和感官記憶的描寫下擁有鮮明、活躍的形象，透顯

---

[37] 張瑞芬：《五十年來台灣女性散文・評論篇》，頁 405。
[38] 同註三十七，頁 405。

出不屈的性格和生命鮮紅的活力；而男性親族則缺少經典立體的形象呈現，尤其是在隱去大時代的敘述策略下，只勾勒出老弱、衰敗的模糊樣貌。

2、流水

自《女島紀行》以漂流在水上載浮載沈的島嶼形塑女人形象，流水便隱喻著命運的無情擺弄，《在河左岸》中更是以淡水河的興盛，對照出家族歷史的或沈或浮。作為一脈相承的家族史書寫三部曲之一，《昨日重現》自然也使用了相當多與流水相關的隱喻。

水，更甚者濁水溪，是鍾文音用以譬喻家族的重要符號。在濁水溪旁的雲林鍾家成長，這泱泱大河自然為她的書寫沈積了影響，尤其在家族記憶方面，更是無法和濁水溪分割，亦反映在她在文字中所使用的意象：對於那從未見過的曾祖母，鍾文音選擇透過濁水溪水來建構自己的想像；而文本中描述三叔公被判死刑後的村莊，也是以濁水溪畔的景象起始，瀰漫著荒涼縹緲的氛圍：

> 我望著這荒荒橋段，蒼蒼河水，夏陽攀上了海風，鹹溼而昏熱，整個空間宛如海市蜃樓的夢境般。（214）

甚至回憶起臥病在床的祖母，都以在濁水溪畔密密種植的西瓜塑造了巧妙的譬喻：「高三時我再度去醫院看她，她的腹部更加圓鼓且硬，如濁水溪河床沿岸收成下來的西瓜堆疊其態。」（118）

除此之外，文本中不只一次提及那沖刷毀壞了家鄉的多次大水：「我記憶中的颱風無數次，許多物件影像最後的命運是泡在水裡，泡得發爛，像福馬林藥水般把時間的刻痕消蝕無影，徒留空白。」（29）外公的日幣、曾祖母和阿爸的一切物件、大舅舅從獄中寄來的信，都在前後幾次的大水災中遺失。

自神話以來，水即具有破壞和重生的雙重隱喻。對於鍾文音而言，洪水破壞了家族成員珍貴的物件，面對著大自然的撲襲，似乎只能懷抱著無奈和悵然。然而，這造成破壞的洪水，成為激發其重構家族記憶的動機，因害怕在時光之流的淘洗、沖刷之下，記憶於某天將會涓滴殆盡，鍾文音遂著手進行家族史的書寫。水之破壞與重生，洪水沖毀了她記憶的物件，卻也隱然成為推動她書寫家族的動力，以寫作對抗記憶的消逝成了建構家族史的重要目的。並且在滲透以想像的記憶重構過程中，「物件和影像，穿越時光之河，終於有了不同的顏色與自由的寬度」（17），最終對於過去，更透顯出寬容的態度：

> 這一切將如逝水滔滔，一去不返。屬於親情的、激情的、記憶的、革命的……，全像流水滑過肉身，涓滴不留。（201）

這青春年華、往日歲月在時光的洪流中被沖刷破壞，亦在記憶之河中滌洗沈澱，反覆的過程成就了鍾文音筆下所追憶的似水年華。

四、記憶的重現—家族史書寫之意義與內涵

在《昨日重現》的後記〈盈滿的每個剎那〉中，鍾文音自述提筆書寫家族的原因：

> 我常常在返回雲林古厝的老家時，會陡然被那小村落的人生寂寥、糾葛與無奈的宿命氣息，侵擾得魂飛四散，只差沒有窒息而逃。那裡的海岸過於蠻澀，那裡的土地過於荒瘠，那裡的人命過於無常，於是我提筆寫小說。（289）

往返進出於家鄉，因這漫漫洪荒之感，鍾文音將雲林家鄉的鄉鎮比作馬奎斯（Gabriel Garcia Marquez）筆下的馬康多城鎮，瀰漫著「傳奇遺恨，寂陽殘村，江湖草莽，遇水成澇」（22）的荒蠻氛圍。正因為如此的無常無奈，鍾文音藉筆墨寫下家族的故事，以物件和影像凝結不停流逝的時光，記錄生命中美麗的當下片刻，透過寫作對抗記憶之河不斷的淘洗與沖刷。而對於來不及參與的一切，鍾文音亦懷抱一種身為

家族成員的自覺和責任感：「這是一張我還沒發現的臉，至今我還在拼湊這一張臉。這是一個我趕不及的時代，這時代卻不斷地邀我進入。」（201）因此，她在聽聞自長輩的故事之中滲透以豐富的想像，為家族的記憶描繪出一梗概樣貌。在此，筆者只保留的指出其為「梗概」，因家族書寫對鍾文音而言是現在進行式，現有的三部曲只是她「所欲書寫的百年家族小說史的小小先聲」(290)，相信在不斷的書寫過程中，家族記憶的面貌將會更加清晰、趨近完整。

關於家族史書寫之於鍾文音的意義及內涵，筆者歸結出兩點：一是藉由梳理家族的過去，確立自身的定位，在纏繞的關係網絡中尋覓一穩固之所在；二來，則是透過反覆書寫的過程，療癒記憶中的傷痛，淡化、修補不欲回憶起的過去，最終想望以更寬容的姿態面對過去。

在《記憶 vs.創憶：尋找迷失的真相》一書中，對於人回顧過去而找尋自我定位提出如此看法：

人喜歡為過去發生的人、事、物有個依附，在心目中建構一個「自我」。[39]

> ……這種想知道「自己的過去」(own the past) 的這種需求——就是製造一個自己認為的真相，或是使它成為你所認為真相。每個人都有他自己的理由，希望他過去的歷史是個堅固不搖的土地，而非腳下的流沙。[40]

而這般建構自身定位的想望，我們亦可以從鍾文音的文字中尋得回應，並可感受到她對於瞭解家族過去的渴望及努力：

> 人需要藉著身份的標誌，才能知道自己來自何方，人是健忘的，所以需要建構自身譜系，建構身份譜系有一種安身立命的作用，這種建構除了依賴同鄉親們的群居之外，更重要的是藉由

---

[39] Elizabeth Loftus、Katherine Ketcham 著，洪蘭譯：《記憶 vs.創憶：尋找迷失的真相》，頁 6。

[40] 同註三十九，頁 7。

> 語言和書寫來換取記憶，語言與敘述是建構認同的開端，光靠記憶是不夠的，認同仰賴的是敘述與被敘述者的傳承，敘述除了流傳，更是為了一種存在。[41]
>
> 內在任性的妳，對家族誌的拼湊與描繪，恐怕是對鄉關情感最真切的付出了。我已看到一個魂魄在努力地自我安放與重建。[42]

面對滔滔如潮的光陰消逝，因擔憂記憶會隨之隱沒淡去，鍾文音開始提筆書寫家族，藉由將腦海中的影像、記憶化為文字的過程，再次梳理與家族成員間的情感，由這樣的情感聯結架構起家族的系譜。自探索而瞭解、熟悉並加以整理耙梳，家族樹因此紮了清晰穩固的根基，鍾文音亦從中確立自己的定位，建構自我及家族的認同。在此過程中，鍾更步步追尋自己的特質承繼自家人親族的痕跡，像是從阿太的生命經歷中發現，「我們家留著父系這方的血液者都有一雙大眼和長長的睫毛，這成了一個美麗的預言和如胎記般的符號。」(30)；而父親過世後，隨物件墮入回憶，再次重溫與父親間的種種，「我才知道原來我外表聲腔的溫和是他給的，我內裡骨子下的任性也是他給的。」(126) 此外，鍾更把自己的書寫和旅行因子回溯至祖父遺留下來的血性：

> 祖父應該早預言了他將把他那書寫如樂章的手中交代了我的手中，名字下的大隱喻，我無所遁逃。(161)
>
> 當年祖父上山則是為了採藥草和替人醫病。祖父是我們家族裡最早的旅行者。……也許我日後旅行的因子是早已注定的了。(162)

另一方面，經由反覆的書寫家族回憶，鍾文音將成長過程中關於家族不好的記憶和苦痛放下，書寫之於她，是一趟療癒的歷程，最終期盼能回到原初的美好，對於親族成員，只餘留「依依散別離之情」

---

[41] 鍾文音：《孤獨的房間：我和詩人愛蜜莉藝術家安娜的美東紀行》，台北：玉山社，2006，頁 141。

[42] 鍾文音：《中途情書》，台北：大田出版，2005，頁 229。

（250），而不再帶有痛苦和怨懟。她在《昨日重現》中直言：「最好連家人都可以只當做是朋友，當做是人生交會的一段珍貴光陰，以靈魂來看靈魂，如此也許我們就會對家族所構成的這張網多了寬容和關愛吧。」（288）因此，在多次往返記憶的旅程中，她釐清了和母親、阿爸間濃烈的情感糾葛，對於祖母、外婆不平等的對待，更是以深厚的感情化解；而之於整個家族最不願回憶起，三叔公和祖父被白色恐怖、二二八迫害的過去，鍾文音透過想像力的滲透，或填補了記憶中的空隙，或置換了傷痛的回憶。反覆且私密的書寫歷程，歷史記憶在其中沈澱、洗淨成最純粹的感情，於是，她有著這樣的體悟：

> 書寫家族，猶如揭開自我的私散文，這於我不是幸福的預兆，也非是美好生活的緬懷，相反的，回憶代表的是昨日已死，在這樣已死的狀態裡，通過一種對生活的寬容，於是我又見到了生命以另一種狀態再次流動，聞到了重生之喜，幫束縛於己身的記憶魔力解套，我而得以走入另一個旅途。（290）

至此，我們循著裝幀設計、影像物件、嗅覺符碼和意象隱喻等各層面，詮釋運用如此書寫策略的意念，並從中釐清家族書寫之於鍾文音，那尋找自身定位、建構認同以及企盼藉由書寫記憶療癒過去傷痛的意義及內涵。《昨日重現》是一座記憶帝國的顯影，何者為真又何者是假已不再是重點，從中，我們已深刻感受並體驗那關於她—鍾文音，記憶中的流金歲月。

參考書目

專書

1. 鍾文音：《昨日重現：物件和影像的家族史》，台北：大田，2001。
2. 鍾文音：《女島紀行》，台北：探索文化，1998。
3. 鍾文音：《在河左岸》，台北：大田，2003。
4. 鍾文音：《情人的城市：我和莒哈絲、卡蜜兒、西蒙波娃的巴黎對話》，台北：玉山社，2003。
5. 鍾文音：《中途情書》，台北：大田出版，2005。
6. 鍾文音：《孤獨的房間：我和詩人愛蜜莉藝術家安娜的美東紀行》，台北：玉山社，2006。
7. 張瑞芬：《五十年來台灣女性散文・評論篇》，台北：麥田，2006。
8. 劉紀蕙編：《框架內外：藝術、文類與符號疆界》，台北：立緒文化，1999。
9. 陳芳明：《後殖民台灣——文學史論及其周邊》，台北：麥田，2002。
10. Elizabeth Loftus、Katherine Ketcham 著，洪蘭譯：《記憶 vs.創憶：尋找迷失的真相》（The myth of repressed memory），台北：遠流，1998。
11. Diane Ackerman 著，莊安祺譯：《氣味、記憶與愛欲—艾克曼的大腦詩篇》，台北：時報文化，2004。
12. Piet A.Vroon、Anton van Amerongen、Hans de Vries 著，洪慧娟譯：《嗅覺符碼——記憶和慾望的語言》，台北：商周出版，2001。
13. 積木編輯部企畫製作：《兩岸書籍裝幀設計》，台北：積木文化出版，2006。
14. Roland Barthes 著，許琦玲譯：《明室・攝影札記》，台北：台灣攝影《季刊》，1995。
15. 蔣載榮：《高品質黑白攝影的技法》，台北：雄師圖書，1996。

期刊論文

1. 柯品文：〈屬於那些重生的家族記憶鍾文音《昨日重現》〉，《文訊》188 期（2001 年 6 月），頁 34-35。
2. 林育丞：〈昨日帝國的記憶與重現——鍾文音的物件．影像．家族史〉，收錄楊宗翰主編《台灣文學研究叢刊 2》，台北：富春文化，2002。
3. 梁一萍：〈鍾文音的家族三部曲—台北上河圖〉，《聯合報》B5，2003 年 4 月 6 日。

學位論文

1. 林唯莉：《女遊與女性自傳書寫中的家國語藝——以《逆旅》、《漫遊者》、《海神家族》為分析對象》，成功大學台灣文學研究所碩士論文，2006。

附件一

附件二

絕美再起
——周芬伶《絕美》《汝色》比較

呂佳蓉*

摘要

從周芬伶出了第一本散文集《絕美》（1995）後，其作品風格似乎就是呈現專屬她自己的「絕美」，讓人感受到她的天真與單純，但遭受婚變後風格突然有了大轉變，《熱夜》（1996）就可明顯感受：晦澀、鬱悶、背德的氣氛在作品裡開始發酵，之後的作品便延續此路線不斷書寫。但「絕美」從此便消失於周芬伶作品中了嗎？答案是否定的。就同是散文的文類而言，陳芳明曾說：「周芬伶散文技藝的提升，就在她的勇於割捨。《汝色》這冊散文集問世時，她已完成靈魂的再提煉與再鍛鑄。」也許在書中的前半部分還是可以看出是以陰沉的基調為主，但是在最後周芬伶的筆觸卻又似雨過天晴般的重現她的絕美，只是這絕美的再起已不同以往，是更高層次的境界、是自我救贖的力量。筆者試著以《絕美》和《汝色》二本的比較，從中看出「絕美」在文本裡的幻起幻滅又再起的風格特色。

關鍵詞：周芬伶、絕美、汝色

---

* 1984 年 3 月 10 日生，畢業於東吳大學中國文學系，現就讀成功大學台灣文學研究所碩士班一年級。

一、前言

周芬伶（1955-），台灣屏東縣潮州鎮人，政大中文系畢業，東海大學中文研究所碩士。曾任台灣日報編輯，現任教於東海大學中文系。跨足多種創作形式，散文集有《絕美》、《熱夜》、《汝色》、《戀物人語》、《周芬伶精選集》、《母系銀河》等；小說有《妹妹向左轉》、《世界是薔薇的》、《影子情人》、《粉紅樓窗》等；少年小說《藍裙子上的星星》、《小華麗在華麗小鎮》等，曾被改拍為電視連續劇；文學論著《豔異—張愛玲與中國文學》；口述歷史《憤怒的白鴿》；並成立「十三月戲劇場」，擔任舞台總監，編有《春天的我們》等劇本。作品被選入國中、高中國文課本及多種選集。

中文系背景出身的周芬伶，在她的作品中可以感受到溫柔婉約的氣息，而她自己也說：「我一直認為散文的高標準是『簡樸』與『自然』」[1]，她確實落實了心目中的標準，因而讓人讀來有一種天真、單純之美。[2]她的第一本散文集《絕美》（1995），其命名似乎就是呼應了她的文字內容風格，沒有太多鋪陳、刻意雕琢的華麗，陳芳明就直呼：「絕美，是周芬伶散文的風格」。[3]但至《熱夜》（1996）以後其寫作的風格驟變，逐漸轉向晦澀、背德、灰暗，原因與她的婚變有關，對於充滿童心、純真的周芬伶而言，她所想像的婚姻就如同是城堡中的公主與王子一般，應是過著幸福快樂的日子，但是一場婚變卻打碎了她

---

1 周芬伶，〈千里懷人月在峯—與琦君越洋筆談〉，收錄於琦君，《青燈有味似兒時》（台北：九歌，1988 年），頁 249。

2 吳鳴言：「天真的心情，優美的文字，造成了沈靜特有的風格」（吳鳴，〈孤絕之美—試評沈靜散文集「絕美」〉（文訊 21 期，1985 年 12 月），頁 231。）其師趙滋蕃也說：「她用她的思想組織能力，從環境裡邊捕獲新鮮的觀念。她用她的天真心靈，從內心世界產生屬於她自己的信念。」（趙滋蕃，〈以天真、清新與美挑戰〉（周芬伶，《絕美》（台北：九歌，民 84），頁 15。）

3 陳芳明，〈夜讀周芬伶〉（周芬伶，《熱夜》（台北：遠流，1996），頁 5。）

的夢，卻也藉由這個打擊使她的風格告別了「清冽」、「透明」、「晶瑩」，反而在日後的作品中見出其沉潛與靜定的堅韌生命力。[4]

《汝色》(2002) 相較於《熱夜》而言，或許沒有呈現極端明顯的風格丕變，但周芬伶自己在前言裡說道：「書完成後，左看右看，似乎是那封遺書的延長，都在死亡的陰影下寫出的哀狂文字。文字是否可以掌握真實？你越費力書寫自己，自己越虛誑不實。」在文中也可看見其心中極度的惶恐與不安，「絕美」的風格似乎不復存在，可也由於對婚姻的懷疑、世界的鬆動、信仰的崩解使得《汝色》成為對於自我的懷疑提出一個具體的答案[5]。除此還能夠看見周芬伶對於女性議題的關懷：在文中多處著墨的是那些失婚、女同志等被社會邊緣化的女人，顯現了在父權體制下對女性的壓迫與桎梏，似乎有種「去中心」的企圖[6]，不難說這也是因為受到了婚變影響於是在內容方面的轉向。

在《汝色》之前，雖然也有相似型態的轉變，如《女阿甘自傳》、《妹妹向左轉》和《憤怒的白鴿》作為是女性意識的前驅[7]，但就文類而言，同是散文的《汝色》更可以與最初的散文集《絕美》做一比較，即便看出了周芬伶於文中自我剖析的程度極深，婚姻的創傷讓本有的悲觀性格浮現，尤其《汝色》的前半部分可以見到低沉鬱悶的文字、灰暗晦澀的想法，但在後半又可體察風格的轉變：對於「絕美」的回歸，經過人生的歷練與荊棘後，周芬伶的「絕美」已不再單是剛開始那涉世未深的小女孩幻想，而是一種心境上的轉化、提升的絕美的再起，甚至於 2005 年的作品《母系銀河》也可看出絕美再起的痕跡。本文試著就《絕美》與《汝色》二本之比較，說明周芬伶在其中對於絕

---

4 張瑞芬，〈絕美汝色——論周芬伶散文〉《五十年來台灣女性散文‧評論篇》(台北：麥田，2006)，頁 323。

5 陳芳明，〈她的絕美與絕情—周芬伶的《汝色》及其風格轉變〉(聯合文學 215 期，2002 年 9 月號)，頁 154。

6 張瑛姿，〈後現代觀點中的女性主義書寫—周芬伶《汝色》探析〉(島語：台灣文評論，高雄：春暉，2004 年)，頁 135。

7 張瑞芬，《五十年來台灣女性散文‧評論篇》，頁 327。

美的幻起幻滅後，藉由與文字的呢喃對話達到一種療癒效果，因而使她的絕美「再起」，並非消失。

二、《絕美》—「絕美」的幻起

趙滋蕃在其序裡談及《絕美》的內容架構：「天真沉靜的環境，一直維持著單純的活動圈子。第一層次是潮州故鄉，關注的焦點是家庭骨肉和自己。第二層次是各級學校，關注的焦點是同學、朋友、學生。第三層次是社會，關注的焦點是生活中接觸到的美感經驗。[8]」說明了周芬伶的絕美是受到了單純環境的影響，沒有過於複雜的因素干擾，影響於她的便是思想的純真與展現在文字上的恬靜，而筆者關注的便是於這三層之中去探索出屬於周芬伶絕美風格的不同面貌：

（一）童心之美

懷有一顆赤子之心的周芬伶，對於周遭事物總會透過孩子似的眼光去想像，於是任何看在我們眼裡的簡單於周芬伶的眼中都是一種快樂，如在〈大眼睛與小眼睛〉裡描述著看到萬花筒的情形：

> 這個萬花筒無異是個魔術的眼睛，尤其是在心煩氣燥時，轉動著圓筒，抖出五花十色的畫面，務俗的千頭萬緒，全化作單純而美麗的小色塊，重組出秩序來。那是一口玲瓏的井，可以照見月圓月缺，潮潮落；那是一個落花繽紛的小世界，有春天永恆地停駐。轉著轉著，心情自然就平靜下來了。（p.31）

在大人的眼中或許覺得萬花筒沒什麼，認為那不過就是個小孩子的玩意兒，但是在周芬伶的眼中它卻也可以成為一種美的象徵。又如同在〈娃娃定律〉裡有著孩子般的心境對這世界的期許：

---

[8] 周芬伶，《絕美》（台北：九歌，1995），頁 12。

「天真」是孩童的專利品，卻是成人的奢侈品，但願這世界充滿著天真的光輝。（p.152）

顯見她所想望的世界裡只有如孩童般的天真、單純，沒有過多社會化的紛擾。

再者還可從〈傘季〉裡見出她的童心：

雨季即傘季。春天是戲劇性的季節，總是在花開得最熱烈的時候，雨就開始下了。花在雨中凋零，輾為塵化為泥，活得燦爛，死得悽涼，春天就是這樣令人心痛。這時就該撐把傘，去看無邊的細雨如何化為點點愁思，看花兒跌落時是否摔疼了？檢查小草又長高幾公分？撐把傘，把自己站成天地間最溫柔的地帶，去與春天同在，細雨同在。傘的中心，夢的中心，這裡無風無雨，有充裕的感情為春天支付。（p.208）

將傘喻為如同是夢的中心，有它的遮蔽可以擋去外在的風風雨雨，同時也可見在她的世界裡只有春天的存在。

（二）簡單之美

因周芬伶所處環境的單純，因此使得她易於滿足，生活的簡單連快樂也變得容易許多：

生活還原到吃飯穿衣，句子也簡化到清清如水。在這樣樸素的對話中，已不必再去渲染情緒的高低起伏，以及生活中的得失榮辱。（〈寫信的母親〉，p.58）

我最喜歡看著一棟棟農舍傍榕樹，看著陽光如何伶俐地穿著樹梢，又如何溫柔地輕覆著地面。這時總有清風徐徐而過，有花香纏綿，有歌在心中。一個家，一棵樹，這樣的畫面單純得令人想落淚。（〈家在榕樹〉，p.66）

> 你們問我如何保持純真，我說只要像照顧身體一樣照顧你們的心靈就夠了，你們搖搖頭不相信。我再說，那就邀請一個心靈的守護神吧！宗教的、文學的、藝術的神祇，在我們的頭上飛翔，邀請一個吧！天上的人並不比地下的人少呢！但是，你們依然不相信，怎麼樣讓你們相信呢？我再說：那麼就好好地戀愛吧！不要耍花腔，不要比較，不要性急，要一往情深，要真心實意。你們說那太浪漫了。我只有說，那就誠實吧！看顧這過時的美德，心裏常留著誠實的鏡子，照明自己也照明別人。（〈小大一〉，p.99）

> 如果是幾朝風雨，豐沛的雨水滋潤了大地，充實了河流。試想——這樣甜美的水流，將使多少草木死而復活？將使多少田地肥沃？多少花朵因而綻放？多少魚兒更加優游？喜悅必是不斷的了。（〈小河淌水〉，p.205）

如她在〈小大一〉裡所說，當一群大一生問她如何保持純真時，沒有過多瑣碎的繁枝末節，一句「誠實吧」，簡單扼要的話語就說明了精隨，所以她的文字才能簡化到清清如水；所以僅看著她所喜愛的一棟棟農舍傍著榕樹這樣簡單的畫面也能令她感動得想掉淚；所以只試想河流能復活草木、肥沃田地、綻放花朵……如此的簡單便能帶給她喜悅、成為她心中的美。

（三）感性之美

女性心思的細膩與多情在周芬伶的身上便可察覺，如在〈素琴幽怨〉裡提到：

> 守喪期間，悲痛才慢慢來襲，有人勸我寫文章來紀念小祖母，這個建議令我憤怒，死亡如此殘酷，毀滅如此醜惡，我如何能再去重複一遍它的滋味。我們既如生命的結局，如何能作一隻歌頌殘缺的烏鴉？（p.52）

對於小祖母的逝世尚未平復心情前，聽到有人勸她以文章來紀念竟使她憤怒，其實筆者猜測對方只是好意的欲寄託於周芬伶的文字來書寫小祖母的過往，可是這舉動於她而言是過於殘忍的：無法再次重複悲痛的記憶，也不想作隻歌頌殘缺的烏鴉。

「母愛」似乎就是女人的天性，儘管孩子的叛逆、不聽話、讓父母傷心，仍抵擋不住母親對於孩子的愛以及無悔的付出，在〈傳熱〉裡說明了她對孩子的期望卻又擔心過於期待的結果扼殺了孩子的成長，母親的矛盾心情由此顯現，卻讓我們更可以清楚見到藏於周芬伶深處的母愛之美：

> 孩子，我真怕，用我的期望塑造你，要你補足我的缺憾，我也怕你在我的面前歡笑，在我背後哭泣。你的心對我緊閉，你犯的錯對我隱瞞，只因為怕我失望。我怕我忘了年輕時執著的一切，以不同的標準對待同一件事；我怕我會忘了愛情，教你以利害衡量一切；忘記年輕人該有柔軟的心，善感而衝動，卻教你如何武裝自己。（p.94）

（四）心靈之美

除去童心、簡單與感性的絕美外，理性的思考也是構成她絕美的成分之一，在哀傷、悲觀之於總會讓自己脫困、避免長久耽溺其鬱悶的氛圍裡，以文字成為解脫的力量、思考的轉向，破除重圍後，讓人感受的是她的海闊天空、是心靈上的成長。

如在〈桌上的夢想家〉裡訴說著父親未能完成的夢想，間接的也想起自己的夢想：想要買下屬於自己的房地產（甚至都已經設想好），只是當日後發現她所預計的買下的土地全都變了樣後，心裡一陣慌及發愁：

> 我的心真正痛了，怎麼沒有等到我賺夠錢就搶走我的房子呢？走在路上，我不住地發愁，很想找個人評評理，他們總得等等我，那是我將來還鄉的住所呀！（p.26）。

但是周芬伶總會為自己解套，所以即使她夢想中的「房子」已蓋不成，也能夠從別人一句：「山水是地上的文章，文章是案頭的山水」的安慰語裡去體會出藉由文字去描述自己的夢想，然後在幻想中搭起父親所夢想的農場及為自己建造一棟幽靜的山林小築，因為：「只有心靈中的宮殿式永遠搖不動、折不完的」（p.28）。

或者在〈東南西北〉裡本來無法體諒與她要好的妹妹負笈至美國求學時走得如此瀟灑、連頭都不回，但二年後的歸國發現妹妹變得更美麗、聰慧，甚至也找到所愛之人後，了解到：「愛是要捨得的，捨得讓他孤獨，捨得讓他受苦，因為這捨得，他會活得更壯大。」讓周芬伶學會瀟灑，以惆悵換成長長的等待，不將別離當作是苦痛的開始，反而是一次豪情的揮霍。（p.130）

又如〈愛玉〉中提及她自己身懷四塊寶玉的經驗：讓她甚惶甚恐一段時間後終究還是放棄收藏而打算捐出去，理由是一越愛的東西越容易傷害它，所以為了防止這樣的傷害產生才做如此決定，這樣的釋懷正如她所說的：「將捨不得的東西捨去才是真捨得阿！這四塊玉曾經帶領我遊古人的世界，帶領我經歷了美妙的經驗，夠了！」（p.143）

至於在〈有時候〉裡更加明確的指出對於人生的一種體悟、展現了屬於理性絕美的開闊：

> 有時候，我們悲哀；有時候，我們喜悅。有時候，生命之流高湧；有時候，命運直往下墜。有時候你被掌聲包圍；有時候，熱情冷卻，心如灰燼；有時候，慷慨激昂，情難自己。有時候，心鏡蒙塵，無明無覺；有時候，心鏡無垢，清明圓覺……但是不管什麼時候，我總相信福田自在心地，不必多假外求。我的快樂雖是如此寒酸，一切卻不能勉強，因為勉強就會不快樂了。（p.136）

一句「總相信福田自在心田，不必多假外求」證明了情感豐沛的周芬伶在人生經歷上的磨練與成熟，懂得人生沒有所謂的絕對，即使有高低潮只要自己保持著一顆樂觀的心，於低潮時快樂仍是唾手可得的。

三、《汝色》—「絕美」的幻滅、再起

相較於《絕美》而言，《汝色》已不再帶有小女孩式的幻想，全書分為三輯：一、Eve，二、彩繪，三、白描，其中帶有幽暗基調處在前二部份佔了很重的比例，尤其是第一部份，「Eve」這個不知是否真實存在的人物，在文中卻處處可見與之的對話，當中還包括真實透徹的解析自己，彷彿是一種自我的呢喃：「Eve，我對你傾訴這一切，因為你是我靈魂中隱微幽深的一部份。」（p.11）；「Eve，你形成你自己的意象，書寫自己的書寫，是你引導著我湧出文字，在文字中形構你的影像，而我的文字是如此虛弱，不能表達你的影像於萬一。」（p.13）藉由與 Eve 的對話中將自己隱藏心中最深處的惶恐、哀傷、鬱憤通通傾洩而出，但是也因為從書寫當中得到了一種自我救贖的可能，於是在第三輯裡又可見到純真、婉約風格的周芬伶，只是這種回歸更代表著境界的提升、是不同以往的絕美再起，如同陳芳明所言：「周芬伶散文技藝的提升，就在她的勇於割捨。《汝色》這冊散文集問世時，她已完成靈魂的再提煉與再鍛鑄。[9]」

（一）「絕美」的幻滅

在第一輯「Eve」裡的篇章明顯的能夠看出周芬伶仍對於婚變後的恐懼、沉鬱與無法釋懷，如在〈與夜〉：

> 晝短夜長何不秉燭？奈何我已習慣將自己浸泡在夜黑中，密室中的黑沉，唯一亮著的只有眼眸。（p.14~15）

---

[9] 陳芳明，〈她的絕美與絕情—周芬伶的《汝色》及其風格轉變〉，頁 153。

> 到現在我仍然無法面對那場毀滅性的婚變，只要一觸及便會自動閃躲，只能繞著懸崖徘徊。（p.21）

> 我不適合婚姻，不懂婚姻的政治和遊戲規則，我真的好疲倦，不想再看到任何人，也不可能再愛任何人。（p.21）

諸諸字句都透露出婚變對她的打擊與傷害，尤其那句「我不適合婚姻」更是由此對自我的懷疑，此外顯而易見的是對 Eve 的呢喃低語以及自我的剖析，流露的是隱於性格裡的悲觀：

> Eve，是故，我們不必瀏覽過去，也不必幻想未來，就以隻眼獨照現在，一切所有心證意證，生命終將化為雲煙，小小方方的紙片可以解釋什麼？你我分別存在不同的電影裡，展演著不同的劇情，而所有電影的結束都是一樣，黑暗。（〈與失落的照片〉，p.97）

> 但我很早就知道自己的生命充滿陰影，魔鬼早就吻上我的臉。（〈與沉重的黑〉，p.135）

「黑色」的基調於文中浮現，瀰漫的是沒有未來、暗無天日的氛圍，與《絕美》充滿天真、浪漫的懷想已截然不同。

又或者我們可以說，婚變的打擊讓周芬伶省思了在父權體制下對於女性的壓迫與桎梏，於是在第二輯「彩繪」裡除剖析她自己心裡的傷痛外也表現了同樣處於社會邊緣化的女人一種關注，如〈與紫羅蘭之家〉：

> 我們都是在社會邊緣苟延殘喘的人；我曾經擁有正當的名份，丈夫和孩子，我也曾盡心奉獻一切，可是當我想找回自己時，丈夫兒子與他們背後那個正當的社會，予我痛擊並將我逐出社會。（p.120）

說明了失婚的女人於社會中沒有價值與地位，在父權體制下為這些婚姻失敗的女性定一個莫須有的罪名，彷彿沒有完好的婚姻便沒有美好的生活。

> 我能與女性建立深厚與穩固的情誼，與男性卻不能。他們對我充滿猜疑，我對他們掩藏自己。最惡毒的說法是將我視為分裂的女人，將我排斥於正常社會，這樣的女人不配當母親或當人。我終於了解自己黑色的血液，我即是我的原罪。（〈與沉重的黑〉p.140）

> 是否愛到盡頭就是背叛，災難，死亡？森林之外惡魔正在窺視，牠的陰影巨大且森黑，你誤以為是黑夜到來，然而不是，那是屠殺的預兆。（〈與愛的森林〉，p.153）

由上述二例看來那更是徹底對於婚姻的絕望，愛情對周芬伶而言不再代表著一種倚賴與寄託，反而是揮之不去的夢魘，因此對於為何轉向女性議題在〈與沉重的黑〉那句：「我能與女性建立深厚與穩固的情誼，與男性卻不能」中已埋藏伏筆，所以對於《汝色》有論者以「後現代觀點中的女性主義書寫」來探析[10]，說明內容具有「鬆動父權」（指涉父權體制下對女體的壓迫與桎梏）、「與陰陽同體」（打破性別二元分化的異性戀霸權神話）、「酷兒美學」（顛覆社會主流，堅持自身另類性格的思想），結合在一起的便是「陰性書寫」的精神內涵。

（二）「絕美」的再起

前二輯被濃厚的烏雲籠罩，鬱悶、陰暗的氛圍讓人讀來有沉重之感，但是到了第三輯「白描」後，卻似乎又見到一絲明亮，是一種撥雲見日的開闊，讓人見到的是周芬伶經歷傷痛後對於人生所體悟的一種真諦——是帶領她向上提升而非向下沉淪：

> 意識到愛令人驚和令人醒，生命總會在你寂然滅然的時刻顯露愛與真實。（〈春去夏來〉，p.156）

---

[10] 張瑛姿，〈後現代觀點中的女性主義書寫—周芬伶《汝色》探析〉，頁 133~147。

> 愛在追憶中才重顯其真義，時間隱隱在其中施予恩慈與寬諒。但愛之炙熱與自我迷陷，也只有在春去夏來，時移事往，才得以看見痛苦亦有美麗。（〈春去夏來〉，p.157）

> 人生無所謂絕境，你想它絕，它未必絕。如果連死亡都不可懼，人生尚有何懼？（〈由夏至冬〉，p.159）

> 人生只要轟轟烈烈愛過一次就好，愛在回憶中更顯得恬美。懷抱著愛的回憶，淡淡地面對人生，夕陽餘暉，誰說不好？！（〈沒有人愛〉，p.191）

經由挫折磨練過後的她，「絕美」已不同往昔，它象徵的是「絕美再起」，全新之美如她所說：「美不在皮相，不在形體，美在追求，美在超越。」（p.166）於是展現的「心靈之美」是境界更高層的提升，而依舊不變的是與生俱來的「母愛之美」，所以仍可見到這樣的字句：

> 我怯懦且扭曲地獨活，那也許是一切錯誤的開始，在世俗且平淡的婚姻生活中，我的心靈雖生猶死。然而一個新生命在我的身體中成長，多麼奇妙，心靈死亡，肉體成長，這個成長於虛無的孩子告訴我，生命不會因我而停止延續，生命也不是因孩子而開始，我們只是一個小小的環節，我扣緊你，你扣緊我。（〈愛上天才〉，p.172）

孩子畢竟還是母親的生存的力量，所以如此難熬的婚變創傷，只要想到一個小小生命的誕生，於母親而言就是一個大大的滿足了。第三輯中也有少數篇章是在描寫她的兒時記憶與親情記事，用憶舊的方式讓自己回於過往，也許試圖找回曾經有過的純真與感動，藉此消弭傷痛、讓幽暗的情緒降至最低，所以在〈美與呆〉裡記述著年少時與青妹做過的美呆之事：

> 為了看一座神秘的森林，或追逐潮州大橋的夕陽，不惜走好幾公里，把腿走成了蘿蔔，這也是青妹和我常做的呆呆美美的事。（p.164）

又或者是於〈憂鬱與幽默〉中描寫母親個性帶有的幽默與憂鬱分子，母親的微言解紛、一笑泯千愁都對於日後周芬伶於哀傷的自我解套有所助益。

> 前幾天不知談什麼，我又想到死去的弟弟，趕忙對母親說：「我知道你吃了很多苦，但你不是歹命人。」母親說：「我不歹命，只要想到你們姐妹就心滿意足。」沒有意料母親會講這句話，又好像等這句話等了幾十年，我的內心有個聲音在嗚咽。（p.183）

相信周芬伶聽到母親的回答時內心是充滿無限感動，困在彼此之間難以磨平的傷痛往事——對於弟弟之死，一直是避免被提起，偶爾不小心提及就像觸犯了大忌似的馬上噤聲，而如今見到的是母親的釋懷，對於周芬伶來說或許也是願意選擇放下、不再讓自己陷於泥淖中的原因。

四、結語

　　不可否認的，婚變帶給女人的創傷有多大，嚴重者或許是一輩子的陰影，更別說像周芬伶這樣對於真實情感的追求，一場婚姻的撼動確實也鬆動了她純真心境所幻想建構的絕美世界，不論是文字或風格，《汝色》的確少了許多那種天真浪漫的心靈，從「平凡事物中見真情、處處著墨都是有情感的篇章[11]」，取而代之的是她的懷疑、惶恐、鬱悶、幽暗，卻也藉由文本中的喃喃囈語進行與自我的對話、更真切的面對自我，因而達到一個療癒的效果，以前的她以為可以透過寫作

---

[11] 吳鳴言：「作者最擅長的是在平凡事物中見真情，寫家人，寫同學、朋友，寫作者自己的日常瑣事，處處著墨都是有情感人的篇章。」（文訊 21 期，1985 年 12 月，頁 234。）

對自己進行思索，進而轉向樂觀[12]，但經過一次創傷之後已有所改變：並不認為書寫可以療傷，最多是揭開傷疤，不見得能癒合，或許只是更痛[13]，但是我們仍可在文中見到她對於自我消解的痕跡，文字於她是一種救贖的力量，如從《汝色》之後的散文集《母系銀河》（2005）裡也能看到她的風格，延續而下的是《汝色》的絕美再起：

> 我豈能緊緊咬住記憶？我決心放下所有的悲傷。劫後餘生，我們真該好好珍惜一切美好，就算是如此淡的雨，打在我那久經雨水的黑衣，太濃的花香欲奪人命，我們也要共喝一杯美酒，為這沉重的人生舉杯。（〈這世界〉，p.21）

> 如果生命是一棟大建築，一切悲歡離合、恩怨情仇只是牆上的浮雕，它們訴說一個又一個淒美故事，一切所欲所聖，可千萬不要流連於這裡，沉迷於這裡，站遠一點，不管悲劇或喜劇，因為隔著距離都一樣深刻美麗。（〈關鍵詞2：建築〉，p.135）

> 我的心業已平靜，不再辯駁，不再抗爭。我願承擔所有的傷害與苦痛，因為我有責任，一切因我而起，就由我來結束。我的心已被馴服，不再有恨，六年來我的心被怨恨充滿，如在煉獄，遍歷一切虛幻，我又回到花前。將一捧花插入瓶中，如同將我那過於熾燙的心放入水中冷卻。（〈關鍵詞4：吉凶〉，p.157）

「心靈之美」的提升就如同她自己所說的：「美在追求、在超越」，於她不變的是那份與生俱來的「母愛」，所以《母系銀河》裡依舊有著「母愛之美」的一面：

> 原諒我離開你，離開你並不代表不愛你，分裂也不代表不再完整。有一天你會找到自己的完整，擁有更多的智慧與愛去給與。

---

12 周芬伶曾說她的文學信念：「文學之美在理想，而寫作令人樂觀。」（周芬伶，〈千里懷人月在峯—與琦君越洋筆談〉，收錄於琦君，《青燈有味似兒時》（台北：九歌，1988年），頁243。）

13 吳億偉，〈寫作是一種勇氣—訪問周芬伶女士〉（文訊220期，2004年2月，頁115。

我也要去尋找我的完整，到那時我們會更懂得以愛相待。(〈完整與分裂〉，p.183)

也許經歷過婚變後讓周芬伶更執著於建構一個只屬於女人的王國，沒有男性的介入、父權的支配，完完全全的專屬於女人世界，所以《汝色》當中的〈子羅蘭之家〉形塑的是一個只有女人的「家」，即使沒有男主人的存在，女人也可以生活得很好。女人家的成立象徵女性即將拆卸男性定義下的「好女人」牌坊[14]，周芬伶要打破社會要求下的家庭模式，也可說是對於父權的一種挑戰，對於創作上的意義是另一種面向，對周芬伶而言也是一種突破，少了少女般的純真，取而代之的是思想上的跳躍與自由飛翔，關心的議題更為多向，也為同樣處於邊緣性的女人發聲，不再只是侷限於自己的小小世界中，如同賴香吟所說：「自《汝色》以來，芬伶明顯尋得一種比散文更自由的形式與語言。她跳躍、不受拘束的想像力，不按牌理出牌隨意拉出一條線索，往外編織其他更多的故事，不在乎自我與他人距離，亦無散文與小說界線可言。[15]」除了心靈上有所提升助益外，創作於她同樣也是更高技藝的書寫。因此從《絕美》的「絕美」幻起到了《汝色》的「絕美」幻滅後，她的「絕美」再起帶給作品與心靈上的是更進一步的開闊與自由，更賦予日後作品的價值，誠如陳芳明所言：「《汝色》寫的是她的絕美與絕情。絕，不是絕望，而是絕處逢生。[16]」透過文字的書寫、藉由自我的對話讓周芬伶找到一個可以依靠的力量，再現的絕美讓周芬伶變得更超脫、更豁達、也更堅強。

她的美，從未停止也不會消失，「絕美」僅專屬於她——是永無止盡的追尋與超越。

---

[14] 李欣倫，〈真實女人，小說人生——讀周芬伶的《汝色》〉(靜宜大學台文系女性文學學術研討會論文集，2006 年)

[15] 賴香吟，〈童女之戰〉(周芬伶，《母系銀河》，台北：印刻，2005 年)，頁 11。

[16] 陳芳明，〈她的絕美與絕情—周芬伶的《汝色》及其風格轉變〉，頁 155。

參考書目

作品

周芬伶，《絕美》，台北：九歌，1995 年。
周芬伶，《熱夜》，台北：遠流，1996 年。
周芬伶，《戀物人語》，台北：九歌，2000 年。
周芬伶，《汝色》，台北：二魚，2002 年。
周芬伶，《周芬伶精選集》，台北：九歌，2002 年。
周芬伶，《母系銀河》，台北：印刻，2005 年。
琦君，《青燈有味似兒時》，台北：九歌，1988 年。

專書

張瑞芬，〈絕美汝色——論周芬伶散文〉，《五十年來台灣女性散文・評論篇》，台北：麥田，2006 年。

期刊

吳鳴，〈孤絕之美—試評沈靜散文集「絕美」〉，文訊 21 期，1985 年 12 月。
陳芳明，〈她的絕美與絕情—周芬伶的《汝色》及其風格轉變〉，聯合文學 215 期，2002 年 9 月號。
吳億偉，〈寫作是一種勇氣—訪問周芬伶女士〉，文訊 220 期，2004 年 2 月。
張瑛姿，〈後現代觀點中的女性主義書寫—周芬伶《汝色》探析〉，島語：台灣文評論，2005 年。

論文

李欣倫，〈真實女人，小說人生——讀周芬伶的《汝色》〉（靜宜大學台文系女性文學學術研討會論文集，2006 年）

「眷物無斁[1]」的她
——試析周芬伶散文書寫中的「戀物」意涵

林蔚穎*

摘要

女性散文的書寫與創作從一九八〇年代之後即在文壇佔有相當重之份量，周芬伶的散文創作則是其中令人矚目的重要標的之一。她的散文創作產量相當可觀，從早期天真冠冕一切德行的《絕美》，到現在的女性意識的熾烈、戀物眷情兩種書寫風格並蒂，一路走來始終透明而無掩，這條書寫軸線除了映照人生經歷「風格蛻變」以外，真實的自剖核心這個本質一直是持續的。本文擬從「戀物」這個面相作為剖析出發點，探討周芬伶在《熱夜》之後「戀物」創作的無斁不斷，並從她將「物」綰結回憶的書寫成因做細膩探究。本文試圖將她敘「物」抒「情」的文字解構，從「重構回憶」、「雋語書寫」、「精神分析」三個面向拆解周芬伶的「戀物」意涵以及其真實汝色對「物」之觀照。

關鍵詞：女性散文、戀物、重構回憶、雋語書寫、移情作用、精神分析。

1　「無斁」指不倦、不斷、不絕、不停。〈詩經・周南・葛覃〉:「為絺為綌，服之無斁。」，唐 元稹《鶯鶯傳》中亦有云:「何幸不忘幽微，眷念無斁」。

*　現就讀於成功大學台灣文學研究所碩士班。

一、前言

周芬伶的散文創作從第一本《絕美》的「心靈首航」直至最近專欄文集《紫蓮之歌》的問世，一共歷經了一個弱冠年華。其中正好有一個角度轉換甚鉅的轉折點，而這個轉折點展示的有：不再對愛情偏執而對自我有所捨棄的她；從「天真沉靜」到「絕情無畏」的她；對人生領受有更多新思維的她，這樣的「變」使她的生命書寫有了更多面向的開展，亦使其散文技藝有了提升與更上一層樓的豁達真醇。陳芳明評論其散文風格轉變時，在〈她的絕美與絕情—周芬伶的《汝色》及其風格轉變〉一文裡有這樣的看法[2]：

> 周芬伶散文技藝的提升，就在她的勇於割捨……她的文體就像她的身體，負載著各種看得見與看不見的侵蝕衝擊。她的青春，她的愛情，她的婚姻，一塊一塊崩解剝落，而漸漸裸裎真實的自己。面對真實，她變得徹悟豁達。

又周芬伶在告別閨秀之風的轉變後，其創作以女性系譜的書寫與眷物抒情這兩道跑道為主。筆者在此論文並不探討周芬伶凸寫女性、塑造女性王國的這道跑道，本論文側重在其風格轉變之後的「眷物抒情」的書寫軸向，並且對周芬伶的「眷物」抒情做深層的背後成因探討。

對於周芬伶從「詠物」乃至「眷物抒情」的內在肌里，筆者擬從三大方向去解構之。第一，筆者以為周芬伶在風格轉變之後的「眷物」其實是一種物與情的聯結傾吐，這個歷程就是把回憶藉由具象之物逐次勾勒，然後傾吐心緒，她這樣的傾吐可以使她重新解構所有不堪的

---

2 陳芳明，〈她的絕美與絕情—周芬伶的《汝色》及其風格轉變〉，《聯合文學》215 期 2002 年 9 月。

回憶，並能消解回憶內的負面遺緒，藉此作用使人生繼續航向另一種蛻變後的光明。

第二，周芬伶的文字語言除了「氣質稟賦」、「自剖真實」之外，其實更具有《世說新語》那種「正向雋語」的況味，每當眷物書寫使自己的情緒獲得消解之後，周芬伶總能使筆鋒轉向正向之舵，幾乎篇篇文章，都能在幾段文字之間嗅得其敘事藝術似《世說新語》的美感特質，對於生命經歷的所有，她都能化當時的情緒作永恆、作雋語。她「眷物」裡的雋語之味，使得她的書寫更益有深讀的價值，而這種引人專注的深讀，又不致使人疲憊或感到枯燥乏味。

第三，筆者擬從伊里加拉的反射鏡、反父權視角去探索周芬伶的「戀物」意涵，周芬伶的「眷物無斁」其實是一種「移情作用」與「反父權閹割」，是一種從「戀物」去加重人生質量的「移情」，亦是一種凸顯女性自我價值的「移情」，而這些移情作用的根本原因就是為求「反父權收編」與「反閹割」。

筆者以為，引領周芬伶絕情與提煉的過去，正是父權體制的閹割，她的自我價值之追尋，她的奪胎換骨，使自過去的愛情與婚姻之閹割，而如今，她不必再為父權的壓迫犧牲自己，委曲求全，這種卸下父權枷鎖後的全然釋放，使得周芬伶從「焦困」中破繭而出，因此，筆者以為，從方向去剖析周芬伶散文書寫背後的戀物意涵乃是非常必要的。

二、戀物眷情的無斁不絕：具體物象是綰結／消解／重構回憶的管鑰

自絕美高華下的生命曲格翻轉成具真實、跳躍感之脫胎散文集《熱夜》問世後，周芬伶收束了清冽、透明與晶瑩的自己，愈加「真實」地面對自己的人生，並開始進行其他視域的書寫，與早年的「天真、

清新與美挑戰」[3]的創作風格有甚大的迥異，她亦開始建構自己的身體史[4]，且常能與現代社會議題做結合。其劇烈的風格變異，陳芳明於〈以擦亮每一顆文字刷新歷史〉[5]中有以下評論：

> 近兩年來的周芬伶，轉變最為劇烈，似乎已經開始為女性散文重新命名。

陳芳明所謂的近兩年指的是 2004 年至 2006 年，周芬伶這兩年左右的創作主要有兩面向：「女性身體史」與「戀物」創作。

其中，《熱夜》、《汝色》、《母系銀河》除了不再是閣樓中的閨秀外，亦已然開始了家族女性系譜、女性意識的書寫，此時的創作開始強烈地呈現自我慾望，她的書寫創作中除了驚滔駭浪的女性王國建構之外，還有另一條顯而易覺的脈絡在持續延伸著，這條脈絡牽引著她精神生活的其中層面—眷物抒情。

從《戀物人語》、《仙人掌女人收藏書》乃至《紫蓮之歌》，其散文創作中的「戀物」脈絡可說是物與人生之鑲嵌，舉凡照片、電影、房屋、帽子、服飾、女鞋、衣櫃、絲襪甚或菜瓜布與劍等……她似乎是無物不能書寫刻劃，從物與物之間的綰結，周芬伶用筆尖蜿蜒出一彎情語／物語的洪流，這條洪流是一位為求尋求真理，探索生命本身具有的戲劇性[6]之女性作家所闢。這樣的創作模式表達出面對急湍難水之後的她，這個她是如何的潛靜與堅韌，這種掏出靈魂與真誠的書寫，像一枝向內探索原音的烈烈焰筆。她的筆藉「物」來梳理自己的每一時期的片段人生，也藉具象的「物」來寄託情感與回憶。

從周芬伶的專欄文集《紫連之歌》的〈誰不戀物〉中的內容思想觀來，可以很明顯地察現周芬伶藉此回應自己的書寫脈絡：

---

3 趙滋蕃，《絕美》代序，頁 7，台北九歌出版社，1995 年 9 月重排初版。
4 陳芳明，《孤夜獨書》，頁 103，台北麥田出版社，2005 年 9 月。
5 同註五。
6 陳義芝主編，《周芬伶精選輯》之〈周芬伶散文觀〉，頁 29，台北九歌出版社，2002 年 7 月。

> 被視為戀物癖者好像不是光采的事，尤其在這回歸即簡的年代。……只有隨性自然，愛買則買，欲丟則丟，想來人還真離不開物，嬰兒戀奶嘴，兒童戀玩具，一貧如洗的陶淵明也戀酒戀書，難道酒與書不算物嗎？……我因此喜歡禪宗，它說無，也說有，菩提明鏡，拈花微笑，砍柴燒茶，千江水月，風動旗動，說有也是有，說無也是無[7]。

回憶中的點點滴滴都可以是「有」，也可以是「無」，對周芬伶而言，生命中的回憶都可能在同一「物」上的建構可能有兩極化的感受，只不過不知道是何時何刻會發生罷了[8]！禪宗所謂的「明鏡亦非台」對她來說感觸特別銘刻，她在「今非昔比」的情、物描摹這方面的書寫比例非常高[9]，回憶再甜再苦、再喜再悲，她也能由具象的「物」滲透自己的內心，並為內心尋得衝擊後的豁達園地。

「戀物書寫」[10]中的周芬伶，顯得相當具有面對自我真實面的能力，負面情緒或傷痛對她而言不是點觸不得的苦痛，她是以「直截以對」來處理傷痕與回憶的。即便眼前這個具體實物可能令她回憶起不愉悅的往事，但她總能坦蕩而不逃避地書寫這些負面情緒，然後運用往事如歷歷在目的口吻，藉物件這個媒介串起一幕幕的回憶。

她曾在《文訊》[11]的訪談中表示，她不認為書寫可以療傷，最多揭開傷疤，不見得能癒合，或許只是更痛。筆者以為，周芬伶這種書寫創作的力量其實就是一種「消解苦痛」的能源，一個人要面對自己的傷痕／苦痛需要很大的勇氣，更何況要傾盡所有公諸於書？這樣的力

7　周芬伶，《紫連之歌》，頁 100-102，台北九歌出版社，2006 年 10 月。

8　周芬伶，《戀物人語》，頁 24，台北九歌出版社，2000 年 10 月。

9　從周芬伶的《戀物人語》、《周芬伶精選輯》、《汝色》、《母系銀河》、《仙人掌女人收藏書》等作品之內容皆能顯而易見地察見。

10　指周芬伶在《熱夜》這本著作之後，創作中的「戀物」基調。

11　吳億偉執筆訪問，〈寫作是一種勇氣——訪問周芬伶女士〉，《文訊》雜誌訪談錄。

量即使無法治療傷痕，但卻能持續擁有消解苦痛的能源，即便傷疤可能會更痛，但是裸裎的過程卻是一種重生。

那些曾經的回憶已經安然地收納在「物」中。她有權利運用「物」的書寫來整理自己這個軀殼／個體，雖然人生未來的回憶其實仍舊是有機地繼續被創造的，未來的人生不會因為書寫而頓留，但是這種「藉物裸裎」的特色，卻成為她的《熱夜》之後的散文主要創作軸線之一。

她有權宣示自己擁有過往回憶與情感的主體性，並且將回憶暫時與文字共存，然後在行文之中豁然開朗、泯除了過去的苦痛。例如：她在〈衣魂〉一文中敘述道：

> 我遺失了一個衣櫃，那裡有我不忍回首的華美收藏、綺羅往事；還有一襲襲裝載過虛榮身軀的錦繡雲裳，屈辱和空洞的誓言。我無意加入家庭權力的角力，女人需要的不是一個床位和些許的衣櫃空間，她需要的更多[12]。

由以上的文句觀來，作者顯然以凸寫「衣櫃」來宣示自己對「回憶」的解讀，具像衣櫃以及抽象回憶之間的交融恰到好處，即使此段回憶是難堪的，她也能以正向思緒面對主體曾經被支配的過往。

周芬伶的戀物書寫是一種「女性話語風格」[13]，它是具備流動性與觸摸的緊密聯繫特質的。女性藉由物品來觸摸流動的回憶以及現已無存的回憶，然後將兩者作一緊密結合。就這樣的女性話語（woman-speak）風格，我以為法國後現代女性主義者呂思・伊里加拉（Luce Irigaray）[14]之見解與闡釋非常貼切地能夠詮釋周芬伶的散文「戀物」書寫特性：

---

12 同註九，頁 210。

13 托里莫以著，陳潔詩譯，《性別／文本政治：女性主義文學理論》，頁 137-139，台北駱駝出版社，1995 年 6 月。

14 15 她在 1974 年發表了不朽的博士論文著作《另一個女性之反射鏡》之立場被視為高度成熟的女性主義解構／批判父權的重要論著。

> 此「風格」並不單給予凝視特權，但將所有形態帶回它們「觸覺」的起源。在那裡她重新觸摸自己，「同時性」Simultaneity 會是她的特徵。此特徵永遠不會將自我的可能固定於另一形式上。永遠流動而沒有忘記液體那種難以理想化的特點：創造它們動力的兩種鄰近力量產生的摩擦。她的「風格」抵抗以及發掘所有堅固建立的形式、形態、意念及概念。

周芬伶運用流動的筆使回憶流動的意圖極為濃厚，她意欲使回憶流向「有解」這個面向，因為有解方能以嶄新心情面對未來，這樣的意味在《戀物人語》中最為明顯。在她碰觸最難堪的回憶時，最能嗅見周芬伶從消解負面情緒中詮釋回憶之意圖。除了〈衣魂〉之外，在〈酸柚與甜瓜〉中周芬伶道出了她能夠消解「今非昔比」這樣的人生經歷之心緒：

> 生命的滋味有時會有一百八十度翻轉，只是不知道再哪一時哪一刻。昔日的執念為今日揚頁；昔日的幸福成為今日的痛苦；昔日的美夢恰是今日的惡夢。
>
> 對甜瓜的美好記憶，大多來自婚姻……甜蜜與痛苦有時不是相互滲透的嗎？
>
> 在越痛苦的時候，回憶往事，所有的罪過都被原諒，所有的陰影也消失了。
>
> 小悲哀只有大悲哀能治療，小快樂只有倍大快樂吞沒，而甜蜜的時刻未嘗不隱藏著痛苦的因子呢？

此外，《戀物人語》中的〈孤獨吟〉、〈寶石情事〉等……作品之文末皆有周芬伶重構回憶，積極面對未來人生的痕跡，周芬伶的戀物基調散文擁有這樣轉負為正的龐大能量，這恰巧也是她重構、消解回憶的支撐點。

三、化「物」作人生雋語[15]—借鑑古典，蘊幾分《世說新語》之況味

《世說新語》是我國魏晉南北朝時期「志人小說」的代表作，由南朝宋劉義慶編撰。其內容主要紀錄魏晉名士的逸聞軼事和玄虛清談，依內容分為三卷三十六類，文中多有魏晉名士「真情流露」的展示，亦有風流表現之作。

《世說新語》全書共一千多則，每則文字長短不一，有的數行，有的則僅三言兩語，從此可見筆記小說「隨手而記」的訴求及特性。其語言簡約含蓄，雋永傳神，對言語的「提煉」技巧對後世影響甚深，其中更時常透出機智幽默韻味。現在許多廣泛應用、膾炙人口，這些流傳已久，對人生思考有正向作用的成語、雋語、名言錦句都是出於此書[16]。

筆者運用古典文學論著來評鑑現代文學創作，重點並非在「全然設準」，重點在於「借鑑」，借鑑《世說新語》的文字語言之特色來觀照現代散文創作，可以拓增今日對現代文學的詮釋空間。古典作品與現代散文創作在時間與空間的背景條件上，當然無法全然扣合來談，但是，從現代文學創作中嗅出來的某些與古典文學語言特色相契的部份，若將之抹煞而不清晰解讀，不免有些可惜。因此，筆者擬從「借鑑」世說新語的語言特色與敘述藝術來談周芬伶散文創作中的「雋語」成分。

關於《世說新語》的敘事藝術特色，梅家玲於《世說新語的語言與敘事》第柒部份〈世說新語的敘事藝術〉中提到[17]：

---

15 所謂「雋語」者，專指形式美而意深長之語言。關於「雋語書寫」，通常認定範疇較寬泛，不一定是齊言體式創作或語言，重點在於其「意蘊深長」這個部份。

16 袁行霈主編，《中國文學史》上冊，頁 556-560，台北五南出版社，2003 年 1 月。

17 梅家玲，《世說新語的語言與敘事》，頁 236-237，台北里仁出版社，2004 年 7 月。

> 《世說新語》的敘事藝術之美感特質是什麼？簡單說，就是將紛繁的生命活動，化為藝術形式；將剎那時空中的言行，凝定為永恆的存在。語言雖然是一種有限的符號系統，但在有心者運用下，仍可適切體現紛繁的生命活動。「對人之生命姿態與形相的賞析」，本身就是一種深具審美意識的態度，它意味著以美感玩味的眼光，去觀照當時地人物群像……

周芬伶的散文筆鋒在敘述「物」時的興味，是具備「將紛繁的生命活動，化為用心書寫之雋語」特質的，將上一段梅家玲於《世說新語的語言與敘事》第柒部份〈世說新語的敘事藝術〉中提到的「人物群像」改作「物」，便可輕易探察出周芬伶其操作敘事語言的美感與藝術。

她寫「物」的風格與敘事語言除了經過「提煉」然後發揮至極致外，在「戀物」基調上所勾勒的人生書寫於行文之中，更常會有雋語躍然紙上。這些散文創作中所透露出來的「雋語」可以嗅出幾分《世說新語》在紀錄名士風流與言行那種「妙語璣珠」後體驗人生之況味。

周芬伶的雋語書寫是因「真情流露」而煥發的，這種真情自剖、蘊理於「物」的寫作方式，讓人在閱讀其散文創作時，除了能同步與她因「物」回溯回憶、整頓人生之外，更能於「戀物」散文的雋語中，對身為人的人生無奈、喜怒哀樂有醍醐灌頂的大徹、甘露滋心的大悟。

這樣的璣珠雋語，體現了紛繁生命歷程，使人生的「戀物」之情有了正向意義，這樣的特質於《戀物人語》、《仙人掌女人收藏書》可以得見者最多。在《紫蓮之歌》中亦有些不經意的鑿痕，尤其是《戀物人語》一書，幾乎從本書之序乃至後記，物之奧義往往能透過周芬伶的人生閱歷有不同以往的詮釋，筆者以為，周芬伶的雋語是深具女性意識與時符合時代潮流的，她把女性意識灌注到「物」中，然後不刻意強調自己的「女性意識」，就在這種鑿痕不深的女性刻劃，周芬伶把「物」的聯想沸騰到沸點之上，蒸散在空氣中，只要一嗅，讀者就能感同身受。

以下，筆者將節選《戀物人語》、《仙人掌女人收藏書》與《紫蓮之歌》其中的雋語作為探討指標，並將這些雋語分作三大類，以這三大類之書寫取向與其人生經歷的關聯作深究。

一、愛情

《戀物人語》之〈凝望男樹的女樹〉一文中，藉由植物—棗椰探討著科威特特產棗椰與愛情之間的連結。棗椰分作男樹與女樹，是沙漠之寶，有獨特林相，周芬伶並無實際去過沙漠，但是經由《植物圖鑑》她進入了棗椰林中，她好像失戀一般對著圖鑑發呆，她覺得自己從棗椰圖鑑的引領之下，彷彿進入了剛出土的廢墟，從棗椰林中可以聽見、感受到愛情的言語與氛圍，周芬伶的心靈此時因為科威特朋友亞沙的特別敘述而來到了沙漠[18]，在她的行文之中，周芬伶好似從棗椰的生態中體悟了愛情的真理，本篇散文不鑿痕跡地將「物」的特性與愛情做聯繫，最後於文章之末結下有「愛情總是令人盲目」意蘊的雋語，這部份的書寫其實就是一種對自己感情生活的透徹洞悉，自己曾經醉心地投入婚姻生活，但最後卻因失望而終結，不免下了「愛情使自己曾經盲目，因而有了『迷路』之舉」這樣的註腳：

> 如果我走進沙漠的棗椰林中，迷失向路，請莫要尋找，我已在男樹與女樹的凝望低語中忘卻自我。

《戀物人語》之〈戒痕〉中亦從女性無名指的戴戒痕跡來刻劃年深日久的戒痕其實就是女子受戒的證據。她以為銘刻於指的同時其實也銘刻於心，如果手指能有記憶，其實戒痕就記錄著女子受戒的歷史[19]。

---

[18] 同註九，頁 18-19。
[19] 同註九，頁 37。

生命如潮，心動如水，歲月沖淡情愁，她們毅然決然為自己除戒，讓自己的一雙素手回復嬰兒般清白乾淨。

白羽素手／大拇指像一彎新月，食指如小舟，中指是蕭笛，五指並攏多麼像羽翼，在許多夜夢中，我夢見雙手如白鴿展翅飛去無人之地[20]！

文中從具體的女兒戒、情戒、婚戒這三者與自己的人生經歷做映照，最後於婚戒部分寫下女性之所以親自除去戒痕的原因，女性因為這些「戒」而失去了自我主體，而「摘戒」其實就等同於「摘戒」，為什麼女子會為了追求白羽素手而齋戒呢？因為父權的收編使女性受戒，要真正破繭而出，找到自己，就必須「除戒」，以上這些突顯女性主體性的雋語，其實已經總括了這篇創作的意識核心。

《戀物人語》之〈老電影〉的文章名稱看似囿限在回憶兒時光陰裡，但是其實本文意蘊深厚，愈到文末，愈有對人生的新解。大致內容為作者寫她小時候與小祖母征戰故鄉電影院之經歷，其流暢的文筆娓娓道來如時光毫筆，細細一揮，墨已成書，二十年的光陰就此隨筆來過。小祖母的一生都在為愛與身為小老婆的婚姻犧牲奉獻，電影是她排憂遣懷的途徑，臨終前的小祖母，身邊竟只有作者與作者母親在側，老人家的一生如電影中的電影，強烈的生命與強烈的愛在作者心中是相當昭顯的，只不過，小祖母老人家不相信自己的獨一無二，反而一生都在愛的漩渦中掙扎，在等候祖父的氛圍中徘徊。

此刻作者除了凸顯中國傳統女性的戒痕通常在父系價值體系下，大部分的人會失去主體性，一輩子也摘除不了指頭中的「戒痕」，因此，她走過的人生，就是找回自我主體性的歷程，文章內容在此潛藏著周芬伶自己與祖母的抉擇對比。

---

[20] 同註九，頁43。

作者於文末將因電影與祖母結下的因緣化作雋語，她將電影與人生撰寫了一幕戲中戲的註腳[21]：

> 影像之後還有影像，誰知道最後的影像是什麼？
> 電影是談不完的，猶如往事，過了一座鐵橋還有一座鐵橋。真實人生的圖像往往要在生命結束之後才能完成，電影提早替我們勾勒人生，當我們沉迷其中時，哪能想到我們也在演一部電影，一部尚未完成的電影。

二、收藏與女性精神之寄託

筆者對於周芬伶的《戀物人語》之雋語剖析先在此劃下句點，並將觸角延伸至《仙人掌女人收藏書》[22]一書。《仙人掌女人收藏書》這本著作對「物」之剖析分作七系列，分別為收藏成癮癮成癡、包藏愛意、女人娃娃心、女人的魔咒、紅樓戀物癡、古物情深、心靈的收藏，全書共繫連三十六篇書寫靜物與收藏的生活展示史，篇篇皆有雋語，文字風格簡潔而深刻，字句皆能對「物」與人生經歷之繫連脈絡有所開解，並時有真實影像（收藏品的照片）穿插其中，可謂文圖並茂。關於周芬伶在《仙人掌女人的收藏書》之雋語書寫，作者於收藏成癮癮成癡系列中的〈收藏癖〉之行文伊始，就深鑿下這麼一句話：

> 對於不會說話的人，收藏也是一種語言[23]。

以上這句話是本書的中心意識所在，簡潔明瞭的文字敘述，其實是在為許多收藏一族發聲，也在為心靈貧乏的人發聲，只是周芬伶的描摹把收藏一族之發聲的場域從無聲轉變為個人的文字書寫。對於不擅言語表達情感的人而言，藉由珍藏物品的行為模式來展現自己是一

---

21 同註九，頁 74。
22 周芬伶，《仙人掌女人收藏書》，目次部份，台北麥田出版社，2006 年 7 月。
23 同註二十三，頁 11。

種對外、對內發聲的方式，在購買、蒐羅與對別人的展示過程裡，此時「無聲」勝「有聲」。

此外，本書也提及了自我對生命的詮釋這個面向之雋語，周芬伶對古物收藏的「狀態」與見解是有幾分物我相容的「無我」意味。她說[24]：

> 如果你有機會領略乾躁之美，而且可以拯救它藉而拯救自己與時間，你會錯過嗎？
>
> 我相信偉大的收藏家都懂得享受寂寞，也懂得乾躁之美，最後他把自己化為這美的一部份。

這個部分的雋語提及物我相融的境界時，除了刻板印象的「景」與騷人墨客之外，還將視角延伸到非常小我的「我」與「我的收藏品」之間，這種乾燥的收藏狀態其實就是在消費生命，但同時，它也在書寫生命。有些看似極為平凡、極為個體的生命收藏透過周芬伶的筆，靜物與乾躁之美彷彿躍然紙上，正在翩翩流動起舞著。

除了靜物，對日常生活中的食衣住行育樂相關用物與生活經歷，作者也有一番獨特見解。作者於《仙人掌女人收藏書》中的〈蕾絲麼〉[25]談到了「衣」這個部份，周芬伶對服裝上的裝飾與運用有一些不經意的女性意識凸寫，蕾絲／刺繡之於女性服飾，西方／東方的審美，夢幻／純美的展示，這些彷彿是不成文規定的女性華麗。這些繁複美之於女性服飾的重要性，在周芬伶眼裡，卻不是這麼回事。

雖然蕾絲對於女人而言，可能是一種女人外表與宴會的完美與夢幻實踐，但是她並不特別喜愛蕾絲。那種繁複又奪人目光的裝飾其實代表的是一種心靈嚮往，好像結婚與特別宴會皆需要使用到這個元素，女人們總是不經意運用它，但其實經由「蕾絲」這個媒介，不需要他人的肯定或是宴會的聚集目光，自己亦可以藉此凝視自己。

---

[24] 同註二十三，頁 17。
[25] 同註二十三，頁 97-98。

近幾年流行歐洲貴族風，蕾絲亦是必備元素，在這個潮流中，作者無意識地買下一件粉藍馬甲式上衣，她說：

> 自己滿足自己的欲望，不需要男人的觀看，彷彿自己額頭上長了另一對眼睛。
>
> 人到最後終究只是這樣，自己觀看自己。

在這兩段話語中，周芬伶凝視了自己與外界的關係，外在眼光與自我心靈築了一道無形的牆，女人可以脫離男人的凝視這個框架，不用明言，語境氛圍已然彰顯。作者在買下粉藍蕾絲馬甲上衣這件衣物時的意識，也就是筆者於本文中所提及的「不刻意的鑿痕」，周芬伶近年來在女性系譜的另一條「戀物」的寫作脈絡裡，常於文中包藏不特意的意圖，這種不特意的被挖掘，其實最為雋永，可以令人玩味再三。

三、永無止盡的自我尋覓

第三部份的雋語探討將就《紫蓮之歌》一書來做剖析，作者於《紫蓮之歌》一書所收錄的〈憂鬱地圖〉[26]篇章中，周芬伶對於具體的地圖起了「自我追尋」意念，有了深刻的生命寄託：

> 對於一個熱愛地圖的人，他有國界的觀念，有空間的概念，多半他只作心靈旅行，心靈無所不至，上天入地，尋找的也就是一個答案：人在這世界，到底要走向何處？除去最後的死亡終結，人如何與這世界作聯結？

只是一張世界地圖，只是幾大洲幾大洋，只是一張平面座標，但作者藉由「自我的無止盡追尋」去詮釋這個「物」，把「物」與人生最終的去處作縮結。心靈的追尋不僅僅是無形的內在探問，其實這種追尋可以透過有形的媒介—旅行去做尋溯的動作，周芬伶在此指出，大動作的追尋其實是依附在「地圖」之上的，這個「物」背後承載的是無限

---

[26] 同註八，頁 48-49。

大的意義與答案，只不過大洲與大洋不會透露答案，這個答案要靠自己尋覓／思索，而生與死之間的進程，人與世界的關係，皆從這裡出發。這個隨手可得的地圖，其實在這裡已經不是平凡而無奇的了！

《紫蓮之歌》的〈乾燥〉談的是生活中的「乾燥」，人生的「乾燥」，對於失去水分的「物」，她自有一番見解。對於乾燥了的荷花，她說：

> 因為乾燥才擁有靈魂，我收藏著荷花的靈魂[27]。

對於書，她說：

> 尼采說：「一切好東西必須變得乾燥。」好比一本書受到如潮水般的討論與爭睹，它太潮溼了，終將失去本色。我們爭睹的熱門書，也是濕，濕到令人無法呼吸。水分在物體中的作用，使它光鮮亮麗，從而產生幻影[28]。

對於圖書館與博物館，她說：

> 我喜歡圖書館與博物館，或者古蹟遺址，因為它們夠乾燥。乾，乾到令人受不了，可是它改變空氣，似乎將時間摺疊又摺疊，抽光一切水份，泥土也有了靈氣，如同玉石一般內斂堅硬[29]。

無論是乾燥荷花還是書，亦或是擁有廣博浩瀚收藏的圖書館、博物館，周芬伶的理解都是深含哲理的，對於失去水分滋養的事物，通常一般人不會多加關注，但是周芬伶對這種抽乾水分的「物」之理解，這理解的肌理，顯然比較深厚，並能與具體的人生經驗做結合。

水分代表的是青春與旺盛，失去潤澤的物卻顯得有超越時空，穿越考驗般的韌性，周芬伶在這一層乾的內蘊裡，又添加了「永恆」的意象，這些寓意富饒的雋語，讓人的內在心靈隨著「戀物」的基調讀來，也因此風化乾燥了不少，也因此內斂堅硬了不少。

---

[27] 同註八，頁 41。
[28] 同註八，頁 42。
[29] 同註八，頁 42。

四、真實汝色的「反閹割／反射鏡」與「移情作用」[30]

一九二七年佛洛伊德寫下了名為〈戀物癖〉[31]（le fetichisme）的文章，顯示男性對女性的策略，父權的雄性力量對社會體系、女性主體的收編，會使女性承繼了對「閹割」的恐懼，而這個畏懼泉源是從母親「被閹割」的身體而來，因此，「戀物」是小孩（當事人）所認為的女性／母親陽具（物）的代替[32]。

對於佛洛伊德之觀點，法國女性主義學者伊里加拉（Irigaray）在《反射鏡》一書中，以高度成熟的女性主義敘述去拆解、解構以及批判父權論述，她並提供許多見解、靈感予從父權體制的文本中去尋找新詮釋模式的女性[33]。《反射鏡》的寫作重點在於拆解佛洛伊德凸寫「男性性器」的這個父權規範書寫部份，伊里加拉（Irigaray）認為，佛洛伊德在對「女性特質」所引逗之問題與意象，事實上已然彰顯出其乃古老的「陽具中心」之從屬。佛洛伊德之「性別差異」論述顯然建構於「差異中的可見性」，佛洛伊德初始的論述語言說已然認定「女性」與「男性」是存在著差異性的，而這個差異性源自於雄性的規範（性器）。

因此，伊里加拉以為，佛洛伊德並無法「看見女性」，因為他在觀看女性時，女性本身已經先入為主地被貼上「存在著與男性性器差異」之標籤，因此伊里加拉（Irigaray）以自己的反射鏡與模仿主義來詮釋、建構屬於女性的反父權閹割理論。

---

30 「移情作用不是專指精神治療而言，只能說是由精神分析揭示並分離出來的，移情作用是人類生活中的一種普遍現象。」語自佛洛伊德，1987 年。

31 法譯版需詳見，佛洛伊德，《性生活》，op.cit，134。

32 楊明敏譯，Paul-Laurent Assoun 著，《佛洛伊德與女性》，頁 193，台北遠流出版社，2002 年 7 月。

33 同註十四，頁 122。

佛洛伊德在本身的文本中談到「可怕的人」將「注視」理論化為陽具活動，並與殘暴的控制對象之慾望權力息息相關[34]。而伊里加拉（Irigaray）卻不這麼認為，她以為[35]：

> 女性首先先視她的陰核為細小陰莖，然後決定她已經被閹割的理論，這點足可視作男性對閹割恐懼之投射：只要女性被認為嫉妒男性的陰莖，他便可以相當放心他一定擁有它。換句話說，女性陰莖嫉妒的作用乃支撐著男性的父權心理。「閹割女性」就是將女性一同刻入「慾望」的規律當中，使其意欲與男性（父權）相同。

伊里加拉（Irigaray）這樣的論點正好與本文中的析論對象周芬伶之戀物背後成因有緊密關聯性。周芬伶的「被閹割」女性處境與反閹割／反射鏡成因與理論論述之情狀相符相映，她因為具體的生活空間被剝奪，使得她必須渴望擁有它所欠缺的空間、衣櫃……而他所欠缺的這些空間就是周芬伶對父權／陰莖之渴望與嫉妒，從《戀物人語》乃至《仙人掌女人收藏書》、《紫蓮之歌》這三本一脈相承的戀物系譜觀來，她的婚姻狀況、她的畏懼閹割以及父權的壓迫揭示出她被刻入「慾望」規律中的事實。

伊里加拉以為，父權制論（陽具的重要性）述將女性定位於主描述之外的位置，全然沒有代表性可言，這樣的論述中，女性並不存在，女性僅屬於負面、黑暗領域，或者最多僅僅是個「次級的男人」，因為她不具有陽具，因此她不是完整的人。伊里加拉（Irigaray）以為在父權體系中，如此之女性被壓迫化，它只能夠以「被接受」的方式作為男性反射之另一身[36]。

---

34 同註十四，頁 126-127。
35 同註十四，頁 126。
36 同註十四，頁 126。

從精神分析與反射鏡、模仿主義的交叉比較視角來切入周芬伶的散文「戀物」基調是有其必要性的。周芬伶的人生經歷有一段被父權體系完全支配的婚姻生活，那段時間，她必須住在大家庭裡，她總是相信丈夫會信守諾言，給她一個寧靜毋須爭奪的家園。家庭的權力鬥爭使她幾乎沒有自己的空間，[37]因為愛情的力量、愛情的美好，使她覺得與丈夫、孩子一同生活在狹窄的房間裡，甚至連她最鍾愛的寫作，也僅能有一方小小的空間供她提筆創作，這種壓迫，對當時的她而言，是一種幸福[38]。當然，丈夫的諾言與婚姻的神聖都不抵大家庭的猛烈大家庭之下的父權壓迫，丈夫沒有實踐諾言，最終，周芬伶選擇退出婚姻，也退出被「收編」的壓榨空間，周芬伶在「閹割」之外，終於可以吐納一口具自主性的氧氣。

事實上，日常生活中的周芬伶不是個順服的人，她對權威與硬梆梆規範的「閹割」最為反感，骨子裡的叛逆縱然無法在婚姻生活中一展女性主權與力量，但最終她仍因為無法背棄骨子裡的女權因子，看清了父權閹割的事實，選擇遁逃枷鎖。她自己曾說過，她在大學時代與研所時代都不是能夠全然依循權威而活的人，常有叛逆之舉與行動[39]，當然，這一點最後也撤徹底底體現在婚姻結果上。在《紫蓮之歌》的〈叛逆與順服〉開場第一句話，她是這麼說自己的：

> 進學院才發現自己的叛逆，這很可悲；就好像進入婚姻才發現自己不適合結婚一樣[40]。

因此，從文本中作者對日常生活之記事去映照理論是相當有其道理的，筆者以為，由佛洛伊德的精神分析與伊里加拉的反射鏡與模仿主

37 詳見《戀物人語》一書中的〈衣魂〉一文。
38 詳見《戀物人語》一書中的〈衣魂〉一文。
39 詳見《紫蓮之歌》一書中的〈叛逆與順服〉一文。
40 同註八，頁 17，台北九歌出版社。

義視角去探索周芬伶對「物」的眷戀因緣、對「物」的創作因緣，更能夠釐清她書寫「真實自我」的底層因素。

其次，關於「屬於自己的空間」這個論點，其學生李癸雲在《周芬伶精選輯》中的〈寫作的女人最美麗─周芬伶散文綜論〉一文的 2. 自己的房間，心靈角落[41]提到：

> 「自己的房間」對女人的寫作而言，不僅是現實的需要，也是一種象徵，女人必先屬於自己，擁有自己的文字，然後才有書寫歷史的權利……她以文字來構築一個角落，檢視傷口，照亮陰影，並與外界保持完美的距離，可以介入，可以抽離。

現實情境與生活中，周芬伶逃出了父權「閹割」的人生狀況，開始為「自己的房間」做佈置並能在屬於自己的房間裡創作。故筆者以為，因為逃離了「父權的閹割」始而擁有這段回憶之後，屬於自己的具體空間，因為有了書寫的實體及心靈空間，周芬伶就開始對「物」有了「移情作用」，而這種「移情作用」是建築在周芬伶那心靈被「閹割」的婚姻生活之上的，這種「移情作用」亦是「反射鏡」的具體作為。對於那些過往的、不愉快的回憶與人生經驗，使她展開移情作用。而那些人生經歷，就是佛洛伊德所言的經驗與材料[42]：

> 在精神分析中，被我們十分重視的材料，它們屬於過去，並且我們對它們也毫辦法。我們總結為「真實的挫折」的一切「東西」─生活的不幸、愛的剝奪、貧窮、家庭紛爭爭吵、婚姻伴侶的錯誤選擇、不幸的婚姻、不利於自己的社會環境，以及嚴格的倫理標準對個體的精神壓制等……

---

[41] 陳義芝主編，《周芬伶精選輯》之〈寫作的女人最美麗─周芬伶散文綜論〉頁 19，台北九歌出版社，2002 年 7 月。

[42] 佛洛伊德著，車文博主編，《佛洛伊德文集》中譯本第三卷，頁 457，中國大陸長春出版社，1998 年 2 月初版二刷。

婚姻生活的不愉悅、紛爭，與伴侶之間的摩擦，使得個體被精神壓制。故筆者以為周芬伶擅長描摹「物」，同時也眷戀著「物」，這種「戀物」情結導因於出自自我防衛機制的反閹割與日後精神生活之「移情作用」。同時，周芬伶的女性自主應對也就是女權被困於父權之反射體制邏輯中的聲音[43]。

「移情」未必有療癒心靈傷痕之功效，但卻可以使她在書寫真實，檢視傷痕，照亮陰霾的同時，有了源源不絕的動力。這個「移情作用」把昔日視做人生全部的愛情的空缺填補了，因而使心靈的空間與角落也完滿了。

她在以中國時報人間副刊的「三少四壯集」彙整成集的專欄文集《紫連之歌》之〈誰不戀物〉中自述道：

> 我買的東西不是特別多，而且每到懺悔期就開始佈施，捐的捐，送的送，但戀物癖的疑慮讓我自覺罪孽深重[44]。戀物者病在專病在溺，如妙玉愛茶具，俗人沾過的一概丟掉，常抱素心的寶釵都有個金鎖片，信仰馬克思的班雅明專收舊版書與郵票，誰不戀物呢？

因此，周芬伶以為既然身而為人就難免會對某些事物有獨特喜好，收藏珍視某些東西可以是使人生愉悅開懷的，即使整個人生都對物耽溺，也能有所得。

以「戀物」癖好對照作者的人生歷程而言是對父權收編的「反閹割」與「移情作用」，顯然可觀出作者真實地道出自己的所有，傾盡氣力來書寫自我，其實是建構在「反閹割」與「移情作用」上的「透明」，而這種「透明」是不再被壓抑的徹底釋放，釋放可以使作者的人生感到自在、不被壓制。

---

43 同註十四，頁 128。
44 同註八，頁 100-102。

當壓抑被消解，自我真實呈現時，人就達到了釋放，潛意識會對被壓抑有反應，人只要把這一層反應轉為具體意識，並且有具體作為，那麼，這些壓抑就能達到消解或轉換。而周芬伶的透明釋放來自於對「物」的移情書寫，對自我主體的表彰，對父權體系的反閹割，她在《紫蓮之歌》的〈透明太透明〉[45]中道：

> 散文是最透明的一種文類，以能最清晰地讓讀者看見作者的心靈為最美，不像詩以含蓄朦朧為美；小說以剝離作者的折射為美，散文雖也有含蓄隱晦的，但也要露出一點冰山之角才能觸動人心。我也有段含蓄隱晦期，現在看起來反而矯揉造作，刻意的含蓄卻是矯情。我贊成寫作時要自制，或者保持一點批判距離，那是阿波羅的理性之美，但我更嚮往酒神的醉狂之美，生活太壓抑也太多面具，如果連寫作都無法自由，到哪裡去尋找自由？

散文創作的透明與自由正是周芬伶所追尋的解放，酒神的狂醉之美呈現了被壓抑之下的真實汝色。

寫作寫了將近三十年，儘管周芬伶的散文書寫風格經歷了蛻變，但人生轉折與文相符的一貫性卻是她不變的真醇本色，她的好友賴香吟在她的著作《母系銀河》中的序〈童女之戰〉[46]娓娓道出：

> 我讀到《汝色》與《世界是薔薇的》黑暗中的芬伶自我燃燒出光。延續著上世紀末那個最後光華時代的反省與反叛，芬伶更往內裡鑿深，既回溯生命之河，又以猛烈之火焚煉自我，其文字讀起來雖然還是明白流暢，甚至有舊時代的婉約，但其中一些剖白與決絕，覺悟與捨棄，忽然燒痛了我們的眼睛。以《絕

---

[45] 同註八，頁 38-39。
[46] 賴香吟，《母系銀河》之序〈童女之戰〉，頁 9，台北印刻出版社，2005 年 4 月。

> 美》成名的芬伶，絕字未變，但，美的領受與重建已大大不同了。

舊時代的婉約指的就是《汝色》之前的她，那個她曾經以赤子之心看待世相，以溫婉之筆勾勒細繪生命的「絕美」周芬伶，只不過人生旅程中的變使得她的「真醇」角度有了轉變，她的文字從來不掩飾遮蓋醜陋與傷疤，所有的透明都指向自我剖白與自由解放[47]：

> 我也喜歡明朗單純，那未被分化的太一世界，我嚮往遠古時代老莊的世界，原始思考是直覺觀照，我的內心世界住著一個原始人。

周芬伶的文風雖然無法繼續原始的婉約，但她對自己的原始心緒抒發、錘鍊書寫生命的本質卻是恆常不變的，這樣的散文本質是益加令人期待的，所有書寫真實皆扣合作者的人生觀與人生遭遇，讀者與作者之間亦全無掩蔽。

五、結語：女人「託懷」[48]——自我情緒修復

「物」在周芬伶的人生所扮演的角色位置是相當重要的，對「物」眷戀不倦的她，在書寫「物」的進程中覓得了相當大的情緒消解空間，周芬伶對「物」的寄託不是單一又直截的，其對物的寄託與對回憶之解構乃是深蘊奧義的，藉由具體物象去綰結／消解／重構回憶，藉物對負面情緒的消解，並因此化「物」作人生雋語，作正向的思考。又因父權收編與壓迫對其人生曾經有過的負面影響，使得「戀物」成為周芬伶對世俗的父權體制有「反閹割／反射鏡」與「移情作用」的「戀

---

[47] 周芬伶，《汝色》之自序：〈與文字〉，台北二魚文化出版社，2002年4月。

[48] 指寄託心意。語出南朝宋˙劉義慶，〈世說新語˙品藻〉：「時復託懷玄勝，遠詠老莊，蕭條高寄，不與時務經懷。」

物」傾向，她的創作與書寫之種種，都呈顯出她的「戀物」除了是一種凸現女性主體的現象之外，同時亦是一種發聲與託懷。

從《戀物人語》、《仙人掌女人收藏書》乃至《紫蓮之歌》，其書寫內容之種種，足見其對「物」的深深寄蘊都是自我精神療育、精神治療的一部分。本篇析論從以上這些脈絡剖析其「眷物無斁」的特質，並針對「戀物」與作者的人生歷程／心靈因素之關係去做對照，從「戀物」層面與周芬伶身為女人，在精神上與「戀物」之間的關聯做締結，挖掘了女人在焦困中，不斷地泅泳於自戀與自憐之間，在世俗的眼光與框架中，嘗試脫困、發聲，活出自我的堅毅。

至今，周芬伶的散文創作與文學評論生涯[49]仍在持續進行中，或許日後隨者作者更多散文創作的出版，其「戀物」之內涵與視角會更多元，其「戀物」意涵會隨時間的滾滾前仆而有更多值得探索的面向。但就目前周芬伶的三本戀物書寫散文觀來，她書寫「物」的可能成因與對負面回憶之自我消解，對曾經銘烙過的傷痕之精神治療、自我修復最為相關，而這個戀物層面書寫亦是近二十年女性散文創作中源源未絕的長河，這不單僅是周芬伶，其他女性作家亦有「戀物」之創作與自我對話傾向，「戀物」與女人之間的勾連，是恆久不墜的。

維吉尼亞•吳爾芙在《三枚金幣》[50]中不斷地提醒新時代的新女性：

> 讓我們永遠不要停止思考—我們置身其中的文明是什麼？這些儀式是什麼？為什麼我們要參加？這些職業是什麼？為什麼我們要如此掙錢？簡言之，受過教育的男人的隊伍把我們引向何處。

筆者於結語中引維吉尼亞・吳爾芙的這段論述作為結尾，用意乃「言在文外，意在文字核心內」，女性被世俗的、約束的文明儀式所綑

---

49 周芬伶最新之文學評論集已出版，《芳香的秘教—性別、愛欲、自傳書寫論述》，台北麥田出版社，2006 年 12 月。

50 吳慶宏著，《吳爾芙》，頁 206-207，台北，生智出版社，2002 年 8 月。

綁的身心負擔，諸如：婚姻、女性必須主內、女性必須擁有婚姻與子女等……這些被視作義務的女性之負累，並不影響新時代新女性的存在，女性在託懷生活，以自我主體為中心地生活著時，千萬不要放棄建構自己的隊伍方向的機會。正如同「女性戀物」這個傾向，女性既然擺脫了男性的閹割與佔有，眷物託懷又何妨？眷物不斷又有何妨？

參考書目

作家著作

1. 周芬伶《芳香的密教—性別、愛欲、自傳書寫論述》台北，麥田出版社，2006 年 12 月。
2. 周芬伶《紫蓮之歌》台北，九歌出版社，2006 年 10 月。
3. 周芬伶《粉紅樓窗》台北，印刻出版社，2006 年 9 月。
3. 周芬伶《仙人掌女人收藏書》台北，麥田出版社，2006 年 7 月。
4. 周芬伶《母系銀河》台北，印刻出版社，2005 年 4 月。
5. 周芬伶《影子情人》台北，二魚文化出版社 2003 年 9 月。
6. 周芬伶《浪子駭女》台北，二魚文化出版社 2003 年 9 月。
7. 周芬伶《艷遇才子書》台北，二魚文化出版社 2003 年 11 月。
8. 周芬伶《汝色》台北，二魚文化出版社 2002 年 4 月。
9. 周芬伶《世界是薔薇的》台北，麥田出版社 2002 年 4 月。
10. 陳義芝主編《周芬伶精選集》台北，九歌出版社 2002 年 7 月。
11. 周芬伶《戀物人語》台北，九歌出版社 2000 年 10 月。
12. 周芬伶《妹妹向左轉》台北，遠流出版社 1996 年 10 月。
13. 周芬伶《熱夜》台北，遠流出版社 1996 年 10 月。
14. 周芬伶《花房之歌》台北，九歌出版社 1989 年 2 月。
15. 周芬伶《絕美》台北，九歌出版社 1985 年 9 月。

一般論著及其他專書

1. 托里莫以著，陳潔詩譯《性別／文本政治：女性主義文學理論》台北，駱駝出版社，1995 年 6 月。
2. 顧燕翎主編《女性主義理論與流派》台北，女書文化事業，1996 年 9 月。

3. 顧燕翎、鄭至慧主編《女性主義經典》台北，女書文化事業，1999年10月。
4. 吳慶宏著，《吳爾芙》，台北，生智出版社，2002年8月。
5. 袁行霈主編《中國文學史》上冊，台北，五南出版社，2003年1月。
6. 梅家玲《世說新語的語言與敘事》，頁236-237，台北，里仁出版社，2004年7月。
7. 佛洛伊德著，車文博主編《佛洛伊德文集》中譯本第三卷，中國大陸長春出版社，年月。
8. Paul-Laurent Assoun 著，楊明敏譯《佛洛伊德與女性》，台北，遠流出版社，2002年7月。

三、期刊（訪問或評論）

1. 陳芳明〈她的絕美與絕情—周芬伶的《汝色》及其風格改變〉《聯合文學》215期2002年9月。
2. 黃錦珠〈焦困中尋覓愛與自由—讀周芬伶《世界是薔薇的》〉文訊雜誌205期2002年11月。
3. 吳億偉〈寫作是一種勇氣——訪問周芬伶女士〉《文訊電子網》2004年1月。
4. 陳伯軒〈論周芬伶散文中房屋意象的雙重涵義〉東方人文學誌第5卷第1期2006年3月。
5. 〈孤獨與創作之間—從孤獨去想創作〉主講人：周芬伶、陳列，台南一中高中校園講座，周芬伶之講座題目為〈從孤獨去想創作〉，而陳列則為〈從創作去想孤獨〉。
6. 張瑞芬〈絕美汝色—論周芬伶散文〉，台北麥田出版社，2006年2月。

四、碩博士論文

1. 陳慧玲《由世說新語探討—魏晉清談與賡雋語之關係》，東吳大學中國文學所碩士學位論文，1986年。

2. 徐蘭英《邊緣敘事—周芬伶小說研究》，東海大學中國文學所碩士學位論文，2004 年。
3. 陳立超《從戀物癖的觀點看收藏心理：以小說《香水》為例》，台南藝術學院博物館學研究所碩士學位論文，2004 年。

雄辯與絮語
——試論柯裕棻《青春無法歸類》中的對話關係

沈芳序*

摘要

做為六〇年代出身的寫手，柯裕棻遲至三十六歲才出版第一本處女作《青春無法歸類》，爾後各出版了一本散文與小說集，其創作量與獲矚目程度或許不是最突出的，但其精簡乾淨的文字風格，深刻卻又疏離的觀察，多少反應了都會中，部份知識份子的生活樣貌；而在《青春無法歸類》中，柯裕棻時時展現出一種「對話方式」，菁英的學院論述和最生活化的減肥議題結合，精神與物質的交叉辯證，現在與過去的併置。這些對話從何、為何產生？將是本文所欲探討的重點。

關鍵詞：柯裕棻、《青春無法歸類》、對話、靈光（aura）、物質、精神、逃逸路線（line of flight）

* 1978年生於台灣台北，靜宜大學中文所畢業，碩士論文《三三文學集團研究》，現就讀成功大學台灣文學研究所博士班二年級。

一、前言

柯裕棻（1968-），彰化人，生於台東，美國威斯康辛大學麥迪遜分校傳播藝術博士，先後得過華航文學獎、時報文學獎，現任教於政治大學新聞系。

《青春無法歸類》（2003），為其第一本出版的散文作品，偶後她又發表了《恍惚的慢板》（2004）和短篇小說集《冰箱》（2005）。柯裕棻曾自言喜歡兩種極端典型的作家，分別是文字炙熱的「縱火者」，如朱天心、柳美里；另一種則是文字沈冷，筆下有著不可知東西的「冰山型」作者，如舒國治、海明威和布希亞。[1]若欲以目前僅有的兩本散文集來歸結其創作風格，似乎不足且過武斷，但兩作相當程度地，呼應了作者喜愛的兩種寫作風格。《青春無法歸類》中，流露出其奔放的情感，但到了《恍惚的慢板》，不知是作者對現實太過疲憊抑或年歲更長，她火氣漸熄地慢慢往冷冽淡漠的文字靠攏。

本篇只以她的《青春無法歸類》為範圍，除了第一本著作之於作家的代表意義外，尚因為此書清楚展現了柯裕棻的某些寫作特質（若說是「策略」，就未免過於算計了），寫作的特質，未必是有意識經營，卻往往造成閱讀中的「刺點」（punctum）。論者張瑞芬指出了柯裕棻散文別於傳統抒情美文之處在於高學歷、國際觀、單身和都會取向。[2]若將這些作家特質拿來參看作品，會發現《青春無法歸類》中，出現大量嚴肅理論與大眾議題的交雜現象。相對於我們慣於將家國論述歸於「大敘述」（grand narrative）一類，柯文中不斷出現的學術理論，無疑並不屬於這種包山包海的粗暴結構[3]，筆者傾向將之稱作一種權威式的

---

1 參見柯裕棻：〈不能跑到天涯海角的時候——柯裕棻和編者筆談〉，《聯合文學》第 198 期，2001.4，頁 29-31。。

2 參見張瑞芬：〈城市的感覺結構——論柯裕棻散文〉，《五十年來台灣女性散文，評論篇》，台北：麥田，2006。

3 「大論述（masternarrative）」在李歐塔（Jean Francois Lyotard）的《後現代情

「雄辯」，當她引用女性主義來思索衣物（與其後所代表的父權價值？）與身體關係、將傅柯言說「應用」到對瘦身機器所產生的征服感時，這中間就產生了一種「對話性」。一種知識菁英才懂的學術雄辯，與減重、無理智消費等瑣碎議題對話的可能。

此外「絮語」一詞演自羅蘭・巴特的《戀人絮語》，在這本挑戰秩序的解構主義傑作中，羅蘭・巴特藉由片斷的話語與開放的詮釋，再次將作者之於文本的關係除魅，而將柯裕棻文中，種種細小瑣碎，甚至是非常個人的觀察與想法，視為一種生活的「絮語」，當這種生活中沒有常態可言的「絮語」面對有規則可尋、正經許多的學術論述時，其間的「鬆動」，既是柯裕棻的「靈光」（aura）[4]顯影，也是作品本身的對話開展。

二、物質與精神的對話

在細分為「體重」、「工作」、「錢—或者花錢」、「關係，關於自己」、「關係，關於愛情」五輯中，柯裕棻羅列了許多精神與物質的辯證，西藏旅遊的「價值」（或說是為一般人所熟知的文化回饋），在一群台北想瘦想得要命的女子眼中，被理所當然地置換為一「減重聖地」。〈對不起，我是處女座〉一文，之於身為星座評價中，公認難搞的處女座一事，柯裕棻「發現星座決定論還真是個方便的藉口與策略」[5]，從此

境》中，以「大敘述」（grand narrative）取代；在支配與主導的面向上，「大敘述」通常與白人、男性和異性戀論述息息相關。女性主義學者哈樂薇（Donna Haraway）認為，「大敘述」是將國家、敘事、公民權等議題都含納進來，卻忽略了差異人種與地理空間之抵抗形式不同的，一種包山包海的粗暴結構。參見廖炳惠編著：《關鍵詞200》，台北：麥田，2003，頁160。

4　本雅明將「靈光」（aura）（有時亦譯作「神韻」，見廖炳惠編著：《關鍵詞200》）定義為：「遙遠之物的獨一顯現，雖遠，仍如近在眼前。」參見華特・班雅明（Walter Benjamin）著、許綺玲譯：《迎向靈光消逝的年代》，台北：台灣攝影，1998，頁65。

5　柯裕棻：〈對不起，我是處女座〉，《青春無法歸類》，台北：大塊文化，2003，頁140。

一遇人際關係難題，就以處女座為由，反而得到眾人諒解，十足地「化危機為轉機」。而書寫往往在鬆動一個普遍標準時，產出深度，本雅明在論畫報上，以複製品形式出現的影像時，認為這種短暫的可重複性，營造出一種「世物皆同的感覺」，而這挑戰了事物的獨一性與時間歷程，遂破壞了其中的「靈光」[6]。本雅明以距離來立論靈光的問題，但柯裕棻卻「靠近」且指出事物的歧義性，進行了一項顛覆的動作。這種因陌生而出現的神秘「靈光」，在機械複製的社會裡，越形稀少，卻也因為少，而顯得更有惑人之力。遠方的西藏，好似都會人夢中的香格里拉；十二個外太空的星座，擁有主宰人性格的力量。這其間，難道不是「靈光」的力量嗎？而她藉書寫以指出的，除了其所觀察到的弔詭，尚可視作一種翻轉「靈光」的對話。

柯裕棻以幽默的想法、看似發生的情節，挑戰了「靈光」。西藏旅遊標榜的心靈提昇，因為柯裕棻與朋友小君的狂掉斤兩，讓這個與世隔絕的世外桃源，瞬間和商業的瘦身掛鉤，走進西藏的柯裕棻，以一件看來有些荒謬卻又容易引起共鳴之事（減重），打破眾人於西藏的「距離」，質問了投影於未知西藏的想像。柯裕棻鬆動了因神秘而產生的「靈光」，當「西藏」被想成一個「享瘦聖地」時，其獨特性為資本主義下，隨處可見的普遍性（此指「容貌」一致的瘦身中心）所取代，這種「複製」擊碎了靈光的發散。只是，柯裕棻在文末就「靈光」的問題，進行了第三個層次的思索，西藏行後瘦了六公斤的小君，應台北眾親友之邀，不停在飯局與用餐約會中，展示西藏旅行於她的「意義」，這樣頻繁地大吃，很快地，小君的肚腹又胖了回來，最後柯裕棻的結論是：「**畢竟，去西藏是靈性問題啊。朋友說。**」[7]在名為〈旅遊的得與失〉作品裡，柯裕棻安排了三個轉折：首先是去西藏前，可能得到的心靈昇華；接著是小君和自己，在旅行中得到的附加減重，

6　出處同註 4，頁 65-66。

7　柯裕棻：〈旅遊的得與失〉，《青春無法歸類》，台北：大塊文化，2003，頁 38。

且這額外「收穫」回來後，為身邊眾人所看重；最後當小君復胖，整個西藏行意義再次回歸靈性面。第一階段出發前的小君與柯裕棻，因為設想即將前往不似台北繁華的西藏，還著實放縱地大吃了幾頓，所以我們可知她們此番前去，著重於一種精神層面的吸取，無關減胖；第二階段則是，在西藏消瘦回來的兩人，為人所「看見」的，是媚俗的瘦身，這種物質性的美學標準，很諷刺地翻轉了西藏旅遊的意義；最後，當小君從旅遊中所得到的瘦身「破功」，這趟旅行的意義，似乎又回到了精神層面。只是，這第三階段的「回歸」靈性，帶有些許莫可奈何，並非激情將西藏行視作另類瘦身活動者，自動從資本主義高度發展的標準中驚醒，而是因為又胖回來了，所以「不得不」回到精神層面上來討論。我以為柯文這部份的呈現，突出了作品的蘊涵。

此外，一個人評量身體與性之美，其標準往往表現了自身社會文化條件、受教育程度以及形塑自己的策略[8]，《青春無法歸類》中，輯一就是「體重」，可看出一些柯裕棻及其週邊朋友之於身體審美價值，她們或許都熟知女性主義，反對父權社會對女體的監控與加諸的壓迫，卻又無法真正外於這一切，而她們計較體重與消費的動機，到底是為取悅自己還是取悅男性尚且曖昧不明，所以終究沒法辨明減重與喜愛衣物，到底是服膺主流（男性）價值或是女性自主的表現。

〈焦慮空間〉，是另一篇著眼於精神與物質對話的作品。柯裕棻稱衣櫃是「逃避的空間」，因為那裡頭曾容納了為躲數學壓力而發呆的青少女、異地留學生的眼淚。在這些情況中，爬進衣櫃者，將門帶上，彷彿得以暫時阻隔門外世界的壓力，然而在得到壓力→進入衣櫃，的中間，應該還存有一「逃逸路線」（line of flight）。德勒茲曾說：「**寫作是追溯逃逸路線。**」[9]，所以在這篇作品中，柯裕棻追溯到了什

[8] 參見高宣揚：《傅科的生存美學：西方思想的起點與終結》，台北：五南，2004，頁 498。

[9] 雷諾・博格（Ronald Bogue）著、李育霖譯：《德勒茲論文學》，台北：麥田，2006，頁 261。

麼？首先她提到了氣味，氣味召喚出衣物的樣貌。接著她說：「**可是衣櫃卻也是焦慮的開始，那焦慮從衣服衍生。**」[10]於此，「衣櫃」這個空間，顯出了雙面性，它既是逃避空間，卻也是產生讓人想逃避壓力的所在，這並不悖逆，反而體現德勒茲所指出，做為一種開放道路的逃逸路逕之背叛性，它所背叛的是「**支配性指涉與固定秩序的世界**」[11]。於是「衣櫃」被定義為兩個看似矛盾的解釋，其間的流動性即是逃逸路線所在。

而書中也提及，過去情人的櫻桃色外套、石色長袖 T 恤，引發作家試圖對沾黏於衣上的意義「除魅」。這些為人所穿過的、或讓人欲望著的衣料，成了各式精神層面的「介質」與展現，面對這龐大無止盡的衍生義，柯裕棻除魅的手法是，「**不再對此有確切目標或想望**」[12]，而她也果真如此，無視服裝上被附加的「精神意義」，眺達地回歸物質面（衣服只是衣服！），無意識於過往，扮演著自己。除掉戀物者的心魔（過度著迷於衣物上的意象），柯裕棻此篇中，是以最單純的物質性，來剝落精神意義所帶給人的偏執。

〈心情不太好〉說的則是現代人常見的情緒起伏，柯裕棻雖在開頭處說，面對人生方向型之焦慮（如視作志業的理想可能只是個愚行），「**並非一時的狂亂消費或暴飲暴食可以化解**」[13]，她與之對抗的方式是，再接一堆稿子和參加研討會，以證明自己的存在感仍在，來延緩焦慮，只是這往往導致睡眠不足與再次焦慮的惡性循環。朋友小惠抵抗焦慮的方法是，每週去聽喇嘛講經，但這種以精神治療精神的方式，終究不敵物質性消費的宣洩快感：

---

[10] 柯裕棻：〈焦慮空間〉，《青春無法歸類》，台北：大塊文化，2003，頁 44。
[11] 出處同註 9，頁 262。
[12] 柯裕棻：〈焦慮空間〉，《青春無法歸類》，台北：大塊文化，2003，頁 51。
[13] 柯裕棻：〈心情不太好〉，出處同註 12，頁 95。

一天我和小惠逛了一下午的街，無藥可救各買了兩雙優雅的涼鞋。她忽然想起，晚上得去聽經。頓時我們手中拎著的那幾雙鞋，黑皮細跟襯紫底和黑皮厚跟襯金紅底的鞋，顯得極端罪過。鞋本身已經是個頗具幻想的物了，遑論這些曼妙不堪的顏色，遑論買得這樣興高采烈不知悔改。小惠當機立斷，要我帶她的鞋回家，改天再交給她。於是我提著我們的四雙罪過回家，整個晚上反覆試穿，又罪惡又高興，心情好的不得了。[14]

紀大偉稱柯裕棻這種既談文化資本，也呈現現代人身陷商品戀物癖的文本是種「脂粉論」（既是對「資本論」的諧擬，也是於馬克斯的致意）[15]，紀大偉指出柯文對於物質的企圖：

柯裕棻的脂粉論不但談自我照拂，也談自我照拂下的「失敗」。如果我們像磁鐵吸納各種脂粉，那麼世界就像黑洞。我們像磁鐵吸納各種脂粉，而世界像黑洞一樣把脂粉吸走。我們不斷撲粉，卻又不斷掉粧，只好再補粧，又掉粧，無止無息。[16]

無疑地，這掉入了一種永劫回歸（eternal return）情景，且很叫人洩氣。但我以為柯裕棻文字的價值也在此，一方面她毫不避忌地「反省」這個必然趨勢，一方面也藉由生活瑣事來「印證」精神與物質的種種弔詭。在《青春無法歸類》裡，似乎可隱然看見，柯裕棻的敏銳表現於物與靈的辯論，兩者的消長，代表現代人（至少是作家筆下的眾人），已無法再純粹「耽溺」於單一價值（只追求純心靈或完全的拜物），因為在「現實社會」中，純心靈的追求或許會活不下去，完全的拜物會遭干涉（在〈虛榮的貧困〉中，論及身處消費社會，學習自我控制之必然，否則難保不淪為另一個包法利夫人），而純粹的追求單一價值（不論是物質或精神），都是一種烏托邦投影，四雙顏色華麗的鞋

14　柯裕棻：〈心情不太好〉，出處同註 12，頁 97-98。
15　參見紀大偉：〈脂粉論〉，收於《青春無法歸類》，出處同註 12，頁 9-16。
16　出處同註 12，頁 13-14。

子或可拯救人生低潮，但刷爆的卡費，也可能將你徹底毀滅；精通各
種文化理論，或許多少有助於作家面對這些物質誘惑，但精神必得依
存或衍生於物質；於是，在這兩者間拉扯取捨的，才是超越精神與物
質的真實人生。

三、現在與過去的對話

　　三十歲，於此書中是個重要關卡，為「青春」做下「無法歸類」
結論的，是處在一個不再那樣青春位置的女子：

> 三十歲之後我就明白了，其實跟失去什麼東西一點關係都沒
> 有，那種無謂的冷，只是覺悟了自己已經走上了某一條路，並
> 且在那路上反芻一度過剩的營養。冷只是因為快樂不再那樣恍
> 惚，而且迷惘也不那樣恐怖，生命對我們留了一手，不再趕盡
> 殺絕。換言之，我們已經脫離了殘酷青春。[17]

　　這種前中年期（後青春期？）的輕微蒼涼，特別出現在柯裕棻〈青
春無法歸類〉、〈火燄與灰燼〉兩篇，回想以往種種，談到了鑰匙兒、
隨身聽、姐妹雜誌、李季準、喬治男孩、余光音樂雜誌等，乃至八○
年代學運的那一場。兩篇以作者的自身回憶，呼應當時整個社會的現
象，在各種興盛衰敗中，大環境的現在與過去，和個人（作者與其友
人）的過去、現在對話混雜，在街頭運動風起雲湧時，這些涉足運動
的同伴們，也未缺席自我人生的愛恨情仇，三角的愛情習題、堅定的
友情乃至炙熱的政治信仰，這些看似不變的，很「自然」地起了轉變，
一切都和當時／青春時不一樣了，街頭運動「演化」成看來「較民主」
的選舉，走過那個發亮的年代，柯裕棻談過去與現在時說，當年的學
運友人，會到活動場子外打香腸，而今，面對壓迫仍在，型式卻改變

[17]　柯裕棻：〈自序〉，《青春無法歸類》，台北：大塊文化，2003，頁 19。

的現況，「**選舉的時候，我們一樣可以到場子外去打香腸。**」[18]這樣的結語，冷熱交疊，正是紀大偉論「**柯裕棻的文字充滿黑色幽默，既軟又硬，既暖又冰。**」[19]特色。如此冷熱交替的文字，在關於現在與過去的作品裡，隱然有「過去」是火（藏有炙熱的情緒因子），「現在」是冰（漸趨理智與試圖淡然）的取向。這個取向認知的有些唯心，也並不絕對，只是讓人想到紀大偉的序文末所說：

> 青春無法歸類，可是青春容易龜裂。柯裕棻和我很愛比賽誰住過的房子比較爛—我想我不會輸給她。我也住過長壁癌的房子，雖然頻頻上漆，時時勤拂拭，牆的皮膚終究呈粉末狀剝落，塵埃不斷。牆面是一張留不住文化，留不住脂粉的臉。埋伏牆縫裡的白蟻爬出來，吃光我早已不合身的學運時代牛仔褲。這房子，它的名字叫青春。[20]

我想柯裕棻在談過去與現在時，那文字中偶會逸出的熱，是對過去的青春仍未燃盡的火種；那冷，則是眼見過去所執守或曾信仰的，因著各種原因脫落而產生的心境。如果如紀大偉所說，逝去的青春吃掉了他們早已嫌緊的牛仔褲，那麼柯裕棻寫出了那種轉換中，「恍若隔世」之感。

四、自我與他者的對話

《青春無法歸類》中，另一個有趣的安排是，自我與他者的對話。三十九篇文章，有十六篇清楚出現了至少一個叫小 X 的朋友，〈「哎呦，其實我想胖都胖不起來。」〉裡的小乖與小婷，前者是和主角「我」，一邊大吃一邊擔心體重的「同夥」；小婷則是一個口是心非，直嚷著自

---

[18] 參見柯裕棻：〈火燄與灰燼〉，出處同註 17，頁 173。
[19] 紀大偉：〈脂粉論〉，收於《青春無法歸類》，出處同註 17，頁 10。
[20] 紀大偉：〈脂粉論〉，收於《青春無法歸類》，台北：大塊文化，2003，頁 16。

己變胖的超級瘦女。〈打敗所有的人〉中的小瑋，據柯裕棻說法是個極端主義者，凡迷上什麼，一定要做到極致，所以她可能整個月都以馬鈴薯維生，或一天吃上十把青菜；當「我」因為運動所引發的疲軟，徹底為瘦身機械所克服時，小瑋也跟進報名健身房，並且扭轉了「我」於健身房中的「劣勢」，她一週上十次課，「**打敗所有的人**」[21]。〈旅遊的得與失〉中的小君，因為一趟西藏行，掉了六公斤。〈人生之必要〉中的小安，是個從頭到尾放棄與體制有關的人，卻可能比皓首窮經的「我」更快樂自由。〈心情不太好〉中，兩個提供解悶方法的朋友，小靜建議「我」用心靈音樂取代讓人焦躁痛苦的「嗆紅辣椒」(Red Hot Chili Peppers)；小惠則是一方面每週聽一次喇嘛講經，一方面和「我」逛街。〈放假的理由〉中，在雜誌社趕稿到和「我」一起忘了那天是中秋節的小晶。〈人民公社〉裡，幾個單身的朋友，小葦、小容、小玲、小君、小晶。〈慾望城市憂鬱人生〉中，對《慾望城市》有異於常人心得的小季。〈玩物喪志〉裡，養了十幾隻狗和屋內堆滿上千張黑膠唱片與 CD 的小娃。〈廉價的眼淚〉，一樣看電視會哭的小佩。〈想太多，睡不著〉，因甲狀腺機能失調而少睡的小惠；和除了讀書品質高，其他生活品質皆低落的小雅。〈火燄與灰燼〉裡，共同走過青春歲月的大桂、大楠、阿櫻、小柏、小松、椰子、阿樟。〈歡樂冒險〉裡，說要結婚，卻被「我」當成玩笑的小玲。〈追女生的公式〉，相親經驗豐富的小妮。〈誰最來電〉中，和「我」一起玩誰的手機最先響遊戲的，小芬、小琪、小君。〈單身防老計畫〉裡，同樣未婚的小葦。

為什麼柯裕棻需要寫下這麼多朋友？姑且不論其真偽，這些朋友的存在，有的是「我」的同伴，對某件事有相同態度或價值觀，如小乖、小佩；有些是擁有完全不同態度的對立者，如小婷、小葦。紀大偉就這點曾指出：

---

[21] 柯裕棻：〈打敗所有的人〉，《青春無法歸類》，台北：大塊文化，2003，頁 33。

> 也就是將自己當作陌生人，不要回歸自己，於是自己不再是中心。柯裕棻的脂粉論中，不斷出現奇怪角色與敘述者遭遇：他們的小娃、小君、小乖，如是等等，而他們理直氣壯的姿態挑戰了敘事者的自我中心。敘事者並沒有把小娃小君小乖收縮成自己之內，而將自己攤開流向小娃小君小乖以及眾生。這不是自我照拂，而是照拂人群（造福人群）。[22]

關於此點，筆者沒有異議，因為柯裕棻在〈自序〉中也曾提及：

> 扭轉局勢指的是，除了理性中心的自我之外，還能夠使自己成為它者、它物，自我的形成於是可以混雜，可以流動，可以模擬，可以有變化與接連，可以有片刻的自由。[23]

但這段話，使得這些朋友的事蹟在文中，有時也可被解讀為主角「我」的「部份化身」，或者該說，因為自我形成的混雜，這個「我」裡面，包含了他者。作家挑選了這些異於「我」的人，來映襯甚或對應「我」的思想乃或立場，這個「我」並不純粹，例如在〈心情不太好〉中，「我」採行了小靜建議的對抗焦慮方法，雖然後來以心靈音樂取代加洲樂團的主意失敗，但那亦轉化為「我」試圖解決焦慮的一部份。而小惠的存在，某種程度是呼應了，「我」將消費視作治療焦慮的用途。

此外，在書寫這些友人的過程中，其實也是「我」藉以定位自身看清自己的時候，藉由認同或不認同，理解或不解的態度，慢慢地形塑出一個不斷改變或可能改變的「我」。

而文中，「我」與他者的對話，被選定的動機，本身就有認可或值得一提的意涵，而這也是形成流動的、自由的「我」之意義一部份。

---

[22] 紀大偉：〈脂粉論〉，收於《青春無法歸類》，台北：大塊文化，2003，頁15。
[23] 柯裕棻：〈自序〉，《青春無法歸類》，台北：大塊文化，2003，頁20。

五、小結

本文以柯裕棻《青春無法歸類》一書，進行了對話關係的討論，其文本的對話性，主要來自物質與精神，過去與現在，「我」與他者，在這種對話關係中，柯裕棻將自我陌生化與去中心，試圖營造出一種流動性的自由。在這些往往二元對立的關係裡，作家使之所展開的對話，時而以學術語言進行較為理智的雄辯；時而以生活絮語，進行瑣碎的思考。而這也是其冷熱交雜文字的生成原因之一，雄辯的邏輯性讓文章顯得自制，絮語往往取材於現實生活中，超乎想像或特殊意義之事，因此容易使行文流露出感情，於是柯裕棻所展現的，或許除了無法歸類的青春，還有種種隨對話而來的矛盾性與流動性。

城市節拍，各自漫舞
——試論《恍惚的慢板》與《惚恍》中台北地景的現代性隱喻

高維志*

摘要

柯裕棻《恍惚的慢板》與阮慶岳《惚恍：廢墟・殘物・文學》兩種恍惚（惚恍）的觀看姿態在台北體驗中各自書寫，彷彿舞台燈光的明亮與陰暗：霓虹燈下漫步的柯裕棻，以台北都市新／生的角度踏出一種漫遊者（flâneur）的舞姿；而凝視黑暗角落的阮慶岳，結合影像與文字哀悼台北城中老／死的建築屍體，化身為陰冷的幕後旁白。

「現代性」（modernity）的隱喻書寫在創作（攝影或文字）中，漸漸變成一種儀式，企圖捕捉現代都市生活中一片片即將散失的靈光，踩著無聲的步伐，在城市中漫舞；沒有一個絕對的方向燈能完全照亮整座城市，柯裕棻與阮慶岳以各自的方式在這現代化的城市中獨舞、相互對應，以一種「巴黎式」都市情調，應驗波特萊爾（Charles Baudelaire）的詩句：「正如遙遠的悠悠回音／混入黝黑深邃的和諧中，／廣漠如黑夜，浩瀚似光明，／馨香色澤和音響互為呼應。[1]」

關鍵詞：柯裕棻，阮慶岳，台北地景，建築，現代性（modernity），漫遊者（flâneur）

---

* 1982 年生，台北人，現就讀於成功大學台灣文學研究所碩士班。

1 摘自〈冥合〉（*Correspondances*），波特萊爾（Baudelaire, Charles），莫渝譯，《惡之華》（*Les fluers du mal*），台北市，志文，1985。「Correspondances」一詞有「符合」、「適合」、「相符」、「一致」、「相稱」、「對應」、「通信」、「聯繫」、（交通工具間的）「銜接」、「聯運」之意；莫渝在譯注中言及此詩是波特萊爾所有詩篇中引起最多評論的，也是波特萊爾美學觀點最值得重視的詩篇，從象徵事物中提供一個背後的神祕意義：以冥合著心靈與精神的世界來接近物質世界。

一、前言

> 現代生活有一種兩難，它一方面將人困在規律和無味的實用主義之中，進行永無止境的競爭與創建，以世俗的算計否認熱情與想像；可是另一方面，在精神上又強調自我的追求和實現，探索完整而崇高的美感超越。
>
> —柯裕棻〈現代生活〉《恍惚的慢板》

班雅明（Walter Benjamin）稱波特萊爾為「發達資本主義時代的抒情詩人」，承載此時代與詩人的背景即是十九世紀「現代化」的巴黎，一八三〇年法國統治者路易‧飛利浦（Louis-Philippe）高呼口號：「致富吧！」（Enrichissez-vous！）令資本主義的「精神」大幅振興，政治政策脫離宗教轉而趨向經濟，工業革命精神崇拜科學與工具理性，影響了城市建設規劃，在十九世紀中葉巴黎拱廊街（les passages）—鋼鐵與玻璃技術緊密結合的高度「現代化」建築—出現之後，「遊手好閒之徒（flâneur）[2]就在這個世界裡得其所哉[3]。」一八五〇年之後奧斯曼（Baron Haussman）規劃「現代化」的巴黎街道與分區[4]，結合煤氣燈的發明，延長了行人在外漫遊（flânerie）時間，於是「街道（boulevard）成了遊手好閒者的居所。他靠在房屋外的牆壁上，就像一般的市民在家中的四壁裏一樣安然自得。[5]」高度「現代化」的建築，「他們為閒蕩的人、抽菸的人提供最喜愛逗留的地方，為各行各業的小人物提供可以發洩氣憤的地方。[6]」理性、科學與資本主義趨向混合而成「現代

2　「遊手好閒者」（flâneur）一詞，文中筆者譯作「漫遊者」，概念相同，以下皆然。

3　班雅明《發達資本主義時代的抒情詩人：論波特萊爾》，頁 101。

4　巴黎自十七世紀留下頗具規模的舊建築，工業革命之後，馬路已經開始有了汽車行走，在兼具「現代化」巴黎以及保留古典建築的權衡之下，奧斯曼選擇以凱旋門為中心規劃放射狀街道，並拆掉大量土黃色的革命時代舊建築，以灰色主調的五層式公寓代之，儘管改革之時頗受批評，但「奧斯曼式」公寓樓已成為今日巴黎主要兼容古典與「現代」的諧和風貌。

5　《發達資本主義時代的抒情詩人：論波特萊爾》，頁 102。

6　同前揭書，頁 101。

化」十九世紀的巴黎，漫遊在其中，巴黎人衍生出一種帶有批判性質的咖啡館（café）都會風格。

現代（化）台北與十九世紀發達資本主義時代的巴黎，巧妙地形成一種疊合的位置。面對發達資本主義的「現代化」唯物觀，波特萊爾嚴詞抨擊其大眾化一致性對創造美感的殺傷力：

> 還有一種很時髦的觀念，我躲避它猶如躲避地獄。我說的是關於進步的觀念。這盞昏暗的信號燈是現代詭辯的發明，它獲得了專利證書，卻並未取得自然或神明的擔保，這盞現代的燈籠在一切認識對象上投下了黑影，自由消逝了、懲罰不見了。誰想看清楚歷史，誰就應該首先熄滅這盞陰險的燈籠。這種荒唐的觀念在現代狂妄的腐朽土地上開花，它使每個人推卸自己的義務，使每個靈魂擺脫自己的責任，使意志掙脫對美的愛所要求於它的一切聯繫。[7]

反觀柯裕棻與阮慶岳的文字，台北／巴黎在時空移轉之後，「恍惚」（惚恍）漫遊的視角，恰巧形成對照，透過書寫台北地景（landscape）—建築物與都會氛圍為主，對城市資本主義「現代化」批判的「現代性」隱喻觀也暗藏其中，彷彿舞台燈光的明亮與陰暗：霓虹燈下漫步的柯裕棻，以台北都市新／生的角度踏出一種漫遊者（flâneur）的舞姿；而凝視黑暗角落的阮慶岳，結合影像與文字哀悼台北城中老／死的建築屍體，化身為陰冷的幕後旁白。

「現代性」的隱喻書寫在創作（攝影或文字）中，漸漸變成一種儀式，企圖捕捉現代都市生活中一片片即將散失的靈光，踩著無聲的步伐，在城市中漫舞；沒有一盞絕對的方向燈能完全照亮整座城市，柯裕棻與阮慶岳以各自的方式在這現代化的城市中漫舞、相互對應，

---

[7] 波特萊爾〈論一八五五年世界博覽會美術部分〉《1846 年的沙龍：波德萊爾美學論文選》，頁 318-319。

一種「巴黎式」都市情調，本文欲就班雅明論波特萊爾「現代性」的審美觀點為出發，輔以哈伯瑪斯（Jürgen Habermas）、傅柯（Michel Foucault）與克莉絲蒂娃（Julia Kristeva）對波特萊爾書寫巴黎的「現代性」相關評論方法，探究柯裕棻《恍惚的慢板》以及阮慶岳《惚恍》兩部文本中書寫台北的「現代性」觀點，發達資本主義時代的「現代性」在兩個不同時空的城市：十九世紀巴黎與現代（化）台北中如何各自呈現？而台北之內，兩本看似相反取向的建築寫作題材（卻相似的書名）中，「現代性」又產生怎樣的「冥合」（Correspondances）之姿？

二、正如遙遠的悠悠回音：柯裕棻的恍惚慢板

> 由階梯和拱廊築成的巴別塔，
> 那是無邊無際的宮殿，
> 到處是水池和瀑布
> 或明或暗地落下
>
> —波特萊爾，〈巴黎之夢〉（*Réve parisien*）

柯裕棻，一九六八年出生於台東，美國威斯康辛大學麥迪遜分校大眾傳播藝術博士，現任教於政治大學新聞系，其著作有散文集《青春無法歸類》、《恍惚的慢板》以及小說集《冰箱》。

漫游在台北，從城市中的建設：街道騎樓、天台、捷運、書店、一〇一、咖啡館、小茶館寫到生活中的人事，柯裕棻以自己的時間游走出自己的空間，城市儼然成了舞台，任她來去漫舞，她說：「我非常喜歡散漫的瑣事和徒勞的倦怠這兩種概念，甚至覺得這就是現代人都共有的經驗，有時這種空洞的感覺會緩慢侵蝕你，有時又會使你瘋狂大叫，當然也有感到幸福的剎那。都會生活以此常規運作著，任何與此兩者不同的，就是意外，然後就有故事，然後還是回至常規常規常

規，幾乎是薛西弗斯似的。[8]」在「現代化」的城市生活模式中，柯裕棻以帶有距離的漫遊方式書寫，張瑞芬稱之為「一個遊走於城市的觀察者，真實呈現台北的細微場景與人生共相[9]」，享受「現代化」便利（搭乘捷運、消費書店與咖啡等）之虞，也反思這一層層的社會階級：

> 對升斗小民而言，個人生活的微小現實與社會經濟現實的差距已然越來越遠，這個城市裡的某些商品的價錢已經飆高得無法想像，這些數目字已經不是日常的數學，正如同一〇一大樓頂端的風景也不是市民熟悉的景色。能夠屹立鳥瞰的立足地越高，則其象徵的民生落差也就越大；那一層一層砌起的高樓彷彿體現了整個城裡窮人與富人的距離。[10]

市民熟悉的景色不是由上而下的鳥瞰風景，是穿梭其中熙來攘往的「現代」生活，面對商業大樓，不是超然的凌駕之姿，是屈從的受縛之姿，通往一〇一頂端的入口，還需要先購得門票，深知「現代化」城市生活消費邏輯的柯裕棻，快速地翻轉思緒，將高樓與社會階級串連，以「理性」（reason）思維處理「現代」所崇拜的工具理性，追逐數字、消費與經濟效益，彷彿是「現代化」城市生活中的必然，起居像個老台北，搭公車、騎腳踏車的朋友居所的老公寓窗景在柯裕棻筆下成了一幅諷刺漫畫：

> 某日他一開窗，驚覺從今以後，他再也無法置身事外，他將要日日目擊台北的未來。……彷彿新的台北從未來的遠處瞄準了他，向他拋擲進步的長矛，準確地命中鐵欄杆斑駁的窗口，穿透他日復一日的常規，以凌厲的線條和光芒向他昭示另一種視野，另一種景觀和生活態度。[11]

---

8 柯裕棻〈不能跑到天涯海角的時候—柯裕棻和編者筆談〉。
9 張瑞芬〈城市的感覺結構—論柯裕棻散文〉。
10 〈浮華台北〉《恍惚的慢板》，頁 49。
11 同前揭書，頁 47-48。

商業的高樓，在城市中巍峨聳立，所佇點成為城市的重要消費中心，並且成為地標，「現代化」攏絡資本主義化成「進步的長矛」向他拋擲，令人印象深刻的隱喻，生活與消費如此密不可分，柯裕棻欲藉由這樣刺激的視覺結構令讀者重新領略反思：是否一致化的生活／命型態，成了城市「現代化」的代價？在「現代化」進程中該如何對待這般鏈結重複的城市生活／命型態？波特萊爾在〈現代生活畫家〉中關於「現代性」有這樣一段話：「他尋找我們可以稱為**現代性**的那種東西，因為再沒有更好的詞來表達我們現在談的這種觀念了。對他來說，問題在於從流行的東西中提取出它可能包含著的在歷史中富有詩意的東西，從過渡中抽出永恆。[12]」

為了從過渡中抽取出永恆，柯裕棻所採取的方法是「掙脫了工廠生產線的履帶而去[13]」，恍惚漫遊，「純任感官與直覺去體會一個城市的空間心情[14]」，紀大偉如是說：「違反『前途無效』原則的恍惚者並非『故意』挑戰『人／空間』的合作，而大多『無意』間曝露了『人／空間』的矛盾。[15]」「前途無效」是日文漢字，是日常共識，印在車票上提醒乘客如果未到目的地就下車離去，則剩餘未用的價值就失效，一旦啟用即是進入了「合約空間」，消費之餘，允許了被單方面規定的遊戲規則中，貼近（依賴）「現代化」生活的都市人，搭乘便利的交通工具，將消費與生活相等，失去拿捏的距離，柯裕棻則每每提醒這點，她說：

> 車廂裡一旦人多，氣味就濁重，文明對身體的否定也就漸漸失效。[16]
>
> 在超級市場中，一個消費者可以完全不和任何人交談，人與人接觸的必要減至最低，甚至連人與物的接觸也經由層層的包

---

[12] 波特萊爾〈現代生活的畫家〉《1846 年的沙龍：波德萊爾美學論文選》，頁 424。
[13] 張瑞芬〈喧囂城市之孤獨—讀柯裕棻《恍惚的慢板》〉。
[14] 張瑞芬〈城市的感覺結構—論柯裕棻散文〉。
[15] 紀大偉〈前途無效〉序《恍惚的慢板》，頁 13。
[16] 柯裕棻〈捷運裡的氣味〉《恍惚的慢板》，頁 95。

裝，減低手的碰觸和骯髒。你連它們的重量差異都難以感受，因為它們等量包裝。[17]

消費便利移動與精緻飲食的「現代化」生活，衛生、精密測量、乾淨的捷運車廂與超級市場，都變得貧乏無味，犧牲了身體的感官，為了喚醒這感性的審美依據，她刻意書寫關於感官層面的城市經驗，例如嗅覺、觸覺等，現代人服膺於「現代化」，崇拜理性與科學的度量方式取代原先賴以感受的知覺經驗（如超級市場與傳統市場的更迭），柯裕棻以冷筆書寫即將散逸的熱情，即使如此擁抱台北這座「現代化」的城市以及生活模式，總也提出漫遊者的眼光，審視一番，聊表無奈之感，來去其中，清冷的城市與清冷的筆觸淡淡地透著殘存卻依稀可循的餘溫，城市與人的距離感自清冷文字的罅隙間流出，一如她所言「『冷』指的不是溫度，也不是（服務）態度，而是風格[18]」，讓感官帶領人性漫溢，使得「現代化」、「理性」所依恃的鏈結環節鬆脫，美夢龜裂，不再天衣無縫，這是她的恍惚慢板所企圖強調的節奏，回音悠悠，步伐越是緩慢，越見得破綻百出，人與「現代化」城市生活之間的空隙深淵，這，即是她反覆思忖的台北「現代性」。

三、混入黝黑深邃的和諧中：阮慶岳的惚恍漂流

雨月之神對整座城市發怒，
從他的甕中將陰冷傾盆地
倒給鄰近墳園的亡魂，
並將死氣散布多霧的郊區。

—波特萊爾，〈憂鬱（之一）〉（*Spleen*）

---

17 柯裕棻〈疏離的超級市場〉《恍惚的慢板》，頁 87。
18 柯裕棻〈咖啡館〉《恍惚的慢板》，頁 67。

阮慶岳，一九五七年生。淡江大學建築系學士，美國賓州大學建築碩士。其文學著作有《林秀子一家》、《重見白橋》、《阮慶岳四色書》、《哭泣哭泣城》等，其他建築相關著作有《煙花不堪剪》、《城市漂流》、《開門見山色》等。

面對台北市公共建設（如捷運）的進步，阮慶岳以廢墟為主題，夾雜故事、相片、與散文格式的文字，本文將焦點放置台北地區相關的書寫之上，在城市中他揀選如公館、新店、萬華、林森北路六條通、光復南路等地點，拍攝以及書寫台北的「舊」風貌，企圖顯現城市「現代化」發展之外另一面歷經時間淘洗（汰）的城市廢墟，一種未經人工處理過純粹的老舊與死亡，與建築對話，彰顯在「現代化」台北的背面也有一群正在死亡（或是以死）的建築殘物，用清冷寫實的黑白鏡頭與精簡的疏落筆觸向世人提醒「老」與「死」的存在，如〈台北新店碧潭老屋：我墜樓猶如落花人〉中，阮慶岳引《聖經》〈創世紀〉之文如此寫道：

> 起初，神創造天地。地是空虛渾沌，淵面黑暗；神的靈運行在水面上，神說：「要有光。」就有了光。
>
> 一夜，老人睡時，忽然就有光自窗口來。他驚異起身來，見被光臨照到的枯葉花朵，竟然重又煥然綻放鮮豔色彩，老人捧花歡喜欲回床間說與妻子聽，才知眠榻旁的妻只是件餘下的空舊衣裳，人早已死離去。
>
> 就慟聲哭起。[19]

老、舊、死亡與黑暗，阮慶岳的散文中帶有波特萊爾式的氛圍，以鬼魅意象對（小）布爾喬亞（petits-bourgeois）的驚愕，光明的刺入，是城市選擇「現代化」的光明面的突入暗示，而老人的慟哭則隱喻人們對「現代化」極大失落。新興的捷運系統延伸至新店，卻對鄉鎮經

---

[19] 阮慶岳〈我墜樓猶如落花人〉《惚恍：廢墟・殘物・文學》，頁90。

濟發展無多大幫助，相較於淡水觀光產業的繁盛，眼看著碧潭持續老／死去的租船老人怨懟著說：「哪裡像碧潭就這灘死水，其他什麼都沒有……[20]」凝望商業消費之外的台北，阮慶岳感嘆：「現代建築在追逐新、奇與興奮感上，完全不落人後；而相對在思考時間的永恆、死亡的意義上，就顯得輕率、逃避與無力應對。[21]」

《惚恍：廢墟・殘物・文學》書名，並列三個具體名詞，以一抽象的精神概念囊括，可以見得阮慶岳意欲之所在：「我們已經習慣了人的死亡，甚至將『死亡』視為一件大事，但面對建築生老病死的週期，卻未完整看待，這是在現代建築的問題，過於單面的焦點，人們重視的是剛誕生的剎那，風光落成的一面。[22]」於是他拿起攝影機，對於廢墟，一種城市建設的殘物，鈢剎鈢剎捕捉起來，走在林森北路的六條通，望著有荒蕪草叢與巨大芒果樹的日式舊屋，回憶年幼時剛自屏東移居台北即入住於日式房屋中，喜愛此種類屋舍的寧靜恬美，在庭院中偷偷種植著豆芽，卻因為母親在飯桌前公開此秘密，而彆扭不肯接受母親建議將其分種，導致豆芽枯死的「死亡」經驗，接著憶起了N，一個並未清楚交代的人物是作者情感上曾經的巨大寄託，曾經與之一同青春快樂地上陽明山拍下許多美好相片的 N，如今已逝不再重現，童年的記憶與對N的情愛記憶，與屋舍的建築結構交織，「連一個廢墟也不存留給猶然膽怯的記憶可去回顧……[23]」，投射自我的美好回憶在對於建築廢墟的情感上，班雅明如是說：「移情就是遊手好閒者躋身於人群之中所尋求的陶醉的本質。[24]」廢墟本身的記憶被阮慶岳的記憶代換了，而他記憶中地址的屋舍也早已被鋼筋混凝土的四層公寓替代了，恍惚之間，所有的記憶共陳於「現在」，植物之死、愛人之死、建

---

[20] 同前註。

[21] 阮慶岳〈後續文—廢墟城市〉《惚恍：廢墟・殘物・文學》，頁 264。

[22] 吳億偉〈一種淡淡的形而上思想—訪問阮慶岳先生〉。

[23] 阮慶岳〈廢墟書簡〉《惚恍：廢墟・殘物・文學》，頁 199。

[24] 班雅明《發達資本主義時代的抒情詩人：論波特萊爾》，頁 123。

物之死，投映於城市「現代化」的另一面上，阮慶岳對「現代性」產生這樣疑慮：

> 我繼續步入已無屋頂覆罩的廳室內部，陽光從上方直接打照下來。聽朋友喚叫我，就弧身迴轉去，他正對著鏡頭鉡剎照下去。我沒有笑容，也沒有輕盈的姿態，立在和式無頂住屋的中央，面無表情地回頭望著……[25]

「現代化」的攝影技術，使得阮慶岳得以捕捉城市建築老／死之貌，以書寫與攝影相輔成，班雅明說：「報導與真實性並不總是能連上關係，因為報導中的相片是靠語言來相互聯結，發揮作用的。[26]」文字敘述上的相機拍出一張無感情面孔的相片，而已然老／死的建築物影像，卻蘊涵著強勁濃厚的「生命力」，令人（布爾喬亞）驚愕，彷彿惡之花，吸吮腐爛的穢土而美麗綻放，「他曾言，是時間還原了建築應有的美麗。[27]」「時間賦予建築更深沉的厚度，因為感情與記憶而有了真正的重量感，那是建築的另一種價值。[28]」阮慶岳對風光落成的新興建築物無情，背過身去，在「現代化」城市中尋找陰影的角落；對老／死去的殘舊建築物無言，只能以恍惚、記憶、攝影與疏落的文字悼念之，他所欲深化的「現代性」，是對時間的緊密糾結，拉出人與城市間本來無法抽離的情感，因為「現代化」的蠱惑而迷失，對新／生的崇拜衍生成對老／死的怖懼，他說：「廢墟空間裡，有著新落成空間裡無法存有的記憶與生命真實痕跡。[29]」「我們在面對都市的新生創造時，也該要同時懂得怎樣看待城市的衰老與死亡。[30]」背向平常建築師所信仰的測量、理性、工具、科學，阮慶岳選擇以時間與記憶所承載的面

---

25 阮慶岳〈廢墟書簡〉《惚恍：廢墟・殘物・文學》，頁 200。
26 班雅明《迎向靈光消失的年代》，頁 54。
27 賴素鈴〈阮慶岳—建築中的另一種價值，廢墟中恍惚微笑〉。
28 同前註。
29 阮慶岳〈後續文—廢墟城市〉《惚恍：廢墟・殘物・文學》。
30 同前註。

向去書寫，台北城的角落，建築廢墟，恍惚的姿態迷醉於城市黑暗的廢墟殘物，他企圖銘刻的是巨大的時間流逝去之後殘留於「現代」之上的刻痕，黝黑而又深邃合諧的「現代性」刻痕。

四、廣漠如黑夜，浩瀚似光明：台北地景的現代性隱喻

> 一夜，看柵門半開，走入去。尋著入到一條街巷，房宇全被廢棄的遺置一人都無，有清朝與日據時代的風味。
>
> ——阮慶岳〈夜訪剝皮寮〉《惚恍》
>
> 新的樓就沒這樣瀟灑婉約，白的或粉紅的二丁掛磚，從頭悶貼到腳，不囉唆，平板板新簇簇，間著進口的大理石片窗台，整條巷子只覺得白亮，沒有了細節，就沒有了個性。
>
> —柯裕棻〈小巷〉《恍惚的慢板》

十九世紀的波特萊爾，以傳統嚴謹的十四行詩格律寫就充滿死亡、毀滅、罪惡意象的驚愕詩作，描述墓園、酒店與「現代化」的拱廊街，以「傳統」的格式呈現「現代（性）」，巴黎成為一個巨大的容器，盛裝詩人的憂鬱，如城市無盡的雨[31]，「波特萊爾式的憂鬱（spleen）不只是憂鬱，而是生命在無限與虛無的深谷底，如岩漿激盪而出的樂音。愈要往上直達天聽，愈是向下墜落撒旦地獄。[32]」解讀波特萊爾「耽諦主義」（le dandysme）美學[33]，克莉絲蒂娃認為：「先知導師角色已轉變成自我處境生存的創造者，在沒有意義的處境下創造意義，本身就是一個反襯隱喻。一方面和社會大眾一樣，必須為自己建立一個社會人格面具，置身於世俗系統裡，行禮如儀；一方面卻又抵抗布爾喬亞

---

31 見〈憂鬱〉四首，波特萊爾，莫渝譯，《惡之華》（1985），頁 239-246。

32 蔡淑玲〈現代性的隱喻‧隱喻的現代性—克莉絲蒂娃論波特萊爾的「耽諦主義」〉

33 蔡淑玲自言如此玩笑翻譯克莉絲蒂娃所稱波特萊爾的「耽諦」一詞意欲為：耽溺於真諦不再的陰霾下，祈禱的必要，隱喻的必要（紈褲講究的必要）。〈斷裂，魔的境地、詩的聲音—現代詩的現代性〉

固守教化，奉世俗象徵為真理的無知。[34]」克莉絲蒂娃藉波特萊爾的詩作所欲辯證的即是「現代性」的雙面特質：「過渡的轉折、瞬間的短暫、瑣碎的偶然，此乃藝術的一面；另一面，則是永恆與不變。[35]」

波特萊爾這般具有兩面特質的「現代性」，傅柯引其〈現代生活的畫家〉一文指出一種「現代性態度」：

> 對波特萊爾來說，現代性不僅是相過於現時的關係形式，它也是一種應同自身建立起關係的方式。現代性的自願態度同必不可少的苦行主義相聯繫。成為現代人，並非接受身處消逝的時光之流中的那種自己本身，而是把自己看作一種複雜而艱難的製造過程對象；用時尚的語彙來說，就是波特萊爾所謂的「追求時髦、講究穿著。」[36]

而《文化地理學》（*Culturral Geography*）作者 Mike Crang 在敘述漫遊者的概念時引波特萊爾為例，指出：

> 這個人物有好幾方面的矛盾：他關心「閒暇」時間，卻觀看現代生活漸增的速度；他不涉身都市裡的買賣，卻為璀璨的新展示著迷；他置身男人支配的公共空間，卻觀看藝術家世界中，數以千計無名的下層階級女店員、主婦與妓女。漫遊者以他自身閒散的步履，看著現代生活的步調加速，因此傳聞中的潮流是帶一隻龍蝦散步，以免行走過快。[37]

波特萊爾也讚頌當時巴黎女子的化妝術[38]，享受「現代化」生活，擁抱「追求時髦、講究穿著」的耽諦主義，從傅柯的存在美學看波特萊爾，並以沈美現代性的角度加以詮釋，讓我們看到，波特萊爾對自

---

[34] 同前註。
[35] 同前註。
[36] 傅柯〈何謂啟蒙？〉《現代性基本讀本》，頁 653。
[37] Mike Crang《文化地理學》，頁 72。
[38] 波特萊爾〈現代生活的畫家〉《1846 年的沙龍：波德萊爾美學論文選》

己的生活、對於「自我」，抱持著一種刻意辛苦經營的「修持」或「工夫」，他做了「自願選擇」，「把他的身體、他的行為、他的感受與激情、他的存在，做成藝術品。[39]」對他而言，時間上的「現在」和自身必須發生連結關係，並且將自身投入其中，不斷地自我「建構」，而「耽諦」即是波特萊爾的方法，旋即化作了「隱喻」，這樣的「隱喻」並非是將文字符號系統鎖定在一個既定的「固定意義」的源頭之上，一如德希達（J. Derrida）的概念，「由於文字符號指涉概念思想都是暫時的，每一次使用都是一種『丟棄』。『用完即丟』不斷進行的過程變留下所謂『意義的痕跡（la trsce）』，因此，每個符號背負意義的『隱喻性』（la métaphoricité）就是一個「本意」的產生，也是一個「本意」的終結。[40]」簡言之，投入「現代化」的生活，就是波特萊爾認為建立自身與「現在」（時間點的現代）發生連結關係的必要，而這連結即是意義本身，開始也是結束，必須的斷點、終結與永恆，恍惚之所在。

英國建築師與建築理論學者尼爾．林區（Neil Leach）更引班雅明之述，透過波特萊爾觀察的當代大都會的形式：「波特萊爾自己嘗試過各式各樣的毒品，他將都會生活形容為一種麻痺的恍惚，那是種在神祕境遇中受到保護的生活。[41]」作為切斷現代生活的「意義」，在「現代」的斷裂之處萌生「現代性」，耽諦之必要、恍惚之必要，波特萊爾對於歷史時間的態度是矛盾的，他既想掌握「當前」瞬間即逝的經驗，又想抽取出其中的永恆詩素，身體經驗（吸毒、性）、視覺經驗（攝影、電影）、心理經驗（自我、情人）、社會政治（革命、文藝社群）到語言經驗（詩、詩散文、評論）的分裂狀態在這樣矛盾的審美要求中被突顯了[42]，哈伯瑪斯在〈現代性—未完成的工程〉文中論及波特萊爾的審美「現代性」：「在對轉瞬即逝、曇花一現、過眼煙雲之物的抬升，

[39] 龔卓軍〈審美現代性之爭：哈伯瑪斯與傅柯論波特萊爾〉。
[40] 蔡淑玲〈德希達的「隱喻」觀—解構本意〉
[41] 尼爾．林區《建築之麻醉》，頁 56。
[42] 龔卓軍〈審美現代性之爭：哈伯瑪斯與傅柯論波特萊爾〉。

對動態主義的歡慶中，同時也表現出一種對純潔而駐留的現在的渴望。[43]」以「現代化」的生活方式（耽諦）麻醉（非理性）於城市建築之中，波特萊爾的思想是二元性的（dualiste），他的眼光特別是朝向張力特別強的地方，張力是他思想和他對世界感知的特點[44]，然而那已是迷魅不可復得的十九世紀波特萊爾的巴黎生活，這樣雙面性質的「現代性」觀點在現代（化）台北又如何重新詮釋？

筆者言「現代（化）」台北，在意義上取自波特萊爾定義的「現代性」特質，認為那是「過渡中」的[45]，波特萊爾給「現代性」一詞加上引號，說明他是從一個全新的角度獨立地使用這個詞的，並把它當作一個獨特的術語[46]，在過渡的現代化進程中，要如何閱讀台北？先領略一番 Mike Crang 所觀察出另一種屬於空間概念的巴黎文本解讀：

> 在《悲慘世界》（*Les MIsérable*）中，雨果（Victor Hugo）將小說的主要事件架構在巴黎。窮人巷弄形成了想像的黑暗地景，一個「不可知城市」的神祕地理。小說經常採俯瞰角度，但這種角度無法對城市有完全的認識；城市仍是黑暗、不祥，猶如迷宮。[47]

城市的窮，暗夜的黑，若轉化雨果的俯瞰視野（小說書寫的全知策略），將視線由俯視轉為平視，由超然高處降至親密低處，以阮慶岳的「秉燭夜尋」或是柯裕棻的漫遊方式看待：

> 對廢墟的瞻顧，是秉燭夜尋某種惚恍之美的谷底行，是對留存閃絲光影腳步者的致意，對獨踞孤枝險者的禮膜，與自身為何仍身在魔界的思索。[48]

---

[43] 哈伯瑪斯〈現代性—未完成的工程〉，收錄於《現代性基本讀本（上）》之中，高宣揚解讀出哈伯瑪斯的 Theorie der Moderne 不同於一般現行的 Modernitaet「現代性」是對現代社會的普遍批判，顯出其矛盾。

[44] 林志明〈注意的觀看：波特萊爾的《現代生活的畫家》〉。

[45] 波特萊爾〈現代生活的畫家〉《1846 年的沙龍：波德萊爾美學論文選》。

[46] 哈伯瑪斯〈現代的時代意識及其自我確證的要求〉《現代性的哲學話語》。

[47] Mike Crang《文化地理學》，頁 66。

[48] 阮慶岳〈序—基督因見百合之美而恍惚〉《惚恍：廢墟・殘物・文學》，頁 29。

> 在都市裡，能夠慢慢兒走路是福氣。不為什麼，只是走著，看著，走著，站著，這樣心無雜念走一條喧囂的大街，專心繞過左支右絀的騎樓，遇見紅綠燈的時候我總是忍不住思索符號學的日常意涵，我不知道如果沒有顏色的意義我們還會不會行走，或是穿越馬路。[49]

波特萊爾說：「孤獨且沉思的散步者從那種普遍的靈魂契合中汲取一種奇異的陶醉。[50]」「秉燭夜尋」或是「慢慢兒走」，阮慶岳與柯裕棻都在台北生活中探求波特萊爾所言的陶醉，是非理性的，形而上的，批判城市生活的「現代化」以理性科學為崇拜，已然統一了許多不同的審美觀與價值觀，在這種「普遍的靈魂契合」中「必須」汲取出一種奇異的「陶醉」，是一種城市生活的態度，一如波特萊爾耽諦主義的雙面「現代性」特質，散步者就是要陶醉於斯，「現代化」生活的一體兩面，擁抱、投入、迷醉於城市建築的魔幻之中，時而以思索拉開人與城市（生活）的距離，再投入、再拉開、再投入……，反覆來去，建構自我與城市的（逐漸）完美態度，反思，建築與氛圍的隱喻，阮慶岳的以廢墟主題書寫台北如同廣漠黑夜，而柯裕棻的生活筆調寫進步建設的台北則如浩瀚光明，兩者間交互相映，暗自冥合。

五、馨香色澤和音響互為呼應：結語

> 我繼續無目的漫步於這整片死寂無人的建築群裡，有時就走進去張啟開像邀請著什麼的裡間。屋內散著許多殘物，破碎的窗玻璃、支解的家具、傾圮垂落的天花，全都漫出大開口外海洋一樣無際的藍顏色。

---

[49] 柯裕棻〈自序—想太多〉《恍惚的慢板》，頁 18。
[50] 波特萊爾〈人群〉《巴黎的憂鬱》，頁 53。

—阮慶岳〈紅色殘物〉《惚恍》

大白天點著透亮的小燈泡，感覺上意志堅定，生意盎然，照得那些成簍的疏菜魚肉南北貨特別有光澤，麵條特別白，豬肉特別紅，豆芽肥美青江菜翠綠，花生圓豆腐方嫩，小魚小蝦乾筍和黑豆豉，氣味濃烈，成年都是豐年的兆頭。

—柯裕棻〈買菜〉《恍惚的慢板》

阮慶岳在〈紅色殘物〉中，寫三芝海邊度假屋，以「異色」形容廢棄建物，廢墟裡的殘物一樣樣讓人得以想像殘破的樣貌，最後卻迷幻地接連到海洋一樣的藍顏色，彷彿奇異鮮豔的電影美術設計，原來的殘破建築，應該是褪去亮澤的紅色，卻能與自然融合，海邊渡假屋的奇異存在與大海可以共存，廢墟不再詭譎，而成為「自然」的一部分，合諧地被放置於文中，絲毫不露尷尬，猶如巴黎羅浮宮博物館（Musée du Louvre）前貝聿銘的透明金字塔，原本遭受許多法國人和傳媒的抨擊認為設計太過突兀，而今，奇詭的共同結構在時移事往後被越來越多人所接受，是屬於建築家共有的前衛派「現代性」，廢墟與城市、廢墟與自然，建築的新生與老死在阮慶岳的眼中如同森林一樣，「生生不息並且生死更易不斷（生即是死、死即是生）。[51]」關注生死兩面特質的並存，正是阮慶岳台北「現代性」的書寫重點所在。

《恍惚的慢板》是柯裕棻的台北生活速寫，瑣碎的模式連接突然跳脫的城市思索，相當令人感同「深」受，書中有幾篇恰巧都以感官打斷理性的方式反思，如〈買菜〉一文，柯裕棻寫傳統市場裡的燈光、狹窄巷道與塑膠天棚，以及那最重要的—氣味：「傳統市場再怎麼改良，再怎麼現代化，總有它奧妙之處，它至今仍無法克服潮溼和氣味的問題，它有我完全無法理解的運作原則。[52]」市場的氣味如此難以令人敘述與遺忘，「現代化」隱喻著對於氣味的消除，相較之下，另一篇

51 阮慶岳〈後續文—廢墟城市〉《惚恍：廢墟・殘物・文學》，頁 265。
52 柯裕棻〈買菜〉《恍惚的慢板》，頁 80-81。

作品〈疏離的超級市場〉就顯得過分乾淨了：「一個消費者可以全程不和任何人交談，人與人接觸的必要減至最低，甚至連人與物的接觸也經由層層的包裝，減低手的碰觸和骯髒。[53]」柯裕棻冷冷諷刺城市「現代化」犧牲感官經驗的生活模式，藉以拉開城市（生活）與人的距離，書寫還在書寫之外，柯裕棻的台北「現代性」企圖彰顯的是「現代化」造成的疏離與失能。

從十九世紀巴黎翻轉至二十一世紀初的台北，「現代性」的隱喻盈滿在書寫城市的城市人筆下，發達資本主義的城市中演繹著對現代化進程的不安，柯裕棻以簡單清冷的語言文字述說著建築與人之間的隔閡，在台北街道、咖啡館與捷運系統等高度進步的城市建物中尋求安身，卻屢見空隙與矛盾，企圖尋求的是對人事、精神層面的療方；而阮慶岳則隱藏在每一段故事背後，以旁觀者的角度書寫（與攝影），引介每一場戲，讓文字與廢墟影像自身言說，台北角落荒煙蔓草的廢棄空屋，回顧往昔的故事，故事存活而建築死去，在新興中找尋老死的痕跡，提醒這層落空；兩部文本透露出對於「現代化」生活的擔憂，透過感官經驗的重新建構：馨香、色澤與音響，剝除堅信雙眼所見的科學理性，深怕現代人慌亂失足在追逐「新」（nouveau）的過程裡而遺忘審美與創造的靈感。

---

[53] 柯裕棻〈疏離的超級市場〉《恍惚的慢板》，頁 87。

參考書目

專書

柯裕棻，《恍惚的慢板》，台北，大塊文化，2004。

阮慶岳，《惚恍：廢墟・殘物・文學》，台北縣新店市，木馬文化，2004。

波特萊爾（Baudelaire, Charles），莫渝譯，《惡之華》（*Les fluers du mal*），台北，志文，1985。

波特萊爾（Baudelaire, Charles），胡品清譯，《巴黎的憂鬱》（*Le Spleen de Paris*），台北，志文，2003。

波特萊爾（Baudelaire, Charles），郭宏安譯，《一八四六年的沙龍：波德萊爾美學論文選》，桂林，廣西師大，2002。

班雅明（Benjamin, Walter），張旭東、魏文生譯，《發達資本主義時代的抒情詩人：論波特萊爾》（*Charles Baudelaire：A lyric Poet in the High Capitalism*），台北，城邦，2002。

班雅明（Benjamin, Walter），許綺玲譯，《迎向靈光消失的年代》，台北，台灣攝影工作室，1999。

哈貝馬斯（Habermas, J.），曹衛東等譯，劉東主編《現代性的哲學話語》，南京，譯林，2004。

高宣揚，《哈伯瑪斯論》，台北，遠流，1999。

汪民安、陳永國、張雲鵬主編，《現代性基本讀本（上）、（下）》，開封，河南大學，2005。

Mike Crang，王志弘等譯，《文化地理學》（*Culturral Geography*），台北，巨流，2003。

尼爾・林區（Neil Leach），宋偉祥譯，《建築之麻醉》（*The Anaesthetics Of Architecture*），台北，田園城市，2005。

期刊

蔡淑玲，〈現代性的隱喻‧隱喻的現代性─克莉絲蒂娃論波特萊爾的「耽諦主義」〉《中外文學》第 30 卷，第 11 期。
蔡淑玲，〈斷裂，魔的境地、詩的聲音─現代詩的現代性〉《聯合文學》第 203 期。
蔡淑玲，〈德希達的「隱喻」觀─解構本意〉《當代》第 57 期。
龔卓軍，〈審美現代性之爭：哈伯瑪斯與傅柯論波特萊爾〉《中外文學》第 30 卷，第 11 期。
林志明，〈注意的觀看：波特萊爾的《現代生活的畫家》〉《中外文學》第 30 卷，第 11 期。

評論與訪談

張瑞芬，〈城市的感覺結構─論柯裕棻散文〉《五〇年來台灣女性散文評論篇》頁 413-419，台北，麥田，2006。
張瑞芬，〈喧囂城市之孤獨─讀柯裕棻《恍惚的慢板》〉《文訊》229 期。
柯裕棻，〈不能跑到天涯海角的時候─柯裕棻和編者筆談〉《聯合文學》198 期。
紀大偉，〈前途無效〉序《恍惚的慢板》頁 9-15，台北，大塊，2004。
吳億偉，〈一種淡淡的形而上思想─訪問阮慶岳先生〉《文訊》216 期。
賴素鈴，〈阮慶岳─建築中的另一種價值，廢墟中恍惚微笑〉《藝術家》349 期。

《你不相信的事》
——張惠菁的時間世界

黃秀穗[*]

摘要

近來年，在文壇初展露頭角便屢獲大獎的張惠菁將寫作重心從小說移置到散文創作，將閱讀經驗和生命體會累積的能量從內心底層引爆，這股牽動人心的感染力量實不容忽視。擁有英國愛丁堡歷史碩士學歷的張惠菁，在她陸續出版的文集裡，深入淺出地透露她專注於生活的細緻描寫，敏銳的觀察力，細膩的心思，關切周遭生活的的時間流動，點點滴滴落入散文中，特別是富有歷史色澤和厚度的眼光，與時推移的時間意識尤為敏銳。

本文以張惠菁《你不相信的事》為分析文本，觀看她如何穿越時空限制，跨入漫無邊際的文學版圖，藉新歷史主義（new historicism）對時間非線性的思維概念，突破空間寫作素材，以富清晰的時間意識開創了女性散文新的里程碑，在張惠菁這本「時間之書」裡，過去、現在和未來的時間，安靜地映照起伏跌宕的人世興衰，光影流連，時間與文學相遇之美，看張惠菁如何用魔力之筆召喚每一顆不確定的心，安撫每一顆不安穩的心。

關鍵詞：張惠菁、時間意識、新歷史主義（new historicism）

---

* 一九八三年春天出生。台中師範學院語文教育學系畢業，現就讀成功大學教育研究所，八月份將不再是「無法拒絕繳交作業的人」，新身份是曾文家商國文實習老師。始終相信生命的過程在於去體會與經歷，不論何時，一直都想要有個幸福撲滿，儲存這美好的人生。

一、前言

崛起於 1998 年前後的張惠菁初以小說面貌在文學界展露光芒，博得讀者的注目，創作榮獲多項重要文學獎：〈蒙田筆記〉獲中央日報文學獎、〈惡寒〉獲聯合報文學獎，另外也獲得華航旅行文學獎、長榮寰宇文學獎、台北文學獎、時報文學獎等獎項。這株開在《五十年來台灣女性散文》奇異的花朵[1]，入圍陳芳明、張瑞芬精選而出的五十位台灣女性散文作家，足以見得其在台灣現代文學史所佔之重要地位，評論家李奭學讚譽她的小說「具有豐富性，意義迭變就居其一」[2]，真實和幻想交織在一塊，同時置落在她的書中世界。新綠昂揚，繁花似錦，以兩年短短時間征服國內文學獎項的張惠菁，其創作表現驚豔文壇。

求學過程，一路受歷史教育薰陶的她，擁有台大歷史系、公費留學英國愛丁堡大學歷史碩士學歷，攻讀博士的第二年，她毅然放棄學位，轉而投入文學創作。近年來，張惠菁的散文能量漸漸發光，「含蓄」、「邏輯」、「清醒」、「理性」的語言特質為她的散文特色[3]，細膩化的感情，經過深刻的思考、凝鍊，經過理性的過濾，字字句句來自肺腑，是她對整個人生的深情喟嘆。2003 年陸續出版了散文集《告別》、《你不相信的事》，可謂是張惠菁正式進入台灣文學流域這塊散文沖積平原。張惠菁的散文令人驚喜，她的筆觸所到達之處，透露她專注於生活的細緻描寫，關切周遭生活的基因落入散文中，加以富有歷史色澤和厚度的眼光，與時推移的時間意識尤為敏銳，張惠菁說：

---

1 許悔之，〈一個覺得幸福的午後所寫〉，收入於張惠菁《流浪在海綿城市》，(台北：新新聞文化，1998)。許悔之：「彷彿看見書寫的園地裡，一株新品種的花卉：亮金屬灰的枝幹是為了呈現議論和知識的光澤，秋香色的大瓣花朵則宣告自身的混血的魅力。」

2 李奭學，〈鏡像階段——評張惠菁著《惡寒》〉，《書話台灣——1991-2003 文學印象》，(台北：九歌，2004 年 5 月，頁 100)。

3 張瑞芬，〈海邊的卡夫卡——論張惠菁散文〉，《五○年來台灣女性散文評論篇》，(台北：麥田，2006 年 2 月，頁 441)。

「時間是一巨大的窯爐，鍛燒著每個人經歷的種種，一些循環往復的主題。分離，想念，困頓，得意，遺忘，以及回憶。」[4]

此番話語恰巧能服貼她長久以來所受過的歷史訓練，她自言：「每每習慣用比較長的時空背景看待事物，視其為流動歷史河流中的一個片刻。」歷史記載過去的種種，混沌未明的問題，一旦交由時間來解答，以歷史的觀點來脫困。每一個人都知道，在時間還沒有給予我們確定的尺度時，容易產生錯誤判斷，我們之所以能夠認識這個世界，有著太多重要的影響前提條件，我們才走進了真正的意義世界。顯然地，那些經人所透出的幾許詰問、懷疑與抗議聲音，在張惠菁的文字得到了更大的舒展空間。

五〇年代女性散文的重要風格，是以空間生命感與在地感書寫取代時間書寫；男性作家寫作重心則主要是放在家國之思，作品中經常傳達承先啟後、繼往開來的歷史意識。[5]對於女性散文的思維，許多時候是以男性書寫建立的審美原則做為檢驗標準，此處的限制指的是女性作家書寫常無法突破格局、探觸文學史觀。有關女性散文的寫作基礎，比起男性作家而言，其中最大的差異，在於女性的空間意識較為鮮明，而男性則偏向於強調時間意識，兩種不同的傾向，決定了不同性別的不同書寫策略。

然而，九〇年代受到新歷史主義（new historicism）思維的衝擊，開創了女性散文的新局面[6]，女性作家不再相信歷史是屬於單一的、封閉的線性發展（linear process）。過去的歷史在男性撰寫，被形塑是一種連續不斷、絲毫不留縫隙的時間觀念。但是，新歷史主義已經充份證明，這種線性的歷史觀純然是屬於虛構的，同時也全然禁不起分析。

---

[4] 張惠菁，〈時間之窯〉，收入於《你不相信的事》，（台北：大塊文化，2005年6月，頁60）。

[5] 陳芳明，〈在母性與女性之間——五〇年代以降台灣女性散文的流變〉，收入於《五〇年來台灣女性散文選文篇上》，（台北：麥田，2006年2月，頁14）。

[6] 同上，頁26。

歷史的建構，除了線性關係，還有交互作用，以放射狀取代線性的歷史學，張惠菁即言：「時間不是線性的，而是四面八方的。」[7]女性作家選擇時間感知書寫，也等於要重新改寫記憶。

在張惠菁散文集《你不相信的事》一書中，時間之感是她用以穿針引線，喚起過往記憶軌跡與脈絡的基調。運用語言的力量，帶領讀者回到好作品的第一現場，以人為的符號替讀者製造那空虛而飽滿邂逅經驗，構成她散文的重要特色。把理解看作是人的力量，藉此力量，生命才與生命相遇，這種理性的思維，散發出一股強烈的後設認知力量。

一反男性的時間意識高漲的理論，從張惠菁的書寫方向來看，雖然她面對的是日常生活，面對的是平凡的工作內容與辦公活動，寫出來的作品不必然是柴米油鹽與人間煙火，做為女性身份書寫代表的她，在歷史意義上，挑戰男性史觀的合法性，在她的文本中，文字跨越空間，擺脫時間的洪流，很容易引發讀者共鳴。

就散文質感來說，張惠菁並不是一位善喜精雕細琢的文字生產者，故其作品魅力並非來自文字本身的聲響與氣氛，而是來自於她獨特的洞察力，察覺現象背後的文化意義，在最平易近人的人生景觀中，剖析出一種在事實與想像之間想像來回穿梭的道理。

從學術轉至創作，異質性書寫[8]，交互運用著深度與無深度，結構與解構，神話與後設語言的書寫，相較於《告別》一書意態閒適之情狀，2005 年《你不相信的事》這部近作明顯平實靜定許多。2001 年後的張惠菁宣稱不再角逐文學獎項，重拾歷史本行，任職故宮、選擇幽居市郊、父親驟逝、妹妹訂婚及結婚、姐姐的小孩誕生，經過時間的洗鍊，她變得成熟、老練、沉穩，慢慢剝下層層的表象，跳脫出別人所賦予的價值觀與世俗的成見，勇敢面對自己[9]。更確切地說，是時間

---

[7] 張惠菁，〈放棄〉，《你不相信的事》，（台北：大塊文化，2005 年 6 月，頁 270）。

[8] 林惠施，〈靈魂對撞倒數三三一八四三六九秒——側寫張惠菁〉，《文訊》160 期，（1999 年二月，頁 92）。

[9]李欣如，〈在生活中觀修，在寫作中探索——沒錯，她就是張惠菁〉，《書香遠傳》

引線、人情世故交互作用的結果，使寫作者的思考內容更為多元且繁複了。

二、歧路的瞬間

> 「偶爾在那歧路的瞬間，真實與虛幻，大哭或狂笑，都如浮雲之過晴空。」

時間及空間的變化是抽象的，自古以來就有不同的角度闡釋；在宇宙中的時空變移中，人類應居何種定點，令人迷惘。張惠菁在這本《你不相信的事》散文集子，天南地北揮灑自如，順其純真自然的本心，不受任何主題拘束，寫〈早上十點的小巴〉用一派輕鬆的口吻寫交通離峰時段的都市剪影，平淡無奇的事物，經過她的筆鋒，賦予時間的意義便鮮活了起來。時間遞嬗當中，許多事接連相繼發生，歷經一番洗禮，看清自己的深淺，於是焉，又重新認識自己。觀照生活，張惠菁投入許多的人情體會，對時間的感知更為深刻。

淡雅簡潔的黑白封面，小巧俐落的排版字體，內頁頁碼排列如電子鐘的標示，彷彿在預報某個未知的時間，這是張惠菁《你不相信的事》，也是她的時間世界。

> 「在這裡，命名還來不及發生，就已有了失散的預感；事情會懸著直到成為回憶，然而眼睛一眨，每一秒都是過去。
>
> 人在時間裡，前進，回顧，等待，迷失，憤怒，受傷。像一塊累積了種種線索的地層。
>
> 她努力鑑別時間的身世，看穿了它的甜蜜、詭詐和不仁——因為她知道，在一切的美好等待之外，失落與死亡是更確切不移的等待者。」

---

34 期，(2006 年 3 月，頁 40-42)。

在《你不相信的事》一書裡，張惠菁書寫關於愛以及死亡這兩件在時間中重複地發生，但我們經常都不知該如何去相信的事。[10]就時光歲月的概念，自古文人多敘寫瞬間回顧的人生唏噓，或寫某個起心動念的回憶，或往後瞻望懷抱對未來的憧憬，讀者透過作品在同樣的情境中去經驗、去領悟，產生自己的新見解。

藉著對時間而知覺自己在宇宙時空中的定位，時間的認識及掌握，是人類安頓自己在時空座標的憑靠。這樣的安頓，使得人類在生存、演進的過程中有了憑據，年歲的增加、經驗的累積、自我的實現及完成，亦是依循著這樣的定位來做為判準。以朱自清〈匆匆〉、豐子愷〈漸〉書寫時間散文為例：

朱自清寫於一九二二年〈匆匆〉，以具體事物來表達，燕子能去而復返、楊柳能枯而再青、桃花能謝而再開等大自然的東西為喻，來說明「我們的日子為什麼一去不復返呢？」反映出時代知識份子的人生觀，應該不只是對時光消逝感嘆，而是有光明而積極進取的精神。

豐子愷〈漸〉一文對時間推移及生命本質的探討，「人之能堪受境遇的變衰，也全靠這『漸』的助力。」紈絝子弟變為貧者，再變為傭工、奴隸，乃至無賴、乞丐、偷兒，是漸進的，「假如一位千金之子忽變了乞丐或偷兒，這人一定憤不欲生了。」[11]時間無情，自然或人為因素一夕之間的遽變，逼得人不得不成長，再懵懂無知的孩兒，也終要立刻挺起身子應付外來的考驗。一年半的時間，在尚未受盡時間的欺騙之前，突如其來發生的事情，常令人無法信服，一旦那些圍繞在你我生活世界、被視為將會永恆不移的人事物起了變化，心中不可思議之情更加油然而生。如何相信，才不致盲目？

---

[10] 張惠菁，〈歧路的瞬間〉，《你不相信的事》自序，（台北：大塊文化，2005 年 6 月，頁 11）。

[11] 洪富連，《當代主題散文研究》，（高雄：復文，1998 年 4 月，頁 303）。

從空間探索到時間的篇章，以〈另一種時間〉、〈昨日的視覺〉、〈新年鐘〉、〈放棄〉為典型，寫作題材多由生活中的小事出發，結構嚴謹，情感節制，呈現一種乾淨而知性的風味[12]。用歷史學家的觀點詮釋博物館收藏品，「在地表短促躁動的時間裡被創造出來的意義，在地底下還有另一種時間等待著承載它，吸收它，一種永恆靜止的時間，在無始無終的寧靜黑暗裡。」(〈另一種時間〉)；「在我心裡存著這樣的記憶。彷彿自己在某個時刻整個地碎掉了。關於那不可能再現的展覽廳，疏冷的光線與距離，就存在其中一個碎片裡。在昨日視覺的光漸漸失明以前。」(〈昨日的視覺〉)；重新定義跨年倒數之夜，「新年永遠不只是新的一年。它還負載了太多過去。但是在迎接新年的時刻，那些過去通常是不被指認的，潛伏在未被言明，不可碰觸的領地。鐘聲的音波聲響漾開來時，過去與未來的臨界點就這樣模糊堙遠地被渡化了過去。」(〈新年鐘〉)；以時間有效期限來說明人和放棄之間的張力關係，「時間不是線性的，而是四面八方的。你等待的事不見得正面朝著你來。更多時候是忽然地就實現了什麼，你發現自己忽然在一完全不同的處境裡。在這新的立足點上，意識到，那條看不見的粉筆線，不知在什麼時候被跨越了。」(〈放棄〉)。[13]

在文字風格和文體上，她不走華美雕琢一路，而是讓思維和邏輯自陳本身的趣味與魅力，平實但幽默，時時涉及從現代情境出發的哲學思考，卻不致走向嚴肅板滯，清醒而不含糊。那些深藏在後現代的抒情視野，推開文學之門後，會發現更多樣與多元的風景。

楊照言其「強大的理性力量，清醒條理的意識」[14]，在她的散文透出訊息，張惠菁說，跳過現在看望未來，時間以重力加速度衝向現在，

---

[12] 張瑞芬，〈告別未來——讀張惠菁《你不相信的事》〉，《文訊》第 237 期（2005 年 7 月，頁 23）。

[13] 張惠菁，〈另一種時間〉、〈昨日的視覺〉、〈新年鐘〉、〈放棄〉，《你不相信的事》，（台北：大塊文化，2006 年 6 月）。

[14] 楊照，〈清醒的迷夢〉，收入於張惠菁《惡寒》（台北：聯經，1999 年 10 月，頁 6）。

造成淤青。[15]多麼震盪的意象啊！零碎片段的時間看似平凡無奇，卻在張惠菁筆下變得不簡單，這種書寫十分具有哲學的興味，她把自我內部的時空深度完美地表達出來，生命的浮光掠影與文字符號的交錯戲弄，帶來不可承受之輕。[16]

三、醒在另一種時間裡

> 「那些片片段段的過往瑣事，總在一段時間之後，才顯現當初無法看懂的意義。」[17]

任何人都知道，人們會隨時間改變想法與行為，不受控制，與時俱進。人很難做出有價值的判斷，我們的理解總是在一定的視野中進行，時代產物具有一種外在的共鳴，這些共鳴不一定符合於它們的真正內容和意蘊。只有當它們與現代的一切聯繫都消失後，它們的真正本性才顯現出來。張惠菁自云，週末和平日有著不同的結界，以睡眠和週間的日子區隔開來。[18]褪去都市的繁華喧囂，留在家中寫作，像是參與另一種時間的活動過程，釐清千絲萬縷的聯繫，反而比較能對現狀深刻反省。

> 「失去的時間不只是過去，也是浪費掉了的時間，無跡可循的時間。記憶中的事情，在某種意義而言，總是被耽誤了的，錯過了的。無論是自己放棄了改變事情，還是別的外力將它從你

---

15 張惠菁，〈一隻墜樓的貓〉，《末日早晨》（台北：大田，2000 年 3 月，頁 203）。

16 王德威，〈搜神——評張惠菁《末日早晨》〉，《眾聲喧嘩以後——評點當代中文小說》，（台北：麥田，2005 年 1 月，頁 172-175）。

17 張惠菁，〈有故事的人〉，《你不相信的事》，（台北：大塊文化，2005 年 6 月，頁 265）。

18 張惠菁，〈歧路的瞬間〉，《你不相信的事》自序，（台北：大塊文化，2005 年 6 月，頁 9）。

手中拿走。在你與事件之前不再存在著清晰的路徑，你不能站起來便去介入它、改變它。」[19]

時間乍看之下只能二分為：「比較早的」和「比較晚的」，憑藉著人為分類法，我們才能知覺到時間的流逝與經過。生活中「時間」這個名詞對我們而言，是無法用眼睛觀察的，不像面積、體積能夠實際丈量得到，時間必須從知覺某個事件直接地發生而得到，至於其餘的時間點，則得依靠「記憶」、「推論」來判斷。

她剖析時間分子，文體是中性的，既不特別優游柔軟，也不故作斷然與剛強，從日常生活出發，逐步論證，抽絲剝繭，直至某種理智彰顯。文字隨著她的意識流動，涓涓如下，把握各種詮釋方式來轉換當下的心情，文章中沒有以強壓的主導權讓讀者接受她的觀念，只是淡淡地說著自己的見解：「仔細想想，一年的這個特定日子，累積的移動能量其實是相當可觀。不知不覺它就成了一個非得出門做點什麼的夜晚……」〈新年鐘〉並非指涉時下蔚為風潮的跨年倒數活動有何待評議處，而是保留了想像空間，讓讀者去思索問題。

「在時間當中，許多事發生，我們受著這些事情的淘洗，一遍一遍。在每一個片刻檢驗著你相信與不相信的事，看穿自己的淺與深。有時感到下個片刻也許就是歧路，但所有的歧路也是完整的同一。」[20]

日常生活中，常聽見：「哎呀！時間過得真慢」、「光陰似箭，歲月如梭」等，皆是因為個體在某段時間所發生的事情，對時間的需求與感受，藉由特殊的文句表達給周遭的人知道，建立屬於讀者與作家之間的共感經驗。

---

[19] 張惠菁，〈時間之窯〉，《你不相信的事》，（台北：大塊文化，2005 年 6 月，頁 56）。

[20] 張惠菁，〈歧路的瞬間〉，《你不相信的事》自序，（台北：大塊文化，2005 年 6 月，頁 11）。

張惠菁在時間的流裡書寫記憶，好像把自己放到一條清澈見底的小溪流裡淘洗一番，洗盡鉛華後有一種無奈和沉重，就著寫作歷程是對已經逐步逝去的美好圖像的憑弔，同時也是抒發己心的一個管道。

> 「時間忽忽就過去了，駕著歷史的車輪，一個時代一個時代地過去了。」
> 「時間是在一餐一餐中過去的，等待的人謹守著眼前的一分一刻，非常卑微而渺小，沒有跳脫出來從歷史看時間的本錢，那樣自抑的等待。」[21]

新歷史主義指出時間不再是分離和聚散的鴻溝，時間乃是現在根植於其中事件的根本基礎。過去歷史主義認為讀文本時，我們應置身於時代的精神中，以它的概念和觀念來思考，從而才能確保其歷史的客觀性。其實不然，張惠菁將此視為一種積極創造的可能性，即「跳脫出來從歷史看時間的本錢」。她對古詩十九首「浮雲蔽白日」提出自己的解讀，悠悠緩緩的時間，望得再久，時間也才過了一點點，對等待的人來說，卻彷彿過了好久，與中國文學先賢解讀為「喻邪佞之毀忠良」的意思相去甚遠。

> 「我們也許用各種方式探究歷史，但我們掌握的永遠不會是完美的真相——即使是當事人也不能給我們完美的真相，空白與暗影，永遠依附在光亮的另一面。」[22]

張惠菁的散文形式，隨意寫至但非蕪雜，口語化但非淺俗，自為一種新表現[23]。在後現代風潮裡，新銳作家在語言和形式的運用，極能

---

21 張惠菁，〈等待〉，《你不相信的事》，（台北：大塊文化，2005年6月，頁66、67）。
22 張惠菁，〈早到晚走〉，《你不相信的事》，（台北：大塊文化，2005 年 6 月，頁123）。
23 何寄澎，〈當代台灣散文的蛻變：以八〇、九〇年代為焦點的考察〉，《文化、認同、社會變遷：戰後五十年台灣文學國際學術研討會論文集》，（台北：行政院文建會，2000年6月，頁36）。

展現個性化的風格與魅力，從生活瑣事、閱讀經驗、內心感懷之事出發，拼貼一幅幅時間意象畫。

> 「過去很近，近得就在眼前，以致於你一集中焦距就看出了它的遠。」
> 「時間是社會性的，是以那些你在意的人為座標。」[24]

人們談論時間，都會使用譬喻的概念「時間的經過是一種運動」（Time passing is motion）來解釋我們使用的時間。[25]對時間的闡釋方式有兩種：一為「自我移動譬喻系統」，指稱觀察者在情境的時間線上，朝向未來的方向，且時間線相對於移動的觀察者是靜態的，在此脈絡中，人是自己移動穿越時間和空間。另一為「時間移動譬喻系統」，指稱觀察者站在原地不動，時間或事件會像河流般，經過自己的身旁，故時間相對於觀察者是動態的，時間由未來向過去移動。由此可知，張惠菁在此書的時間意識即採用「自我移動」、「時間在動」的書寫策略。

她對時間存在性很敏感，倘若在定點不動，就是跟著時間移動。除了把時間當作是一個移動的物體，也從另一方面將時間的流逝、移動概念化。其散文雖以理識與趣味取勝，卻能在文字本身的平易和語調的親切上，賦予文章一種向人心靠攏的能量。

四、結語

雖然時間是一個抽象的概念，但可藉由「空間的移動」來具體表徵時間，讓時間意識更清楚，所有的時間都是在當下發生的，人在當下的時間點上繼續往前走，事件也跟著時間往前發生，故時間是不可能倒流，人也不會走回已經事發的從前。

24　張惠菁，〈雙層床上鋪〉，《你不相信的事》，（台北：大塊文化，2005 年 6 月，頁 144、148）。

25　蔡依恬，《上下古今、承先啟後：探究不同語言裡，對「時間」的思考方式》，（國立成功大學教育研究所碩士論文，2006 年，頁 39）。

我們對時間的認知，必須透過空間的譬喻才能具體感受時間的存在，否則就不太能夠理解何謂「時間」。時間不復返的概念是亙古不移的概念，但是在時間的表達上卻因個人感知的不同而有所變化。

「時間，我總是為它的力量而迷惑」[26]

「時間總是會在你意想不到的時候，把你帶進一個跟從前極度相像的處境」[27]

人無法置外於時間意識，因為時間分際時常左右人的價值，在此進程中不斷地定位自我的成長，是故，抽離了時間的意識，則人類的歷史再也不能顯得如此規律。

直線性的時間推移意指時間的往逝是人力所不能左右的，人類面對時間所產生的惆悵因之而起，不論是美好的事物或是人生磨難，對時間不停流逝所產的悲哀，進而體會到自己的無力感。張惠菁立足於歷史疊織深而密的時間意識，空間、時間交相輻輳，反映其書中的價值取向。

張惠菁的抒情、懷思、哀傷、喟嘆，在在都是來自內心的呼喚。她的文字敘寫行走於台北都會的單身女子，強大的內省智能與理性思維，寫出生命迷宮的內裡，純任本心的乾淨文體，著重內省而非對外在世界的張望。[28]「體驗虛無之後，生命依然成立」每一篇散文都押著時間的韻。每個人所屬的歷史脈絡，因為每個人的時間意識不盡相同，所以在主觀情感上產生不同的意義。

在時間的洪流裡，套一句張惠菁的話「才不呢，時間沒那麼仁慈」。

---

26 張惠菁，〈浮躁〉，《你不相信的事》，（台北：大塊文化，2005 年 6 月，頁 126）。

27 張惠菁，〈雙層床上鋪〉，《你不相信的事》，（台北：大塊文化，2005 年 6 月，頁 142）。

28 張瑞芬，〈告別未來——讀張惠菁《你不相信的事》〉，《文訊》第 237 期（2005 年 7 月）。

參考書目

張惠菁作品集

張惠菁，《浪流在海綿城市》，台北：新新聞文化，1998 年 10 月。

張惠菁，《惡寒》，台北：聯經，1999 年 10 月。張惠菁，《末日早晨》，台北：大田，2000 年 3 月。

張惠菁，《你不相信的事》，台北：大塊文化，2005 年 6 月。

專書

李奭學，〈鏡像階段——評張惠菁著《惡寒》〉，《書話台灣——1991-2003 文學印象》，台北：九歌，2004 年 5 月，頁 98-100。

王德威，〈搜神——評張惠菁《末日早晨》〉，《眾聲喧嘩以後——評點當代中文小說》，台北：麥田，2005 年 1 月，頁 172-175。

何寄澎，〈當代台灣散文的蛻變：以八〇、九〇年代為焦點的考察〉，《文化、認同、社會變遷：戰後五十年台灣文學國際學術研討會論文集》，台北：行政院文建會，2000 年 6 月，頁 23-40。

陳芳明，〈在母性與女性之間——五〇年代以降台灣女性散文的流變〉，收入於《五〇年來台灣女性散文選文篇上》，台北：麥田，2006 年 2 月，頁 11-30。

張瑞芬，〈海邊的卡夫卡——論張惠菁散文〉，《五〇年來台灣女性散文評論篇》，台北：麥田，2006 年 2 月，頁 439-447。

洪富連，《當代主題散文研究》，高雄：復文，1998 年 4 月。

期刊

張瑞芬，〈告別未來——讀張惠菁《你不相信的事》〉，《文訊》237 期 2005 年 7 月，頁 21-23。

楊佳嫻，〈時空確定。關係開始——談張惠菁散文與小說中的現代性〉，《幼獅文藝》612 期 2004 年 12 月，頁 89-95。

林惠施，〈靈魂對撞倒數三三一八四三六九秒——側寫張惠菁〉，《文訊》160 期 1999 年二月，頁 91-92。

李欣如，〈在生活中觀修，在寫作中探索——沒錯，她就是張惠菁〉，《書香遠傳》34 期，2006 年 3 月，頁 40-42。

論文

吳娟萍，《陸機詩歌中的時間推移意識》，東海大學中國文學系碩士論文，2002 年。

蔡依恬，《上下古今、承先啟後：探究不同語言裡，對「時間」的思考方式》，成功大學教育研究所碩士論文，2006 年。

一種餵養記憶的方式
——析論達德拉凡・伊苞書寫中的空間隱喻與靈性傳統

徐國明*

摘要

台灣原住民族文學的書寫與學術相關研究，至今仍多停留於以邊緣逆寫中心的敘述模式，卻忽略傳統文化中泛「靈」信仰的靈性傳統（spiritual tradition）。本文意圖以台灣原住民女性作家達德拉凡・伊苞的藏西遊記《老鷹，再見》為主要分析文本，輔以「空間」與「靈性傳統」為解讀進路，論及該文本中對於神話、女性與殖民主義的空間隱喻，以及巫師的身體實踐，將沉澱的部落記憶重新召喚而出。並且，深入探究蘊含泛靈信仰與祭儀書寫的文本，演繹出相異於漢人的宇宙世界觀（worldviews）、物質文化（material culture），以及看待歷史的觀點和方式，以原住民族靈性文化的精神作為族群象徵性資本的詮釋，藉由記憶與現實情境的相互疊影，形構原住民族再出發的位置，開展對台灣原住民族文學研究的方向。

關鍵詞：地母、空間、記憶、達德拉凡・伊苞、台灣原住民文學、靈性傳統

* 一九八四年，高雄美濃人，現居於台中。國立東華大學民族語言與傳播學系畢業，現就讀國立成功大學台灣文學系碩士班。曾獲台北文學獎、東華文學獎、2006年青年文學會議論文優選。發表論文有〈竊竊「私」語——析論利格拉樂・阿𡠄、白茲・牟固那那原住民女性書寫中的空間經驗〉。

雙足似乎在說：
我們走了這麼遠的路，終於結束了。

Sylvia Plath（1932-1964）, The Eage

台灣原住民女性作家較為傾向以「非虛構」（nonfiction）的散文進行書寫，藉由自身原住民族文化經驗與女性意識的觀看，呈現出各種顯微觀察的「細節寫實」。但隨著近來時下捲動出走的浪潮，旅行經驗的日漸普遍，開始大量出現寫景、抒情、敘事等旅行書寫，從而以自我主體與異地文化對話交流，發展出九〇年代多元文學現象的一支。在何寄澎〈當代台灣散文的蛻變：以八〇、九〇年代為焦點的考察〉一文中提到，台灣八〇、九〇年代散文中獨特發展的次文類，諸如都市散文、自然書寫、性別書寫以及原住民散文等，已展現「次文類」彼此跨越交融的現象。或許，台灣原住民族文學應逐步擴張至當今多元主題的次文類，與其他不同的主題散文相互交融，方可能賦予其研究的新視野。

因此，本文擬以達德拉凡・伊苞（Dadelavan Ibau）記述藏西轉山之行的《老鷹，再見》為主要研究對象，及其散篇文本為輔，藉由其文類的獨特性轉折，初步跨越過去僅限於以邊緣性作為抗爭的逆寫（writes back）過程，增添其他開放且多元化的「框架」[1]擴展至各種領域的相關思考。藉由離與返的辯證，強烈暗示藏西轉山旅行中不可避免的死亡威脅，在西藏與部落、傳統和現代之間的互通交疊，闡述排灣族文化的靈性傳統。

原住民作家以其視角進行書寫，在台灣文學的場域展現原住民文化的深度，其泛靈信仰的靈性傳統，卻是相關研究者一向所忽視的，

---

1 「『框架』如果是一種文學信念的表徵，則『框架』愈多，代表的便非束縛牢籠愈多，反是文學信念的多元化，因此『框架』不必然是需要擺脫的。」何寄澎（2000）。〈當代台灣散文的蛻變：以八〇、九〇年代為焦點的考察〉，李瑞騰主編，《中華現代文學大系貳評論卷（一）》，台北：九歌，頁425。

值得未來特別注意。達德拉凡・伊苞的書寫根植於自身排灣族的靈性文化和神話敘述，總體顯現出原住民族的靈性互通，以及靈性文化的傳承危機，揭示一種「死亡」的暗示。

一、記憶的對話：從藏西到青山部落（Tuvasavasai）

「有一天我走了，你拿什麼做依靠。」這是達德拉凡・伊苞父親生前常向她說的一句話，原是出自關心子女的憂心，卻成為當部落面臨傳統消逝的預言，開展全書壓抑、寂靜的死亡基調——「死亡的顏色，是美麗的色彩」。

伊苞曾擔任中研院民族所蔣斌先生的研究助理，從事田野調查，因此與部落耆老、巫師多所接觸，是她最密集返回部落的時期，藉由田野踏查的過程，紀錄部落人、事、物的見聞，學習巫師所涵養最深層的傳統文化，轉而與自我生命對話，開始人生的旅途。之後，在田調期間與行腳的優人劇團相遇，深受感動，轉往從事優人劇團的演出與劇場發展。

而《老鷹，再見》即是優人劇團於二〇〇〇年前往藏西進行「轉山」的旅行書寫。全書以記憶與現實的虛實二軸貫穿，實寫劇團團員前往藏西地區所面臨極為艱辛的跋涉過程，在海拔五千七百公尺的卓瑪拉山轉山的同時，亦是種心靈試煉、領受空寂之感，使自我沉澱清明；虛寫家鄉青山部落（Tuvasavasai）的片段記憶，以破碎的事件貼湊一段部落凋零的傷痕故事：

> 透過無聲雨，彷如一片片石板，層層堆疊的記憶，重回歷史現場。父母的吟唱、巫師的禱詞，伴隨著山上的景物、踩在土地上的雙腳、割傷的小腿，從遙遠的故鄉呼喚著異國遊子的靈魂。[2]

2　達德拉凡・伊苞（2004）。《老鷹，再見》，台北：大塊文化，頁 12。以下提及本書之內容皆在內文中直接標明頁數。

> 偶爾我閉起雙眼，巴士冒著黑煙吃力地在蜿蜒山路緩緩前行，好幾次當我睜開眼的時候，我總以為自己在回家的路上。
>
> （《老鷹，再見》：13）

相對於另一位原住民女性作家利格拉樂・阿𡠄的積極回溯自身排灣族母系血緣與認同，伊苞卻是深受三毛《撒哈拉沙漠》一書的影響，彷彿一隻遨遊天際的老鷹，喜歡與風、雲對話，自稱「我的流浪就是一種安定」，不斷地放任自己流浪，流浪到異地，日漸形成一則 VuVu 口中的流離故事。

根據排灣族傳統思維，對於部落老人而言，族人一旦遠赴異鄉，由於無法確定日後是否能再相遇，因此，老人家們視離開為死亡——「離別是死亡的其中一個面孔」。雖然，部落原鄉在伊苞的心中，早已是快被遺忘的故事，卻在一趟以就死的決心來面對的西藏轉山旅程，恍惚間竟踏上返「家」的記憶路途，陌生的西藏其實是最為熟悉的原鄉，自我不斷地與被壓抑的各種記憶與罪咎對話，如同卡巴尼（Rana Kabbani）所述：「文本敘事者愈深入未知的領域，原本遠離自我的旅行者就愈深邃地回返自我。」[3]

所有的旅行必定有一回歸的終點，在一場心靈的放逐、出走與回歸相互拉扯的過程後，「在這樣拉扯的過程中，從外在景觀的紀實走向心靈記憶的挖掘，旅行書寫其實就是一部作者的自傳。」[4]：

> 許多年後，站在尼泊爾和西藏的邊界，千里迢迢，看見另一個依笠斯，我望見內心的故鄉。
>
> （《老鷹，再見》：27）

---

3 胡錦媛（2005）。〈台灣當代旅行文學〉，《台灣旅遊文學學術研討會會議論文集》，台中：國立台中技術學院，頁 249。

4 郝譽翔（2000）。〈「旅行」？或是「文學」？——論當代旅行文學的書寫困境〉，台中：東海大學中文系編，《旅遊文學論文集》，台北：文津，頁 298。

這種經由外在的刺激轉化為內在記憶的過程，使「記憶」拉出了兩種向度——既是空間，亦是時間。當伊苞抵達寇達里（尼泊爾與西藏邊界）時，巧遇一位眉濃、眼大，皮膚黝黑，神情長相與部落摯友依笠斯極為相似的陌生人，因而迸發出早已遺忘的片段回憶。在特定的時間當中，卻在某一個空間（西藏）裡召喚出另一個空間（青山部落）的記憶，形成揉合混雜的對話時空：

> 闃宥靜寂的屋室，記憶之流，令我毫無招架之力，排水倒灌，淹沒我。我曾經差點溺水死去；翻落過山崖，被砂石車掉落的石頭砸過腦袋；在海邊被海浪捲走……種種恐懼的經驗，在心臟突然停止跳動的那一刻，鮮明的浮現腦海。
>
> 這裡是西藏，廣大無垠，死亡，如影隨形。
>
> （《老鷹，再見》：64-65）

班雅明（Walter Benjamin）曾試圖對於普魯斯特（Marcel Proust）所提出的記憶分類進行詮釋。首先，普魯斯特認為記憶分為「保持式記憶」（voluntary memory）與「迸出式記憶」（involuntary memory）兩種。其中，迸出式記憶是藉由感官刺激（聲音、影像或味道）而生，這種回憶的方式注重瞬間和直覺的經驗，而突然湧現的圖像（images）具有震撼感，以及帶有「似曾相識」的特質，班雅明特別強調這種自動湧現的記憶存有最真實而深刻的自我印記[5]。

這不僅是將自身過往所發生的事件重新湧現於現實，當過去的某些深刻經驗以迸出式記憶再度出現，對於伊苞造成震驚或刺激的同時，往日圖像便成為現實中一個嶄新、卻又似曾相識的經驗，提供自

[5] 「在迸出式記憶的圖像中——如同某些夢境中出現的一般——我們清楚地看見了自己。……這些隱藏在過去的暗房裡逐漸顯影的圖像，將是我們能看到的圖像中最為重要的；換句話說，我們生命中最重要的時刻都可顯現在一個個的圖像中，如同一張張生命相片——就像香煙盒上的圖案一樣。」Miriam Hansen（1987）。*Benjamin, Cinema and Experience：The Blue Flower in the Land of Technology*，New German Critique 40, p.179.

我重新認知同一事件的機會。因此，對於伊苞而言，記憶是一種反省（reflection）的過程：

> 多少年過去，我以奇特的因緣來到藏西這片貧瘠的土地上。眼前彷彿是一面大鏡子，它們逼我面對自己隱藏在心中的秘密。這不是我閉上眼睛就可以跟過去劃清界限的。
>
> 尤其，當我看見在轉山的人中，有一位婦人五體投地獨自匍匐前進，以肉身浴磨著土地，我的鼻孔，我的皮膚，乃至於我的喉嚨，散發著腐酸酒臭味。
>
> （《老鷹，再見》：144）

而旅行則是生活場域的跨越、轉換，常會有新空間與自身空間交錯的情形發生，因此，在跨越邊界的過程中，記憶在不同地域與空間相互「對照疊影」，旅行者主體便在現實與過往間流離，甚至重生。

透過這趟藏西之旅，伊苞回憶起那段經年累月混在酒吧裡麻痺的狂亂歲月，庭院裡的檳榔樹，耕地小屋，小米田和芋頭、樹豆，甚至是幼時父親所教導關於山林的知識，年邁巫師的吟誦古調……。這一幕幕迸發的片段記憶既是車窗外急駛劃過的景象畫面，又彷如極為熟悉的片片石板，而對於部落的思念與記憶，伊苞撿拾起來，然後，放下。

二、空間隱喻：神話、女性與殖民主義

在這趟藏西的旅程，依苞敘述著自我逃離、流浪的同時，空間在情境的不斷換置、交錯而成為重疊的狀態，隱沒為文本風景。若將之放在空間詩學的相關理論中，更可看出其中頗富想像力與詩學意象（poetic image）[6]的空間隱喻——藉由空間的物理性質所建構出的實質

6 「藉由詩，……我們觸及家屋空間的詩意深度。」Gaston Bachelard（1969）。*The Poetics of Space* (Translated by Maria Jolas), Boston：Beacon Press, p.6.

空間（physical space），回歸到空間在人的心理上產生出一種記憶、情感與經驗的心理現象，於是形成隱喻關係。而這種隱喻關係拓展人們理解空間現象的廣度與深度，並且，具有社會文化的意義。

然而，部落作為原住民族的日常生活與實踐的空間場域，其中的文化指涉卻鮮少受到討論。因此，本節試圖透過部落、自然環境等實質空間的面向，探討依苞書寫部落場域與自然地景時，所隱含的社會、歷史與文化意義。

（一）自然與神話

人類對於大自然的高度依賴，可回溯到多神時期（或稱泛靈信仰）——「地方」[7]都有它的神，祂只出現並管轄該地。而地方守護神的「生殖」（procreative）則反映出地方的獨特性，其獨特來自生產並管轄該地的守護神，那個地方特有的祂劃定疆界並為整個地方作規劃，何處該有聖泉、山路或邊界。[8]而從地理學的歷史取向作為切入角度，可發現地景在時間的影響下，是一種連續的發展過程，或是分解與取代的過程——「被塑造的地景，以及塑造著當地人民生活的地景，成為文化的記憶庫」[9]，有些仍在持續地增添當中，有些則在環境殖民（ecological colonialism）[10]的對待下，成為過去言行與知識的殘餘：

7　地方（place）或地域（locality）的概念經常與特殊性及情感相聯繫，而與一般的空間（space）概念有所區分。

8　可參見 Hillis Miller（1995）。*Topographies*，California：Stanford U.P., p.93.

9　Mike Crang（1998）。*Cultural Geography*，王志弘等合譯，《文化地理學》，台北：巨流，頁 28。

10　「外來者對於本地的土地、資源使用權與使用方式，以武力或其他政治經濟手段取得支配權。最主要的方式，便是外來者剝削本地的農林漁礦等資源，以及將自己生產的各種廢棄物質丟棄在他人／他族土地之上。……環境殖民也包括在國界內不同族群、階級等之間的對待方式。」紀駿傑（1998）。〈蘭嶼國家公園：新環境殖民或新契機？〉，《守望東台灣研討會論文集》，台北：聯合報系文化基金會，頁 125。

> 我家鄉的河流，大大小小都有名字，撒渡姑居住在河流的源頭，她是織布女神。撒拉法恩是照管人類出生的神，她唱歌造人，以及居住在撒渡姑下游的山裡，圍繞部落的山各有神靈居住，撒慕阿該、媽渡姑渡姑，居住森林的神靈，充滿各種神話傳說。
>
> （《老鷹，再見》：54）

當伊苞面對部落的環境時，除了可輕易捕捉的一般影像畫面與聲音感官，還會將過去經歷過、閱聽過的地方，與現在進行比較，形成一種察覺「變遷的知覺」（perception of change），是以情緒、思考和認知予以詮釋的「記憶」。並且，在記憶中這些具有特殊意義的地理環境亦產生了某種「情感評估」。[11]

事實上，地景暗含了人們自古至今對自然的集體塑造，也藉此反映了某個社會或文化的信仰、實踐和技術。[12]因此，地景將不同過程與各種文化元素融合為獨有特殊（idiographic）的模式，塑造出特定的社會組織，以及被該組織所塑造。伊苞以部落的生活經驗作為書寫創作的靈感，以自然環境的描繪為佈景架構，藉由自我、感性與片段的記憶與口傳神話，將地景塑造成一個具有個人感受的地誌（topography writing）——是透過書寫賦予地方意義的過程，形構為個人的部落記憶。

而「自然」[13]則是原住民族安身立命、部落命脈維繫的根本，其地域空間更保存了部落記憶與泛靈信仰，代代口傳，是祖靈與祭典儀式的根據：

> 「galaigai aina 山，是位在南方瞄準部落的山。atavun 是北邊的山，macidil 山，就是單獨、孤獨的山，你看見環繞孤獨山的那

---

11 可參見 Paul A. Bell 等著（2003）。*Environmental Psychology*，聶筱秋、胡中凡譯，《環境心理學》，台北：桂冠圖書，頁 80-87。

12 同註 9，頁 18。

13 這裡所指稱的「自然」，並非是自然／文明二元對立的斷裂想像，而是一個複雜的概念。它包含自然生態系中的生命萬物，以及原住民族的泛靈信仰、生活場域及態度，是相當錯綜複雜，彼此交關的。

條河嗎？那是 perengai tavatavn 河流，iyacan iviivian 山是在舊部落上方的山，uakai 在 calipang 的地方有一條河叫 sunud 河。」
「我知道，」我說，「sunud 河是流經部落河流的源頭，那裡有一個非常大非常大的石頭，織布女神慕阿凱就在那裡織布，還有許多神靈居住在那裡。」
「你說的是，圍繞著部落的山，都有神靈的守護。」巫師說，「我尋求創造神以及各方神靈的幫助，指引小嬰孩的靈魂回到太陽之處，這樣他才會投身到人間來。」

（《老鷹，再見》：142）

穆斯考基族（Muskogee）詩人藝術家哈喬（Joy Harjo）曾在接受訪談時表示，「強調部落故事是種以土地為本的語言（place-based language），土地的精神即是記憶，即便離開故土，記憶承載的依然是祖靈土地的精神。」[14]

對於原住民族而言，神話不僅是一種表達的形式，描述思想與情感的過程，亦是對宇宙和其他生命體的覺察與回應。因此，經由原住民族口傳神話的歷史敘述，再現了連接自然、記憶與文化的部落宇宙觀，並透過日常生活的身體實踐與自然符碼的相呼應，匯集為以地域為本的血脈記憶：

從我的祖先以來，百步蛇就是我們的同伴，我們的朋友，我們既不傷害也不獵殺。不要忘記人類跟自然是合一的，禁忌是教導人們懂得向大自然學習和謙卑，不是接受另一個信仰，然後丟掉自以為在生活中綁縛你的禁忌。

（《老鷹，再見》：79）

---

14 Laura Coltelli（1900）。*Winged Words：American Indian Writers Speak*，譯文轉引自黃心雅，〈創傷、記憶與美洲歷史之再現：閱讀席爾珂《沙丘花園》與荷岡《靈力》〉，《中外文學》第 33 卷第 8 期，台北：國立台灣大學外國語文學系，頁 83。

迥異於漢人文化的宇宙世界觀（worldviews）、物質文化（material culture），以及看待歷史的觀點與位置，原住民族展現了一個和自然結合的宇宙觀——與自然及其生存於自然界的萬物有密切的關係。置身於這種關係中，原住民常扮演著求助者的角色，是其知識和意識的根源，萬物是尋求解答的導師，並透過神話的敘述形式，形成嚴謹尊敬卻又熱切狂喜的對話。

伊苞與巫師的對話，形成口傳記憶的展演過程，不僅連繫了伊苞與部落，更承接著身體與土地、族人與自然地域的部落歷史觀，如同美國原住民作家席爾珂（Leslie Marmon Silko）在《說故事的人》（*Storyteller*）中所述說的語句：「口述語詞／一部完整的歷史／一個世界完整的靈視／仰賴於記憶／且延續代代不斷的述說」（by the word of mouth / an entire history / an entire vision of the world / which depended upon memory / and retelling by subsequent generations）[15]。

（二）自然與女性

對於「自然」空間與神話敘述的討論，著重於其涵蘊原住民族生命經驗的宇宙觀。但是，亦不可忽略當「自然」經由文學語言的想像所產生的情感記憶，將外在的地景轉化為內在的想像之域與虛擬的空間，這不僅修正了真實的場域，更呈現出一種「形象化的繪圖」（figurative mapping），以及文學作品中反映出的自然觀，那是一種生命對所居住之地的深度認識：

> 「我的家鄉有一座山叫大武山，我們稱大武山叫 Kavulungan。」
>
> 我豎起大拇指，跟拉醫師說：「大拇指的排灣話也叫

[15] Leslie Marmon Silko（1981）。*Storyteller*，譯文轉引自黃心雅，〈創傷、記憶與美洲歷史之再現：閱讀席爾珂《沙丘花園》與荷岡《靈力》〉，《中外文學》第33卷第8期，台北：國立台灣大學外國語文學系，頁81。

> Kavulungan。意思是山中之山，眾山之母。同時大武山也是創造神的所在地。」
>
> （《老鷹，再見》：127）

「賦名」是人們對土地的想像、對土地的指認，建立起「他」與我的相對主體。根據排灣族的傳統，每當開闢一塊荒地欲進行耕作時，便會對新耕地賦予稱呼的名稱，或者可從一些原住民作家的文本脈絡中，爬梳對地方、地景賦名的端倪，例如原住民女性作家利格拉樂•阿𡠄對於利格拉樂（Liglav）家屋描寫的散文篇章。

而透過達德拉凡•依苞的女性特質（femininity），基於自然與女性的親近性，在書寫中亦出現自然較為浪漫化、陰柔化的女性形象：

> 「我發現我們的山每一天都在變矮，以前很陡的路，現在也變得很平坦。」;「土地也是會老，它像女人一樣，老了，乳房自然下垂。」
>
> （《老鷹，再見》：150）

而八〇年代由法國女性主義者所提出的「生態女性主義」（ecofeminism）一概念，主要是抗拒男性中心的（androcentric）世界觀將「自然」陰性化的壓迫。生態女性主義認為在父權社會的宰制關係模式裡，由於女性在生理上（月經、懷孕和生產）的經驗與自然生態的循環極為類似，皆有其週期性的相連性，因此，便將自然建構成女性（視為母親、處女），不但保存了具破壞性的環境倫理，同時也加強階級化思考方式，可以正當化對「他者」的壓迫。[16]

但是，對於母系社會的排灣族而言，由於部落的主事者是女性，天賦的繁殖能力使之能體認整個自然生態系統的生死循環，導致男性完全沒有超越、掌控自然的想法。因此，將大地孕育萬物的現象轉化

---

[16] 可參見馮慧瑛（1999）。〈自然與女性的辨證：生態女性主義與台灣文學／攝影〉，《中外文學》第 28 卷第 5 期，台北：國立台灣大學外國語文學系，頁 78-79。

為母親哺育子女的「地母」（Mother Earth）形象，是重視自然的母性特質，以及人類和自然的共生關係，是屬於「生態女性」（ecofeminine）的觀點——是以讚揚女性特質的觀點來聯結生態學的觀點[17]：

> 有人說，聖湖代表有形的母親，是光明的力量。……赤裸著身，驚見自己黝黑而健美的身體。我一直是這個樣子呢？還是因為置身在大自然明亮的境地，是如此相襯，合而為一。站在聖湖旁的這個女子，如一名士兵，卸下武裝後才發現來自自身原始的力量，原始的美。
>
> （《老鷹，再見》：81-82）

「女人幾乎普遍都是地域（locality）的本質。在傳統社會裡，女人在強化地域的生產形式（採集和農耕）裡擔負主要責任。」[18]藉由「地母」的形象來理解地方守護神的獨特性，不難發現台灣原住民各族對於女性神靈的崇拜，其中暗示著自然與女性特質的聯結。

例如，在賽夏族的神話傳說中，關於那位帶給族人小米的雷女（yo'aew），傳說賽夏族朱姓（tition）的第一位祖先，他將由天而降的雷女娶為媳。在開墾土地時雷女要朱家放置三樣耕具，林木立即倒下而變成良田。接著，雷女播下葫蘆種子，葫蘆成熟剖開，裡面裝滿了小米[19]；抑或是依苞筆下居住在河流源頭的織布女神撒渡姑，以及唱歌造人的撒拉法恩，皆呈現出「神聖性中的女性面向」（the feminine in the sacred）。

---

17 「若是沒有批判而擁抱一個統一的立場，來看性別中的女性特質，就不是女性主義。若是讚揚女性特質的觀點來聯結生態學的觀點，如此只能稱為『生態女性』（ecofeminine），而不能稱為『生態女性主義』。」Victoria Davion（1994）。"*Is Ecofeminism Feminism？*"，譯文轉引自馮慧瑛，〈自然與女性的辨證：生態女性主義與台灣文學／攝影〉，《中外文學》第 28 卷第 5 期，台北：國立台灣大學外國語文學系，頁 83。

18 Richard Peet（1998）。*Modern Geographical Thought*，王志弘等合譯，《現代地理思想》，台北：群學，頁 111。

19 可參見胡台麗（1995）。〈賽夏矮人祭歌舞祭儀的「疊影」現象〉，《中央研究院民族學研究所集刊》第 79 期，頁 14。

雖然，地母的形象與執掌皆相異，諸如造人、農耕收穫、醫療、生殖等，但各個族群的文化會選擇、並加以突顯地母的不同性格，展現具有隨時變換形象的能力。透過女性對自然地域較為敏感且富感官性的認識方式，以及原住民族活動空間的特殊性，將原住民女性視為地理次群體，藉由女性與自然地域極高的互動關係，呈現出不同於漢人與原住民男性的經驗特質。[20]

（三）殖民主義

湯姆斯・李察（Thomas Richard）在其著作《帝國檔案》（*imperial archive*）一書中，運用了傅柯（Michel Foucault）的「論述構型」和薩依德（Edward Said）「想像的地理學」（imaginative geography）的觀點，提出了「帝國檔案」的概念——如何運用知識分類的模式，透過文化想像對遠方殖民地進行「他者論述」的建構，是一種「文化空間」的生產。而帝國檔案彷彿是「知識生產中心」，它在進行對「他者」知識的生產時，同時生產了帝國自身的權威與優越性。

日據時代，日人在台灣開始進行大規模的田野調查，其中包括人種、資源、語言、習俗等，鉅細靡遺地進行持續性的蒐集、歸檔，並運用人類學知識系統加以分析、研究，將原住民族徹底人類學化，並納入知識系統中，以進行有效的行政操作與學術研究：

> 中國太大，西藏獨立史，在異族滾烈的慾火中被燙得血肉模糊；排灣族卻在日據時代就被燒得焦黑難辨。
>
> （《老鷹，再見》：111）

在前往卓瑪拉山的轉山旅途中，伊苞行經一站又一站的檢查崗哨與軍營，這些檢查站以一種相當不協調的方式存在著，似乎正霸道地

---

20 可參見徐國明（2007）。〈竊竊「私」語——析論利格拉樂・阿媽、白茲・牟固那那原住民女性書寫中的空間經驗〉，《2006 青年文學會議論文集：台灣作家的地理書寫與文學體驗》，台南：國家台灣文學館籌備處，頁 516。

說明西藏是由中國軍隊看管，而中國與西藏糾結複雜地統治／被統治的關係，讓伊苞受到巨大的撼動，頓時跌入部落族人曾經被燒燙的殖民火坑。

台灣總督府將原住民族列為「殖產」的項目，原住民除了學術意義的價值，開發蕃地、培養財源亦是日本帝國南進的要務[21]。這種統治策略對原住民的主體概念有深刻的衝擊，初始讓原住民逐漸形成超越部落以外的族群認同，接著被迫建構超越族群的原住民泛族群意識。最後，「直接訴諸帝國強大的宰制力，強迫（或武力或懷柔）台灣原住民接受其內務化的統治，國家機器『單向』地決定了它和境內少數族群的權利義務關係」[22]。日本殖民政府以近代軍法制度的暴力性（國家暴力）支撐剝削體制，改造原住民的部落認同以及體驗到國家經驗，甚至內化為其國家認同：

> 然後，述說著久遠以前的事，部落的歷史，某人生前所具有的智慧和種種英勇事蹟，說起日本國旗掛在部落高空上時，她們如何被安排列隊歡迎，多少人被送去打仗，回來見家人的是指甲、頭髮。她們興意盎然地談起庫勒勒叔叔的父親，為了不想被抓去當兵，只好裝病騙日本警察，以及日本戰敗後，一名叫山葉的警察，害怕族人報復而逃到山上的大石頭下躲藏，最後被發現的時候，他只剩下皮包骨，奄奄一息。
>
> （《老鷹，再見》：145）

此外，台灣原住民族在資本主義以國家機器與現代化作為後盾的「文明」開發，隨著彎曲盤旋如蛇的公路，吐著慾望的舌尖，嘶嘶作響地不斷深入探索原住民族部落，幽亮的鼻笛聲在膨大蛇身中，湮沒……。當離開多年的伊苞返回部落參加豐年祭時，依笠斯的母親喃

---

[21] 可參見陳錦榮（1978）。《日本據台初期重要檔案》，台灣省文獻委員會，頁 146。

[22] 孫大川（1999）。〈行政空間與族群認同〉，《夾縫中的族群建構》，台北：聯合文學，頁 103。

喃著，「妳的路，看起來，是越走離我們越遠了。」對伊苞而言，部落確實離自己、以及族人越來越陌生：

> 「老人家不在了……我們的耕地你看過沒有，一條又寬又大的柏油路從中間開過去，以前要走一天的路，現在五分鐘就到了。你說，這樣是好還是不好？」
>
> 我不知道如何回答，只好舉起杯子，默默喝著小米酒。
>
> （《老鷹，再見》：25）

伴隨著部落現代化、空間的變遷，記憶在發展的過程中，由於地景的迅速變化，族人不得不被迫失憶，無法透過固定的自然環境、地域和空間想像來確立既有的記憶。而在葛瑞哥里（Derek Gregory）的《地理學的想像》（*Geographical Imaginations*）中，摘要了傅柯對於地理學科的歷史觀點，揭櫫較為當代的空間批判——權力、知識和空間性之間的這種論述三角建構，造成了生活世界的殖民化，在其中「空間」同時被賦予隱喻和物質的迴響：一如傅柯的宣示，「空間是任何權力運作的根本」[23]：

> 派出所主管對婀ㄈ大罵，他的大嗓門驚動了寧靜的住家。婀ㄈ雖貴為部落的頭目，但是婚姻不幸，先生除了喝酒鬧事就是吵架，她忍受了很久。在無法自己解決的狀況下，她想求助派出所的主管，主管不但沒有幫忙的意願，還冷嘲熱諷、破口大罵伸手要摑掌……那一巴掌被婀ㄈ擋回去了，在震驚傷心之餘，她不甘示弱地罵回去。她能開口回罵因為她是頭目，一位平民的婦女是連派出所的門都不敢踏入。這次事件很快就被部落的人知道了，對於存在於部落的派出所，除了原本的厭惡感外更加深了大家的恐懼。
>
> （《老鷹，再見》：110）

---

23 Edward W. Soja（1996）。*Thirdspace*，王志弘等合譯，《第三空間》，台北：桂冠圖書，頁40。

於是，「地景」空間是一種隱喻，權力和意義被置入地景之中。

在排灣族的社會組織，世襲頭目是具有相當的地位與不可侵犯的神聖性，而平民階級亦需向頭目納貢，但隨著日據時代和國民政府統治後，強制以現代國家階層制度更替原住民族的部落社群，挑戰傳統的價值體系。例如，日本殖民政府積極培訓一批批精良警察，用以監管地方與控制社會，警察政治強力介入社會上的日常生活。警察除了維持部落秩序外，還身為「蕃童教育所」老師的教化角色，甚至還擔負部落傳統醫療的巫醫角色，建立衛生制度，調查部落的地方病與傳染病，接著設立醫療所及公醫。因此，警察身份的多重性，使得原住民族看待日本警察的方式也顯得曖昧模糊。

但值得注意的是，民族的從屬與差別待遇（次等臣民、二等國民），便是藉由規訓空間而生產出殖民權力。德勒茲（Gilles Deleuze）和瓜塔里（Felix Guattari）主張為了再生產社會控制，國家必須再生產空間控制，因此，人類身體的空間可能是觀察權力生產與再生產的最重要所在[24]：

> 「日本人統治的時代，禁止許多傳統習俗，宣說這種死人埋在家屋裡的處理方法，既不衛生又迷信。強迫人民一律埋在指定的公墓。……四十幾年前的部落裡的公墓，還是會在上面搭建石板小屋給往生者，意思就像埋在家屋裡與親人住在一起一樣。
>
> 中國人來管理後，說要改變我們生活上的陋習，祖先留下的雕刻品變成落伍不潔的象徵，族人被鼓勵拆下屋內雕像的橫樑或祖靈像，拿到派出所燒毀。信仰基督教之後，有人覺得曲肢葬太殘忍，『何不讓死去的親人好好的躺平呢？』所以，變成現在的處理方式——躺在棺材裡。」
>
> （《老鷹，再見》：128-129）

[24] 同註 23，頁 150。

根據排灣族的傳統，若是家人逝世時，趁著遺體尚未僵硬之前，先為死者穿戴傳統服飾，然後以曲肢葬的方式埋於家屋內。墓穴深約三、四公尺，四周以石板圍築，而底部亦放置石板坐椅以便死者遺體蹲踞之用，最重要的是遺體要面向大武山的方向，死者靈魂才能回到大武山與祖靈相聚，在那裡過著與現世相同的生活。因此，這種將遺體埋葬在家屋內的「室內葬」，展現出「我們的墳墓在那裡，我們的家就在那裡」身體與文化的向度。

法國人類學家布迪厄（Pierre Bourdieu）指出，身體可以理論化為一種記憶，是無法透過有意識的思考或行動輕易抹除的記憶；而女性主義理論家楊恩（Iris Marion Young）則特別指出，「身體的量度」（scaling of bodies）除了挪用性之外，還挪用各種肉體差異（最明顯的種族，還有年齡和能力），做為社會壓迫和「文化帝國主義」的假定基礎。[25]

藉由身體於日常生活中的文化實踐，汲取集體無意識（collective unconscious）的泉源，在預先構成的生理面向上，更銘刻著社會與文化的意義、價值。不難發現從清治、日據時期便以身體（肉體）的體質特徵作為族群分類體系的原則，以及文化發展的理論解釋，但這種身上所顯現的「標記」特徵是具有遺傳和不變的特性，因此，在殖民地的情境下，對於原住民的知識建構，也變成了一種殖民論述。於是，身體成為最基本的空間隱喻。

依苞藉由書寫微觀地呈現出台灣原住民族的空間概念——從宇宙觀的神話敘述、對自然地景形象化的地母，甚至是被殖民的歷史脈絡與空間的對應——透過認同、記憶與日常生活實踐，積累個人生命歷程與環境的互動，創造出對於空間的主觀感受，衍繹出具有特殊意義的空間隱喻。

---

[25] 可參見 Linda McDowell（2006）。*Gender, Identity & Place: Understanding Feminist Geographies*，徐苔玲、王志弘合譯，《性別、認同與地方：女性主義地理學概說》，台北：群學，頁 56-57。

三、靈性傳統

對於台灣原住民各族而言，神話是日常生活的一部份，是部落社群的共同信仰，族人們共同維繫一套完整的神話與祭典儀式系統。而從母親雙腿鑽出來的依苞，便生長於如此的情境，自然而然地熟悉部落的泛靈神話，相對於日後轉向排灣族認同的阿媽，依苞的書寫經驗了相當程度的靈性信仰與傳統：

> 我會來西藏，最大的因素是跟神話有關。我在神話中長大，我一直相信著，神話是人類最原始的智慧。
>
> （《老鷹，再見》：153-154）

西藏藏族人對於宗教的信仰，如同所有古老的民族，可追溯至遠古時期，當時盛行的是崇拜自然神靈的苯教，其後歷經一段漫長且複雜的過程，演變為現今崇拜的藏傳佛教。在西藏，宗教對於社會、歷史、政治、文化，乃至於地理環境的影響非常深遠，聖地聖跡，到處散布。

因此，依苞對於藏域內地景的描述，亦是以該地的神話傳說述及聖山、聖湖的歷史，各教派的內部交戰及漢人的征服入侵。藉由西藏的種種敘事，回溯連結自身的排灣族傳統——傳說，大武山的創造神是以唱歌的方式創造排灣族人——因此，從泛靈信仰的神話、巫師的古調禱詞到屬於部落的口傳歷史，這種以吟唱古調歌謠式的神話—詩學敘事（mytho-poetic narrative）其實是神話的歷史（mythic history），對於維繫文化傳統與認同追尋深具重要、深遠的意義：

> 巫師說：「星星圍繞著圈圈跳圈舞，在某個時刻，有一顆最閃亮星星出現。那是撒布勒南頭戴著羽飾帶領他的男友們加入圈舞。再在某個時刻，又會出現另一顆閃亮的星星，那是巫娃凱身著傳統服，頭戴羽飾帶領她的女友們加入圈舞。他們是一對戀人，只有在跳圈舞的日子才會相見。當人們看見閃亮的星星，

> 知道是撒布勒南和巫娃凱相見了。」……這個已經快被我遺忘的故事，讓我想起那位充滿智慧，帶我認識排灣族的生命、生死和宇宙觀的巫師，以及那段說故事的日子了。」
>
> （《老鷹，再見》：57）

在一切未知的時代，巫師在排灣族部落裡扮演著不可或缺的角色，其地位、神聖性亦是相當崇高，深受人們愛戴和信任，無論是祭典儀式、族人的出生與死亡、解夢、驅魔治病等，都需要藉由巫師透過各種儀式的進行，傳達給神靈和祖靈得知。而巫師的由來與日常實踐，從阿𡠄近於轉述式的描寫巫師奇聞軼事，到依苞因從小於部落生長、日後學術研究的緣故，與巫師關係十分親近，藉由描繪巫師身體的記憶，進而與土地的記憶相互連繫，引領出部落的歷史、宇宙觀、神話、自然與土地等，如何與族人共生，展現出「記憶是具體而微的生活，恆常演化、流動，記憶是與遺忘的辯證，記憶永遠是活活生生的現象再現」[26]之涵義：

> 神靈喜歡的人才能成為巫，巫師曾經唸了一段古語，然後解釋說：「大武山的神坐在雕刻著人形圖的石椅上吃著檳榔，他往下看，看見他所喜歡的人，他在樹上一摘，摘下了 za-u 給他所中意的人。」
>
> （《老鷹，再見》：72）

所謂靈性傳統（spiritual tradition）的「靈」（spirit）不僅可以視為神靈，亦可說是精神，指心靈、靈性、神靈、信仰，也泛指超自然力，原住民的泛靈思想廣見於神話、傳說、歌詠、舞蹈、儀式等，統括而言，靈性傳統是泛稱原住民族的靈性信仰。因此，原住民族的靈性傳

---

[26] Pierre Nora（1989）。*"Between Memory and History: Les lieux de mémoire"*，譯文轉引自黃心雅，〈創傷、記憶與美洲歷史之再現：閱讀席爾珂《沙丘花園》與荷岡《靈力》〉，《中外文學》第 33 卷第 8 期，台北：國立台灣大學外國語文學系，頁 78。

統便是以巫師作為代表，當部落族人在無所倚靠的狀態下，透過巫師得以和泛靈對話。由於巫師具有調整其意識的能力，可以出入不同界域，往來於現實時空和淺意識世界、自然界和超自然界，而巫師與神靈的對話便是進入夢境一般的知識狀態，在祭典儀式中吟誦和演示。[27]

而依苞在部落生長，參與靈性生活，吸收了靈性傳統的滋養，當她觀看世界時，因此產生一種獨特的視野，在部落族人共同維繫的靈性經驗，結合個人層次的經驗，在書寫中便不經意轉化與運用泛靈神話，融合靈性信仰，形成了一套經由參與、經驗和演繹的語言，靈性經驗於焉形成：

> 我記起家鄉，在迎亡靈的儀式中祭師撫慰生者的吟唱。我輕輕開啟我的口，以吟唱的方式來安慰我的靈魂以及我遠方的朋友和家人：「我是達德拉凡家的孩子，我對你們感到抱歉，為的是我這個人沒有好好學習愛人，沒有盡心盡意愛家人和朋友，我生前愛批評別人。我對不起大家，請你們以不氣餒的心情來包容我。」
>
> 祭師千年傳唱的歌，就在靜靜的夜晚，我在心中不斷吟唱，直到曙光來臨。
>
> （《老鷹，再見》：65）

原住民族的靈性傳統是實踐於日常生活當中，經由口傳傳統的教導或承襲而流傳，當依苞以古調歌謠將身處的現實與神靈內外緊扣，形成一個靈性的聯繫。在轉山之旅的某個深夜，因胸口發悶、呼吸困難的依苞突然驚醒，在孤獨的情境下展現靈視力量，尋求超自然的靈力與具有情意知的宇宙化身，謙卑、無助的向靈力祈求協助，與之對

---

[27] 此段落可參見阮秀莉（2004）。〈靈視之旅與變形傳奇：鄂翠曲的原住民神靈詩學初探〉，《中外文學》第 33 卷第 8 期，台北：國立台灣大學外國語文學系，頁 24-26。

話而獲得力量。靈視追尋是原住民的真實情境，靈性轉化的經驗是原住民靈性文化的基本必備的經驗[28]：

> 巫師兩腿夾著葫蘆，葫蘆光滑的肚腹上手指搖晃著小葫蘆。
>
> 「大武山的神靈，居住在聚落扎拉阿地阿的祖靈，來自遠古的家族長老、智者，引信靈的球網拋向空中，刺球者的竹竿爭先蜂擁刺向，指引那隱而未現的事、秘密的事，光滑剔瑩的圓石毫無痕跡，請為我們解開迷霧。」巫師吟唱的曲調低迴幽怨，聽來是因為思念而有些哀傷，背後卻深藏著一股沈穩的力量讓心靈沉靜下去。
>
> （《老鷹，再見》：73-74）

藉由人、自然和宇宙的夢境連結，依苞的杜鄖阿姨時常夢見琉璃珠消失，因而懷疑起是什麼在削弱家族的力量，經過巫師的儀式過程，得知是在平地意外身亡的喇路ㄅ的靈不知該歸屬婚後的處所或是出生的家。根據排灣族的禁忌，意外死亡者的靈應該回到出生之處。因此，透過巫師作為中介，人界和非人類世界因此通行，安慰死者的靈魂，也撫慰生者的心靈：

> 巫師曾經告訴過我，只要我開口誦念經語，存在天地日月的萬物眾神會幫助我……「靈力。」她說，「走路，石頭、草葉、森林、風吹、蟲鳴鳥叫、天上的星星月亮太陽，這一切都是靈力。你只要學習接受，眾神會幫助你開啟與生俱存的靈力。往你的裡面凝視，你感知到他們的存在，是你感知道他們。你相信，所以你會明瞭宇宙啟明語言的奧秘，一點都不困難。」
>
> （《老鷹，再見》：190）

[28] 同註 27，頁 32。

台灣原住民族大多是泛靈信仰，每一個部落族群都有屬於該族的神話傳說，將自然萬物賦予許多意義並推崇為神靈，使得文化區域內的其他元素有一種內聚力。依苞是部落的孩子，生活在充滿靈性傳統及信仰的世界觀，深植於祭儀文化的踐行，而由此產生的神話和傳說等靈性故事，便寫入依苞的生命。相對的，依苞與生俱來的靈性視野及其信仰，便在藏西轉山之旅與其相互流動、相互影響，透過文學創作寫出自我母族的文化實踐。

從現實走入回憶的夢境，靈性傳統穿透實際表象，隨著時間、空間的移轉，當原住民族的靈性文化傳統與時代情境交涉，也是依苞再出發的位置所在。

四、結語

「我們老人家知道自己的方向，我們死後一定會回大武山祖靈所在地。但是你們呢？你們會迷路。」在現代化的發展進程與殖民者文明的席捲下，台灣原住民族的靈性傳統早已讓科學理性標籤為「迷信」的偽科學，這使得原住民從內部開始質疑靈性文化，甚至排斥母體傳統。各個原住民部落充滿變化與悲傷，貨幣經濟挾帶著現代化生活與新制的價值觀，讓原住民從小便被籠罩於一個「分裂的感知」或「雙重的視界」之中，他們具備雙語能力，受過兩種異源文化的薰陶，而在達德拉凡・依苞的書寫中，便體現這種剝離／依附同時進行的雙重過程。

作為原住民女性書寫的新延展，在依苞的書寫中，展現出不同於利格拉樂・阿𡠄邊緣的抵抗認同及其弱勢關懷，或是陷入後殖民情境中，將自身文化推往殖民文化想像的困窘，而是體現了「cleaving」這個詞的兩種不同的意涵：既是「分裂」——離開殖民界定，越過殖民話語的邊界，但同時又是為達到這一目的而採用、挪移殖民者的語言和文本的形式——即所謂的「依附」[29]。

在《老鷹，再見》書中，大量書寫部落的神話傳說、巫師的禱詞和老人們日常的吟唱，試圖以原住民族靈性傳統摻入漢語書寫中，生產出一種由口傳語言化為文字書寫的新「接點」。並且，語言邏輯的差異，亦可產生與漢語系統在詞彙或語法使用上的不協調情況，極可能錯置、顛覆漢人語言文字的秩序和規則，造成相當程度的書寫「介入」。最後，援用個人的想像將部落神話、古調、巫師傳統予以轉化，藉由旅行書寫的暗示，與現代文學的文本形式相互交錯，開展出台灣原住民族漢語文學的新領域。

而且，依苞也提出一個重新詮釋時間的對話場域，從體內衍生出過往記憶，探究人在世界的位置，連結現實與祖靈、人與神靈、俗世與神聖，含納原住民的宇宙觀，如同巴巴（Homi Bhabha）所述：「記憶從未是一個沉默的內省和回顧。記憶是重組的力量（a power re-membering），重新拼裝支離破碎的過去，將過去與現在接攘，藉以詮釋現時的創傷。」[30]因此，透過依苞承載記憶的身體與西藏、部落的符碼不斷轉換，在旅行的過程中，重新回返那八歲時不斷詰問自己為何是排灣族人的「老我」。

（本論文已刊載於《台灣文學研究學報》第 4 期，2007 年 04 月）

---

[29] Elleke Boehmer（1998）。*Colonial and postcolonial literature*，盛寧、韓敏合譯，《殖民與後殖民文學》，香港：牛津大學，頁 120。

[30] Homi Bhabha（1994）。*The Location of Culture*，譯文轉引自黃心雅，〈創傷、記憶與美洲歷史之再現：閱讀席爾珂《沙丘花園》與荷岡《靈力》〉，《中外文學》第 33 卷第 8 期，台北：國立台灣大學外國語文學系，頁 79。

參考書目

專書

- 孫大川：《夾縫中的族群建構》，台北：聯合文學出版社有限公司，1999。
- ——《台灣原住民族漢語文學選集—散文卷（下）》，台北：INK 印刻出版有限公司，2003。
- 陳錦榮：《日本據台初期重要檔案》，台灣省文獻委員會，1978。
- 達德拉凡・伊苞：《老鷹，再見》，台北：大塊文化出版股份有限公司，2004。
- Edward W. Soja 著，王志弘、張華蓀、王玥民合譯：《第三空間》（*Thirdspace*），台北：桂冠圖書公司，2004。
- Elleke Boehmer 著，盛寧、韓敏合譯：《殖民與後殖民文學》（*Colonial and Postcolonial Literature*），香港：牛津大學出版社有限公司，1998。
- Linda McDowell 著，徐苔玲、王志弘合譯：《性別、認同與地方：女性主義地理學概說》（*Gender, Identity & Place: Understanding Feminist Geographies*），台北：群學出版有限公司，2006。
- Mike Crang 著，王志弘等譯：《文化地理學》（*Cultural Geography*），台北：巨流圖書公司，1998。
- Paul A. Bell 等著，聶筱秋、胡中凡合譯：《環境心理學》（*Environmental Psychology*），台北：桂冠圖書公司，2003。
- Richard Peet 著，王志弘等合譯：《現代地理思想》（*Modern Geographical Thought*），台北：群學出版有限公司，1998。

期刊論文

- 何寄澎：〈當代台灣散文的蛻變：以八〇、九〇年代為焦點的考察〉，《中華現代文學大系貳評論卷（一）》（2000，台北：九歌出版社有限公司）
- 阮秀莉：〈靈視之旅與變形傳奇：鄂翠曲的原住民神靈詩學初探〉，《中外文學》第 33 卷第 8 期，2004。
- 胡錦媛：〈台灣當代旅行文學〉，《台灣旅遊文學學術研討會會議論文集》（2005，台中：國立台中技術學院）
- 胡台麗：〈賽夏矮人祭歌舞祭儀的「疊影」現象〉，《中央研究院民族學研究所集刊》第 79 期，1995。
- 紀駿傑：〈蘭嶼國家公園：新環境殖民或新契機？〉，《守望東台灣研討會論文集》（1998，台北：聯合報系文化基金會）
- 郝譽翔：〈「旅行」？或是「文學」？——論當代旅行文學的書寫困境〉，《旅遊文學論文集》（2000，台中：東海大學中文系編）
- 徐國明：〈竊竊「私」語——析論利格拉樂・阿𡠄、白茲・牟固那那原住民女性書寫中的空間經驗〉，《2006 青年文學會議論文集：台灣作家的地理書寫與文學體驗》（2007，台南：國家台灣文學館籌備處）
- 黃心雅：〈創傷、記憶與美洲歷史之再現：閱讀席爾珂《沙丘花園》與荷岡《靈力》〉，《中外文學》第 33 卷第 8 期，2004。
- 馮慧瑛：〈自然與女性的辨證：生態女性主義與台灣文學／攝影〉，《中外文學》第 28 卷第 5 期，1999。
- Bachelard, Gaston. *The Poetics of Space* (Translated by Maria Jolas). Boston:Beacon Press, 1969.
- Hansen, Miriam. *Benjamin, Cinema and Experience：The Blue Flower in the Land of Technology*. New German Critique 40, 1987.
- Miller, Hillis. *Topographies*. California: Stanford U.P., 1995.

漂移國度，濫情塵世
——論胡晴舫散文中的她／他者群像

林文冠*

摘要

散文做為一種文類，其包容性之大，涵蓋範圍之廣，可由九歌歷年所出版的年度散文選一窺究竟。而在女性散文的研究區塊裡甚少被提及的胡晴舫入選九十二年的年度散文，除了對其書寫的肯定外，編選者的美學品味，以及當年度社會文化評論散文的持續湧現與產量豐富都是主因。綜觀其創作，自 2000 年以《旅人》一書初叩文壇時彷彿就預告了作者日後的書寫之姿，以旅人身份言說，字裡行間卻少涉風花雪月，談論的盡是異地遊蹤的文化觀察。而犀利的文風多半是其予人的直接印象，以胡晴舫至今所結集的五本散文集而言，雖各有不一的主題相互展演但在風格樣貌上卻依舊維持其一貫的冷靜甚且冷冽之姿，她的書寫充分顯示了對於時代的介入，更多時候則是以旁觀者之眼建構「她」者的形象，與對「他」者的觀察。

據此，本文的論述重點主要著眼於胡晴舫「以人論事」，「以事說人」的書寫手法，讓人事、情事紛紛顯影，表露她／他者內在的種種風貌。且試圖藉由胡晴舫創作來探勘現代散文場域裡，混雜著生活隨筆、詞彙解釋、時事評論等等以往難以歸類的散文體例，如何掙扎呈現，如何突破發表，展現資本主義消費時代下散文書寫的其他可能性。

關鍵詞：胡晴舫、《她》、《辦公室》、《濫情者》、《機械時代》、旅人、旅程

* 現就讀成功大學台灣文學研究所碩士班。

一、前言

散文做為一種文類，其包容性之大，涵蓋範圍之廣，可由九歌歷年所出年度散文選一窺究竟。誠如鍾怡雯所言：「我把年度散文選視為「顯微鏡」，它微觀年度散文的切面，總結散文一年的成績，同時也顯現編者／觀察者的主觀和偏見。」[1]由此可知單憑美文的角度實不足以作為散文精選的標準。換言之在女性散文的研究區塊裡甚少被提及的胡晴舫入選九十二年的年度散文，除了對其書寫的肯定外，編選者的美學品味，以及當年度社會文化評論散文的持續湧現與產量豐富都是主因，這些文章亦多散見於報刊雜誌，其中胡晴舫顯然符合了顏昆陽所提出的議論與文學性兼具的三個條件。[2]而對照胡晴舫歷來的創作與近年來持續發表於〈中國時報—時論廣場〉的文章來看，此一條件說，似可概括其散文寫作特色。

其次，綜觀其創作，自 2000 年以《旅人》一書初叩文壇時彷彿就預告了作者日後的書寫之姿，以旅人身份言說，字裡行間卻少涉風花雪月，談論的盡是異地遊蹤的文化觀察。而犀利的文風多半是其予人的直接印象，以胡晴舫至今所結集的五本散文集而言，雖各有不一的主題相互展演但在風格樣貌上卻依舊維持其一貫的冷靜甚且冷冽之姿，她的書寫充分顯示了對於時代的介入，更多時候則是以旁觀者之眼建構「她」者的形象，與對「他」者的觀察。

再者以《旅人》（2000）起始、《她》（2001）接續、《機械時代》（2001）緊接其後、復又《濫情者》（2002）、《辦公室》（2005）中眾

---

1 引言出自，鍾怡雯主編《九十四年散文選》，（台北：九歌，2006），頁 11。

2 顏崑陽對於有關社會文化評論這類的散文，認為其要有「文學性」必須具備幾個條件：一、是沒有酸腐氣，在即事言理中，能展現獨具隻眼的慧見。二、是不能寫成學院式的論文。三、是修辭不一定要華麗，卻也不能像寫學術論文那麼冷硬，而且敘述形勢更必須靈動變化，不可平直呆版。詳參，顏崑陽主編《九十二年散文選》，（台北：九歌，2003），頁 22~23。

生群像的勾勒，這些都顯示「人」是其散文書寫的主軸。[3]據此，本文的論述重點主要著眼於胡晴舫「以人論事」,「以事說人」的書寫手法，讓人事、情事紛紛顯影，表露她／他者內在的種種風貌。且試圖藉由胡晴舫創作來探勘現代散文場域裡，混雜著生活隨筆、詞彙解釋、時事評論等等以往難以歸類的散文體例，如何掙扎呈現，如何突破發表，展現資本主義消費時代下散文書寫的其他可能性。文中將分別就「旅程未竟」、「亞洲製造」、「樣板人生」、「濫情有理」、「荒謬眾相」…等等幾個面向深入挖掘文本進行探討。

二、旅程未竟

> 在抵達腦海中所設定的目的地之前，旅人永遠馬不停蹄。如此動機驅使我在一些似乎理所當然的既定知識面前，像一頭固執甚至有些愚蠢的山羊，即使知道對面是一面堅硬的石牆，仍大膽用我頭上的山羊角硬生生去撞擊。
>
> （《旅人》頁 170）

在《旅人》一書的後記裡，胡晴舫自剖她對於旅行書寫的另番解釋與企圖，以及「作為一個卑微的旅人」對於世界的想像與詮釋。從首篇〈我站在生活的另一邊〉先明言自己是個永遠在路上的真正旅人，爾後諸篇世故的旅人、擁有高級文化的旅行者、職業旅行家紛紛出列。旅人記錄了自己的移動與見識，刻意忽視旅遊現場的描繪，你知道作者正坐在巴黎的一間飯館裡，在巴塞隆納和誰一起逛街，也明瞭旅人某天清晨醒在不知身處印度加爾各答或新加坡聖陶沙的恍惚裡，言僅於此，更多屬於景觀的鋪敘則隱匿於文字之外，偶爾標示的地理座標，也旨在突顯這些與那些的不同，「人」才是旅途的重點，空間的位移可

3　對此胡晴舫曾言，「雖然我書寫的對象是女性，只不過是因為我想一次緊緊抓住一個主軸。終究我要寫的還是人。」，詳參，〈《她》的創作自述〉，《文訊》105 期，（台北：文訊，2001），頁 105。

以在不同的旅人身上接力，旅遊的經驗、人事的遭遇，卻是專屬也是私密更是無法複製的故事。

「旅人」的出發與移動是全書的精髓。「在抵達腦海中所設定的目的地之前，旅人永遠馬不停蹄。」、「一個新世紀的旅人，注定要在一個已經過度被解釋、過度被觀看、過度被探索的世界中出發」(《旅人》頁 170）對胡晴舫而言，也許旅遊書寫的想像從來就不是身歷其境的闡述，而她在創作之時也未必想要奉行旅遊寫作的要點，所以她在〈文化菜色〉裡可以藉由異國餐館的轉換、菜色的混容大談全球化，同時又在〈旅行作為一種恐懼〉中藉由旅人異地而買的紀念品，回到家卻發現是隔壁巷口的工廠所製造，諷刺全球化的無孔不入。此外身分認同的敏感在〈階級旅行〉、〈疆界〉、〈流亡者〉等文裡亦赤裸攤開，旅人以旁觀者之眼窺看流亡者，流亡者也成了旅人眼中的旅人，一個「渴望終結旅程卻又自覺結束遙遙無期的旅人」(《旅人》頁 102)。而許多從旅行觀察所引發的自我省思也直陳其中，「誰決定我的身份？誰讓我在世上那麼多種族國家的芸芸眾生之中脫穎而出？是什麼讓我看起來比英國偏激左派學者或真理教教徒的日本觀光客看起來更像是一名會在紐約帝國大廈放置炸彈的恐怖份子？」。(《旅人》頁 99~100）身份是給定的，是經過政治、文化…等等的權力投射而建構，尤其在旅人身上，身分的標記更是顯著，它可以決定你的通關速度、禮遇程度甚至居留期限，旅居各地的胡晴舫顯然深有領悟，異國的佳餚與風情正巧映襯了身份問題的費解與曖昧。

由此可知《旅人》一書除了提供旅行文學寫作的其他可能性外，同時也打破了旅行文學的定見，尤其是在旅遊文學的圈定上此書或許遭受忽視，然而這些卻都無損於胡晴舫所拋出的關於旅行意義的再思考。[4]換言之胡錦媛在論及〈台灣當代旅行文學〉裡提到女性旅行經驗

---

4 大部分談到旅行文學的論述裡，胡晴舫的名字多半被忽略，除了在陳室如〈世紀末的疆界越界—台灣九〇年代旅行散文現象論〉裡有概略提過外，《旅人》

的欠缺討論，這點固然是現今散文研究的普遍現象。然而在台灣當代的旅遊論述中，女性旅行的經驗、記憶與意義是否等同於男性，[5]筆者認為至少胡晴舫的創作就給予這個問題直接的否定。

進而言之，胡晴舫受過女性主義思潮的洗禮，在《旅人》書中，屬於女性的旅遊經驗雖未被刻意突顯，但是其所延伸的意義也並不代表女性聲音的沉默。何況就像埃萊娜‧西佐斯（Helene Cixous）所言：「如果有一個『女性的特點』，矛盾地，那就是她無私地解除佔用沒有終結、沒有附件、沒有主要部位的身體……這並不是說她乃無差別的混合物，而只是她並不霸佔她的身體或慾望……她的性本能是廣大無邊的正如她的潛意識是世界性的」[6]印證於胡晴舫的作品，我們更可以在〈超時空連結〉裡，看到她對不同思想的包容，在〈如何不帶燻鮭魚旅行〉中，從無性別差異的旅人身分裡探索旅行的意義等等。

三、亞洲製造

> 在那些理論主義的觀照下，我的亞洲女人身份成為一個思想的刺點，一個需要革命的存在，一個必須特別小心才能避免扭曲的成長，我因此長期覺得必須為這個身分捍衛、辯解，不能放鬆就這麼自自然然活著。
>
> （《她》頁 151）

一書也幾乎未曾被討論。詳參，郭懿雯所編《時代與世代：台灣現代散文學術研討會論文集》，（台北：東吳中文系，2003），頁 257。

5　胡錦媛在〈台灣當代旅行文學〉裡曾提及，「在台灣當代現有的旅行論述中，女性旅行的經驗、記憶與意義是等同於男性的，也就是說，它並不單獨存在、並未被個別對待。」，詳參，《台灣旅遊文學學術研討會論文集》，（台中：國立台中技術學院，2005），頁 255~256。

6　引言出處，托里‧莫以（Toril Moi）著，陳潔詩譯，（埃萊娜‧西佐斯 Helene Cixous：幻想的烏托邦），《性別／文本政治：女性主義文學理論》，（板橋市：駱駝出版，1995），頁 104。

旅行與西方文化的接觸經驗，迫使胡晴舫領悟到亞洲女人的邊緣與弱勢。她書寫女人，由旅行中紀錄亞洲女人，其描述模式依舊延續《旅人》的冷冽直率，只是在此書中聚焦重心移轉至「她」，這些亞洲女人的特寫，在胡晴舫的筆下並不因地域色彩的不同而誇大，相反的她們的共同點即在「身為女人」，而這些在她眼中的「她」者，就如同袁瓊瓊所言「每個人都沾染了一點胡晴舫」[7]，所以在〈單親媽媽〉裡，對愛情失望進而對人性產生質疑的韓國女子，作者不加評斷卻由交談而溯及自身經驗。而在〈女知識份子〉中，和韓國女教授的一場對話，又可見作者暴露己見，「天殺的，我搞了十二年的女性主義，到現在，我還是覺得這個理論不屬於我的」，「理論是公共資產。本來就不屬於任何人。它不屬於你，也不會單單只屬於西方人。」(《她》頁 57)。這些在《她》裡所見不論是馬來姑娘、日本藝妓還是居住台北的過氣小明星…等等，她們各有形色卻同樣在話語裡扮演了亞洲女人的想像，東方在這些女人身上各自延異，不以西方觀點突出只是回歸到胡晴舫思索女人的原點，「什麼是女人」以及「我所看到的女人」[8]。

另一方面，《她》的篇章安排亦饒富趣味，各篇起始多由精煉文字引出「她」者形象，例如「『大象』臉上沒有一點妝，長頭髮一如少女輕輕柔柔披散及腰。」(頁 41)、「她喜歡新加坡，卻一輩子沒離開吉隆坡。」(頁 29)、「『我也不想這麼做。』這是她最常說的一句話。」（頁 74）……等等這些敘述文字，既勾起了讀者的窺探慾又撩播起追索「她」者的好奇。而在談到《她》的創作時，胡晴舫自言：「一開始寫這些亞洲女人時，我就很清楚我是透過文學去說話。說出我所看見的世界及生活在其中的人們。」[9]因此在以女人身分書寫「她」者時，胡晴舫也不忘紀錄一個亞洲男人眼中的亞洲女人，而在這篇思辯色彩

[7] 引言出處，袁瓊瓊推薦序〈沒有去過的地方〉，收錄於胡晴舫《她》，(台北市：時報文化，2001)，頁 6。

[8] 詳參(《他》的創作自述)，《文訊》105 期，(台北：文訊，2001)，頁 103~105。

[9] 引言出處，同註解 8，頁 105。

濃厚的〈他的亞洲女人觀點〉，敘述策略雖和前述諸篇無多大差異，但胡晴舫深知她對「她」者的詮釋，未必等同於他對「她」者的想像，所以並置而談、前後而看。

四、樣板人生

> 我所屬於的這一代人，常常被指為缺乏靈魂、難得創意、不會思考、不懂閱讀、沒有深度。既不能吃苦，又不講義氣，還非常短視功利。最可怕的是，沒有反省力。追究起原因，無非都是因為我們在一個機械時代長大，在這個時代裡，機械製造的特色便是我們的人格：單一，呆版，無味，重複，規格化，無個體性。
>
> （《機械時代》頁 6）

機械時代的籠罩，並未抹煞胡晴舫對於「人性」更為深沉的觀察。作者對於文學的浪漫想像，「文學不僅僅是文字而已。文學是一種性質，一種美感，一種人生態度，一種感知方式，一種對萬物的詮釋。對我來說，文學代表了人類的感情。」[10]，讓這本《機械時代》雖以時代為題，然敘事腔調亦延續前作，以第三人稱觀察她／他者群像，尤其是當這些群體成長於如此時代時，文學如何紀錄他／她們？這個時代是否孕育了人性的共同模式？當所有藝術作品都可以進行複製時，屬於人的一切情感本質、生命樣態是否為此而產生遽變？胡晴舫關注的對象擴大了對這一代人的探索，而時代的氛圍投射在全書十六個母題中[11]，又仿若是一場場現代劇的輪番上演，甚且在一貫幽默的口吻

---

[10] 引言出處，胡晴舫《機械時代》，（台北市：新新聞文化，2001），頁 7。

[11] 胡晴舫《機械時代》中將全書分為十六個主題，在這些主題下分別就題意以數篇短文加以闡釋。其分別為，「翼」、「孤絕」、「錯亂」、「縺綣」、「誘惑的尖刻性」、「欲望」、「愛情」、「厭煩」、「摩擦的困頓」、「從此他們不再掙扎」、「跨越」、「令人暈眩的……」、「意識形態的飛行」、「死亡」、「時光」、「私密」等。

上，又融合了超現實的敘述。例如在〈預言〉裡，聽說全世界即將被掩沒而積極學習潛水的他，與〈訊息〉裡知道自己將死的他，作者同樣都讓他們穿上了「孤絕」的戲服，只是戲碼各異，而胡晴舫一貫對文字「簡潔，一點點廢話都不能被容忍」[12]的要求也可從以下引文見出：

> 他總是孑然一身，匆匆從人的世界邊緣掠過，像戲碼上演時舞台後方不小心出現的黑影。
>
> （《機械時代》頁 20）

> 他覺得自己彷彿鎖在一個特定時空，其餘時空與其間所發生的事情，均與他無涉。他知道世界仍在運轉，但是頭一次，他不急著去追趕。
>
> （《機械時代》頁 21）

黑影的比喻、閉鎖的狀態，輕易地就將現代生活裡人性最孤絕荒冷的一面呈現出來。

此外在機械時代此一場景裡，又時時混雜著超脫現實的詭魅，〈春天〉、（墮落）表徵「翼」義，兩者皆以天使擬之。而〈死神〉裡，又以死神與天使相遇終究哀悼愛情遠逝，來意味「跨越」之難恆常存在。而在「令人暈眩的…」主題下，指涉意涵並未言明，實則暗喻了現時當下現代生活中人心的難以掌握。而胡晴舫在此書中又善於在結尾處筆鋒忽轉，例如，

> 人們談情說愛，無非只是想掩飾旺盛的性慾。剛滿二十歲的阿黃如此說。（頁 51）

> 我舉起那隻被她執住的手，低頭，猛地咬了她的手。他淒厲地驚叫，鬆開。在一團醜惡的混亂中，我靜悄悄地迅速溜走。（頁 133）

---

12 引言出處，同註解 8，頁 105。

上述引文皆以冰冷或者帶有奇詭氣氛凝結於此，這樣的書寫特質，跳脫理性偏離常軌，似乎也成為胡晴舫散文的另一種魅力。

五、濫情有理

濫情是一種奢侈。

而我是如此濫情。

濫情又可以是一種可愛的多愁善感，一種為賦新辭強說愁的浪漫，一種青春回籠的微醺，而不是讓人難受的俗事寂寞。（《濫情者》頁 154~155）

2002 年出版的《濫情者》主要為過去一年胡晴舫在「自由時報」的專欄集結。相較於《旅人》、《她》以及《機械時代》，此書犀利更甚，在文風上也益發成熟，省去自序與後記，僅以費爾南多・佩索阿《惶然集》裡的一段引文[13]，作為開場以及全書敘述基調的提點。屬於胡晴舫的時代光韻，作者曾言：「世紀末的網路革命，已經沒有一件事情是在個體的主觀控制之下。一個人的環境持續在變化，等待重組，重新定義，不斷詮釋。……等到我們出生時，這個世界已是不可信賴，混亂無序，無法一眼辨讀了。懷疑是正常的精神狀態，顛覆是重複使用到幾近濫用的字眼……」[14]因此此書或可作為《機械時代》的延續，而作者刻意以辭典概念重新詮釋流動在現代語境裡的各種名詞，除了擴大散文的實驗性外，也突顯了現代生活的荒謬感，從中將人際的疏離、

---

[13] 費爾南多・佩索阿的這段引文如下，「我屬於的這一代，生於一個任何人擁有的心智和心性都缺乏確定性的世界。上一代人的消解性工作意味著，在我們出生的時候，世界已經不能使我們把宗教視為安全的提供，把道德視為支撐，把政治視為穩定。……我們繼承了破壞以及破壞的後果。在現代生活中，世界屬於愚蠢、麻木以及紛擾。在今天，正確的生活與成功，是爭得一個人進入瘋人院所需要的同等資格：不道德、輕度狂躁以及思考的無能。」詳參，胡晴舫《濫情者》，（台北市：新新聞文化，2002）。

[14] 引言出處，胡晴舫〈我們這一代人〉，「中國時報—人間副刊」，（2004 年，7 月 9 日）。

真理的虛妄、道德的偽飾等等逐一揭示。乾淨俐落的字句散發辛辣的諷刺，對於悲劇所喚起的感知即是「人們總是抱持高度興趣，而對閱讀幸福感到興致缺缺。」（頁 178）有時則在冷靜直訴中一針見血地打到人性痛處，就像講到良知，輿論時而談之、人人肅而敬之，然而胡晴舫卻認為良知不過就像「身上的盲腸，是一個無用的器官，不幫你消化，不助你呼吸，不會令你在做愛時更興奮……，卻在關鍵時刻發疼起來，快要致命的地步。」（頁 182）至於人生的意義，「人生是個婊子，所以每個人都該學會當一個婊子。」（頁 145），這樣的坦露，幾乎將人性不好言說、不便坦承的一面大剌剌地攤開，這是胡晴舫散文讀之令人拍案之處，指陳毫不避諱，批評未帶迂迴，觸及之事亦無隔閡，揭發人性之闇亦顯的毫不猶豫。

尤其胡晴舫曾任雜誌編輯，對於媒體生態瞭若指掌，因此書中諸篇例如，〈秘密〉一開頭即說，「秘密有個別名，稱作新聞標題。越缺乏道德的一個年代，越提倡道德的重要性，就像皮膚越差的女人越注重保養是一樣的道理。」（頁 76）立即戳破道德的偽善。而在〈明星〉一文裡，更能清楚看見胡晴舫嘲弄笑謔的功力，所謂的明星依賴的是人們投注其身的目光，「只要一點點，她就能迅速成長。如沙漠中的仙人掌，一場驟雨就會令她開花。」（頁 172）〈藝術家〉中則以調侃代替嘲諷，「你不懂他，因為你是混球。因為你和你的朋友都是一群毫無鑑賞力的豬。你對他的漠不關心，足足反映了你靈性上的大黑洞。無邊無際，想要補救都毫無頭緒。」（頁 113）如此反語順勢便扯下藝術家的矯情面具。

胡晴舫的散文敢言直說，不以溫潤取勝，不用柔情攻勢，在此書中只是更加發揮其敏銳的觀察與思辨，以辭造文另立新意，濫情者的自稱卻也為此書在濫情與寡情，同情或嘲諷的遊走之間蒙上辯證色彩。

六、荒謬眾相

> 我不由得想，這已經是最偉大的文學主題了。就算薩德侯爵有再多的瘋狂才華，他在瘋人院導的戲也不能比這個更好。
> 因為，辦公室是一座渾然天成的瘋人院。我們每一個在裡面工作的人都是瘋子。
>
> 〈《辦公室》頁 22〉

散文寫作的趨向與文類跨越，歷來即備受討論，尤其進入新的世紀，文學的形貌跳脫以往，各種題材的觸及、創作技巧的實驗不僅在小說、詩裡處處可見，連散文亦加入遊戲性質，不刻意標榜文類的越界，卻能在主題的突顯上自成一格。對於散文有獨到觀察的張瑞芬即曾對九〇年代以降散文書寫的專業取向，表示此乃「寫作者依據自我的專業領域與關注焦點，在長期的經營不輟之下，自然而然形成的寫作傾向與路數。」[15]而胡晴舫的散文從《旅人》開始即以對「人」的觀察為創作主題，2005 年底出版的《辦公室》亦專注於此，而範圍則更縮小在描寫職場眾生相。另外本身亦創作散文的徐國能在談到主題書寫時也提到，「主題式的寫作其實並不容易，它考驗了作家對特定議題的理解深度，以及推陳出新的構造能力。」[16]因此就所謂的主題寫作而言，要追問究竟有無「辦公室文學」的存在，以胡晴舫的話答之：「世界上沒有偉大的辦公室文學。」（頁 19）因為偉大的作家不誕生於辦公室，否認「偉大的」辦公室文學，但是以辦公室為主的寫作卻擠進胡晴舫的銳筆，由大老闆到失業者，由總機小姐到業務主管，無一倖免均被寫入，在深度挖掘之後，職場的荒謬眾相無一遁形。

15　詳參，張瑞芬〈散文的下一輪太平盛世—2002~2004 台灣散文現象〉，（文訊雜誌 228 期），（2004 年 10 月），頁 29。

16　詳參，徐國能〈孤獨自語或浪跡天涯—新世代散文觀察〉，（文訊雜誌 230 期），（2004 年 12 月），頁 36。

而在《辦公室》裡由胡晴舫的視角所投射出的眾生相，卻往往又映照出作者的意識形態與獨特的處世哲學。例如在〈她患了憂鬱症〉裡，藉由一個三十多歲的高級女主管自述，道盡工作的無奈、生活的單調以及人生的庸碌，但令作者無力辯駁的，卻是「女人雖然進入了工作場所，她的工作能力卻和她看似已經解放了的性慾一樣，拿來公共展示及作為社會花邊的功能多於實質的效應。」（頁 142）即使到了二十一世紀女人依然在父權的壓制下處於弱勢。身為女性創作者胡晴舫擁有高度自覺感同身受，但卻不歇斯底里聲張女權，然而當作者選擇由她者陳述女性在職場上的不平待遇時，從中亦包含了其女性意識的蠢動，尤其在〈結婚與下午茶〉裡更為顯見，「對很多上班的女人來說，『家庭主婦』以一種奇怪的誤解方式代表著自由。」（頁 70）。而自由對一個女人而言究竟意味著什麼？走入家庭或是離開職場？在《辦公室》裡，女人的存在是一種實質概念，但多數時候卻往往成為一種無法忽略、難以漠視的辨證關係。

從另一面來看胡晴舫卻也不畏於曝露她們的窘態，〈尾牙宴〉裡為了獎金而不惜當眾扭臀脫褲的女同事，〈群體交際舞〉裡的人事經理楊小姐，其他諸如〈總裁的女兒〉、〈老女人〉等等都毫不掩飾地被揭示。此外〈小說家〉側寫袁哲生，讀來又似有自嘲的意味，小說家將自己的生命提早交還上帝，我則掙扎其中繼續辦公室的無聊生活。

胡晴舫擅長寫「人」，對「人」的觀察一直是她創作的主線，而這條線軸隨著旅程未竟而進入辦公室，人性的呈現並未固定，相反地反而越見荒謬，也許胡晴舫一貫秉持的笑謔：「在我們這麼荒謬可笑的生活裡，總有一個人會願意拿出她全部的勇氣，去質問上帝關於人類的命運。而她的代價就是滑落於所謂正常體制之外，做一名清潔婦。」（《辦公室》頁 22）可以提供我們一個答案，人性從來沒有一刻停止躁動，重點則在如何接招。

七、結語

> 我們都處於一個竊竊私語的散文格局中，無論怎麼看待散文傳統，它必定是一把雙刃劍，有時賦予你力量，有時卻給你負擔。由於這個時代人們的精神普遍處於一種漂流狀態，作為紀錄真實感受和思想的散文也顯得輕盈而零亂，又由於這個時代注重個性，人們在散文創作中紛紛選擇自己的服飾、道具和配音設備…[17]

順著蘇童的話來看胡晴舫的散文，似乎為其書寫提供了貼切的註解。胡晴舫的散文偏離傳統難以用余光中、鄭明俐等人品評散文的標準視之，而綜觀《旅人》、《她》、《濫情者》、《機械時代》、《辦公室》等這五本散文集，亦多為報紙副刊或專欄的集結，篇幅短小，寫作主題多元集中切合時代，這樣的趨勢不僅反映了現代社會的脈動與變遷，作者的書寫題材也呈現「不確定」的走向，然而如前述所言在這股「不確定」中又可見散文書寫的專業化，以女性作家而言，林文月、蔡珠兒寫飲食、張小虹以其性別研究的專長，在議論與隨筆中游走，至於講到社會文化評論性質之類的散文，龍應台的名字必不缺席，而對於胡晴舫的討論總是零星，歸究起來輕薄短小不具份量或是主因，而難以劃分、不易界定甚至不夠「純文學」則在其次。

平心而論，散文作為一種文類，除了最貼近作者性情外，對於時事與人性的反應也最為直接，就算偶爾參有虛構成分也可從中窺見作者身影。胡晴舫從創作之初即未曾改變其尖銳、犀利的文風，至今仍持續以辛辣之言發表對於社會文化現象的評論文章散見報刊專欄。她的散文不堆砌知識，也不長篇大論這點恰是異於龍應台之處，而最大的特色則是女性特質亦不彰顯，情感的收放點到為止，批判力道卻字

[17] 引言出處，蘇童〈散文的航行〉，《散文的航行》，（台北市：麥田出版，2004），頁 99。

字強震，人、事直指無所遁逃。在現代散文的場域裡，胡晴舫的位置曖昧不明，然而或許也正因如此，這些難以歸類的散文在胡晴舫的銳筆之下得以隨性越界不受限制，在掃落現實的殘片時，仍不忘覆以文學的屑末，從而使散文的書寫不再囿於一方得以無限拓展。

參考書目

專書

1. 胡情舫《旅人》，（台北市：新新聞文化，2000）。
2. 胡晴舫《她》，（台北市：時報文化，2001）。
3. 胡晴舫《機械時代》，（台北市：新新聞文化，2001）。
4. 胡晴舫《濫情者》，（台北市：新新聞文化，2002）。
5. 胡晴舫《辦公室》，（台北縣：INK 印刻，2005）。
6. 鍾怡雯主編《九十四年散文選》，（台北：九歌，2006）。
7. 顏崑陽主編《九十二年散文選》，（台北：九歌，2003）。
8. 郭懿雯編《時代與世代：台灣現代散文學術研討會論文集》，（台北：東吳中文系，2003）。
9. 國立台中技術學院編《台灣旅遊文學學術研討會論文集》，（台中：國立台中技術學院，2005）。
10. 托里・莫以（Toril Moi）著，陳潔詩譯，《性別／文本政治：女性主義文學理論》，（板橋市：駱駝出版，1995）。
11. 蘇童〈散文的航行〉，《散文的航行》，（台北市：麥田出版，2004）。

期刊論文

1. 胡晴舫，（《他》的創作自述），《文訊》105 期，（台北：文訊，2001），頁 105。
2. 胡晴舫（我們這一代人），「中國時報—人間副刊」，（2004 年，7 月 9 日）。
3. 張瑞芬（散文的下一輪太平盛世—2002~2004 台灣散文現象），（文訊雜誌 228 期），（2004 年 10 月），頁 29。

4. 徐國能〈孤獨自語或浪跡天涯—新世代散文觀察〉，〈文訊雜誌 230 期〉，(2004 年 12 月)，頁 36。

「漫遊者」蔡珠兒
——論蔡珠兒散文

王國安*

摘要

蔡珠兒的散文題材豐富，且其對植物、對食材，甚至是對社會民生，都有著多樣性的切入點，其散文藝術的特色展現，筆者以「漫遊者」蔡珠兒為題，希望能一窺蔡珠兒散文之究竟。在本論文中，將蔡珠兒定名為「漫遊者」，不在於其位置上、認同上的漫遊，而在於其豐富多樣的題材轉換及切入視角。首先，蔡珠兒在散文中展現的是「題材的漫遊」，從蔡珠兒第一本《花叢腹語》以來，到第五本《饕餮書》，蔡珠兒展現了寫作題材的漫遊，從植物寫真、植物文化史到社會觀察及食材烹調，每一本書都有其不同的主題展現，使用不同的題材，也讓其散文創作有越來越成熟的趨勢，前四本書的題材漫遊成果，在第五本《饕餮書》中即成為主要養分，也集中展現了蔡珠兒多年累積的寫作功力。再者，要談到蔡珠兒散文中的「時空的漫遊」，因為在蔡珠兒的詠物散文中，我們可以看到五千年的歷史以及五大洲的環境，其單一植物、食材在蔡珠兒散文中可以上天入地，完成時空穿梭，也是蔡珠兒散文主要的魅力所在。再次，在蔡珠兒散文中，表現最精彩者為其「身份的漫遊」，因為蔡珠兒散文之所以能有如此豐富的表現樣

* 台灣屏東人。高雄師範大學國文所碩士，中山大學中文所博士班年年級。同時於國立中山大學、高雄第一科技大學、高雄應用科技大學擔任講師。專長領域為台灣文學、現代文學、現代小說及現代詩研究。曾獲中山大學西灣文學獎藝文評論組首獎（2005），著有《李魁賢現代詩及詩論研究》（碩士論文）、〈沉落的紅星—試論陳映真短篇小說集《鈴鐺花》中的英雄形象〉、〈從《妙繆廟》單飛，試論姚大鈞的《文字具象》及曹志漣的《澀柿子的世界》〉及〈後現代的林宜澐‧林宜澐的後現代—林宜澐小說論〉等研究論文。

貌，正在於其切入視角的豐富多樣，如蔡珠兒身兼「布爾喬亞與普羅大眾」，身兼「中文人、文化研究碩士、社會觀察者」，身兼「美食家、饕客」，身兼「台灣人、香港住民」的身份，所以在蔡珠兒散文中，雖每一本書都已單一題材為寫作對象，卻因其身份漫遊所帶來的視角變化，使得其散文更散發豐富多樣的色彩。

一、前言：「漫遊者」蔡珠兒

「漫遊者」蔡珠兒？不是朱天心嗎？

在朱天心出版了《漫遊者》一書後，其以外省第二代的身份，看台灣整個社會政治現況的轉變。漫步在台北街頭，想像時空穿梭，尋找記憶，尋找認同，其漫遊者形象，成了外省第二代最典型的縮影。在此，「漫遊」代表的是為追尋自我所做，類似旅行般的漫無目的地移動遊走，「漫」代表明確目標的不存在，「遊」代表對自我的追尋，「漫遊」二字，除準確描寫在台灣政治社會變遷下的外省人心理之外，更帶給讀者對漫遊者的同情與想像。如此一說，「漫遊者」的形象，真與蔡珠兒八竿子打不著了。蔡珠兒又何以能與朱天心搶奪「漫遊者」的專利權呢？

閱讀蔡珠兒的散文，一般讀者傾慕其文字張力，其近乎戀物的實物實寫，混雜知性與感性的筆墨，字裡行間閃現的古典文學與文化研究營養，以及其自由慧黠的個性與態度，都讓蔡珠兒散文的讀者對之愛不釋手。而評論者對蔡珠兒散文在文學史上的地位亦頗為關注，先不論其在「飲食散文」上是否該有明確定位[1]，先行者如張瑞芬，將其置入「張派傳人」的脈絡下觀察，認為其「和張愛玲神似的靈動文字和世俗態度，頗令人驚豔」[2]，並認為她的文字將為「新世紀女性知性散文」別開蹊徑，也是正確的觀察。何寄澎則將之置入女性散文的脈絡觀察，認為其「語言兼有張愛玲、簡媜之精魂」，也能夠說出蔡珠兒

1　蔡珠兒在飲食散文上的精彩表現有目共睹，然至今未有以飲食散文整體脈絡為主題，並將蔡珠兒飲食散文置入整體脈絡的觀察及為其成就作定位的論文出現。在鍾怡雯的〈記憶的舌頭—美食在散文的出沒方式〉一文中，雖試圖耙梳整體飲食散文的脈絡，可惜當時蔡珠兒尚未以其飲食散文出名，所以該篇論文未曾談及蔡珠兒，相信若將蔡珠兒的飲食散文成就置入討論的話，該篇論文將有很大的改動，其「舌頭的革命」一章，將對蔡珠兒大書特書。

2　張瑞芬：〈蔡珠兒〉，《五十年來台灣女性散文．評論篇》，台北：麥田，2006年，P.385。

的文字在散文史上的傳承與發展。然評論家多關注於蔡珠兒散文文字風格及其在散文史上的地位，對蔡珠兒散文本身的整體脈絡及創作方法則較少論及。其他的論文則多為書評書介，以蔡珠兒某本書作為觀察對象，其中以《雲吞城市》和《紅燜廚娘》最受青睞[3]，然而篇幅短，也未能為蔡珠兒的散文作整體觀照。

筆者在此篇論文中，便以蔡珠兒至今出版的五本散文作品為主要研究文本，試圖找出蔡珠兒散文的主要發展脈絡所在，並試圖找出蔡珠兒散文文字魅力的主要來源：其飲食散文何以能如此豐富生動？何以能獨立於其他飲食散文作家之外而有著專屬於蔡珠兒的風格？都是本篇論文所試圖解答的。在筆者對蔡珠兒散文作整體觀察後，筆者認為，蔡珠兒正是一位「漫遊者」，然其漫遊，無關悲情，也與自我定位的追尋無涉，而是她不想待在任何一個固定的位置，「漫遊」代表其「自由」，代表其不願為自我定位，也不願被讀者定位。在蔡珠兒的散文中，其「漫遊」在書寫題材的多變上已是顯例，而其豐富多樣的切入視角，也因其多重身份的漫遊而帶來不同的觀察，蔡珠兒的散文因此令人看不膩。筆者認為，這「漫遊」二字正是蔡珠兒散文魅力的主要秘密所在，「漫」是不願有明確的目標及輕快自由、不經心的態度，「遊」是她帶領讀者所做的身體靈魂的移動與旅行，「漫遊者」是蔡珠兒，而蔡珠兒的讀者，也隨之作了身心靈的漫遊。

以下，筆者便以「漫遊」為主題，為蔡珠兒的散文作一整體的展現。

---

3 在筆者收集的資料中，以蔡珠兒《雲吞城市》為主題的書評文章有鄭栗兒的〈香港社會報告—蔡珠兒與雲吞城市〉、張瑞芬的〈南方城市的腹語—讀蔡珠兒《雲吞城市》〉及盧非易的〈城市與作家—《雲吞城市》〉三篇。以蔡珠兒《紅燜廚娘》為主題的書評文章則有莊裕安的〈芭比的女兒—《紅燜廚娘》〉及張瑞芬的〈慾望味蕾—讀蔡珠兒《紅燜廚娘》〉兩篇。此二書亦各有李歐梵及陳浩的推薦序。

二、題材的漫遊

蔡珠兒，台灣南投縣人，1961年生。台大中文系畢業，英國伯明罕大學文化研究碩士，曾任《中國時報》編輯、記者、研究員、專題記者，現居香港專事寫作，曾獲第二十屆吳魯芹文學獎。從早期的《花叢腹語》到最近的《饕餮書》，蔡珠兒走的大部分是專欄寫作的路數[4]。所以，蔡珠兒的散文就形式上來說，多是專欄短文，篇幅短小，這一方面決定了蔡珠兒「刪」大於「寫」的精簡的創作方式[5]，一方面也因為專欄文字的主題性，使其在各大報的專欄創作時，多為某一專欄創作同一主題的散文，所以蔡珠兒每本集結成書的散文集，都有著不同的主題呈現。從《花叢腹語》到《紅燜廚娘》，其作品主題的轉換是明顯的，從《花叢腹語》的植物寫真，《南方絳雪》的文化研究，《雲吞城市》的香港即景，《紅燜廚娘》的廚藝食材，每本書蔡珠兒都給讀者不同的文字視覺享受。如此的「題材漫遊」，是蔡珠兒散文多樣面貌的展現，且雖然各本書主題各異，卻又異中有同，互相影響，所以到了近作《紅燜廚娘》及《饕餮書》中，便有了類乎「集大成」的展現。以下，便以「題材漫遊」為主，來耙梳蔡珠兒散文的發展脈絡。

（一）《花叢腹語》：感性的植物寫真

《花叢腹語》，如蔡珠兒所言，是「一個植物愛好者的獨白私語」，在該書中，其以對花草樹木的感性觀察，以書寫這些「似曾相識、親

4　蔡珠兒的《花叢腹語》是中晚時代副刊的「城市花事」、「花叢腹語」及自立早報副刊的「人類植物學」三個專欄集成；《雲吞城市》是中國時報人間副刊「三少四壯」專欄的集結；《饕餮書》則為《新新聞》上「食物與權力」專欄的結集。在蔡珠兒的散文專著中，只有《南方絳雪》以類似文化研究論文的筆法，篇幅較長，然也多刊載於報紙副刊。

5　蔡珠兒：「我事實上是把至少可以寫成三到四千字的東西，壓縮成一千一百字，其實我書裡面很多篇都是「刪」出出來，而不是「寫」出來的，是精華片段的剪輯。」見歐佩佩：〈蔡珠兒 V.S 張小虹—文字與身體感官的交會〉（《誠品好讀月報》，60期，2005年11月），P.38。

切眼熟」的植物，追溯其幼年的「龍溪記憶」。在《花叢腹語》中，蔡珠兒的文字可說是初次粉墨登場，其高濃度的感性文字，在《花》書後幾乎不再出現，《南方絳雪》後，蔡珠兒的散文轉向知性的路數，其處女作中的「過度感性」，只偶爾出現在後來的書中。何以謂「過度感性」呢？在《花叢腹語》中，蔡珠兒似乎解得花語樹語草語，能與植物作心靈對話，甚至其感官發揮到極致，能聽到植物的喃喃低訴，或被植物的細微聲響所震驚。這在〈劈哩啪啦〉一文中展現的最為清楚：

> 劈劈啪啪，畢畢剝剝，什麼東西一路炸過去，吵的我整夜沒睡好，一再被烈焰閃光驚魘。天亮後推窗一看，夢裡纏人的光焰突然迸現，碎金的顏彩大量奔流到眼中。啊呀，新種的炮杖花開了滿滿一陽台……[6]

被炮杖花的開花吵的整夜無法入眠，這是怎樣敏銳的感官才能感受到，但此種「只可意會」的專屬於蔡珠兒的聽覺視覺享受，雖透過了濃重的文字描繪，卻仍是「難以言傳」，此即筆者所謂「過度感性」的文字。而在之後的書中，因蔡珠兒多以知性的文字呈現，所以此種過度感性的文字僅偶爾出現[7]。

在蔡珠兒散文中，《花叢腹語》是其是蔡珠兒的處女作，也是她的散文集中最風格迥異的一本，其感性文字是後來知性散文的主要養分，所以蔡珠兒雖然可以歸入「新世紀女性知性散文」中，然其感性文字的閃現，也使得蔡珠兒散文有感性與知性兼具的優勢。再者，在《花叢腹語》中，其〈致命的叫聲〉與〈九層香塔〉等文，與該書其

---

6 蔡珠兒：〈劈哩啪啦〉(《花叢腹語》，台北：聯合文學，2006)，P.117。

7 如《南方絳雪》中的〈一夕驚星〉即是顯例：「猝不及防。才剛出門下樓，要走到獅子座下的那塊東北角暗地，一枚碩大的雪白流星就當頭撞來，銀亮的碎粒差點濺到我的額頭。驚呼還未脫口，一管熒熒的橙紅火點又橫飛而至，傲然拖著一條孔雀綠的長尾巴。啊，原來真的有流星雨…」(《南方絳雪》，台北：聯合文學，2002)，P.200。此段文字之感性風格與《花叢腹語》中的感性文字非常類似。

他散文的風格也大大不同，不但篇幅加長，且逐漸走向文化研究的知性路數，其《花叢腹語》最末篇〈九層香塔〉更可說是《南方絳雪》第一篇〈冷香飛入飯桌〉的姊妹篇，這等於宣告了蔡珠兒的下一本散文集《南方絳雪》的出現[8]，其題材與寫作風格的轉變在此已有所表現。

（二）《南方絳雪》：食物花果的文化研究

《南方絳雪》中的文字與《花叢腹語》有很大的不同，不論是形式上從專欄短文走向類論文寫作，或是從感性書寫到文化史料的知性整理，都可以看出蔡珠兒試圖求新求變的努力。在《南方絳雪》中，蔡珠兒確立了自己以知性結構組織植物、食物的文化史料的個人風格，此風格在《紅燜廚娘》及《饕餮書》中都有集中展現。《南方絳雪》中，以〈南方絳雪〉一文最堪為代表，該文以「甜夏多汁」闡述記憶，展現愛荔枝的童年與現在，而從「漢武帝的熱帶果園」開始，「南方的朱色憂鬱」、「水晶絳雪」、「唉，跟你們說了也不懂」到「吸露嚥香化荔仙」，整篇文章穿梭古典中國，漢武帝、曹丕、宋徽宗、張九齡、杜牧、蘇東坡都是座上賓，其文化史料的堆積因其慧黠的文字風格而興味盎然，這代表了蔡珠兒由植物寫真轉向植物文化研究的成功。而《南方絳雪》中的其他篇章，也宣告了蔡珠兒在文章中廣泛應用人類學、心理學、社會學的知性散文風格的開始。如〈丁香的故事〉、〈紫荊與香木〉、〈甜菜正傳〉中從植物談到殖民，在〈一隻虛妄的老鼠斑〉及〈嶺南有嘉魚〉中由餐桌上的魚談到社會階級問題。此種文化史料的組織及各人文社會學科的縱深也是蔡珠兒散文的鮮明特色。而其人文

8　關於蔡珠兒在此的創作轉變，張瑞芬也有相同觀點。她說：「輯三的「人類植物學」，寫咖啡文明，九層塔的中西淵源，曼陀羅的麻醉藥用功能。此時的蔡珠兒，已隱然有發展篇幅，寫飲食、物象文明的雄心。」張瑞芬：〈蔡珠兒〉(《五十年來台灣女性散文・評論篇》，台北：麥田，2006)，P.385)

社會學科的縱深也帶來了蔡珠兒將視角深入城市風景的興趣，《雲吞城市》就這樣產生了。[9]

（三）《雲吞城市》：香港的城市即景

1996 年，蔡珠兒移居香港，正式成為香港住民。在該書中，除〈遍山桃金孃〉等以植物為主題的文章還有點自然觀察者的風格，大部分篇章，則是蔡珠兒以社會觀察者的身份出發撰寫。她深入香港民間，學習廣東話，習慣港人作息，一起上茶餐廳，一起罵董建華，沒有與香港的庸俗、雜種文化相扞格，蔡珠兒簡直成了香港住民的代言人。在《雲吞城市》中，香港明星劉德華、謝霆鋒、張國榮，香港民俗打小人、上黃大仙廟，香港大事如 SARS、禽流感、失業與自殺等都是專欄題材。蔡珠兒以其人道主義的觀察視角，再以「到底是香港人」[10]的同理心，對香港社會作觀照，得到了令人激賞的成績。該書中的香港觀察，成了後來《紅燜廚娘》及《饕餮書》的主要養分，這也使得蔡珠兒的飲食散文，總是帶著遊走「兩岸三地」的風貌。

（四）《紅燜廚娘》：三度漫遊經驗的絕佳融合

《紅燜廚娘》是蔡珠兒散文至今為止的最高成就[11]，該書的食材廚藝、私房菜譜藉由感性與知性兼具的文字，給了讀者對於食材視覺、

---

9 《雲吞城市》和《南方絳雪》部分篇章的發表時間是互相疊合的，但這無礙《雲吞城市》在蔡珠兒散文中承先啟後的位置。

10 本句是化用張愛玲〈到底是上海人〉的文題。在張愛玲該文中，對上海人的不避庸俗，不擔國仇家恨的態度表示認同，認為上海人的生命力正展現於此。蔡珠兒在《雲吞城市》中，便是持這樣的態度來看待香港人，她不站在高道德的角度來看待香港人，而是站在與香港平民同一視角來看到香港的回歸後的沒落，充滿了同理心與人道情感。

11 《紅燜廚娘》2005 年 10 月初版，同年 12 月 5 日便初版五刷，其銷售成績有目共睹。且又獲得 2005 年讀書人年度文學類最佳書獎、2005 年博客來年度百大名人推薦，2005 開卷年度十大好書、2005 年中國時報開卷好書獎美好生活推薦書以及 2005 年聯合報讀書人年度最佳書獎等的推薦。在張瑞芬論蔡珠兒的文章中，曾說：「就散文的藝術成就而言，至目前為止，《南方絳雪》、《紅燜廚

嗅覺甚至是聽覺、觸覺的感官享受。《紅燜廚娘》備受推崇的程度有目共睹，審其原因，筆者認為，若吾人將該書放在蔡珠兒的創作脈絡下來觀察便可發現，《紅燜廚娘》實是蔡珠兒前三書創作經驗的綜合體，在三度的題材漫遊之後，每次的收穫，在《紅燜廚娘》一次集中豐收。所以，在《紅燜廚娘》中，我們可以看到如《花叢腹語》一書中的感性文字[12]；我們可以看到如《南方絳雪》中的跨越古今的文化研究及社會學、心理學縱深[13]；我們可以看到如《雲吞城市》中的庶民視角與城市即景[14]。三書的優點在《紅燜廚娘》中巧妙結合，使得該書得以感性文字沖淡了知性散文的硬度，她慧黠的觀世態度加上人文學科的深

娘》恐怕堪稱蔡珠兒的最佳代表作。」張瑞芬：〈蔡珠兒〉(《五十年來台灣女性散文‧評論篇》，台北：麥田，2006），P.389。鍾怡雯在〈散文浮世繪—《九十四年散文選》序〉中討論飲食散文的發展後也說：「就這幾年的閱讀經驗而論，我認為蔡珠兒的《紅燜廚娘》是高峰。」是很正確的評價。

12 如〈覆盆子〉開頭：「天色粉清陽光油黃，微風扶來豌豆花香，鳥捲著軟舌在樹上引吭，寶石紅的漿果在手心顫動，倫敦的夏天美得像個夢。剝下一粒覆盆子放進嘴裡，甜嫩清酸了無渣痕，更像吃下一口夢，然而夢是鬆的，沒有這麼緊食強烈的氣味，那是比香更稠的豔，像吞下一坨胭脂水粉暈染在頰腔，滿口豔光，照得臟腑熠熠生輝。」(P.19）便是色彩濃重的感性文字描繪；又如〈楊枝甘露〉中的：「晚春初夏，芒果已肥美黃熟，泰國蜜柚卻還繃著青臉，像在跟誰嘔氣。」(P.40)；如〈你別麻我〉：「厚厚的麻，像包了海綿的鈍器，把人敲得暈陀陀。唇舌脹成千斤重，腦子卻歡快輕盈，飄然高舉，裂變出無數明麗影像，嘈雜的人聲、嗆鼻的油辣，以及外面的嘩嘩大雨，都被織成嘉年華的小調舞曲。」(P.153）都可為例。

13 如〈香蕉之死〉中所談到的：「香蕉有三百多種，全球的市場卻只賣一種，由於香蕉貿易被 Del Monte 等五大跨國商社壟斷，為求商品多產、耐風和美觀，他們只種 Cavendish 這品種，無味倒也罷了，糟的是可能滅種。……」(P.32）便是精彩的社會學觀察。又如〈冬瓜盅〉：「吃冬瓜盅要湊人頭，人少吃不完，人多不夠吃，其性質近乎政黨、詩社或幫派，有種微妙的集體主義，相濡共濟卻又互鬥角力。……而冬瓜盅的滋味，就更集體主義」(P.112）也讓簡單的食材有了社會學科的縱深。而其他篇章中的百科全書式的食材資料的堆砌，也可說是《南方絳雪》中文化研究的延續，如〈酗芒果〉、〈飛天筍〉、〈柳丁情結〉等，可說該書中大部分文章都有此特色。

14 如〈鵝回來了〉：「『鵝返來啦！』香港近來最振奮人心的消息，莫過於燒鵝重返江湖，飢纏許久的市民遊客，紛紛湧往鏞記和深井，迫不及待大快朵頤。」(P.130）便是典型的香港城市即景及庶民視角的運用。

度，使食材的描寫不再是簡單的食譜呈現或個人記憶，而蔡珠兒的庶民視角對食材的觀察，更增加了食材表現社會的即時性與親切度。各項優點在《紅燜廚娘》中集結，再加上蔡珠兒「刪大於寫」的精鍊文字，使得該書成為蔡珠兒散文至今為止的最佳表現。

（五）《饕餮書》：《南方絳雪》的精簡版與普及版

《饕餮書》是《新新聞》週刊「食物與權力」專欄的集結，其同於《紅燜廚娘》，綜合了前三書的優點，且其主題上雖也承襲《紅燜廚娘》，以討論食材為主，然文字卻與《紅燜廚娘》有別。《紅燜廚娘》表現的是前三書優勢的有機結合與絕佳融合，但《饕餮書》卻改變了三書影響的份量：一方面感性文字減少，《花叢腹語》的影響變小，使得該書感性份量少，知性份量多；一方面其篇幅拉長如《南方絳雪》，文化研究的份量增加，且此書為「食物與權力」專欄的集結，所以食物與社會、食物與個人政治的關連本即為撰文重點；而庶民視角與香港城市即景則為該書中的有機成分，伴隨著食物與社會的探討而出[15]。我們可以說，《饕餮書》算是《南方絳雪》的精簡版與普及版，一則篇幅沒有《南方絳雪》長，一則文化研究的資料更淺顯易懂，但在《紅燜廚娘》中的絕佳的有機融合卻失去了，三書影響的比重失調，筆者認為，這是《饕餮書》書雖為後出，但藝術成就上卻不能與《紅燜廚娘》相比的主要原因。

以上，我們瀏覽了蔡珠兒至今所出版的五本書，因專欄的主題性不同，使得每本書都有著不同的主題呈現，而每個主題的撰寫過程中，蔡珠兒都有著不同的創作經驗，每次的主題轉換，就像蔡珠兒的漫遊，每次的收穫都成為下本書的養料，而《紅燜廚娘》的高成就若正是隨

---

15 如〈憂鬱的老火湯〉一文中提到：「這種大碗湯自然精緻不到哪裡去，然而有湯可喝以算不壞，金融風暴後經濟不景氣，失業率高漲，香港有愈來愈多人無湯可喝，『天賦湯權』慘被剝奪。……」便是蔡珠兒庶民視角、香港即景以及社會觀察的綜合。(《饕餮書》，台北：聯合文學，2006），P.41。

之前幾部書的經驗累積而來，我們可以說，蔡珠兒的題材漫遊，是構成蔡珠兒散文成就的第一個主要原因。

三、時空的漫遊

在閱讀蔡珠兒散文的時候，最令讀者印象深刻的，是她帶著我們上天下地，橫跨古今中外，遨遊於五千年的歷史文化與五大洲的地理風土的功力。這種閱讀經驗在其《南方絳雪》及《紅燜廚娘》中呈現的最清楚。如《南方絳雪》中開篇〈冷香飛入飯桌〉便從中國的香菜講到埃及、講到《聖經》《舊約》《天方夜譚》，再以此將場景拉到阿拉伯，再到北歐，談到中東、北非、牙買加、古巴，再講到南洋、講到台灣，最後再回到中國。讀者彷彿跟著蔡珠兒的文字乘坐時光機，穿梭時空，遨遊五大洲。這就是筆者所謂的「時空的漫遊」。不同於「題材的漫遊」是蔡珠兒因撰文主題不同而帶來不同的創作經驗與文字風格，「時空的漫遊」是蔡珠兒散文的重要創作方法。「時間」所帶來的歷史縱深，「空間」所帶來的地理寬度，正是蔡珠兒散文的主要魅力所在。這種「時空漫遊」的創作方式，在《花叢腹語》中仍未有清楚呈現，但到了《南方絳雪》後，蔡珠兒文化研究的創作方式與文化史料的知性組織，使得食物文化學、食物社會學的魅力隨蔡珠兒的時空推演依次展現，一株植物、一種食材，其格局之廣大，內涵之豐富都令讀者驚豔。

而蔡珠兒散文的時空漫遊實不只此，其空間的移動也表現在蔡珠兒追尋美食的旅程上。在蔡珠兒的散文中，旅遊的最高目的通常是為了享受美食，如〈麻婆在哪裡〉：「去成都總能吃到正宗麻婆吧？一下飛機，我直奔西玉龍街的陳麻婆豆腐店，滿心期待⋯⋯」[16]；有時，美食正是其開啟旅程的主因，如〈荔枝餘燼錄〉：「盛夏長暑，一車車的

---

[16] 蔡珠兒：〈麻婆在哪裡〉（《紅燜廚娘》，台北：聯合文學，2005），P.77。

荔枝團，滿載阿叔師奶，熙攘絡繹北上採荔，人人又吃又掠，在園中狂啖狼吞後，還要拎回幾蘿細品慢嘆。……那幾年的夏天，我拉著汪浩組成二人荔枝團，經常北上，穿梭於珠三角的農市果場，遍嚐五光十色的綠玉紅香」[17]：在各地旅遊的同時，她也要比較同一食材在世界各地的不同味道，如〈醬炒過貓〉中：「在緬甸、泰北、巴里島和婆羅洲逛菜市場，我常見到野生過貓，鮮翠沾露豐美肥長，和田畦栽植的迴然兩樣，看得我饞意大發，急急買來，央請附近的小吃店代炒」[18]；甚至食物本身也需要「旅行」，如那被蔡珠兒一路從台北抱回倫敦的「飛天筍」[19]，那請朋友從花蓮快遞來的麵包果[20]；而蔡珠兒散文中表現異國風味美食的文章，更表現了食物與地理空間的緊密關係，如《南方絳雪》中〈辛香失樂園〉所言：「十四年前我第一次去泰國，觸眼所見盡是光彩燦豔之色，鼻舌繚繞的無非花果幽香，回到台北後，忽覺周遭一切黯然無光」[21]。所以，除了植物、食材、香料的介紹牽涉到地理常識外，蔡珠兒散文中的空間移動，不論是蔡珠兒主動，還是食物「主動」，也都讓讀者跟著蔡珠兒在世界各地漫遊，所以我們可以說，蔡珠兒的飲食散文，實是加了旅行散文的質素，食物與旅行的結合，是蔡珠兒「時空漫遊」創作方式的特色所在。

再次，在「時間」的推展上，除了闡述植物食材的歷史縱深之外，蔡珠兒帶領讀者時間漫遊的方式，便是隨著她對食物的「記憶」開展而來。食物與作家記憶的結合實已是絕大多數飲食散文作品的通例，

---

17 蔡珠兒：〈荔枝餘燼錄〉（《紅燜廚娘》，台北：聯合文學，2005），P.37。

18 蔡珠兒：〈醬炒過貓〉（《紅燜廚娘》，台北：聯合文學，2005），P.63。

19 〈飛天筍〉：「它太鮮甜，不能煮熟，否則在機艙裡捂十幾個小時，怕要發酸。於是我比照鮮花，用濕棉花纏裹，套上錫箔，再用半濕和乾的報紙層層包起，最後以氣泡膠捲妥，刺些小洞讓它呼吸。不敢塞在行李箱，擱在手袋裡，一路從台北抱回倫敦。」（《紅燜廚娘》，台北：聯合文學，2005），P.26。

20 〈麻姬露〉：「是S從花蓮快遞來的麵包果，果子經不起旅程折騰，熟極潰爛，把紙箱浸濕泡軟，七八個麵包果崩塌一團，黏膩不可收拾。」（《紅燜廚娘》，台北：聯合文學，2005），P.53。

21 蔡珠兒：〈辛香失樂園〉（《南方絳雪》，台北：聯合文學，2002），P.132。

從周作人以食物為主題的散文小品，到梁實秋的《雅舍談吃》，再到上個世紀末的飲食散文代表作林文月的《飲膳札記》，記憶可以說是飲食散文最重要的主題。在飲食散文中出現的記憶，又可分為「文化脈絡」、「社會記憶」、「個人記憶」三方面。「文化脈絡」上已如前述，植物食物香料的文化研究便使蔡珠兒在此方面得到很高的成績。而在「社會記憶」方面，蔡珠兒散文中的社會觀察與庶民視角便在此展現，如〈鵝回來了〉一文的開頭：

> 「鵝返來啦！」香港近來最振奮人心的消息，莫過於燒鵝重返江湖，飢纏許久的市民遊客，紛紛湧往鏞記和深井，迫不及待大快朵頤。二〇〇五年初鬧禽流感，全面封禁雞鴨入口，闊別燒鵝五個多月，令人一日三秋朝思暮想，終於等到倦鳥知返，金香酥翠飛回桌上，久別重逢分外激情，人人啃的滿嘴油光，醉心忘形。[22]

將香港人對燒鵝的認同與感情，以當時禽流感解嚴的新聞表現出來，正是食物連結社會集體記憶的精彩呈現。且在「社會記憶」方面，蔡珠兒對之有深刻的見解：

> 食物是最深刻的記憶與認同，像基因一樣嵌織著一套複雜的暗碼，標誌著個人的性別、血統、地域、社會階級和成長歷史，組合排列出獨特的印記。近年來「年級說」甚囂塵上，每個年級的人都在歸納比對，尋覓自我成長與社會遞變的形塑關係，零食尤其是最重要的辨識線索……。[23]

每個世代有屬於該世代的集體記憶，每個地區有屬於該地區的集體記憶，每個社會階級有專屬於該階級的集體記憶，皆是如此，蔡珠

22　蔡珠兒：〈鵝回來了〉（《紅燜廚娘》，台北：聯合文學，2005），P.131。
23　蔡珠兒：〈洋芋片的時空版圖〉（《饕餮書》，台北：聯合文學，2006），P.137。

兒討論「零食」時，便巧妙地將「年級說」與零食作比附。這種在食物中呈現「社會記憶」的功力，蔡珠兒也表現地極為精彩[24]。

而飲食散文中最重要的「個人記憶」方面，蔡珠兒當然也有表現，但我們可以看到，她的記憶多半屬於簡單的敘事性說明，如到哪裡旅行看到吃到什麼樣的食材，或是逛菜市場、作菜的經驗等等，我們可以說，蔡珠兒並不刻意去營造自我與食物的記憶氛圍，所以在她的飲食散文中，個人記憶的食物懷舊部分在份量上與其他飲食散文作家相較是少的。但有些食材又真能勾起蔡珠兒的個人記憶，使她不得不跟著食物回到過去，讓回憶為食材調味。如讓蔡珠兒曾有過「甜美多汁的暑假」的荔枝園[25]便是一例；在〈瓊斯太太的蛋糕〉[26]中，那「比牆還難吃」的厚重甜糕也讓觀者不禁莞爾；又如在〈覆盆子〉中，曾在好友梅寶菜田中摘採覆盆子的經驗是快樂的，而在對覆盆子有了進一步認識後，想打電話告訴自己的好友，才想起好友已離開人世[27]，讓讀者跟著蔡珠兒一起欷嘘食材依舊人事已非；在〈紅蘿蔔蛋糕〉中，蔡珠兒在製作蛋糕的過程中療治喪母之痛，也撫平了她與母親曾經有過的齟齬，她說：「然而有種酸苦，涔涔從心底滲出。作紅蘿蔔蛋糕，又讓我想起媽媽，雖然她從沒烤過任何糕點，這也不是我記憶裡的家庭滋味，然而去年冬天媽媽病逝後，我竟是靠著它，熬過最困難的時光。」[28]都是蔡珠兒以「個人記憶」呈現食物時的精彩片段。

---

24 再如其〈豬油拌飯〉一文所提及：「然而豬油拌飯最神奇的秘方，其實是舊日情懷，我們四五年級生憶苦思甜，想到那個青黃蒼白，沒什麼油水和零嘴的童年，總有一碗拌飯晶亮噴香，在記憶深處熠熠生光。」(《紅燜廚娘》，台北：聯合文學，2005）P.161，也是以社會記憶為食物調味的顯例。

25 蔡珠兒：〈南方絳雪〉(《南方絳雪》，台北：聯合文學，2002），P.84。

26 蔡珠兒：〈瓊斯太太的蛋糕〉(《紅燜廚娘》，台北：聯合文學，2005），P.140-143。

27 〈覆盆子〉：「不得了，我要打電話告訴梅寶，原來覆盆子是偉哥，我們都補錯了。我拿起電話又頹然放下，梅寶不在了，五年前，她因為結腸癌，已經離開倫敦和這個世界。」(《紅燜廚娘》，台北：聯合文學，2005），P.21。

28 蔡珠兒：〈紅蘿蔔蛋糕〉(《紅燜廚娘》，台北：聯合文學，2005），P.140。

總而言之，在蔡珠兒散文的「時空漫遊」中，一則以文化史料堆疊出五千年與五大洲的時空格局，一則以自身為主體，帶讀者作空間旅行或時間位移，這樣的創作方式，也增加了蔡珠兒散文的精彩度，所以，「時空漫遊」，是蔡珠兒散文吸引人的第二個主要原因。

四、身份的漫遊

綜觀蔡珠兒散文，其在題材上的靈活多變，其空間時間位移創作方式的巧妙運用，都是讀者容易察覺的。但筆者在此，願提出蔡珠兒散文又一重要面向，也就是其多變的「身份」所帶來的多重視角，不同的身份帶來不同的認同感，不論是向香港認同、向布爾喬亞認同、向美食家認同等，在蔡珠兒的散文中，其「漫遊」的輕快自由與不願被定位，最主要便出現在「身份」上。所以，在蔡珠兒散文中，我們抓不住她，我們沒辦法知道在某食材出現時，她又要以什麼要的角度切入，即使在不同文章中她的切入角度相互矛盾到簡直可說是「角色混淆」了，卻也彷若在字裡行間閃現了她慧黠的臉，那種不願被定位的輕鬆態度，是蔡珠兒散文吸引人的最重要原因。以下，筆者以蔡珠兒散文中最常出現的幾種身份來討論其「身份漫遊」所帶出的散文成就。

（一）台灣人與香港住民

蔡珠兒是台灣南投埔里人，小時候住過花蓮，長大後到台北唸書，雖在成長過程住過三個地方，可是都是在台灣。因此，「台灣」這個符號，就成為蔡珠兒撰寫散文時用來指稱「回憶」的連結物，這尤其在蔡珠兒關於台灣本土出產的植物花果的散文中更為明顯。如當年讓蔡珠兒差點成為「荔枝仙」的南投荔枝園（〈南方絳雪〉）；如那「充滿濃郁的回憶和友情」的「飄洋過海」的麵包果，是蔡珠兒小時候住花蓮時常見常吃的果物，如今卻要朋友從花蓮山上寄到香港才吃的到（〈麻姬露〉)；如那一離開台灣，就讓蔡珠兒不得不自己動手包的燒肉粽(〈老蔡肉粽〉) 等等，飲食植物都成了勾起回憶之物，「台灣」也成了呈載這些回憶共同標的。蔡珠兒「台灣人」身份在散文中的出沒，增添其散文中時間（因為多屬回憶）和空間（因為現已移居香港）的流動感。

蔡珠兒於 1996 年移居香港，有趣的是，蔡珠兒的散文除《花叢腹語》中大部分篇章外，其餘的撰寫出版時間幾乎都在 1996 年後，所以我們可以說，從《花叢腹語》後，蔡珠兒的每一本散文集都有濃厚的香港味，先不論主題全以香港風土民情為主的《雲吞城市》，在其他的散文中，「香港」所出現的次數明顯多於「台灣」，而且如果台灣的出現主要帶出蔡珠兒的回憶，則香港主要帶出蔡珠兒即時的、庶民式的觀察，包括《南方絳雪》中的〈嶺南有嘉魚〉、〈一隻虛妄的老鼠斑〉、〈今晚飲靚湯〉；《紅燜廚娘》中〈鴨肝肥腸〉、〈火宅之人〉、〈鵝返來啦〉；《饕餮書》中〈憂鬱的老火湯〉、〈蝦碌之王〉及「輯三、食物之香港氛圍」等等，幾乎都是以蔡珠兒在香港居住後的生活經驗所撰寫而成，且在這些篇章中，蔡珠兒的庶民視角及社會觀察、人文社會學科縱深上都表現的很精彩。

如果說居住環境牽涉到人的記憶與認同，那我們可以說，在蔡珠兒的散文中，台灣與香港對蔡珠兒的影響是平等的，正因為她兼有台灣人與香港住民這兩個身份，所以藉由對過去與現在居住環境的記憶與認同的輪番呈現，其文章的豐富性與可讀性也因此增加[29]。

---

[29] 實則蔡珠兒還兼有「倫敦學生」與「上海媳婦」這兩個身份，但這兩個身份在其文章中出現的次數較少，在「倫敦學生」方面，以〈瓊斯太太的聖誕糕〉一文為顯例（《紅燜廚娘》，台北：聯合文學，2005，P.109-111）；而在「上海媳婦」的方面，則讓蔡珠兒多烹煮了上海私房菜的經驗，此在〈濃腴與清鮮〉一文中呈現的最明顯。(《南方絳雪》，台北：聯合文學，2002)，P.124-129。

（二）中文人・文化研究碩士・記者

蔡珠兒是台灣大學中文系畢業的，這樣的背景讓蔡珠兒散文有著屬於中文人的氣質，雖然蔡珠兒散文的風格與同樣中文系背景的散文作家如簡媜、張曼娟等靈活運用古典文學詞彙、文字閃現詩情的創作方法不同，但她的中文人氣質在《花叢腹語》中為植物寫真運用感性文字時仍有明顯呈現，那種人與自然同生，個人感官敏銳度升到極限後所呈現的色彩濃重的文字，的確會讓人想到她的中文系背景。且在各種題材的散文撰寫中，也可以看出蔡珠兒在文學方面的素養，比較出名的篇章如〈乾菜燜魯迅〉、〈安徒生的菜單〉，且蔡珠兒自稱「忝為張迷」，張愛玲的作品也成了蔡珠兒常引用的題材，先不論在蔡珠兒文章中常出現的「白流蘇」，〈驚紅駭綠慘白〉一文，便是以張愛玲作品中的花木為主軸的精彩篇章。然在蔡珠兒散文中，筆者認為其中文系背景對之影響最大的，是她對語言的敏銳度。不管是植物、食材[30]，不管是風俗民情[31]，或是在散文中不時出現的廣東方言俚語[32]，都不得不讓人注意到蔡珠兒對語言的敏銳度，此也非其中文系背景不為功。

而蔡珠兒在三十歲時遠赴英國倫敦伯明罕大學進修文化研究碩士班，其文化的學術背景，更成為其散文最主要的特色所在，從《南方絳雪》後，蔡珠兒散文中的文化內涵一直是其散文吸引人的主因已如上述。又因蔡珠兒的中文系背景，使得其文化研究的史料方面，中國文化實為主要成分，所以不論《東京夢華錄》、《本草綱目》、二十四史，

---

[30] 如〈鮑魚的糖心術〉中：「鮑魚古名鰒魚，由於古人無輕唇音，『鰒』讀成『鮑』，久之遂與鮑魚相訛」即是一例。（《饕餮書》，台北：聯合文學，2006），P.59。

[31] 如〈紫荊與香木〉：「從『阿 B 花』、『豬頭丙樹』變成『卜力的羊蹄甲』，洋紫荊的際遇，彷彿是香港的寫照」即是一例。（《南方絳雪》，台北：聯合文學，2002），P.55。再如〈蝦碌之王〉一文，便是廣東方言與香港風俗民情的對應呈現，也十分精彩。（《饕餮書》，台北：聯合文學，2006）。

[32] 如〈江湖告急說明會〉一文便是顯例，其中出現「賣大包」、「走寶」、「乾塘」、「大鑊」、「麻鬼煩」、「著數」、「搵老襯」等等廣東方言，增添了讀者藉由語言本身對港人的親切感，也增加了文章的感染力。（《雲吞城市》，台北：聯合文學，2003）。

或是比較冷門的史料如《南越筆記》、《名醫別錄》、《三輔黃圖》等，也增加了讀者對中國文化的興趣。

而除了蔡珠兒的學術背景外，她曾任中國時報的記者，所以其社會觀察的能力實不遜於其自然觀察，《雲吞城市》中的庶民視角與城市即景，便得力於蔡珠兒的記者身份，且在蔡珠兒散文中常出現的類似報導性的文字[33]，也必須對應到蔡珠兒的記者身份，她在《饕餮書》的自序中曾說：「又因為是寫給新聞週刊，我的記者舊癖復發，不免貪熱好鮮，抓時效貼新聞，傾力描摩當下的現象事件」[34]而此記者的社會觀察能力，在《南方絳雪》、《紅燜廚娘》與《饕餮書》中都所呈現，也是蔡珠兒散文的特色。上文已有提及，茲不贅述。

總之，中文人、文化研究者、記者是蔡珠兒的三重身份，這三重身份各給了蔡珠兒創作時不同的養料與觀察角度，三重身份有時融合，有時各自獨立，漫遊其間，蔡珠兒總能隨時給人不同的閱讀經驗。

（三）布爾喬亞與普羅大衆

說蔡珠兒是布爾喬亞應該不會有人有意見。走訪世界各地，品嚐風味美食，在廚房裡烹調精選食材，伴以音樂與悠閒的心情，這樣「有錢有閒」的生活，不是布爾喬亞是什麼呢？我們可以說，蔡珠兒在尋訪美食、品味美食的過程中，其中產階級的身份為之增加了很大的便利，她可以到泰國吃道地的泰國菜（〈辛香失樂園〉，可以到四川吃傳說中的正宗麻婆豆腐(〈麻婆在哪裡〉)，可以真刀實槍的「煮」玫瑰(〈煮

---

33 如〈憂鬱的老火湯〉一文，提到香港的煲湯在香港經濟不景氣，失業率高漲後，越來越多港人無湯可喝，然後說：「香港的『貧窮線』定義，為家庭每月開支低於港幣三千七百五十元（台幣約一萬五千元），而根據二〇〇二年的調查，全港的貧窮戶約有四十五萬個，以每戶三‧一人估算，共有一百五十萬人在貧窮線下掙扎，佔全港人口逾兩成，亦即每五個港人就有一個是赤貧戶，數量驚人，比五年前增多近一倍。」(《饕餮書》，台北：聯合文學，2006，P.41）便是典型的報導性文字，此在蔡珠兒文章也時有出現，這也是《雲吞城市》在蔡珠兒後書中的影響。

34 蔡珠兒：〈怪獸，老饕和饞貓〉(《饕餮書》，台北：聯合文學，2006)，P.19。

玫瑰〉），可以在「涼風起天末，突然想作紅酒燉牛肉」，卻因無庫存高湯，所以自己動手熬牛湯（〈鬱藍高湯〉），而也就只有蔡珠兒這樣時常享受美食的中產家庭，才會養出那「獨一無二，最識貨懂吃」的家貓（〈黑貓飯店〉）。閱讀蔡珠兒的散文，有時不得不傾慕蔡珠兒的高品味及其美食鑑賞經驗，這些部分是蔡珠兒中產階級的視角的所聽所感，是她的身份所帶來的高品味的物質生活。

但正如張瑞芬所說：「南投埔里出身，道地台灣鄉下小孩的蔡珠兒，一方面追求味蕾中外匯通的終極美感，一方面又是極端豐儉由人，隨性適意的」[35]所以蔡珠兒的散文不會是一味的美食品嚐經驗分享，不會永遠是高價的、異國的食材展示。我們可以在她的文章中發現，她的口味也是很普羅的。她喜歡的、推崇的食物，大部分也是平價的、本土的、容易取得的食材。平價如蒸肉餅（〈蒸肉餅〉），如豬油拌飯（〈豬油拌飯〉；本土如燒肉粽（〈老蔡肉粽〉），如三杯雞（〈鍋裡一隻雞〉）；容易取得如鹹魚炒青菜（〈哈鹹魚〉），如麻婆豆腐（〈麻婆在哪裡〉）等都展現了蔡珠兒平民品味。而且，在蔡珠兒的認知裡，美味不在食材的珍奇與否，即使是最平凡的菜色，只要用心烹調，也能是絕佳美味。如〈開水白菜〉一文，雖然看得見的原料僅是開水與白菜，卻正是兼具「麻煩與平凡」的菜色。蔡珠兒在文中分享了她的私房菜譜，也傳達了簡單菜色也該有高深工夫的思考。

在蔡珠兒的飲食散文中，她在布爾喬亞與普羅大眾兩種身份間的遊走是最明顯的，這也使得蔡珠兒的飲食散文不是一味炫奇，平民化的口味也因此拉近了蔡珠兒的飲食散文與讀者間的距離。

（四）美食家與任性的老饕

讀過蔡珠兒散文的人都知道，蔡珠兒對美食有其獨到的品味，不僅要求食材當令以顯其鮮美，烹調過程不輕忽細節，味道本身更要有

35 張瑞芬：〈蔡珠兒〉（《五十年台灣女性散文・評論篇》，台北：麥田，2006），P.388。

層次感，這樣的菜才能是一道讓蔡珠兒點頭稱是的好菜。正因為蔡珠兒對食物有著近乎美食家的挑剔，所以充斥《紅燜廚娘》全書，幾乎都是以一美食家的身份來說明食材如何挑選、如何搭配、如何烹調，以及如何品嚐。味覺這種無形的感受，在蔡珠兒的筆下，不僅清楚呈現，且讓讀者也不得不隨之想像味道的多種層次，在詮釋味道時，蔡珠兒儼然一副美食家的態勢。如在描寫泰菜口味時，她說泰菜「綜合了酸甜鹹辣至少四種味道，不是摻混，而是主輔分明參差互見，細膩複雜，在味覺光譜上濡染出濃淡各異的筆觸」[36]這種味覺感受要有蔡珠兒那美食家挑剔的舌頭才能分辨。可以說，蔡珠兒描寫味道時正如品酒師品酒，將播散於舌頭上的感受用文字精準地描寫，是蔡珠兒以其美食家身份撰文時給讀者的重要閱讀樂趣。雖然蔡珠兒並不喜歡美食家這個封號，她曾說：「我不是美食家，還挺怕那種吹毛求疵、不殫精細的尖嘴刁民」[37]，又說「『美食家』則帶有刁意，讓我聯想到精乖刁鑽、東挑西揀，充滿嫌惡和勢利的嘴臉」[38]。但蔡珠兒飲食散文若少了其類似美食家的挑剔的舌實會因此黯淡不少。

然而，蔡珠兒雖然在大部分飲食散文中都頗有美食家的態勢，但她也時常以一任性的老饕的模樣在食物領域中遊走，在她以這種身份視角寫食物的時候，我們看到的是一任性、可愛、只為好吃不顧一切的蔡珠兒，不管營養、不管味道層次，如果好吃就是要吃該吃，一種俏皮的文風也因此展現。在〈酗芒果〉中，我們看到簡直要「勒戒」芒果的蔡珠兒[39]；在〈鴨肝肥腸〉中，我們看到為了吃臟味痛斥營養師

---

36 蔡珠兒：〈辛香失樂園〉（《南方絳雪》，台北：聯合文學，2002），P.133。

37 蔡珠兒：〈我愛你，就像鮮肉需要鹽〉（《饕餮書》，台北：聯合文學，2006），P.117。

38 蔡珠兒：〈怪獸、老饕和饞貓〉（《饕餮書》，台北：聯合文學，2006），P.15。

39 蔡珠兒：〈酗芒果〉：「有了這果醬，今年無後顧之憂，更可醉生夢死，果季之後還能再酗下去。管他濕熱發毒，反正我早已毒性深重，況且還有台灣帶來的破布子，食之可解芒果毒。解完毒接著再酗，此生都休想勸戒。」（《紅燜廚娘》，台北：聯合文學，2005），P.18。

無知而寧可吃亞硝胺的蔡珠兒[40]；在〈南方絳雪〉中，我們看到一口氣吃三斤荔枝後鼻血直流，隔天還是豁出去繼續吃荔枝的蔡珠兒[41]，在蔡珠兒擺出為吃而吃，一副任性老饕的態勢的時候，我們真拿這個為美食而生的小女生沒法子，就像她在〈泡麵民粹論〉中所說的「墮落的滋味真鮮美」一樣[42]，而這也正是蔡珠兒論述食物美味時的特殊面向。

我們可以說，這個遊走於「美食家與任性的老饕」之間的蔡珠兒，增加了她闡述美味的不同面向，美食家蔡珠兒告訴你它為什麼好吃，老饕蔡珠兒告訴你它就是好吃該吃，卻各有各的說服力，而這也是蔡珠兒飲食散文特出的原因所在。

蔡珠兒是一個身兼各種身份的作家，她漫步遊走於各種身份之間，使其散文有不同的敘述視角，靈活自由的角色變換，讓蔡珠兒的散文有著各種不同的風貌，時而慧黠，時而感性，「身份的漫遊」，使讀者無法抓到蔡珠兒的主要觀看視角，也只好順著蔡珠兒心情，任她帶著我們在散文中旅行，這種新奇不僵化的視角轉換，是蔡珠兒散文吸引人的最重要原因。

---

40 蔡珠兒：〈鴨肝肥腸〉：「除油後即可下鍋，但不可油炸和微波，因為又會產生恐怖的亞硝胺，營養專家說最好是水煮。這就太過份了，水煮肝腸？我寧可吃亞硝胺。臘味因油而生，也需在油中復甦滋潤，才能激發最豐沃的芳香，只要低溫慢煎就可以了。」(《紅燜廚娘》，台北：聯合文學，2005)，P.130。

41 蔡珠兒：〈南方絳雪〉：「從小吃出的『荔枝癮』卻已深重難戒，每年仲夏荔枝上市就開始發作，捨飯就果，每天大啖好幾斤，直吃到天昏地暗日月無光，人家說什麼荔枝吃多了火氣大，我一概充耳不聞，有次一口氣吃掉三斤荔枝後，真的鼻血直湧，可是隔了一天我忍不住又去買，心想：豁出去啦，這麼美味的東西，冒著生命的危險都值得，流點鼻血算什麼？」(《南方絳雪》，台北：聯合文學，2002)，P.84-85。

42 蔡珠兒：〈泡麵民粹論〉：「泡麵民粹示範壞品味，逆反食物美學，炮製虛幻的滿足，麻痺味蕾鈍化感覺，使得食風頹唐墮落…，但是，墮落的滋味真鮮美，這才是泡麵最厲害的調味包。」(《紅燜廚娘》，台北：聯合文學，2005)，P.158。

五、結語：跟蔡珠兒一起漫遊

所以，蔡珠兒也是「漫遊者」。

在「題材的漫遊」後，其散文主題的每次轉換，都承接了前一主題的創作經驗，在前三本書的寫作後，《紅爛廚娘》可說是集大成之作，其成績也有目共睹。而她的書也時常帶著讀者來場「時空的漫遊」，不論是文化論述，或是旅行，或是記憶，在在都讓讀者有不受時間空間限制的遨遊古今中外的快感。而「身份的漫遊」更是蔡珠兒散文吸引人的最重要原因，其不同身份帶來的各樣創作視角，使得其散文可隨時由不同的敘述角度排列組合，靈活自由，讓人永遠看不膩。

蔡珠兒的散文成就頗高，相信隨著她的創作量的增加，她在散文領域的地位會更高，而台灣的飲食散文史，也將因蔡珠兒寫下新頁。

參考書目

蔡珠兒專著

蔡珠兒：《花叢腹語》，聯合文學出版社有限公司，2006 年初版二刷。
蔡珠兒：《南方絳雪》，聯合文學出版社有限公司，2002 年 9 月初版。
蔡珠兒：《雲吞城市》，聯合文學出版社有限公司，2003 年 12 月初版。
蔡珠兒：《紅燜廚娘》，聯合文學出版社有限公司，2005 年 12 月 5 日初版五刷。
蔡珠兒：《饕餮書》，聯合文學出版社有限公司，2006 年 4 月 1 日初版三刷。

專書

張瑞芬：《五十年來台灣女性散文：評論篇》，麥田出版社，2006 年初版。
焦桐、林水福編：《趕赴繁花盛放的饗宴—飲食文學國際學術研討會》，台北：時報。

期刊論文

何寄澎：〈試論林文月、蔡珠兒的「飲食散文」—兼述台灣當代散文體式與格調的轉變〉，《台灣文學研究集刊》，第 1 期，2006 年 2 月，P.191-206。
李歐梵：〈文化的香港導遊〉，《雲吞城市・推薦序》，台北：聯合文學，2003 年，P.7-9。
貝淡寧：〈香格里拉廚房〉，《饕餮書・推薦序》，台北：聯合文學，2006 年，P.3-6。
南方朔：〈從「仙女圈」一路走來！〉，《南方絳雪・推薦序》，台北：聯合文學，2002 年，P.5-8。

張瑞芬：〈南方城市的腹語—讀蔡珠兒《雲吞城市》〉，《文訊》，221 期，2004 年 3 月，P.30-31。
張瑞芬：〈慾望味蕾—讀蔡珠兒《紅燜廚娘》〉，《文訊》，242 期，2005 年 12 月，P.98-99。
莊裕安：〈芭比的女兒—《紅燜廚娘》〉，《聯合報・讀書人》，2005 年 10 月 23 日。
陳浩：〈信不過喬治・歐威爾〉，《紅燜廚娘・推薦序》，台北：聯合文學，2005 年，P.7-12。
黃子平：〈「故鄉的食物」：現代文人散文中的味覺記憶〉，《中外文學》，31 卷 3 期，2002 年 8 月，P.41-53。
歐佩佩：〈蔡珠兒 V.S 張小虹—文字與身體感官的交會〉，《誠品好讀月報》，60 期，2005 年 11 月，P36-39。
鄭栗兒：〈香港社會報告—蔡珠兒與雲吞城市〉，《聯合文學》，230 期，2003 年 12 月，P.177。
盧非易：〈城市與作家—《雲吞城市》〉，《聯合報・讀書人》，2004 年 3 月 7 日。
鍾怡雯：〈記憶的舌頭—美食在散文的出沒方式〉。《趕赴繁花盛放的饗宴—飲食文學國際學術研討會論文集》。焦桐、林水福編。台北：時報。

走出低迴傷逝，細嚐異國滋味
——試論從林文月《飲膳札記》到蔡珠兒《紅燜廚娘》的飲食書寫

吳云代*

摘要

關於飲食的書寫，由來已久，從五〇到六〇年代，缺乏專著的論述，迄至七〇、八〇年代，唐魯孫《中國吃》、梁實秋《雅舍談吃》等書的出現，開展飲食書寫在文學上的新風貌。九〇年代後更是蔚為風潮，尤以林文月《飲膳雜記》的出版，更為提高了飲食文學的能見度。而承此脈絡，懷舊、鄉愁的情緒向來是飲食書寫中的重要主題，如梁實秋在《雅舍小品》中一再懷念北平的各種食物，藉此表達他濃厚的鄉愁；林文月在《飲膳札記》中，以溫婉古典之筆也寫出許多對今昔殊異所引發的憶舊篇章。相對於此，蔡珠兒《紅燜廚娘》一書的出版，卻顛覆了傳統的主題，置身世界之窗的香港，感官接觸了異國的、多元的文化，卻未萌生更濃的鄉愁、更深的懷舊之情，進而敞開心胸，擷取各地食材，烹調出異國風味的食物，也經營出令人驚異連連的文字情調。

在何寄澎〈試論林文月、蔡珠兒的「飲食散文」——兼述台灣當代散文體式與格調的轉變〉一文中探討林文月《飲膳札記》和蔡珠兒《紅燜廚娘》二書，揭示了當代台灣飲食散文風格殊異的兩種面貌。文中對林氏《飲膳札記》多所褒揚，評論的關鍵，不外牽涉到對此二書作者的飲食書寫態度，置於傳統之中或之外。

* 台南縣人，現就讀成功大學台灣文學所碩士班。

綜觀前行研究，亦可發現對《飲膳札記》一書多有肯定，研究資料亦較多，然《紅燜廚娘》一書的討論篇章則似乎較少。本文實欲就此殊異加以探討，或可一窺飲食文學書寫傳統的承續與轉變。從林文月的《飲膳札記》到蔡珠兒的《紅燜廚娘》，顯示出飲食書寫不再停佇於低迴傷逝之情，代之以更多面對飲食的愉悅情調。是故，懷舊抒情不一定是飲食書寫的基調，感官性的描寫，也不一定是缺乏深度、迎合消費意識的，在蔡珠兒的《紅燜廚娘》一書中，實營造出更顯活力的廚房。

關鍵詞：飲食書寫、林文月、蔡珠兒、鄉愁、懷舊

前言

關於飲食的書寫，由來已久[1]，從五〇到六〇年代，缺乏專著的論述，迄至七〇、八〇年代，唐魯孫《中國吃》、梁實秋《雅舍談吃》等書的出現，開展飲食書寫在文學上的新風貌。九〇年代後更是蔚為風潮，尤以林文月《飲膳雜記》的出版，更為提高了飲食文學的能見度。而承此脈絡，懷舊、鄉愁[2]的情緒向來是飲食書寫中的重要主題，如梁實秋在《雅舍談吃》中一再懷念北平的各種食物，藉此表達他濃厚的鄉愁；林文月在《飲膳札記》中，以溫婉古典之筆也寫出許多對今昔殊異所引發的憶舊篇章。相對於此，蔡珠兒《紅燜廚娘》一書的出版，卻顛覆了傳統的主題，置身世界之窗的香港，感官接觸了異國的、多元化的文化，卻未萌生更濃的鄉愁、懷舊之情，進而敞開心胸，擷取各地食材，烹調出異國風味的食物，也經營出令人驚異連連的文字情調。

在何寄澎〈試論林文月、蔡珠兒的「飲食散文」——兼述台灣當代散文體式與格調的轉變〉一文中探討林文月《飲膳札記》和蔡珠兒《紅燜廚娘》二書，揭示了當代台灣飲食散文風格殊異的兩種面貌。文中對林氏《飲膳札記》頗多讚揚，評論的關鍵，不外牽涉到對此二書作者的飲食書寫態度，置於傳統之中或之外。

綜觀前行研究[3]，亦可發現對《飲膳札記》一書多有肯定，研究資料亦較多，然《紅燜廚娘》一書的討論篇章則似乎較少。本文實欲就

---

1 中國古代筆記裏有許多關於食物的記載，但多是為記錄而記錄，沒有進一步當作美文來寫。如袁枚《隨園食單》、李漁《閒情偶記》等，終究不過是一些有趣的食譜而已。見陳思和〈試論現代散文創作中的談「吃」傳統〉《趕赴繁花盛放的饗宴——飲食文學國際學術研討會論文集》，台北，時報，1999，p.448。

2 大陸政權易幟，許多來台文人，在觸及與昔日同或不同的飲食時，其懷鄉意識常於飲食書寫中流露出來。

3 碩士論文有：李京珮，《林文月散文藝術風格的傳承與新變》，國立成功大學台灣文學研究所碩士班，2005。單篇文章則有：郝譽翔，〈婉轉附物，迢悵寄情〉《趕赴繁花盛放的饗宴——飲食文學國際學術研討會論文集》、何寄澎，〈試論

此殊異加以探討，或可一窺飲食文學書寫傳統的承續與轉變。從林文月的《飲膳札記》到蔡珠兒的《紅燜廚娘》，顯示出飲食書寫不再停佇於低迴傷逝之情，代之以更多面對飲食的愉悅情調。是故，懷舊抒情不一定是飲食書寫的基調，感官性的描寫，也不一定是缺乏深度、迎合消費意識的，在蔡珠兒的《紅燜廚娘》一書中，實營造出更顯活力的廚房。

一、飲食書寫的承續與發揚／轉變與出新

（一）承續與發揚—林文月《飲膳札記》

在接觸到《飲膳札記》一書時，心裏納悶了一下，在書籍出版多如過江之鯽、競爭者眾的今日，怎會用著如此古樸、色調平淡的封面，連書內的紙質也都有著仿古的感覺呢？後於此書的跋言中才得解惑，緣由乃取中國古代傳統中的貪食之獸—饕餮為形，色彩則想造成古銅或古玉的趣味，無可置疑地，該書在承續中國傳統的旨趣上實已昭然若揭了。

林文月，台灣省彰化縣人，外祖父為連雅堂，一九三三年生於上海租界，日本戰敗後，舉家遷台，台大中文系畢業後，又獲碩士學位，留校任教。觀諸作者的生活背景，實浸淫於中國傳統文人的文化氛圍下，由外祖父承遞而來，及周遭師長的薰陶，影響可謂極深。

「用寫，頂住遺忘。」[4]是《飲膳札記》一書的書寫目的，《飲膳札記》一書〈楔子〉有云：

林文月、蔡珠兒的「飲食散文」——兼述台灣當代散文體式與格調的轉變〉《台灣文學研究集刊》2006 年 2 月、陳伯軒，〈嚐鮮與懷舊——讀林文月《飲膳札記》〉《國文天地》，21 卷 10 期 2006 年 3 月、黃宗潔，〈林文月飲食散文中的人・情・味——從「蘿蔔糕」一文談起〉《幼獅文藝》，2005 年 1 月、何雅雯，〈林文月《飲膳札記》〉《文訊雜誌》，2000 年 10 月。

4 語出朱天文，《荒人手記》，台北，時報，1995，p.38。

「回想自己從不辨蔥蒜鹽糖到稍解烹調趣旨，也著實花費了一些時間與精力，而每一道菜餚之製作過程則又累積了一些心得，今若不記錄，將來或有可能遺忘；而關乎每一種菜餚的瑣碎往事記憶，對我個人，亦復值得珍惜，所以一併記述，以為來日之存念」。(P.3、4)

過去視為理所當然或未曾深究的事情，在長輩凋零後方知無從考證的遺憾，或許才正是林文月提筆寫下《飲膳札記》一書的原因。為看似乎平凡瑣碎的烹調手法留下紀錄，阻止遺忘發生的背後，或多或少是出於一種補償的心理，讓過去的事物或有跡可循，得以按圖索驥的文字紀錄，而非「欲尋不得」、「無從追究」的如煙往事[5]。

在林氏的散文中，向來瀰漫著傳統文人氣息，於《飲膳札記》一書中，亦絲毫不減，飲宴的氣氛亦多是圍繞在師長的身影下進行的，而數篇引述相關的文獻及文學作品，更是在緬懷昔日的情誼外，遠溯古已有之的飲食書寫，在歷史悠久的飲饌文化上與古人的精神相通，下列茲舉數例說明：

用一枚稍深的素淨盤子，將雞絲縱橫盛其上。若覺單調，可摘一、二片芫荽點綴。離開爐灶至餐桌之前，屬於香糟那種醇芳漂流於氣間，任何人都會受到引誘；始知孔先生說的不錯：如果定要吃到嘴裡才知道菜好，那就差了。《隨園食單》所謂：「目與鼻，口之鄰也，亦口之媒介也。佳肴到目、到鼻，色臭便有不同。或淨若秋雲，艷如琥珀；或其芬芳之氣亦撲鼻而來，不必齒決之舌嘗之而後知其妙也。」便是指此。(〈糟炒雞絲〉P.132)

---

5 黃宗潔，〈林文月飲食散文中的人‧情‧味──從「蘿蔔糕」一文談起〉《幼獅文藝》，2005 年 1 月。

> 《隨園食單》中有一條「戒縱酒」，本是指飲食之際縱酒而醉，使「治味之道掃地」，但藉來形容烹飪時的酌量勿過，也頗合適。（〈扣三絲湯〉P.91）

> 而中國人過年，在許多的喫食年菜之中，最不可或缺的，恐怕是年糕吧。《帝京景物略》載：「正月元旦，夙興盥漱，啖黍糕，曰：年年糕。」，又《湖廣書・德安府》云：「元旦比戶，以爆竹聲角勝，村中人必致糕相餉，俗曰：年糕。」外祖父雅堂先生所著《台灣通史》卷二十三〈風俗志〉中的「歲時」，所記也與上二書略同：「元旦，各家先潔室內。……日各家皆食米丸，以取團圓之意。……初三日，出郊展墓，祭以年糕、甜料。」(〈羅蔔糕〉p.110)

另一方面，「食不厭精，膾不厭細[6]。」的傳統烹調習慣，在本書的十九道佳餚中，可謂充分展現，其步驟之多，耗神費時，如作者在〈香酥鴨〉所說：

> 做這類費時間的菜餚時，若一心等待蒸熟煮爛，往往感覺漫漫難度，或則不免於時時掀開鍋蓋以探究竟，不僅無助於事，反而有礙加熱。所以最好的方法是同時進行另一件較不必全神貫注之事。……輕微的分神，使我暫忘等待的焦慮，兩個鐘頭似乎很容易打發過去；而有時則又短暫的專注因為蒸鍋中溢出的香味兒忽焉中斷，也是十分有趣的經驗。(P.57)

又如〈潮州魚翅〉所言：

> 這三次發魚翅，幾乎耗費自晨至昏大半天的工夫，或許令人感到不耐煩；但文學藝術之經營，不也需時耗神費工夫的嗎？（P.7）

---

6 見《論語・鄉黨篇》:「……食不厭精，膾不厭細，食饐而餲，魚餒而肉敗，不食。色惡，不食，臭惡，不食……」

另外，〈清炒蝦仁〉中，亦可見其對飲食之堅持，從選材、處理過程、烹調細節，各個步驟的描述層次井然，對菜餚所呈現的色香味要求，頗令人嘆服，不禁令人聯想到「治大國如烹小鮮」，飲饌實非一般所認定的鄙俗之事：

> 如今累積經驗始明白，蝦絕不可在市場先行剝殼；回家之後，連殼帶頭在水龍頭下快速沖洗後置入瀝水容器內，儘量瀝去水氣，然後便去頭剝殼。……這一道剔沙腸的手續，千萬不可忽略試想美味的蝦仁，一口咬下去，卻有沙沙作響的砂粒在嘴裏，多麼掃興遺憾。（P.15）

> 用這樣的步驟和方法烹製的清炒蝦仁，幾乎很少失誤，每次都能達到清脆爽口的效果，是我得意的手藝之一。（P.17）

《飲膳札記》除了承續傳統中的文人氣息與對飲食的見解外，在歷來抒情的飲食書寫上，有別於梁實秋、唐魯孫的幽默諷刺的文風，代之以更見人情融洽、溫暖關懷的內容，不管是家族聚餐，抑或宴客，皆可於細膩的烹調敘述過程中，感受到作者散文中一向的人道關懷。如〈潮州魚翅〉：

> 我做的魚翅，喜歡柔軟之中又保留一點咬勁。火候稍一放縱，就會過於軟膩乏勁。我的老師台靜農先生很贊同這個標準。他常常提及當年的美食畫家張大千先生頗好挑選軟膩的翅唇。台先生說：，「那跟吃肥肉似的！」可見飲食好惡因人而異。（P.9）

> 母親去世後，我隔周請父親來聚餐。他老人家喜食嘉餚，而魚翅軟、羹湯鮮，甚得父親鍾愛。我有時特別為他留存一碗孝敬，看老人家呼呼地食畢不留一絲魚翅，心中便有很大的安慰。
> （P.11、12）

郝譽翔曾以「婉轉附物，怊悵切情[7]」來形容《飲膳札記》一書的風格，質樸的文字，對烹調過程細膩而具層次感的記敘中，作者的所思所懷自然而然地流露而出，透過美食佳餚，婉轉記錄宴席中的人情之美，這在昔日多以男性作家為主的諷喻手法飲食書寫基調外，揭示了人情的融洽調和也是不可忽視的面向！有鑑於此，林文月的《飲膳札記》實對飲饌書寫內容的發揚、推擴，確有其功。

（二）轉變與出新—蔡珠兒《紅燜廚娘》

蔡珠兒，南投縣埔里人，台大中文系畢業、英國伯明罕大學文化研究系研究所畢業，任《中國時報》記者多年，現居香港。

《紅燜廚娘》一書的內容，可謂顛覆了飲食書寫中的基調，即純粹鄉愁、憶舊的抒情路線，呈現了更具愉悅感的飲食基調，如鍾怡雯所言「舌頭有記憶」，味覺的接觸確實會勾起昔日的一些回憶，然連結的另一端，並非皆是低迴傷逝之情，更何況今日的時空已與往昔有異，諸多的變化，似乎也影響著人們的感情狀態。如張瑞芬所言，蔡珠兒的文字像是成了精，她揉合知性／感性／中國／西方的特質，發揮外來者與定局者的雙重視角，無疑已將飲饌推向了哲理與詩意的新高點[8]。

確實在閱讀本書的過程中，時時可感受到文字與食物的交歡共舞，讓人驚異連連，感官似乎也受到了挑動，一道道佳餚，色香味猶如歷歷在目，對讀者的煽動力，其實是非常大的。如：

> 嶺南佳果，絕世尤物。多年前初識廣東荔枝，我曾經何等驚豔貪饞，四出汲汲尋訪，而今熱情消褪，眼冷心淡，往昔癡醉如夢露雲光，倏乎閃失，漫漶虛幻。（〈荔枝餘燼錄〉P.37）

---

7 郝譽翔，〈婉轉附物，怊悵切情：論林文月《飲膳札記》〉《趕赴繁花盛放的饗宴——飲食文學國際學術研討會論文集》，台北，時報，1999，p.513。

8 張瑞芬，〈慾望味蕾——讀蔡珠兒《紅燜廚娘》〉《文訊雜誌》2005 年 12 月。

此外翻開本書目錄，生動鮮活的文字駕馭功力，常令人驚異連連，如：〈酗芒果〉、〈舞絲瓜〉、〈荔枝餘燼錄〉、〈鬱藍高湯〉、〈乾菜燜魯迅〉、〈欲望焦糖〉、〈泡麵民粹論〉……等，這樣的文字張力，無疑是極大的、感情上更是直接而外放的，較諸昔日的飲食書寫，即便擅長嘲諷之筆的梁實秋，也不若其濃烈、煽動，更遑論長於溫婉古典之筆的林文月，這般的文字調性正有其震撼性與感染力。

再與《飲膳札記》一書比較，《紅燜廚娘》無疑在篇幅上是明顯偏短的，但如蔡珠兒所言，這般精簡其實是為了在有效的字數裡表達最多的意思。在這過程中，事實上是把至少可以寫成三到四千字的東西，壓縮成一千一百字，其實很多篇章是「刪」出來的，因為有感於一些食物書寫的書籍，好像資料都抄得太多了。如此的思維，似乎也是對《飲膳札記》文字敘述的一種挑戰，觀諸昔日飲食文學著作的細膩敘述，不啻是個轉變。

再論《紅燜廚娘》跳脫昔日窠臼的，即為大量感官性抒寫的出現，囿於傳統文人心態，認為文學之作若流於酒肉徵逐則趨下品，是故，飲食書寫中抒情是需有一定份量的，否則就流於膚淺的飲宴之樂了。在本書中，抒情有之、感官有之，藉由文字，使讀者產生味覺、嗅覺、視覺……上的反應，其共鳴性是不容忽視的。

> 天色粉青陽光油黃，微風拂來豌豆花香，烏鶇捲著軟舌頭在樹上引吭，寶石紅的漿果在手心顫動，倫敦的夏天美得像個夢。剝下一粒覆盆子放進嘴裡，甜嫩清酸了無渣痕，更像吃下一口夢，然而夢是鬆的，沒有這麼緊實強烈的氣味，那是比香更稠的豔，像吞下一坨胭脂水粉暈染在頰腔，滿口豔光，照得臟腑熠熠生輝。（〈覆盆子〉P.19）

> 厚厚的麻，像包了海棉的鈍器，把人敲得暈陀陀的。唇舌脹成千斤重，腦子卻輕快輕盈，飄然高舉，裂變出無數明麗影像，

> 嘈雜的人聲、嗆鼻的油辣，以及外面的嘩嘩大雨，都被織成嘉年華的小調舞曲，旋轉飛颺不息。(〈你別麻我〉P.153)

超出了單就食物的形容，延伸至外界的許多面向，在繁多而繽紛的烘托之下，讀者似乎在第一時間，與作者一同感受到飲食之趣。再如〈哈鹹魚〉：

> 何等奇譎的異物啊，臭與香、鹹和淡、腐和鮮、喜和厭、衰敗和蓬勃、淫邪和純真，全都攪在一起和衷共濟，混亂得近乎醜怪，但又醜得讓人心旌搖曳。(P.49)

透過強烈的文字描述，將讀者的感官鼓動了起來，在字裡行間更可明顯感受到作者的喜惡之情。

《紅燜廚娘》的書寫方式，其實也挑戰了飲食書寫文學性的問題，在情欲、食欲互為指涉的過程中，利用感官的書寫也將抒情的內涵更直接傳達出來。感官的陳述更非僅止於詠物的層次，該書在抒情、哲理方面的表現，實不容忽視，以〈紅蘿蔔蛋糕〉一文見之，可為印證。

> 四十五分鐘後熄火，取出蛋糕，熱香狂恣流竄。多年以後，我才逐漸察覺，不識字的媽媽，在宗教裡傾瀉她對人生的熱情，一如我對文字的痴戀。在失職的母親和自私的女兒之間，諒解是多餘的，但在她汩汩的淚水裡，我知道她原諒了我。……媽媽，妳沒有給我的，我自己做到了。(p.142、143)

二、單一懷舊與多元雜匯

飲食向來即非獨立的，涉及了文化背景、時空關係、個人的情思……等，在此二書中，我們確可發現飲食書寫迥然不同的風貌，茲敘述如下：

（一）單一懷舊的《飲膳札記》

> 懷舊飲食書寫的發起，大致沿著一個次序，就是由懷念家鄉、思念故人而至自我省思。早期的傷逝，包括懷鄉、思人，情感的投射是外放的，他們的描述透過飲食呈現人我之際、物我之間的關係，附著在食物的焦慮情緒，終得在書寫中得到紓解[9]。

透過一道道菜餚的上場，情境似乎回想到昔日宴請師長、家族聚餐的溫馨畫面：如〈潮州魚翅〉之於台靜農、孔德成老師以及年老的父親，〈芋泥〉之於鄭騫和許世瑛老師以及舅舅，〈烤烏魚子〉之於台先生和金文京的不期而遇，〈香酥鴨〉之於忠厚勤懇的歐巴桑，〈菜頭粿〉和〈台灣肉粽〉之於母親，這也顯示《飲膳札記》所收十九篇文章，絕非僅以單純食譜視之，其中透露出更多人生聚散的無奈、盛筵難再的喟嘆，藉由探索自我與食物的關係，來餵養自我的心靈、填補今昔之間的縫隙。

> 多年前，我仔細聽取豫倫（按，林氏之夫）的形容與分析，宴客時第一次試做便成功。他說：「就是這樣子，就是這個味道！我在上海城隍廟喝過的湯。」
>
> 然而多年之後，我仍沒有去過那個城隍廟。離開上海那一年我十一歲，我隨著父母家人回到從未來過的故鄉台灣。日月飛逝，我從年少而成長而漸老，上海始終是我的記憶中的故鄉。也曾有過我多次可以回去的理由與機會，但我心中有一種擔憂與懼怕，不敢貿然面對我童年許多珍貴的記憶所繫的那個地方。韋莊：「未老莫還鄉，還鄉須斷腸。」日本的一位近世詩人說：「故鄉，合當於遙遠處思之。」

9　徐耀焜，《尖與筆尖的對話—台灣當代飲食書寫研究（1949-2004）》，國立彰化師範大學國文學系碩士，2005，p.166。

城隍廟的「扣三絲湯」果真如我們所烹調出來的色香味嗎？如是我聞，但我不敢去求証。（P.94）

在平淡鋪陳的文字中，幽微曲折的鄉愁娓娓道出，細膩動人，這樣的愁思也是存在於歷來飲食書寫的主題。氣味往往能激起懷舊情緒，在嗅聞、品嚐到同往昔味道的食物時，也勾起了對過去強烈的印象和情感，這樣的線索，充分佐證了飲食文學中的思想傳統。

舅舅食量不多，但是他略略品嚐我作的芋泥，大概也想起了他自己的年輕往事吧，曾經對我說：「哈啊！就是這個味道，你外婆最愛吃的，你母親和姨媽也喜歡。台南人吃甜食啊，連螞蟻都會叫他們給毒死的。」舅舅平日比較拘謹，不苟言笑，但我記得他說這話時歡暢的神情。有時我不免想，味覺往往也可能引發一些鄉愁或深藏於心底的記憶的。（〈芋泥〉P.34）

鍾怡雯便曾舉〈佛跳牆〉一文為例，「所需的水量約至甕肚五、六分高」，「但是林文月演繹這個動作，卻用了二百多字交代需要留意的事項，詳述『必得如此』的道理和緣由，如此不厭其詳地提示和記錄，其實是在召喚那鍋已經不可能再出現的佛跳牆。[10]」

我們可以在字裡行間深刻體悟到，林文月並非眷戀著美食本身，食物本身指涉的人事懷念才是重點，在這過程也呈現出林文月的單一風格，以白描的方式、溫婉古典之筆、食譜陳述的形式，刻意壓抑的情緒、大量的記述貫穿全書的文字調性，看似略顯平淡的書寫中，卻仍傳遞出幽幽的懷舊情緒，這也正是早期文人在飲食書寫上的基調。

---

10 鍾怡雯，〈記憶的舌頭—美食在散文的出沒方式〉《趕赴繁花盛放的饗宴—飲食文學國際學術研討會論文集》，台北，時報，1999，p.161。

（二）多元雜匯的《紅燜廚娘》

翻閱蔡珠兒的《紅燜廚娘》，則不禁令人驚詫飲食書寫的層面也可以如此廣闊、鮮活，其中我們可見味蕾的經驗—這可謂該書的令人驚豔之處，內容上更兼及食物的歷史，如〈香蕉之死〉：

> 早在元代，廣東就有蕉園，可惜在全球化的經濟下，香港的市場裡，清一色只見 Del Monte 進口的菲律賓蕉。香蕉有三百多種，全球的市場卻只賣一種……科學家說，再這樣下去，不出十年，香蕉就會絕種。（P.32）

又如〈柳丁情結〉：

> 金山橙就是美國橙，亦即台灣俗稱的香吉士，香吉士不是品種，是美國果農合作社的品牌……。其實橙和柳丁皆源自華南，廣東的品種尤其優良，十九世紀傳入美國，在加州佛州開枝散葉……。
>
> （P.35、P.36）

此外，亦有飲食文化的層面：

> 許多英、美和澳洲人的家裡，都必備數本厚似《聖經》的燒烤大全，按圖索驥照章排比，絕不會去量販店買烤肉組合來湊數。燒烤是最古老的烹調，任憑時代流轉，始終盛行不衰，那種煙燻火炙的原始刺激，早已鑲嵌在我們的基因裡……。（〈火宅之人〉P.138）

相較於《飲膳札記》，《紅燜廚娘》其實有著更豐富多元的書寫面向，歷史文化、食物歷史、地方誌的述及，使作者在傳統女作家感性之書寫外，亦蘊含知性的一面，微觀、宏觀的雙重角度，突破了昔日飲食書寫單一風格的藩籬，這也正是蔡珠兒的殊異之處。

時移世易、經濟條件改善、開放大陸觀光旅遊、美食享受的誘惑，作者新世代的身份以及全球化因素，飲食書寫的意識，日漸走出思鄉、懷舊的基調，進入更愉悅欣然的境界。在味蕾的舞動上似乎也不再刻意強調媽媽的味道、家族的味道，其中可見更多的異國風味混雜，各地食材的匯聚。在〈燕窩迷城〉、〈婆羅洲便當〉、〈星期天在法蘭度〉……等篇章，隨著蔡珠兒，我們似乎走出了家鄉的廚房，轉進世界的廚房，當中隱然可見當地的風土民情、食材的變化、口味的調整，如此的雜匯、挪用、調整的情況，可謂後現代食譜的出現，觀諸〈叻沙迷情〉：

> 唯有混血的雜種文化，才敢如此狂野放誕，叻沙來自馬來半島上的「土生華人」(Peranakan)，就是中國男人和馬來女人生下的後代，又叫「峇峇娘惹」，揉混了福建、馬來和南印度的口味，因地制宜即興隨意，把熱帶味料注入中式麵條和米粉湯，創造出瑰麗的複合體。然而落到不同地域和族群的鍋子裡，這加乘出來的複合體，又被減除挪移，各自孳乳出殊異風味。(P.195)

混雜的味蕾在《紅燜廚娘》一書屢屢可見，蔡珠兒並不排斥懷舊滋味，但異國滋味她亦多予肯定。如張瑞芬語：

> 南投埔里出身，道地台灣鄉下小孩的蔡珠兒，一方面追求味蕾中外匯通的終極美感，一方面又是極端豐儉由人，隨性適意的。兒時的果仔條、炒過貓、麵包果、破布子、燒肉粽，貧窮時代的豬油拌飯，初東台北街頭發財車上八斤一百的柳丁，真真能寫到許多本地讀者的身心處。那文字，在風雨微微的異鄉街頭都能放光[11]。

> 這兩年，台灣柳丁開始外銷來港，我不必苦苦去找廉江橙便可大塊朵頤、啖飲芳馨。在柳丁的滋味裡，我聞到台北濕冷的冬雨，嚼出一粒粒的情意結。(〈柳丁情節〉P.36)

---

[11] 張瑞芬，《五十年來台灣女性散文・評論篇》，台北，麥田，2006，p.388。

蔡珠兒帶著台灣經驗置身香港，透過美食的世界之窗所聞、所見、所食，開啟飲食書寫的新風貌，無疑更為貼近現代的飲食情境，是很值得肯定的。

三、結語

文學自有其流變，飲食書寫亦是如此，跳脫「五四」以來傳統散文的體式與信念的框架，締造世紀末的華麗、繽紛與變異，不一定是令人憂心的，90 年代後的快速成長，展現著更多元化的趨勢。

在 88 年「人間」副刊初登載「寫作者廚房」系列時，曾有讀者反應，為何「人間」要受通俗文化的洗腦，登一些吃吃喝喝的文章！時至今日，飲食文學已然有其次文類的地位存在，文類的遞嬗亦有其流變。

同樣地，飲食書寫的情緒亦有其變化。李瑞騰：「一個把美食寫進散文的作家，……它可以是一個詠物的散文，這樣的散文不一定要背負記憶，可以有一個文化、哲理在背後的。……所以我的看法是，要處理美食散文或許不能單純處理記憶。假如單純處理記憶，那麼這樣的散文和一般的懷舊散文又有什麼不同。充其量不過以美食作為一種媒材來表達過去的記憶與經驗而已[12]。」

飲食的感覺不一定要那麼沉重，也可以是愉悅的。

> 唯有睽違多時輾轉相思，不期而至熱烈重逢，才能嚐得燒鵝的精髓真味，鵝回來了，來一碟熱脆燒鵝配絲苗香米，升斗小民的甜美生活盡在其中。（〈鵝回來了〉P.135）

唾手可得的泡麵也一樣帶給作者極大的快樂：

> ……但是，墮落的滋味真鮮美，這才是泡麵最厲害的調味包。（〈泡麵民粹論〉P.158）

12 焦桐、林水福，《趕赴繁花盛放的饗宴——飲食文學國際學術研討會論文集》，台北，時報，1999，p.511，引文中底線為筆者所加。

費雪在《如何煮狼》的〈結語〉說：「既然我們非得吃才能活，索性就吃得優雅，吃得津津有味。」

在傳達愉悅之感的當下，感官書寫也成了不容忽視的一環，趨向實寫飲食的過程中，詠物有其一定的存在空間，這樣的層次卻不一定是較低的。孟子言：「飲食之人，則人賤之矣，為其養小以失大也。」悠久的歷史傳統是否反成了一種書寫上的包袱，我們應試著加以探究，對飲食的熱情置諸當下情況，經「轉化」後仍具有其豐富文學性的。

> 美食本是一種感官享受，是物質性，可是如果它以文學（散文）的方式出現，就必須「轉化」原來的物質性，依附抽象的方式而存在，這樣才可能產生意義。寫作者是以食物為餌來垂釣記憶，記憶則往往藉由唇舌來到筆下[13]。

走出單一懷舊，進入多元雜匯，我們可見更豐富多元的飲食書寫，以及更愉悅欣然的飲食基調，下列之語可謂極佳的註解：

> *自從吃過義大利的美食之後，它在我心目中的地位僅次於天堂！——張國立《一口咬定義大利》*

---

[13] 鍾怡雯，〈記憶的舌頭——美食在散文的出沒方式〉《趕赴繁花盛放的饗宴——飲食文學國際學術研討會論文集》台北，時報，1999，p.488~509。

參考書目

專書

林文月，《飲膳札記》，台北，洪範，2001
蔡珠兒，《紅燜廚娘》，台北，聯合文學，2006
梁實秋，《雅舍談吃》，台北，九歌，2002
張國立，《一口咬定義大利》，台北，皇冠，2000
朱天文，《荒人手記》，台北，時報，1995
張瑞芬，《五十年來台灣女性散文‧評論篇》，台北，麥田，2006
焦桐、林水福，《趕赴繁花盛放的饗宴——飲食文學國際學術研討會論文集》，時報，1999
廖炳惠，《吃的後現代》，台北，二魚文化，2004
Peter‧Brooker，《文化理論詞彙》，台北，巨流，2003

期刊論文

林文月，〈飲膳往事〉《中國時報》人間副刊，2005 年 8 月 25 日
何寄澎，〈真幻之際，物我之間——林文月散文中的生命觀照及胞與情懷〉（上）（下）《國文天地》，1987 年 6 月、7 月
何寄澎，〈試論林文月、蔡珠兒的「飲食散文」——兼述台灣當代散文體式與格調的轉變〉《台灣文學研究集刊》2006 年 2 月
陳伯軒，〈嚐鮮與懷舊——讀林文月《飲膳札記》〉《國文天地》，21 卷 10 期 2006 年 3 月
黃宗潔，〈林文月飲食散文中的人‧情‧味——從「蘿蔔糕」一文談起〉《幼獅文藝》，2005 年 1 月
余椒雪，〈林文月散文中的重要意象〉《國文天地》，2003 年 3 月
何雅雯，〈林文月《飲膳札記》〉《文訊雜誌》，2000 年 10 月

張瑞芬，〈慾望味蕾——讀蔡珠兒《紅燜廚娘》〉《文訊雜誌》2005 年 12 月
黃子平，〈「故鄉的食物」——現代文人散文中的味覺記憶〉《中外文學》，第 31 卷第 3 期，2002 年 8 月
陳智弘，〈刀鏟鍋爐間的魔法術——談「飲食文學」的閱讀與寫作〉《國文天地》，19 卷 6 期，2003 年 11 月
歐佩佩整理，〈蔡珠兒 vs 張小虹——文字與身體感官的交會〉《誠品好讀月報》，2005 年 11 月
鍾怡雯，〈飲食文學寫手上菜——文字的滋味〉《聯合報》30 版，2001 年 9 月 15 日
鍾怡雯，〈記憶的舌頭——美食在散文的出沒方式〉《趕赴繁花盛放的饗宴——飲食文學國際學術研討會論文集》
郝譽翔，〈婉轉附物，怊悵切情：論林文月《飲膳札記》〉《趕赴繁花盛放的饗宴——飲食文學國際學術研討會論文集》，1999，時報

碩博士論文

徐耀焜，《尖與筆尖的對話—台灣當代飲食書寫研究（1949-2004）》，國立彰化師範大學國文學系碩士，2005
李京珮，《林文月散文藝術風格的傳承與新變》，國立成功大學台灣文學研究所碩士，2005

「飲食之外」
——徐世怡《流浪者的廚房》中飲食散文的隱藏主題

黎俊宏*

摘要

長於旅行散文書寫的徐世怡（1962-），目前已出版四本旅行體驗及留學見聞的著作，為當代旅行文學不可不討論的女性作家。但徐世怡以 1998 出版的《流浪者的廚房》一書，又開拔出不同於旅行的主題——飲食。徐世怡在此書中，紀錄了她在異地求學的時期裡，自己下廚與學習烹調的種種事件，寫成了廚房筆記。這些飲食主題的散文也受到了文學論者（如：鍾怡雯等）的注意，點出徐世怡不同於其他飲食散文的女性作家，著重於「飲食之外」的特點，可惜皆著墨不多。

在此，本文將以徐世怡書中各篇以飲食作為主題的散文自言的「寫人的故事」作為討論基點，著眼於徐世怡特別的飲食書寫方式：將「飲食」作為憑藉主題，卻要寫出「飲食之外」的各種故事；以「餐桌之外——女性與廚房」、「食慾之外——青春期與異鄉留學」、「生命之外——吃與被吃的隱喻」這三種徐世怡藉飲食之題延伸而出的故事，整理出徐世怡置於「飲食」大題之下，卻又無法與「飲食」分割的隱藏主題。並嘗試討論飲食文學書寫於當代的發展現象，以期為將來飲食文學研究開啟一個不同的角度。

關鍵詞：徐世怡、《流浪者的廚房》、飲食文學、飲食、女性。

* 1983 年生，苗栗人。現為國立成功大學台灣文學研究所碩士生。

前言

長於旅行散文書寫的徐世怡（1962-），為當代旅行文學不可不討論的女性作家之一，目前已有四本專書旅行及留學見聞的著作：《五彩梯上天堂》、《獻神的舞慾》、《流浪者的廚房》、《找不到家的街角》。期刊專文討論則有江柏煒的〈文學裡的空間經驗——談徐世怡及其寫作風格〉[1]，針對徐世怡第一本書《五彩梯上天堂》作寫作角度與風格的探討。而旅遊文學研究者討論徐世怡文章，幾乎一致強調徐世怡的「人文的關照與人道的關懷」[2]，成為她別於其他當代旅行文學作家的重要特徵。

其中，1998 出版的《流浪者的廚房》一書，卻有著別於前後各書的不同主題——飲食：徐世怡紀錄了在異地求學的時期裡，因為下廚與學習烹調而發生的種種事件，寫成了「廚房筆記」。而這些不同於其他旅行主題的文章，也已受到飲食文學論者的注意，鍾怡雯即在〈記憶的舌頭——美食在散文的出沒方式〉[3]一文中，將徐世怡這本《流浪者的廚房》列出討論，並稱這本書是徐世怡「透過飲食書寫回顧一個現代女性的成長」，其後，又說明了她不同於其他飲食文學女性書寫者的特點：「著重依附食物而生的事件，食物是草蛇灰線，帶出五味雜陳的記憶。」並強調徐世怡富有「遊戲狀態」的面向。此外，在徐耀焜的碩士論文《舌尖與筆尖的對話—台灣當代飲食書寫研究（1949-2004）》一文中，亦選取了數篇徐世怡的文章，作為飲食文學探討成長主題的書寫意識例證[4]。研究者的引用討論，雖然在現時研究

---

1 江柏煒，〈文學裡的空間經驗——談徐世怡及其寫作風格〉，1997，文訊，98=136 P.99-100

2 黃孟慧在其碩士論文《台灣九○年代以來旅行文學研究》裡將徐世怡歸入旅行文學中表現人道關照的一類；江柏煒亦在〈文學裡的空間經驗——談徐世怡及其寫作風格〉中有提到人性平等關懷的面向。

3 鍾怡雯，〈記憶的舌頭——美食在散文中出沒的方式〉，《趕赴繁花盛放的饗宴——飲食文學國際學術研討會論文集》，1999，時報出版 P496-497

4 徐耀焜，《舌尖與筆尖的對話—台灣當代飲食書寫研究（1949-2004）》，國立彰

裡未佔多數，討論份量亦不多，但這些討論，再再說明了徐世怡這些飲食散文無法抹滅的重要性。

只是，仔細觀察飲食文學研究者對於徐世怡的討論，目前都只停留在「回顧女性的成長」，鍾怡雯雖然提出了徐世怡的飲食散文重點在於「依附食物而生的事件」，但討論至此，就沒有再多的文字。徐世怡的飲食散文，主題難道就只是藉由飲食回顧自我的成長？

徐世怡在書中的前言有如此之言：

> 開始寫時，是想記點食譜，對飲食生活做點反省。但很快就發現，有些想法起了個頭以後，接下來就不會寫了。到後來，才發現其實我是在寫「人的故事」。總的來說，這是一本「故事集」，人的味道，不同的味道，出味的原因是這些故事鑽頭運行的方向。[5]
>
> ……但就像極力在描繪食物多鮮美可人一樣，當我們想把一道菜說得多惡心反胃，其實也不過是把一張「靜物畫」逆筆來畫而已，還是同樣映不出「物」以外、香臭之外，人類生活面貌的紋理。[6]
>
> 這幾款食譜記事的對象有食物，也有人物。生命靠養分在撐，也有人與人之間的因果在磨，相信身在凡塵與嚼過美味的的人都會同意：食物的本味真味易辯好煮，而人的本性慾動則是難識處理得多了。[7]

藉由上述數段文字的說明，可以了解到徐世怡的飲食散文，為何注重從飲食發展出的故事，反而對於「飲食」的口味、烹調著墨甚少。這些飲食散文作品如同鍾怡雯所說的「由這些表層的語言符號轉化，建構起意義」、「意在言外」[8]的飲食文學特色，卻有著殊於其他飲食文

化師範大學國文學系碩士，2005P.160-161

5 徐世怡，〈前言〉，《流浪者的廚房》，1998，台北大塊文化出版公司 P.4

6 徐世怡，〈前言〉，《流浪者的廚房》，1998，台北大塊文化出版公司 P.5

7 徐世怡，〈流浪者的食譜〉，《流浪者的廚房》，1998，台北大塊文化出版公司 P.18

8 鍾怡雯，〈記憶的舌頭——美食在散文中出沒的方式〉，《趕赴繁花盛放的饗宴

學作家的書寫重點。對於徐世怡而言，飲食是從組合的過程到成品，徐世怡雖然享受這個過程，但更重要的卻是處理者與食用者的「味道」。食物是一種憑藉物，徐世怡利用食物要說出味道、說出故事，說那些在異地生活，卻因為食物而產生關聯的人們的故事，也說她自己的故事。

那麼，徐世怡究竟要說出怎樣的故事？故事背後，又呈現了哪些「意在言外」主題？在此，筆者將以徐世怡《流浪者的廚房》一書中數篇飲食主題散文，整理出徐世怡置於「飲食」大題之下，卻又無法與「飲食」分割的各種隱藏主題。以期對於徐世怡的飲食散文作更進一步了解，並嘗試為現時研究尚少的徐世怡找出在飲食書寫上的定位。

一、「餐桌之外」——女性與廚房

家庭飲食的產生來自於廚房空間裡的活動製造，廚房作為一個進行飲食活動的空間，卻也是長久父權傳統下劃分出來屬於「母親」、「婦女」的空間，女性與廚房彷彿就成為了看似絕對卻又毫不絕對的連帶關係。在徐世怡的飲食主題散文裡，屢屢可見女性成長於廚房，限制於廚房之中，或又回而掌控廚房的身影；前文所引鍾怡雯之言：「徐世怡則是透過飲食書寫回顧一個現代女性的成長」，更說明了徐世怡在女性與廚房關係上的探討，以下就以「女性與廚房」、「流浪者的廚房」兩種面向，來看徐世怡如何說出廚房空間的故事。

1、女性與廚房：廚房空間的意義

> ……現代社會中被廚房牽住的女人，與發動一家灶火的女人，她們生命中與廚房的最初始關係往往是從同年扮家家酒的神話廚房開始。[9]

——飲食文學國際學術研討會論文集》，1999，時報出版 P.489

9 徐世怡，〈回鍋的記憶〉，《流浪者的廚房》，1998，台北大塊文化出版公司 P.21

徐世怡在書中陳列出許多廚房在女性各成長階段中的不同功能。而徐世怡在敘述自己成長歷程中和廚房的關係，可以當做女性與廚房關係的借照。在此將散見各文的片段做一時間上的整理。

在〈回鍋的記憶〉中，徐世怡提到回憶中的童年，跟著姐姐們一起進行「家家酒」的遊戲，演出從買菜、切菜、作菜、吃飯、收拾的生活餐桌剪影。在這個角色扮演的遊戲裡，她總被分到瑣碎的副手工作，廚房大權則由姐姐掌握。這樣的遊戲重現了孩子們對於家庭的認識，也呈現了小孩對於生活的看法。雖然廚房並不真實存在於孩子們的遊戲裡，但作為一個生活核心活動—「吃飯」的前置作業地點，廚房是重要的，女性的形象被具體呈現在煮飯的過程裡，女孩們將這樣的生活置入童年的記憶裡，進而成為依循的生活模式，所以徐世怡說：

> 人生就是洗菜，啖飯，飯後把碗洗乾淨。[10]

〈陪葬的天鵝湖，以及水餃〉則以青春期包水餃的場面，說出了少女與廚房空間的互動：

> 唸書唸到有文憑、做菜做到不會丟臉，這是一個女孩子交給未來婆家最好的兩件嫁妝。[11]

> 在閒來無事的假日裡，如果家裡女孩子們自動自發進廚房做點東西大家來吃，也不會有人認為那是壞事。要不就去作家事，還有什麼畫面，能比這兩種家庭風景，更讓父母看了放心的？[12]

讀者可以看出，此時廚房空間的功能變得具體了。在台灣傳統社會與家庭裡長期父權系統的觀念下，青春期的女性被要求學習服從，

---

[10] 徐世怡，〈回鍋的記憶〉，《流浪者的廚房》，1998，台北大塊文化出版公司 P.23

[11] 徐世怡，〈陪葬的天鵝湖，以及水餃〉，《流浪者的廚房》，1998，台北大塊文化出版公司 P.52

[12] 徐世怡，〈陪葬的天鵝湖，以及水餃〉，《流浪者的廚房》，1998，台北大塊文化出版公司 P.53

三從四德；學做家事，比關心國事天下事還來得重要，所以廚房成為學習做一個得到社會認可、讚許的傳統賢慧女子的場所。此外，徐世怡暗中崇拜擅於包水餃的二姐也代表了一個「擅於家事」的模範，終究還是在傳統社會的期待樣貌之中。

真正進入婚姻狀態過後，徐世怡有了這麼一段話：

> ……回看過去，當年第一次婚姻的瞬間動機只是想要有個廚房，在一個想成家女性的認知裡，沒有廚房的生活，根本不是個家。等到她開始擁有自己的廚房後，她才算離開女孩的圈子，爬上另一個階段的女人山頭。我已分不清當時我只是想做菜，想要有個廚房，還是想結婚。……進入灶火的擁抱，生活落到廚房的方寸領土裡，做菜女人的呼吸幾乎就是與灶火同步升降。[13]

廚房的方寸領土在徐世怡的眼裡，成為了家與安定的象徵，更幾乎成為了變成「女人」的標準。廚房的領土彷彿轉變成為家中最重要的地方，成為女性在家中唯一掌管大權的空間。從一方面來看，女性在廚房得以擁有控制權，另一方面來看卻也是受制於其他空間裡的男性壓迫所致，進而退居到廚房的方寸之間。

到了求學的異國，廚房反而成為一個特別的交流空間：

> 女人間互相學習做菜的小事，在資源匱乏的異地裡，變成互相取暖的大事。[14]

徐世怡在這篇學做包子的經歷裡，就寫出了女人們交流廚藝的景況，她們得以在人生地不熟的地方談天、分享食材及食物。綜合觀之，

---

13 徐世怡，〈回鍋的記憶〉，《流浪者的廚房》，1998，台北大塊文化出版公司 P.16

14 徐世怡，〈睜一眼閉一眼，還有包子〉，《流浪者的廚房》，1998，台北大塊文化出版公司 P.16

廚房彷彿是一個「學習機構」，女性在傳統社會意識下，學會煮飯，做得好吃，變成必要之事，所以徐世怡這麼說著：

> 若你不知道你已是女人、必須是女人、總有人會教你，她們會把技能教給你，讓你得到獎賞鼓勵，告訴你這條典範的炊路要如何上路。大女孩教小女孩，大家圍在廚火旁，揉著腥味、素味，一起學習這個不能躲的民生任務。[15]

但廚房是否只能是囚禁女性生命的空間？其實徐世怡筆下呈現了兩種不同的情況。

> 左鄰右舍、上下姊妹一起來夾持，把青春動能從找得到的地方全網進廚房。[16]

小女孩們被大女孩們帶入廚房學習包水餃，學習「這條典範的炊路要如何上路。」這彷彿訓練與複製的教學場景，甚至要女孩們「割下自己一段鮮跳跳的青春時段，獻給煙火裊裊的廚房祭壇。」徐世怡彷若反諷地說這是「一起學習最時髦的廚房新把戲。」由這些句子不難看出廚房作業對於女孩青春的消耗與禁錮。但另一方面，這樣的勞務場景卻又能看到女孩們小小的舒展空間：

> 圍在桌旁，大夥不只「做」水餃，也交換別人的人「做」得怎樣的意見評論。左鄰右舍的故事、學校的新敵人都是故事裡可以炒了再炒的題材。講到高興時，每張嘴都變成喇叭口……老老小小的笑聲合奏出高分貝的笑聲環繞音效。[17]

---

[15] 徐世怡，〈陪葬的天鵝湖，以及水餃〉，《流浪者的廚房》，1998，台北大塊文化出版公司 P.55

[16] 徐世怡，〈陪葬的天鵝湖，以及水餃〉，《流浪者的廚房》，1998，台北大塊文化出版公司 P.55

[17] 徐世怡，〈陪葬的天鵝湖，以及水餃〉，《流浪者的廚房》，1998，台北大塊文化出版公司 P.56

青春的時間在此得以揮霍，女孩們似乎得到了一些自由，但這樣的「自由」並沒有改變廚房的禁錮性質。

徐世怡在得到自己的廚房空間時，彷彿就得到了解放的自由，憑著烹調的遊戲，她可以在製作蛋糕的時過程裡，就像是在「指揮一首蛋糕交響曲」[18]，她也樂於添加不同的材料，簡單地改變蛋糕的口味；在〈回鍋的記憶〉裡，她也驕傲於展現自己包水餃包子的「指上功夫」。正如鍾怡雯所指出她「充分玩味烹飪」的特色，徐世怡反而在廚房裡找到揮灑與掌握的自由，這種景象讓廚房似乎不再是個牢房，而更像是一個表演的舞台。

此外，女性在廚房空間裡似乎也得到了免除與男性大敘述對抗的尷尬與尖銳：在〈睜一眼閉一眼，還有包子〉一文中，徐世怡在學習製作包子的中國婦女家中就碰上了大聲疾呼「台獨不可能」的中國丈夫，但是面對男子「大性」、「大國」的「防衛性攻擊」，兩位身處「小性」的女子選擇不予回應也不加中止，本著「不要讓另一個女人受窘」的心理，兩個女人都不再提起這件事情。這樣的故事似乎展現了女性在廚房空間裡的自主性與自由，甚至讓國家意識或者大敘述都被屏除在外。

張淑英在討論烹飪與女性自我實現之間的關係時提到：

> 耐人尋味的是女性在廚房的氛圍內，企圖從四壁油煙（或四壁馨香）瀰漫的烹飪經驗中塑造另一種自我實現的角色，並傳遞自己的廚藝哲學或愛欲的訊息，這也是女性意識的另類省思了。[19]

以這段文字對照起徐世怡的述說，似乎更可得到解答：

---

18 徐世怡，〈台式憂鬱的少女，和她的蛋糕〉，《流浪者的廚房》，1998，台北大塊文化出版公司 P.43

19 張淑英，〈烹飪經驗與女性自我實現——以《巧克力情人》和《春膳》為例〉，《趕赴繁花盛放的饗宴——飲食文學國際學術研討會論文集》，1999，時報出版 P.489

而等到一個女人開始擁有自己可以完全做主的廚房領土，就某種角度而言，就是她有權發展自己遊戲空間的開始……認真地要把小屋簷下的生活弄得有意思。[20]

2、流浪者的廚房：廚房在身上，家就在身上

流浪遷動者的廚房成長就是在「明知會走」的念頭下，一個碗、一盞燈、一個空瓶子……慢慢攢下來。然後在適應一切生活細節幾個年幾個月之後，放棄身邊的身外之物，離開。[21]

在台灣大學城鄉碩士班畢業之後的徐世怡，前往了比利時魯汶大學攻讀建築碩士，之後的人生更時常前往各國進行工作：1992 年前往克羅埃西亞的難民營，1994 及 1996 年則到柬埔寨進行研究，也因此有了《五彩梯上天堂》、《獻神的舞慾》這兩本書的出版。徐世怡在長久的搬離、住進過程中，也漸漸形成了一種流浪者的姿態，並且存有著一種無法安定的追尋徬徨，在《找不到家的街角》一書中可以得到印證：

十八歲離家唸書後，我一直在搬家。事實上，那也只是在搬「家當」，而不是真的在搬家。[22]

為何每一次「搬家」卻只是在搬「家當」，或許這是因為她從沒有在這些搬離的「家」中，找到真正讓她安心的「家」的感覺：

找不到家的徬徨害怕，也是找不到自己的苦悶。找到安心，事實上也找到了家。但，找到了一個屋簷遮頂的家，又有誰能保證那是永遠的安心場所？[23]

---

[20] 徐世怡，〈回鍋的回憶〉，《流浪者的廚房》，1998，台北大塊文化出版公司 P.27
[21] 徐世怡，〈流浪者的食譜〉，《流浪者的廚房》，1998，台北大塊文化出版公司 P.16-17
[22] 徐世怡，〈畫我的家〉，《找不到家的街角》，1999，台北：聯合文學出版社 P.123
[23] 徐世怡，〈找不到家的街角〉，《找不到家的街角》，1999，台北：聯合文學出版社 P.150

廚房對於徐世怡來說，已然不能成為一個固定的安定空間，也沒有固定的鍋碗瓢盆，於是回到了自我，開始把「家」馱在身上，讓自己成為自己的「廚房」：

> 身處異地的胃，會孤單，也會寂寞。要讓胃獨立，並不是讓胃從四週環境中孤立，而為了要讓胃能獨立，動手操作就是最基本的準備。[24]

然而，在得到這樣的「廚房」後，是否就真的得到家的感覺，得到真正的滿足？徐世怡在筆下裡其實透露出飽食並不能解決流離恐懼的思維。

> ……天天旅行並不是幸福的事，天天吃得飽鼓鼓也未必就能活得免於恐懼……[25]

就算飽食，內心仍存在著徬徨，如果食慾並不來自飢餓的警訊，那麼人們更深處的需要在哪裡？

二、「食慾之外」——青春期與異鄉留學

徐世怡這些飲食主題的散文裡，說出了她對於「吃」與「食慾」背後的探索，在前言裡她就這麼說到：

> ……我不知道這些故事中的胖瘦變化，與想瘦想吃的心理算不算「病」，但可以確定的事：皮下、肉縫間是藏了心事。[26]

徐世怡很清楚地說出了食慾之外，更重要的是心靈的飢餓，而這種飢餓更是飲食無法填滿的黑洞。以下，筆者將聚焦在徐世怡的兩段強烈描寫飢餓的時期，即青春期與異國留學期作文本探討：

---

[24] 徐世怡，〈回鍋的回憶〉，《流浪者的廚房》，1998，台北大塊文化出版公司 P.30
[25] 徐世怡，〈前言〉，《找不到家的街角》，1999，台北：聯合文學出版社 P.8-9
[26] 徐世怡，〈前言〉，《流浪者的廚房》，1998，台北大塊文化出版公司 P.5

1、青春期的飢餓與節食

徐世怡〈肥膩膩的青春滋味〉一篇裡，敘述了少女們在高中青春期裡對於食慾與肥胖的兩難處境：面對的是空洞不知為何而學的填鴨式教育，少女們感到強烈的飢餓：想要用食物來填補自己的食慾，卻又不能讓自己變成一個不美麗的胖子。所以在「被綁架的青春」裡，少女們對著明星夢想著纖瘦的身材，甚至設計了瘦身的人生藍圖：

> 「只要考上聯考，我就可以做我愛做的事，搬出去住之後，我要怎麼節食，也沒人管……我的初戀故事就要從瘦下來那一天開始……」[27]

青春發育的油脂與學習沒有目標的空虛感，都在一個身體裡無處可去。少女們只能「貪吃」，再也找不到可「貪心」的去向了：

> 沒有好東西去餵餓苦的大腦，沒有勇氣去替餓空的心腔找補給，我們只敢填塞根本不餓的胃。「吃」無法解千愁，「吃」也無法排掉徬徨，我們總誤以為自己有餵到一個器官了。
>
> 孤獨的女孩抱著一包餅乾，吃下無助，餅乾盒空了，但養分並沒有跑到還在喊餓的地方，有自尊的器官根本就拒收這種垃圾做出來的無能熱量。[28]

少女的食慾究竟來自於哪裡？徐世怡已然在文字裡告訴讀者了。空的是心，心裡面只有更空虛的徬徨，但是找不到東西可以填滿，於是才用食物想要消解空虛，這樣的「食慾」並非飢餓，而是壓力與焦慮引起的心理填補作用。徐世怡在此文探討了食慾以外的飢餓因素，

---

27 徐世怡，〈肥膩膩的青春滋味〉，《流浪者的廚房》，1998，台北大塊文化出版公司 P.92

28 徐世怡，〈肥膩膩的青春滋味〉，《流浪者的廚房》，1998，台北大塊文化出版公司 P.97

而飢餓與進食雖然是表面的主題，但更重要的主題卻是少女在進食與肥胖之間的掙扎，還有考試教育之下的填鴨空洞心靈。

2、異鄉留學，烹調的懷舊招喚

> 每一個熱火回鍋的菜餚裡，回憶成了下鍋的材料。每一捲回憶味絲則飄出鍋外，散入空中。[29]

在《流浪者的廚房》書中的大部分飲食主題散文，幾乎都是在徐世怡國外留學期間的紀錄，徐世怡說這些食譜「雖然極其平常，卻是我在外頭才學會的菜，方便買得到時，根本不會想去學。」徐世怡亦沒有列出外國菜色，於是讀者可了解，徐世怡在異國顯然不是為了讓自己的味蕾得到豐美的體驗，她對於故鄉食物的食慾同樣也有自己的敘述：

> 等到住在味道都不同的異地時，想吃，吃不到；想買，買不到；就只有向記憶的隧道回挖了。是不是想藉著「吃」化解自己的鄉愁，已很難回答，但是那些忙忙碌碌的切啊剁啊，被解到愁的根本不是那些管「吃」的器官，比較實際的是，廚房裡裡外外的勞動以讓人無暇去孵憂愁的蛋。器官們根本不懂事，它們只知道餓，只知道吃。[30]

這些烹調的動作也許真如徐世怡所言是藉以勞動忘憂，但烹調出來的味道與氣味或許更是徐世怡烹煮的目的。食物的味道直接地讓她對故鄉的懷念得到慰藉。而嗅覺更是觸動記憶最為明顯的一種感官，這些都是 Walter Benjamin 所謂迸出式記憶（involuntary memory），藉由這些刺激，讓主體得以招喚過去的記憶到現在的時空中，讓底層的記憶能夠重新構築。

---

[29] 徐世怡，〈回鍋的回憶〉，《流浪者的廚房》，1998，台北大塊文化出版公司 P21

[30] 徐世怡，〈流浪者的食譜〉，《流浪者的廚房》，1998，台北大塊文化出版公司 P.17

所以徐世怡說：「一個把家帶在身上的人還是要發展出糊口的本事。這樣的廚房就像是叢林中的小教堂，飢餓的人不定時在野爐圍光中進行對五臟腑的服務。」[31]廚房比喻成為教堂，烹調飲食就成為祀神的禮拜，對於一個沒有安定的家的異鄉人，這樣的「禮拜」是多重要的信仰救贖。

總合上述兩點來看，徐世怡提出了在表象的食慾與器官的飢餓背後，人們其實更需要解決的是心靈上的空虛與徬徨，甚至是讓封閉的心靈得到解放，在討論飲食文化的論者也提到：

> 對於許多人而言，吃某種特定的東西，不只是為了有飽食的感覺，更是想達到某種解放——這種表明態度的外在方式。攝食於是在此同時也成了自我認定和與人溝通的形式。透過食用某種食物來得到幸福或自由的感覺，一般人都有體會，也能理解。食物所過分擔負的象徵意義，主要是為了某個目的而吃。這樣的滿足感從表面上來看只是小事……然而，這樣有選擇的攝食行為，顯然能在一時之間，無論多麼的形式化，都能讓人感受到選擇的權力，感受到自我，進而因此感受到自由。[32]

選擇、自由、解放則全都是人們在食慾之外所努力追求的超脫。

三、「生命之外」——被吃與吃

1、被吃掉的人們：生命的徬徨與空洞

徐世怡在幾個人物故事的敘述上，使用了一種「被吃掉」的隱喻：比如在〈陪葬的天鵝湖，以及水餃〉中，那個被考試、書本填滿，卻耗費了大半青春的日子，徐世怡說：

---

[31] 徐世怡，〈流浪者的食譜〉，《流浪者的廚房》，1998，台北大塊文化出版公司 P.18

[32] Sidney W. Mintz《吃》，2001，台北市：藍鯨出版社 P.30

> 熱鍋上長烤的無名光陰，已被揉到生命灶爐的底下去了，無辜的灰燼卻還泛著焦慮味。[33]

那些「陪葬給考祭」的青春光陰，成為被「考」試大火烹「烤」的食物，也等著被某個人吞下肚，彷彿體現了「人為刀俎，我為魚肉」的畫面；徐世怡用了這樣的隱喻來呈現考試下少女的無奈與哀愁。

同樣被比喻做食物的還有另外一位製作台式蛋糕的少女，這位表情漠然少女來到異國唸書，有一種「對什麼都提不起勁的老味」；充滿著沒有選擇的徬徨感。徐世怡對於少女與親手製作的蛋糕做了連結比喻：

> 蛋糕鬆鬆軟軟的，這個少女鬆鬆散散的。[34]

到了文章最後，徐世怡則提出了雞蛋作為比喻：

> 蛋糕是用雞蛋打出來，而每個雞蛋則蘊藏著一個完整的生命。沒有打爛成漿的蛋糊，就沒有鬆鬆香香的雞蛋糕……沒有選擇、沒有毅力的生命，剩下的就只有等待，等待讓無聲命運張口吃下。[35]

沒有選擇、沒有毅力的生命，暗指了這位徬徨憂鬱的少女，而少女原本可能「蘊藏了一個完整的生命」，現在卻只能用等待的姿態：等待命運張口吃下。

人變做食物的隱喻，都呈現了人們面對命運、社會的無力和無奈。徐世怡利用「吃與被吃」來連結人無法自主掌握的的生命情狀，成為她特別的筆法。

---

[33] 徐世怡，〈陪葬的天鵝湖，以及水餃〉，《流浪者的廚房》，1998，台北大塊文化出版公司 P.59

[34] 徐世怡，〈台式憂鬱的少女，和她的蛋糕〉，《流浪者的廚房》，1998，台北大塊文化出版公司 P.41

[35] 徐世怡，〈台式憂鬱的少女，和她的蛋糕〉，《流浪者的廚房》，1998，台北大塊文化出版公司 P.45

2、人生如食：食物與人生

> 人生是一場自己掌廚的宴席，要甜、要酸、要甘、要油、要淡，自己能選擇，也要能調理。做壞了，有機會下次再試；做得好吃，也是一場腸胃盡歡的喜緣。[36]
>
> 在飢餓與飽肚中間汲汲奔波，在張嘴吐煙的滿足與被生吞活剝的恐懼之中轉盤，一生的滋味就這樣被色、味、香、苦、忌、怨各式塵粉裹住。縱使丟不下的肉身離不開人間煙火，但在凡間的爐火深處，燒過也燒透的慾底清灰，卻以輕輕度過了每道回憶的味道。[37]

人們的故事千百種樣，彷彿食物有酸甜苦辣，徐世怡從飲食出發來書寫人的故事，也像是在嚐人生的甘苦滋味，因此，徐世怡雖然平淡地書寫出人們的各種故事，卻也彷彿是在寫一道道菜色。人們也在吃與被吃的輪迴裡反覆地追尋著填飽飢餓的救贖：

> 人類也知道「飢餓」是無止境的宿命，但世上似乎根本沒有一勞永逸的方法躲得過「餓鬼」的糾纏。只因為餓鬼就是我們，我們的身體就是餓鬼居住的地方。[38]

身體的飢餓每天重來，心靈的飢餓永無止境，人們成為餓鬼，也成為身上惡鬼等待吞下的食物。

結語：平凡菜餚的人生況味

> 世間一場場因緣相纏的戲碼，慾望相疊、情恨互鎖，結成一個個故事。是空是非？是香是臭？是珍饈是毒藥？都是一線之隔。在命運還能磨動時，又有誰願意被自己肚裡的餓鬼一嘴嗞光？[39]

---

[36] 徐世怡，〈流浪者的食譜〉，《流浪者的廚房》，1998，台北大塊文化出版公司 P.18

[37] 徐世怡，〈回鍋的回憶〉，《流浪者的廚房》，1998，台北大塊文化出版公司 P.31

[38] 徐世怡，〈前言〉，《流浪者的廚房》，1998，台北大塊文化出版公司 P.4

在何寄澎〈試論林文月、蔡珠兒的「飲食散文」——兼述台灣當代散文體式與格調的轉變〉一文中，將溫婉筆調細細書寫各種菜譜，並藉以回味往昔的林文月，以及使用活靈文字追索各種精細味覺的蔡珠兒，視為當代飲食散文風格的兩種不同面貌[40]；但是仔細探討，這兩位女性作家都以細膩的筆調，追求呈現繁複的烹調與精緻菜色；相較之下，徐世怡的飲食散文反而端出了平淡的日常菜色：包子、水餃、春捲、蛋糕，毫不華麗，卻扎實飽胃。她注重的是藉由飲食導引而出的各種故事，描繪出形形色色的人們，運用清淡的筆觸，讓各種酸甜苦辣得以呈現在讀者眼前。編輯《台灣飲食文選》的焦桐認為「飲食不僅僅是一種止飢解渴的目的，還是一種審美的感受，吃，不只是為了果腹而已，食物的滋味亦是人生的況味。」這裡所說的人生，不只是自我的人生，亦是所有為了飽腹嚐味，填補各種飢餓的人們，他們吃與被吃的百味人生。徐世怡述說人生故事的方向彷彿呼應了她列出的日常菜色，更進一步地藉由飲食的主題得以延伸，展現女性與廚房、吃與食慾、吃與人生等等主題，這何嘗不是讓飲食文學的風貌有了更不同的角度及視野？只是，飲食文學的女性作家與作品至今尚未有明確的系譜，在焦桐《台灣飲食文選》編纂之下，羅列了許多飲食文學的書寫者，但至今還有多數作家並未深入探究其作品，飲食文學研究的荒野似乎還待研究者們未來的披荊斬棘。

---

39 徐世怡，〈前言〉，《流浪者的廚房》，1998，台北大塊文化出版公司 P.9

40 何寄澎，〈試論林文月、蔡珠兒的「飲食散文」——兼述台灣當代散文體式與格調的轉變〉，《台灣文學研究集刊》，第 1 期，2006 年 2 月，p.191-206

參考書目

著作專書

林文月《飲膳札記》1999，台北市：洪範出版社
徐世怡《五彩梯上天堂》，1996，台北：皇冠文化出版公司
徐世怡《獻神的舞慾》，1997，台北：皇冠文化出版公司
徐世怡《流浪者的廚房》，1998，台北：大塊文化出版公司
徐世怡《找不到家的街角》，1999，台北：聯合文學出版社
焦桐、林水福主編《趕赴繁花盛放的饗宴—飲食文學國際學術研討會論文集》，1999，時報出版
焦桐主編《台灣飲食文選Ⅰ、Ⅱ》2003，台北市，二魚文化出版；
張瑞芬《五十年來台灣女性散文—評論篇》，2006，台北市：麥田出版
廖炳惠《吃的後現代》，2004，台北：二魚文化出版社
蔡珠兒《紅燜廚娘》，2005，台北市：聯合文學
鄧景衡《符號、意象、奇觀：台灣飲食文化系譜》，2002，台北：田園城市文化
Peter・Brooker《文化理論詞彙》，2003，台北：巨流出版社
A. W. Logue《飲食心理學》，1996，台北市：五南出版社
Jean-Anthelme Brillat-Savrin《廚房裡的哲學家》，2006，台北縣：百善書房
Sidney W. Mintz《吃》，2001，台北市：藍鯨出版社

學位論文

徐耀焜，《舌尖與筆尖的對話—台灣當代飲食書寫研究（1949-2004）》，國立彰化師範大學國文學系碩士，2005

黃孟慧，《台灣九〇年代以來旅行文學研究（1990-2002）》，台北市立師範學院應用語言文學研究所碩士，2003

期刊論文

江柏煒，〈文學裡的空間經驗──談徐世怡及其寫作風格〉，1997，《文訊》，98=136 P.99-100

何寄澎，〈試論林文月、蔡珠兒的「飲食散文」──兼述台灣當代散文體式與格調的轉變〉，2006，《台灣文學研究集刊》，1，P.191-206

黃子平，〈「故鄉的食物」──現代文人散文中的味覺記憶〉，2002，《中外文學》，31:3=363 P.41-53

鍾怡雯，〈論杜杜散文的食藝演出〉，2002，《中外文學》，31:3=363，P.84-95

陳智弘，〈刀鑊鍋爐間的魔法術──談「飲食文學」的閱讀與寫作〉，2003，《國文天地》，19:6=222 P.94-97

土地信仰：
論「南方綠色革命」自然寫作社群

李友煌*

摘要

九〇年代，「南方綠色革命」興起[1]，從衛武營、柴山、高屏溪到愛河、美濃，許多民眾投入地方自然生態環境的搶救志業，其中主導、帶領、提倡、推廣此一綠色運動者，不少人兼具作家身分或寫作能力，透過文字書寫，不論詩、散文（包括隨筆、雜文、報導文學）、甚至小說，他們一方面開拓了台灣自然寫作的深度與廣度，另一方面也為地方的書寫、特別是高雄的「文學地景」開疆闢土，而經過他們的努力奔走（包括文字與實際行動），最後更達成豐碩的成果，包括柴山自然公園的成立、衛武營都會公園的定案，以及美濃水庫興建計劃的停止、愛河的整治美化、高屏溪的離牧與汙染整治等，這是台灣諸多功敗垂成的環保生態運動難以望其項背的。

本文的目的，在就文學面探討這一波南方綠色革命自然寫作社群的創作歷程與成果，嘗試點出其對台灣自然寫作發展的啟發與貢獻，以及其對高雄地方書寫的創造性意涵；最重要的是，它刻劃出台灣自

* 台灣省台南縣人，民國 52 年 2 月 9 日生。曾任台灣時報記者、民生報記者。目前就讀國立成功大學台灣文學研究所博士班。著有《水上十行紙詩集》、《異質的存在》詩論集。曾獲打狗文學獎、大武山文學獎、鳳凰樹文學獎、朱銘美術館「觀雨季」徵文首獎等。

1 有關「南方綠色革命」一詞，根據王家祥的說法「從早期的環境汙染抗爭運動（按：指後勁反五輕運動）到近期的市民綠色運動，高雄的民間力量發展遠勝過地方政府的無知，媒體將近期的市民運動稱做『南方綠色革命』，影響力遍及台南、屏東。」當時擔任台灣時報「台時副刊」主編的王家祥，曾策劃「南方綠色革命」專欄，邀請參與相關綠色運動的多位文化人執筆，後來集結成《南台灣綠色革命》一書，見王家祥，〈高雄人的市民運動〉、〈南方綠色革命〉二文，文收《南台灣綠色革命》（台中：晨星出版，1996）頁 21、32。

然寫作發展脈絡上一條深刻的痕跡，即透過書寫及保護具有原生性、本土性的自然環境，彰顯其無可代替的珍貴性、重要性與獨特性，從而展現對默默生長養育台灣人的這塊土地的關愛；這種回歸土地之愛的書寫，具有一種隱性的政治意涵，可視之為七〇年代鄉土文學論爭以來不斷朝向台灣主體性建構的驅力之一。特別是，從社群成員王家祥由散文形式的自然寫作朝小說形式（融合自然寫作元素）的「台灣歷史小說」發展的文學創作脈絡，更可看出這種土地信仰所傳達出來的本土終極關懷與政治認同。

關鍵詞：南方綠色革命、台灣自然寫作、文學地景、台灣歷史小說、鄉土文學

一、「南方綠色革命」背景簡介

發生於大高雄地區（高雄市、高雄縣），而後擴及屏東縣的一連串綠色運動（訴求環保、生態），從最早的衛武營公園案，接著的柴山自然公園案，再到高屏溪保護案，以及美濃反水庫運動、高雄市的文化愛河案等，這一連串的市民運動，被稱為「南方綠色革命」。從時間點來看，衛武營公園促進會成立於 1992 年 3 月 28 日，是點燃南方綠色革命的第一把火；緊接著，柴山自然公園促進會成立於 1992 年 5 月 1 日；保護高屏溪綠色聯盟成立於 1994 年 3 月 12 日；高雄市文化愛河協會成立於 1994 年 5 月 28 日……。多數綠色團體屬「地下組織」，後來才聯合向政府申請立案，由 7 個「地下」綠色團體於 1994 年 6 月 10 日成立高雄市綠色協會。此外，美濃愛鄉協進會成立於 1994 年，其前身為「反對興建美濃水庫後援會」；台灣濕地保護聯盟成立於 1996 年 2 月 11 日；1997 年 3 月 22 日，藍色東港溪保育協會成立；柴山自然公園促進會於 2001 年 3 月 10 日正式立案，成立高雄市柴山會。

就高高屏（高雄市、高雄縣、屏東縣）這一連串綠色運動的結果來看，可謂成果豐碩，1993 年 6 月 3 日行政院同意衛武營區改作都會公園使用，公園內將打造南部的兩廳院；1997 年 2 月 10 日壽山自然公園管理辦法公告；此外，愛河整治及景觀改造大有可觀，「愛之船」開航，沿岸咖啡座林立，水岸碼頭陸續興建，中游的中都唐榮磚窯廠亦在文化愛河協會的爭取下納入古蹟，積極整修中；而高屏溪上游而實施離牧政策，下游復育紅樹林；美濃水庫興建計劃停止；高雄市鳥松溼地、洲仔溼地等陸續設立。雖說這些成果受政治面影響甚鉅，亦與執政者的決策與施政有關，有的已偏離原本的生態訴求，轉向經濟面的休閒觀光規劃，功利主義增強，但綠色運動在其中仍扮演先覺者、議題設定者、倡導者、監督者，甚至組織行動者（如洲仔溼地即均交由綠色團體規劃經營）的角色，功不可沒。

而這一波波南方綠色運動中的一大特色即是它構築的文字事功，即過書寫（它具有自我強化、凝聚共識、批判辨証、宣傳教化的功能），配合有計劃有組織的行動，從而達到上述具體而實質的成效。如果這些實質成效是「立功」，則它還有立言及立德的成效，立言可指其在自然寫作領域的文學拓展；立德則是它對環境倫理的書寫建構，強化並提倡一種「荒野文明」式的、人與野生動植物和諧共存的土地倫理，並因而達到的對自我及民眾精神及行為上的潛移默化。

二、「南方綠色革命」自然寫作社群的特殊性

本文考察範圍為南方綠色革命相關團體及其成員在這一時期至今（1993~）的相關出版品，團體部份包括《柴山主義》（1993）、《重返美濃：台灣第一部反水庫運動紀實》（1994）、《南台灣綠色革命》（1996）、《高屏溪的美麗與哀愁》（2000）等書。個人部份包括王家祥、曾貴海、吳錦發、洪田浚以及凃幸枝（現名凃妙沂）等人的個別出版品；其中，曾貴海的《被喚醒的河流》（2000）、《留下一片森林》（2001）兼具運動報導紀實及自然寫作性質，洪田浚的《壽山的人文歷史》（1995）則由柴山自然公園促進會印製，列為「壽山生態解說教材」，亦可視為團體刊物。

王家祥的作品最多，本文在分析時從他最早期的成名作《文明荒野》（1990）談起，一路往下，包括數本自然寫作及後來發展出來的一系列「台灣歷史小說」，以窺看柴山經驗、南方綠色運動經驗對他創作的影響。吳錦發與自然寫作較相關的作品主要有三本：《生態禪》（2000）及《生命 Hiking》（2000），以及一本特別寫給台灣兒童的童話故事書《一隻鳥的故事》（2003）。凃幸枝曾主編《柴山主義》、《南台灣綠色革命》等書，受柴山經驗啟蒙，投入自然寫作，今年集結出版《土地依然是花園》（2006）一書。

凃妙沂，原名凃幸枝，後改名凃妙芬、凃妙沂。如果說由凃幸枝、凃妙芬、到凃妙沂的更名過程是一種文學性的轉變，係因自然經驗的洗禮而成；則這顆綠色的文學種子一定還播種萌芽在其他許多人的身上，洪田浚的兒子洪立三就是一個明顯的例子，因其長期跟著父親從事自然觀察，而寫出《小小自然觀察家》（1996）一書。

整個南方綠色運動及其書寫雖以在地人為主，但也吸引外在人的注意與關心，植物學家陳玉峰就以他的專業經驗成為受邀學習的對象，透過演講及書寫參與這一波南方綠色運動，《柴山主義》一書即收錄他三篇文章。此一書寫社群，除了上述作家，尚有其他單篇書寫者的作品散見團體諸書，他們來自不同領域，構成多音交響的自然樂章。

關於台灣「自然寫作」（nature writing）的發展與分類，論者有幾種看法：劉克襄提出具報導性質的「環保文章」、反應遁世思想的「隱逸文學」，以及以散文形式書寫，但挾帶更多自然生態的元素、符號和思維[2]。簡義明則分為環保文學與隱逸文學、觀察紀錄型、自然誌類型、其他，共四種[3]。吳明益提出三種自然寫作模式，第一種呼籲重視環境破壞狀況，主要以環境議題報導為主；第二種是簡樸生活文學；第三種是將前兩者的問題重新拉回倫理學層面，透過自然科學的觀察，尋求建立新的環境倫理[4]。鍾怡雯則以「生態散文」為名，指稱其發展過程為生態保育（環保）、隱逸文學、生態紀錄、自然誌[5]。

與上述自然寫作的分類與發展脈絡比較，「南方綠色革命」自然寫作社群的特殊性有三點，一是「集體性的書寫方式」、二是「集中性的地點書寫對象」、三是「集合性的文類呈現」，此「三集」現象，形構出台灣當代自然寫作的殊貌。

2　引自吳明益主編，《台灣自然寫選》，台北：二魚文化，2003，頁28。

3　簡義明，《台灣「自然寫作」研究—以1981~1997為範圍》，台北：政治大學中文系碩士論文，1998。

4　吳明益主編，《台灣自然寫選》，台北：二魚文化，2003，頁28。

5　見鍾怡雯、陳大為主編，《天下散文選I》，台北：天下遠見，2001，序文。

（一）集體性的書寫方式

在自然寫作此一領域，作家通常是個孤獨的、個別的報導者、發言者及觀察者；在環保文學，通常是個憂心忡忡、孤掌難呼鳴的控訴疾呼者，如韓韓、心岱、馬以工、楊憲宏等人早期作品中的表現[6]；在自然觀察文學，通常是個苦行僧般的野地澤畔之孤獨旅人，如劉克襄在《旅次札記》和《漂鳥的故鄉》中的行止；在隱逸文學，則通常是個嚮往田園生活或離群索居的避世隱者，如陳冠學在《田園之秋》、粟耘在《空山雲影》、孟東籬在《濱海茅屋札記》、區紀復在《鹽寮淨土》中的心境。

與這種個別、孤獨的，單打獨鬥式的自然書寫狀況不同，「南方綠色革命」的自然書寫（特別是其中的柴山自然公園促進會完成的《柴山主義》一書[7]），呈現團體行動的現象，形成集體性的自然寫作團體，因其集結志同道合的夥伴，相濡以沫，分享共同的環境生態理念，一起進行有計劃、有目標的自然書寫及行動實踐，故可稱之為「自然寫作社群」。這大概也是台灣自然寫作史上第一個以「集團軍」形式，成群結隊的、有組織的進行自然寫作的集體性書寫的例子。

而因其具有共同的理想與價值觀，目標又明確；加上團體行動比個人孤軍奮鬥更具力量，更具信心，也因其兼具坐而言（提筆為文）與起而行的行動力，所以終能獲致一般個別書寫者難以達成的具體成效（指實質的環境生態的維護與改善）。

必須指出的是，陳玉峰所謂的「觀察現今運動之走向，第一步驟的『動之以情』進行得可圈可點，民間傳播力量發揮了高度的說服作

6　韓韓、馬以工雖曾合著《我們只有一個地球》（台北：九歌，1983），但仍是個別書寫的合集。

7　當然，南方綠色革命自然寫作也有個別書寫的面向，如曾貴海寫的《被喚醒的河流》、《留下一片森林》，以及後來此一社群各成員各自發展出來的個別創作；而這些個別創作書寫關懷的地點，亦包括柴山、高屏溪等地，即南方綠色革命所及的高高屏範圍。

用，將柴山保育為港都的保安林提供市民解說教育的自然教室，杜絕任何進一步對資源的傷害等，幾已成為高雄人的共識，且已產生以之為榮的認同感。」[8]這種自然寫作的「立言」之效，與此一書寫社群的構成性質有密切相關，王家祥是台灣時報「台時副刊」的主編、蔡幸娥是民眾日報「民眾副刊」的編輯、吳錦發和洪田浚是民眾日報的主筆、凃幸枝任職晨星出版社特約主編及台灣時報文化版主編，他們同質性高，具有報界、出版界、文學界、文化界的良好關係及資源優勢，加上作家的書寫才具等，讓他們及團體成員的相關書寫得以密集的刊登在包括台時副刊、民眾副刊、中時晚報「時代副刊」、台灣新聞報「西子灣副刊」、自立副刊等版面[9]，最後再集結出書（《柴山主義》），而其他南方綠色運動也因同樣的理由（書寫、刊登、出版）而提高運動的能見度與影響力（如曾貴海之於衛武營、高屏溪），當然辦講座、發新聞稿等推廣宣傳方法，也都是「立言」的重要管道。

透過書寫、登載、出版、宣傳，南方綠色革命得以形塑一個地域性的、自然生態環境的「想像的共同體」[10]，成功地喚醒民眾立基於「鄉土」(生長或居住之地)環境生態與人文價值之上而建立的環境意識「我群感」，有助於綠色運動的實踐與完成。特別是「文明荒野」這樣的觀念，對重新找回都市人與土地疏離的關係有莫大的助益。這更是南方綠色革命自然寫作社群對台灣自然寫作發展的貢獻。

關於集體書寫，吳明益曾以「共同書寫」一詞來形容《柴山主義》、《重返美濃》等書的寫作方式，並認為「這類共同書寫的方式，記錄下特定地區的環境運動史，逐步形構了社區的環境意識。」[11]；「在這

---

8 陳玉峰，〈市政府是反應遲頓的大恐龍嗎？—兼評「正確愛柴山的方法」十三條〉，《柴山主義》（台中：晨星，1993），頁 243~244。

9 詳見《柴山主義》附錄〈我們做了什麼〉一文羅列的相關文稿發表版面，頁 286~289。

10 這裡借用 Benedict Aderson《想像的共同體：民族主義的起源與散布》（吳叡人譯，台北：時報，1999）一書的觀念。

11 吳明益，《以書寫解放自然—台灣現代自然書寫的探索 1980-2002》，台北：大

個菁英份子逐漸轉化到一般平民的書寫歷程裡，『土地』、『環境』漸漸以一種較親近的方式被認識。從過去由外地人遊歷的記述、訪談的記述，到由本地人親身經歷的書寫，當然在情感的貼近程度上有相當的差別。這也形成了台灣當代自然書寫中很特別的一系，其中可能缺乏文學質素，但對於地方的自然生態、地理變貌與人文資料的彙整，卻是真正的第一手材料。」

事實上，運動的參與者並不僅以「社區環境意識」來定位柴山經驗或整個南方綠色運動經驗而已，而是把它放到一個比較大的「市民運動」、「市民意識」、「市民自治」、「市民社會」的框架[12]，賦予其超越「社區」、更大的意義與能量。事實上，以柴山一案為例，當地的社區居民，包括柴山舊部落桃源里與龍皇寺登山口、台泥礦區附近的里民而言，地方的「繁榮」、「發展」等經濟面的考量反而是他們比較重視的；而柴山自然公園的理想與理念主要還是「外來」的（指非柴山所在社區自發性的）、菁英式的一種介入提倡，雖然它後來的發展在某種程度上吸納了非菁英的各階層民眾的參與。因此，以運動的性質而言，這種超越社區的公眾參與，最後已發展成全市性的、具有民間普遍性的共識的情況，並非社區環境意識可以解釋。而僅就綠色運動由衛武營、柴山，漫延到高屏溪、美濃等地的現象來看，它已是一種擴散遍布的環境意識之覺醒，亦實已超出社區的範圍，與一般社區營造因地制宜的情況不同。

（二）集中性的地點書寫對象

與個別自然書寫者經常更換觀察地點的情況不同[13]，「南方綠色革命」自然寫作社群的「目標土地」相當明確固定，柴山自然公園促進

安，2004，頁 120~121。

12 這樣的論述散見《柴山主義》各篇章，包括王家祥、陳玉峰、鄭水萍等人都有類似的看法。詳見《柴山主義》（台中：晨星，1993）。

13 雖有像劉克襄《小綠山之歌—台北盆地四季的自然觀察》（台北：時報，1995）

會成員們書寫關心的土地對象是柴山、衛武營公園促進會的是衛武營、文化愛河協會的對象是愛河、保護高屏溪綠色聯盟的對象是高屏溪。

因為同樣懷抱對鄉土的愛、對環境保護與自然生態維護的決心，因此儘管各團體關心的目標地不同，但其實各綠色團體之間的成員互有重疊，彼此立場一致、聲息相通、互為奧援；所以可以說，綠色團體的關懷對象（目標土地）仍是一致的。在書寫上，他們由柴山出發，及於各團體的目標土地，不過仍以柴山一地的書寫量最多、最集中，也最具自然寫作要求的文學性[14]。這種集中書寫同一地點的自然寫作特色，是以同一地點被不同成員不斷的、反覆的、從不同角度書寫的現象而表現的。同一塊土地不僅被同一位書寫者、也被不同書寫者，從各種視野觀察、紀錄、想像、冥思、書寫，從而挖掘、豐富、創造了土地的表象與內涵、經驗與想像、倫理與價值等。

綠色運動透過這種質量均佳的、為土地「立言」的自然書寫，持續積累與宣揚下，提升了土地的能見度、重要性、美感與價值感，進而影響社會觀感，是當時一系列綠色運動得以成長，並獲致正面效果的一大助力。

Mike Crang 認為，文學不能解讀為只是描繪這些區域和地方，文學協助創造了這些地方，文學創造地理；文學在塑造人群的地理想像方面，扮演著核心要角；文學不因其主觀性而有缺陷，相反地，主觀性表達了地方與空間的社會意義[15]。見諸「柴山文學」[16]扮演的角色，

這樣長期觀察一地的作品出現，但對一個作家而言，這仍是他諸多觀察點中的一站而已。

[14] 大體上，《柴山主義》一書是這種「集中性的地點書寫對象」的代表作，它的特色是對固定土地的集體性書寫，書中多數篇章較具文學性；另外如《高屏溪的美麗與哀愁》、《重返美濃》亦具有多人書寫同一地點的特色，但文學性相對較低。

[15] Mike Crang，王志弘、余佳玲、方淑惠譯，〈文學地景：書寫與地理學〉，《文化地理學》（台北：巨流，2005），頁 58~59。

正是書寫者對柴山一地的繪形繪影與豐富著色，它在某一程度上構築了人們的高雄理解與想像。

此一書寫從自然誌延伸到地誌，從自然景觀景物到人文風土與歷史，是文學地理的極致展現，洪田浚編寫的《壽山的人文歷史》一書即豐富了柴山地景的時間景深；而當王家祥從自然寫作轉入「台灣歷史小說」的創作，更進一步喚起深刻的「地方感」，以一種 Mike Crang 所謂的「召喚性敘述」表達某個地方獨一無二的「場所精神」[17]，對王家祥而言，他以想像力召喚的是柴山此一自然舞台上的歷史魂魄—馬卡道族。這點筆者稍後於論及「揉合自然元素的小說」及王家祥的「台灣歷史小說」時，再行細論其深層意義。

（三）集合性的文類呈現

這裡的集合性文類有二層意義：一是它包含了代表不同時期、前後發展階段的自然寫作特色，從環保文學、簡樸生活文學、自然觀察文學、地誌自然誌文學、到環境倫理的書寫，內容豐富，都可在此一南方綠色寫作運動中具體而微的看到，並且各有其獨特的質地，具體來說，這些各具特色的自然寫作面向可分為「身體力行的環保文學」、「從簡樸生活文學到皈依自然的文學」、「『人情味』十足的生態觀察文學」、「朝向歷史的地誌書寫與『文明荒野』式的環境倫理觀」四個類項來分析探討。二是它除了自然寫作常見的散文文類的表現形式外，還包括生態詩，以及後續發展出來的小說形式（如王家祥的「台灣歷史小說」），其中小說形式的創作更開拓了自然寫作的另一個嶄新領域。在南方綠色寫作社群多元的自然寫作形式與發展上，筆者將特別針對生態詩及揉合自然元素的小說兩項來進行深入的分析探討。

---

16 《柴山主義》卷三即名「柴山文學」，收錄 24 篇文學性相對較高的自然寫作篇章。

17 Mike Crang，王志弘、余佳玲、方淑惠譯，〈文學地景：書寫與地理學〉，《文化地理學》（台北：巨流，2005），頁 60。

三、「南方綠色革命」自然寫作的文本特色

（一）豐富的自然寫作面向

不論《柴山主義》或《留下一片森林》等書，南方綠色寫作社群作品中最初也最明顯的一大特色便是環保文學。由於眼見生態環境日益遭受人為破壞汙染，而一般民眾尚未覺醒、有公權力的政府又不作為或無作為，在這種急切心態下寫出來的文章，往往充滿不滿與控訴批判，其作用猶如早期的環保文學（兼具報導、紀實功能），這類文章占有南方綠色書寫的最大比例。

「我極度的悲觀且深信，台灣目前的執政者雖有心卻毫無能力處理台灣的土地保育及環境危機的問題……」，「我們的文官思想可以說已經『水泥化』了……」，「說穿了，因為他們不懂得如何來『生態保育』……」，「『執政者』明明扮演著『劊子手』的主犯角色而不自知……」，「柴山目前已因過度踩踏及不當的遊憩活動（烤肉、煮炊、任意開闢休息區及山徑、採藥、盜取鐘乳石、攤販入侵）而日益枯乾消瘦，每周皆有新的山徑被踩踏開闢出來，深入各角落，新的空地被整理出來據為休息處；步道的寬度越來越大，呈現極度乾旱與塵沙飛揚，植被的面積被迫日益縮小，甚至有人放火去燒不易剷除的草生地，呈現空前紊亂的『無政府』。」[18]

因為「愛之深」（對柴山），所以「責之切」（對無作為的政府官員），所以「氣急敗壞」。論者以「文學性不足」來看待這類型的自然寫作，其實有點後見之明，也太過苛責了。筆者認為，自然寫作原本就有填補文明與自然鴻溝的企圖或下意識，不論是回歸自然或向自然靠攏、不論這樣的意欲隱晦或顯露、作者有沒有意識到、讀者有沒有接收到，這種文章的出現都具有特定的、不同於一般的，對「自然」的意識型態，否則就與傳統的田園文學沒有什麼兩樣了。

---

[18] 王家祥，〈唉！我們的「低能兒」官員們——兼談柴山「無政府」現象〉，文收《柴山主義》（台中：晨星，1993），頁271~277。

因此對南方綠色書寫而言，自然寫作的「教化」企圖或功能，正是其特色所在，尤其是其中的環保文學，這樣的教化企圖更是明顯、直接而強烈；而也只有這樣才能對一般民眾發揮它立即的、淺顯易懂的影響力。「文謅謅」的表現方式，或所謂的「文學性」等較受學院專業文評家稱道的文學價值，追求的是作家個人的文學志業，在自然寫作的天平上，恐怕反而沒有比教化一般社會大眾、搶救生態環境的「任務」來得急切與重要，所以作家下筆時的考量勢必與文評家不同，不一定符合文評家的口胃，但對一般讀者而言，則可以在第一時間清楚的接受到作家想要傳達的訊息。從這個角度看，我們其實不難理解為何自然寫作、環保文學，與報導文學擁有相同的發展淵源了。

> 然後時間到了，我終於有勇氣將家裡那一包包臃腫巨大的垃圾袋解開來，用雙手捧出酸臭的蔬果殘屑，用雙手仔細挑出被油汙沾染的鋁罐、寶特瓶與仍可使用的塑膠袋，以及被無心揉皺丟棄的紙張。我找到蔬果殘屑的掩埋地點，在鄉下隨時有農地可以做堆肥。我將點染油汙的鋁罐和寶特瓶洗淨，把揉皺的紙張攤平；我突然發覺我正在洗淨的是心，攤開舒坦的是心。[19]

王家祥這段文字寫於政府開始普遍實施垃圾分類政策之前，眼見生活環境一天天的敗壞，眼見拾荒者不畏惡臭在垃圾堆中「搶救仍然存活的物質」，作者開始從自己做起，不用免洗餐具、使用充電電池、騎腳踏車上街辦事、做垃圾分類等，除了在文學上呼籲保護環境，也在個人日常生活裡身體力行這樣的主張。這種「身體力行的環保文學」還可以從〈搶救柴山鳳凰巨木〉一文中，山友眼見柴山百年鳳凰木群慘遭蟻害，而發動上山剿蟻、不惜出手干預自然生態演替現象的情形看出。[20]

---

19 王家祥，〈解脫痛苦之道〉，《四季的聲音》（台中：晨星，1997），頁 146。

20 洪田浚，〈搶救柴山鳳凰巨木〉，《柴山主義》，頁 132~134。文中提及山友「蝴蝶人」蔡百峻認為，鳳凰巨木蟻害已非自然狀態，那是因螞蟻天敵穿山甲被人

文學絕對不是坐在辦公桌裡，告訴你赫塞的小說怎麼樣，海明威的小說怎麼樣，美學、歷史、自然、人生哲學教育通通加起來，就是最好的文學教育，柴山就有這樣豐富的教育素材，她不僅是高雄最後一塊環境上的淨土，也是心靈上的淨土。[21]

吳錦發這段話也許正可以代表這群南方綠色寫手的文學觀吧，那絕非是口惠而實不至、紙上談兵的文學，而是腳踏實地、身體力行的文學，是要在豐富的環境裡（如柴山）真切體驗，並透過書寫宣揚、藉由組織行動落實的。

「南方綠色革命」自然寫作的文本特色，除了上述身體力行的環保文學，也發展出一條「從簡樸生活文學到皈依自然的文學」的路徑。

南方綠色寫手們對簡樸生活的嚮往，最初反映在《柴山主義》一書中對柴山舊部落「桃源里」的書寫上，這處僻處山崖海角的小漁村因位處軍事管制區內，遭受長期禁建加上交通管制而得以保留簡樸、甚至簡陋風貌，未受都市文明「汙染」，而成為作家想像中「不知有漢，無論魏晉」的「桃花源」。[22]

關於簡樸生活文學，南方綠色寫手從柴山桃源里出發，走出不同的路。他們在大自然中體驗感悟的結果，雖然沒有發展出類似孟東籬、區紀復、粟耘等人的隱居生活模式，卻以另一種方式表現於文本，發展出一種皈依自然的近似宗教的孺慕情懷，以野地為靈修的道場，成為荒野的信徒。王家祥及吳錦發不約而同的朝此道路前進，吳錦發的「生活禪」理念及王家祥的「荒野修行」實有異曲同工之妙。

「開始對禪比較有些領悟，是在從事生態運動之後……關於『生態禪』中的一些感悟，常就是我在森林中靜坐時，聽到風聲鳥聲或者

抓走，蟻群又獲登山客殘留食物而大量繁殖，故應動手搶救鳳凰樹。

21 吳錦發主講，凃幸枝整理，〈從人文觀點談柴山〉，文收《柴山主義》（台中：晨星，1993），頁41。

22 詳見蔡幸娥的〈新桃花源〉及吳錦發的〈柴山舊部落〉二文，文收《柴山主義》（台中：晨星，1993）。

莢果爆裂的聲音，猛然心驚而起的醒悟……」[23]吳錦發把這樣的「荒野之聲」與體驗了悟帶進都市，那是一種在「都市」的日常生活中反省、思索、希求簡樸生活的心態；以自然為引，帶出諸多日本禪宗的典故，他在書中闡述這種反璞歸真的理念，並述說在大自然中獲得的美好經驗與生命啟示。

王家祥的野地修行經驗更早，他的第二本自然寫作—1992 年的《自然禱告者》一書已出現「期望自己成為一名虔誠的自然信仰人」這樣的信念[24]；而歷經柴山自然公園促進會大量心力的投注，五年後出版的《四季的聲音》一書更視荒野為現代修行者的「辟支佛道場」[25]。凃妙芬（按：即凃幸枝）說，「『秋日的聲音』可以看出小乘佛教阿姜查法師的森林修行智慧，引領著他尋找內在心性的聲音，就像他以前常告訴我：『我在大自然中修行，大自然是我的道場。』我曾對他說辟支佛的故事，見到他寫『辟支佛的道場不見了』，我知道他關心土地的心切熱腸未曾消逝……」[26]

> 躺下來，體貼大地；有時候，體悟便應運而生，非常自然。在野地裡徒步，旅行，觀鳥，捻花惹草，感覺累了，隨時可以躺下來休息；躺下來時便可以看見天空，其實不知不覺是一種靜心的過程；時常躲在沼澤岸邊的禾草叢中以安靜的姿態觀察水鳥，自己更像一隻蟄伏不動的蒼鷺；空無一人的海岸沼澤地，疏懶閒適又安靜的氛圍很容易使人昏昏欲睡。此時被海風梳理倒伏於地的禾草便成了柔軟的床；而且候鳥來臨的季節已屆草木蕭瑟的秋冬之際，枯黃的禾草正好乾燥有彈性，成為秋日沼澤地上最好的黃金床褥；有時看鳥不是鳥，在野地裡曬著暖洋

---

23 吳錦發，〈自序—大地之心〉，《生態禪》（高雄：串門，2000），頁 6。

24 王家祥，〈為這片大地禱告（自序）〉，《自然禱告者》（台中：晨星，1992）。

25 王家祥，〈辟支佛的道場不見了〉，《四季的聲音》（台中：晨星，1997），頁 46~47。

26 凃妙芬，〈福爾摩沙的自然和歷史旅程—序「四季的聲音」〉，《四季的聲音》（台中：晨星，1997），頁 12。

> 洋的陽光，趁著秋高氣爽的日子睡上安靜又慵懶的一覺，成了旅行的最佳享受；偶而我苦候多時，候鳥群始終知道我的存在而不敢接近，反倒等我全身放鬆，沉沉入睡之後，鳥群知道我的威脅已除，便紛紛降落在我沉睡的岸邊覓食。[27]

能在野性十足的大自然中全身放鬆，融入自然，就好像被觀察的水鳥放鬆，接受觀察者一樣，並非一蹴可幾的，「春日的海風濕沁微涼帶著南方初醒的雨水，夏日的海風涼快飽滿鎮日翻湧不停，秋日的海風乾爽溫柔安靜而閒適，冬日海風必須有暖陽配合，否則得添加衣物或躲在避風的岩壁，才不會在沉睡中著涼。高雄人還能夠在毗鄰高雄海岸的柴山森林中，找到一處安靜可以沉沉入睡的秘密花園；醒來時周旁堆滿了落葉，有風吹過樹梢的聲音，有鳥鳴叫；那一刻的幸福是必須經過覺醒且放下的訓練才能得來的。許多人進入森林之中卻視而不見……」[28]（底線為筆者所加）

吳錦發靜坐的生態禪、王家祥躺下的修行，都在大自然聽到荒野之聲、四季的聲音，那其實是受大自然誘發的內心之聲，是被都市文明層層黏糊綑綁扭曲而喪失清明自見能力的心性。「小乘佛教的經典記載著一種修行者叫辟支佛，因為見到飛花落葉而悟道成佛。」[29]但不同於簡樸隱逸文學追求一己心性環境的圓融為滿足，吳、王二人的批判性在於希冀自然道場的長存與自然同修的增加，反對人類無知對大自然造成無可彌補的傷害，分享在大自然中體悟的美好感受，因此王家祥會有〈辟支佛的道場不見了〉一文，述說一群生錯時代的「現代辟支佛」抗議修行的道場將被闢為高爾夫球場，他們快要沒有一處可以靜心修行的道場了；而「那是飛花落葉所帶給他們的覺悟力量，見過

---

[27] 同上，頁 20。
[28] 同上，頁 21。
[29] 王家祥，〈辟支佛的道場不見了〉，《四季的聲音》（台中：晨星，1997），頁 46。

之人皆深恐那永恆的景象無法伴隨在人生的修行路上……。」[30]而吳錦發會寫下〈行動的美學〉，並在〈捨棄〉一文中提及一種具行動力與積極意義的捨棄，他舉魯凱族作家歐威尼放棄都市高薪，重返舊好茶從事族群田野文化工作，以及作家鍾鐵民捨棄退休後平靜安逸的田園生活，投入反對美濃水庫興建的「戰鬥」行動二例[31]，見証這種另類的捨棄。

上述王、吳二人皈依自然的文學，事實上已超越一般自然寫作簡樸隱逸生活文學的泛「出世」精神，而從利己的思惟進入更高層次的利他思惟，具有為己亦為人在現下開創理想生活環境的「入世」的積極意義。

除了身體力行的環保文學、皈依自然的文學，「南方綠色革命」自然寫作的第三個文本特色是「人情味」十足的生態觀察文學。

以《柴山主義》一書為例，書內卷一的「自然公園備忘錄」各篇、卷二的「柴山演講記事」各篇、卷四的「柴山保衛戰」各篇，可視為自然寫作中的環保文學來看待，而卷三的「柴山文學」則在性質上比較偏向自然生態的觀察記錄，卻又處處流露一般野地罕見的人情味，顯示柴山獨特的人文生態。

因書寫者長期浸淫在這片土地（指柴山），其觀察細微深入，並非走馬看花式的皮相記錄或生態知識的抄寫；兼以柴山具有都市荒野的特色，人與動物的交流密切融洽，所以其生態書寫往往極具「人情味」，雖未將生態系統高抬到主體的地位，但亦非單純地視生態為客體，而是呈現一種難得的主客交融的現象，是台灣其他荒野所罕見的。

例如洪田浚的〈迎賓樹〉及〈彈射花粉的男生樹〉二文，以擬人化的口吻來形容生態景象，稱登山口附近常見的恆春厚殼樹為「迎賓

---

30 同上，頁 47。

31 吳錦發，〈行動的美學〉、〈素樸〉，見《生態禪》（高雄：串門，2000），頁 33~35、104~106。

樹」，並以樹與蟲、蟲與鳥之間的「鬥智」來形容、描述樹與蛾類幼蟲、赤腹鶇三者間形成的生態系統的奧妙循環關係，讓讀者有興趣閱讀，也更容易懂，充分達到柴山文學為生態運動服務的目的。又如以「男生樹」、「女生樹」來形容雌雄異株的構樹（鹿仔樹），這並非作者的創見，而是獨特的柴山文化形成的一種約定俗成的「俗稱」，它代表的是人與自然生態的交融，已到了將植物擬人化的親近親暱程度。

> 大家順著他的手指往外看，果然天空中一陣接著一陣的爆裂聲，聲響輕微，每發生一次「噗！」，就有一團濃郁的淡紅色花粉彈射出來，猶如一股煙霧，先濃後淡，然後被山風刮[32]向樹林裡去，消失無蹤。[33]

洪田浚這段描寫，來自細心的臨場觀察。而王家祥筆下的鹿仔樹面貌更豐富，充滿歷史想像：

> 我在四月之時，能夠告訴學員們，雄性的鹿仔樹群（構樹）已經準備好彈射牠們的花粉至空中，藉著風傳送給雌性的鹿仔樹群，舉行一年一度盛大的隻團婚禮。那是柴山森林惹人側目的愛情故事，地點在我們慣稱的男生宿舍與女生宿舍。鹿仔樹說來可話長……[34]

接著王家祥的筆帶領讀者深入歷史時空，重回並探訪西拉雅馬卡道族逐鹿台灣西部平原的情景：

> 由此可見，以鹿仔樹為首的土地生產結構，在西部平原的疏林、丘陵、沼澤、叢林的生態系中安穩了幾千年，鹿群與平埔族原住民（其實是多種族多部落的型態）皆在鹿仔樹叢林中衍生了

---

32 「刮」字應為「颳」，惟為減輕本文字數負擔，所有引文皆從原書，原書如有錯字，不予更動。
33 洪田浚，〈彈射花粉的男生樹〉，文收《柴山主義》（台中：晨星，1993），頁 117。
34 王家祥，〈自然公園的夢想〉，文收《柴山主義》（台中：晨星，1993），頁 177。

> 許許多多的世代，直到後期渡海而來的異族不斷湧入災難；至今，我們仍然可在柴山山腳干擾與破壞旺盛的次生林生態中，找到以往的蛛絲馬跡。打狗社遺址就遍佈在以鹿仔樹為主的這片次生林中；森林邊緣的山腳、海水已遠退一百年了，從前是沼澤、淺海，與紅樹林。山腳的森林被原住民燒墾了又長出，被漢人伐採當柴燒又長出，被日本人種上相思樹又用光；其中，鹿仔樹似乎不曾撤退，在不同的年代依舊長得很茂盛。[35]

歷史人文的、充滿時間感的、滄海桑田的縱深，就這樣被帶入自然生態的觀察寫作中，讓自然地裡景觀更立體更豐富，也更傳達出作者的企圖。藉由遠古的想像與歷史的回溯特寫，作者想說的已然不僅止於景物生態，背後其實有更深厚的人文訴求：

> 鄉野間的鹿仔樹似乎很少有機會從灌木再長高點成喬木，一直被「干擾」、「修理」、「砍除」，但只要梢微荒廢久的土地，牠便又欣欣向榮地生長起來。柴山的鹿仔樹比較幸運，有些已經具備喬木的架勢。從大型灌木再長高成中型喬木，鹿仔樹的路途走得很艱辛，脾氣也很好，牠一直眷戀著這塊土地。[36]（底線為筆者所加）

至此，南方綠色寫手不僅將自然景物（構樹）擬人化[37]、歷史化，還進一步投射出作者自我朝向「本土」與「主體」建構的欲望與理想，與景物合而為一了。

[35] 王家祥，〈自然公園的夢想〉，文收《柴山主義》（台中：晨星，1993），頁179。

[36] 同上，頁180。

[37] 除了植物，《柴山主義》一書中將動物擬人化的情形亦俯拾皆是，如王家祥在〈我的確聽見了歲月的聲音〉一文中提到「韓德森是一隻毛髮光亮，愛舉尾的大公猴，因為牠長得英俊又強壯，有人牠『帥哥』，有人叫牠『緣投仔桑』，韓德森便是取自英語英俊的發音。」見《柴山主義》，頁148。

最後，筆者認為，做為「南方綠色革命」自然寫作最重要的一個文本特色是它體現了一種朝向歷史的地誌書寫與「文明荒野」式的環境倫理觀。

事實上，上述生態觀察文學已觸及自然誌與地誌書寫；而簡樸生活文學部分，作者也已開始闡釋其環境倫理觀及土地美學與自然哲思。

自然誌（natural history），簡單的講就是自然的歷史、環境的歷史，它關心的不只是眼前可見的實景實物而已，還包括造成今日景物與景觀的可能的、過往的歷史發展脈絡，所以談構樹必往上談到鹿仔樹，再往上談到梅花鹿與馬卡道族。地誌（topography）則由地圖的概念發展而來，從圖繪而文字，用以描述地理地形地物，再擴及風土誌的研究，詳盡土地的人文歷史，所以地誌實包括一地的自然生態也包括一地的人文歷史。

由一塊土地出發，窮盡其可能面向，自然會由現下可見的時空往不可見的過往時空發展，人文歷史於焉浮現，土地因此更立體更豐富，更有利教化，而教化的目的不全然是人類中心的，它勢必往生態中心的環境倫理觀及土地美學發展。洪田浚的《壽山的人文歷史》一書即展現南方綠色書寫自然觀察之外的文史視野：

關於壽山（柴山）和半屏山上的山羌，地方父老都有記憶，直到光復後六十年代，山上每逢豪雨之前，山羌必然大聲哀呼鳴，其聲如嬰啼哭，令人悲愴。不僅老山羌會長鳴，一般山羌也會啼叫，是柴山、內惟一帶居民慣常聽到的聲音。

> 地方耆宿林曙光，談起壽山、半屏山的山羌，則有不勝唏噓之感。他舉「鳳山縣誌、叢談」的記載：「半屏山常有獐，在山巔鳴，則近地有火災，甚驗。採捕者見之，捕不可得。聞其鳴，則人知戒火。後莫知所終，今已絕跡。」
>
> 壽山的山羌長鳴，就有暴風雨，半屏山的山羌長鳴，就會發生火災。這代表山羌通靈，能夠預先感知災變的來臨，而對同類

> 發出長鳴，以為示警。過去原住民虔信鳥占，以鳥聲占卜吉凶，打狗先民則以山羌鳴聲預知災變，可見山羌是吉祥獸。[38]

目前柴山及半屏山的山羌已絕跡，但透過洪田浚蒐集整理的資料，我們得以認識到早期高雄人與野生動物間的連繫並非全然只有獵捕。洪田浚引耆老口述提到柴山因日本人介入而改變林相與動物生態，柴山原本沒有相思樹，大正時期由日人引進，昭和時期始開放民眾取材薪，先是三株准砍一株，後兩株准砍一株，最後全遭砍光，才改種芒果、荔枝；又言，壽山獼猴一度被抓光，那是因日本港務局長的太太上山時，陽傘被猴子搶去撕破，大怒，命令日本憲兵上山捉猴，抓不到，才出賞金動員柴山居民上山以網圍捕。但洪田浚也寫道：

> 內惟父老不抓獼猴，過去獼猴經常下山偷摘龍眼，老一輩的人有一種習慣，認為獼猴像人，是吉祥動物，就任其採食並不趕走，更不會加以捕捉。
>
> 壽山的老鷹非常多，經常在天空中盤旋，伺機捕抓捉樹林中的赤腹松鼠。老鷹也常到內惟埤去捕魚吃，每一天祗要台泥的煙囪冒煙，老鷹就隨熱空氣盤旋上升，然後悠然滑翔，用銳利的眼神尋找獵物。眾多的老鷹，成為壽山佳景。牠們每到繁殖季節，總會偷取內惟人晾晒的衣服，如毛線衣、卡其褲去作巢，給小鷹造一個舒適的窩。[39]

人不抓猴，任其摘食水果；老鷹乘煙囪氣流上升，以人類衣物作窩。可見早期人與動物的關係有時相當親近的，並非總是殺戮。自然誌與地誌書寫帶出自然的變遷，也帶出人文歷史的演變，更暗示人類與其他動物及自然環境可以有更美好的倫理關係。

---

38 洪田浚，《壽山的人文歷史》（高雄：柴山自然公園促進會，1995），頁 59。

39 同上，頁 61~64。

由柴山經驗發展或強化出來的環境倫理觀具體展現在王家祥的創作上。王家祥早在投入南方綠色運動前的《文明與荒野》一書就表露了他的環境倫理觀與土地美學，包括早期對自然的浪漫想像與「文明渴求荒野」的希冀。他說「我們通常不願承認其他生物的智慧及尊嚴，認為有辱自己萬物之靈的地位。可是往往在觀察研究自然之後，卻又不得不佩服與讚嘆生態與生物運作之巧妙與智慧。並且從中學習模仿。」[40]又說「我們是否得重新學習對自然的敬畏？對萬物的尊重？我想，答案肯定無疑。敬畏自然萬物，即是敬畏生命，尊重智慧。對自然存著一顆心的人們隨時可拾取野地裡的智慧。」[41]王家祥認為荒野中的生物各有不同的智慧，甚且「是否得重新思索且肯定生物界中，高等動植物存具思考的能力，感情及感覺的官能。」[42]因此王家祥在獲得1987 年時報文學獎散文評審獎的〈文明荒野〉一文的結尾中寫道：

> 在平地平凡無奇的任何一處沼澤、濕地、樹林皆需思考其存在的價值。隱約中，可以感覺出平地農業區和周圍的荒野地在古老的時代曾存著複雜而互助的關係。正當逐漸明瞭這些關係的生態學家及保育學者奔波忙碌之餘，我寧願文明社會對鄉野的美學及情感因素發揮更大的力量，而情不自禁地說：我們需要荒野。[43]

可以說，王家祥的環境倫理觀具體表現在「文明荒野」此一理念上，它肯定自然生態的價值，並訴諸理性與感性（文字之美、文學性）來傳達保護野荒的意念。其環境倫理觀與美國環境倫理學家霍爾姆斯・羅爾斯頓的「自然價值論」類似，羅爾斯頓認為環境是人類必需面對的課題；而要解決此一生態危機，他的觀點屬於「生態中心論」，

---

40 王家祥，《文明荒野》（台中：晨星，1990），頁 46。
41 同上，頁 48。
42 同上，頁 74。
43 同上，頁 82。

比「生物中心論」及「動物解放／權利論」更基進，自然不是「人類中心論」；其倫理學立基於「自然價值論」，較「大地倫理學」及「深層生態學」更強調——自然生態系統不僅只具有人類中心論認為的工具價值，它還擁有客觀自足的內在價值、甚至更完整的系統價值。羅爾斯頓並相信已進化出一種「物種利他主義」傾向的人類，具有側隱之心，願意負起保護生態系統穩定的客觀義務，以展現人類的價值與尊嚴；他強調，「人們應當保護價值—生命、創造性、生物共同體—不管他們出現在什麼地方。」[44]

王家祥文明荒野的理念，事實上是要在文明（都市）中、文明（都市）近緣尋求並保護荒野，他心目中的荒野並不一定是遙遠的、渺無人煙的「蠻荒」之地，而是可以讓文明人、都市人隨時進入融入其中的近易野地。野地，「不管他們出現在什麼地方」，其價值不會因此減損，站在人類使用的立場上，反而是這種文明荒野對都市人更具有救急解荒之效，而對地狹人稠的台灣特殊環境而言，文明荒野不僅更能恰當的形容台灣的荒野與文明之近，現實上若能有更多這類文明荒野的出現，毋寧是更切實際的。

《文明與荒野》一書雖初步展露王家祥的環境倫理觀，但其真切實踐卻要到《柴山主義》階段，因為集體性的行動力量與書寫力量才大告成功，這也隱合了羅爾斯頓的環境倫理學重視實踐，能與現實生活結合，不流於紙上空談的理念。楊通進認為，「西方的大多數非人類中心論的環境倫理學理論都只注重探討人對非人類存在物的義務，而沒有把這種義務與人對人的義務聯系起來加以思考，沒有探討為實現人與自然的協調，人與人的關係必須進行哪些調整的問題……」[45]這已觸及生態政治學的領域，而綜觀南方綠色革命的社會運動、公共議題、

[44] 這一段有關霍爾姆斯·羅爾斯頓學說的引述，詳見氏著《環境倫理學》（北京：中國社會科學出版社，2000）之〈譯者前言〉及內文。

[45] 楊通進，〈譯者前言〉，見霍爾姆斯·羅爾斯頓《環境倫理學》（北京：中國社會科學出版社，2000）之〈譯者前言〉，頁14。

公眾參與、政治操作等屬性；以及鄭水萍強調的「都市生態運動，作戰的對象是人類自己」的主張[46]；兼及其被冠上南方綠色「革命」等現象來看，「文明荒野」理念的實踐確實也著重調整「人與人的關係」，包括對一般大眾的教育與對政治人物的合作抗衡，才能在政治性中逃出光靠自然寫作及文學性可能屢戰屢敗的宿命。一如王家祥所言：

> 這幾年做下來，大肚溪口、竹滬鹽場，我發現我沒有辦法安心作樣區的觀察，似乎一直是在作搶救的工作，我的樣區總是在我剛選擇好不久，就面臨被毀壞的命運，沒有辦法長期去觀察它。因此我寫的文章，往往都在呼籲、搶救。一塊美麗的鄉野，總是還未留下觀察記錄，一、兩年間就驟然消失了……所以我一直在做搶救的工作，好像沒有一次搶救成功的例子，都是在很失望、挫折的情況下，撤手離開那個原本美麗的觀察樣區。[47]

從冷靜客觀的自然觀察者、感情流露的自然書寫者，到情緒激憤的呼籲者，再到付諸實際行動的搶救者、參與者、實踐者，這種種角色的轉換與結合，都在南方綠色革命中出現，也說明了其兼具坐而言及起而行的環境倫理觀。

文明荒野在南方綠色運動的另一層意義是，人與土地的親近親密關係，特別是柴山特殊的人文現象，這包括山上的奉茶文化、自動撿拾垃圾的精神以及人與動物間的交流互動。這說明了文明也可以在荒野中以謙卑的姿態存在，而不全然是強取豪奪的、破壞性的，不少登山客天天揹著桶裝水上山供民眾飲用（甚至泡茶），連獼猴都受惠（也學會打開水龍頭喝水），有的人沿路撿拾垃圾，而柴山獼猴因習於川流人潮及餵食行為，不僅不怕人，更會主動靠近索食，連生性疑怯的赤

---

[46] 鄭水萍，〈世紀末的港都市民意識與反都市運動——為柴山保衛戰而寫〉，《柴山主義》，頁 265。

[47] 王家祥主講，涂幸枝整理，〈在城市的邊緣尋找荒野〉，《柴山主義》（台中：晨星，1993），頁 44~45。

腹松鼠也會趨近人手叼取食物。這種種，看在嚴苛的生態基本教義派眼裡可能是不足取的行為與現象（例如餵食及棲地干擾），卻是其他地方罕見的土地倫理。植物學家陳玉峰這樣形容柴山：

> 柴山在結合人文方面，她有自主性的人文關懷，有猴子與人的關係，這是國內四個國家公園遠比不上的，光是這點就很值得保存。雖然猴群不是在完全自然的狀態，可是就一個觀察野生生物、猴子的研究而言，柴山是一個特例，全台灣找不到像這麼好玩的地方，她非常特殊、非常珍貴。而站在人的社會觀點，這裡的人自己挑水上來，撿垃圾，這種自發性的愛土地服務，全台灣別的地方也找不到……[48]

他進一步表示：「就全台保育與解說而論，目前柴山的獼猴群的價值，超越任何一座國家公園之任何一處自然解說區；就人與自然野生動物的倫理關係而言，柴山更是台灣時下的唯一，是民間自主性保育的典範，創造草根生態保育文化新傳統。」[49]他強調：

> 柴山最令我流連感動者，是人與自然之間的議題，在此，我找到了民間力量的新希望、新面向，我看到高雄市民自動自發的維持、呵護柴山的任何生命體，自立、自主地創建野地倫理與無形的規範力量，柴山沒有垃圾！柴山處處有良心茶！來這裡的心懂得珍惜大家共有的珍貴自然資產，這正是市民社會（civil society）若干特徵的顯現……[50]

---

48 陳玉峰主講，凃幸枝整理，〈市民自治的柴山—植物學家陳玉峰的話〉，《柴山主義》（台中：晨星，1993），頁 17~18。

49 陳玉峰，〈他們愛柴山的心情，我知道！—柴山生界注〉，《柴山主義》（台中：晨星，1993），頁 230。

50 同上，頁 234~235。

（二）多元的自然寫作形式與發展

南方綠色書寫的文類，除了以散文為主，也發展出詩的形式，最後還往小說的形式轉變、發展。詩的部份，以素有「綠色教父」[51]之稱的醫生詩人曾貴海為主，他的生態詩作除刊於其個人多冊詩集外，亦可由其一本兼具綠色運動紀錄性質的自然寫作散文集《留下一片森林》中輯錄的詩作更扼要的看出：

〈土地刑場〉[52]
消失的先後秩序登錄在刑場
荒野疏林沼澤濕地
平埔阿嬤父母兒女
河川溪流鱸鰻魚蟹蝦
田雞青蛙螢火蟲蚯蚓
野兔田鼠蛇鷺鷥
農藥化肥鋪成的地表
長出水泥樹柏油路和工廠
農民消失後
土地也失去了慈悲

這首詩中，詩人則以「土地刑場」來形容人類對土地及地上物幾近處決的犯案歷史，最後連依附土地而生的人類同類—農民也被犧牲了，人類終將面臨大地的反撲，因為人也是地上物之一，因此詩人才會有「土地也失去了慈悲」這樣的結論或警語。

大體而言，曾貴海的環境生態詩觀具體反映在他的詩創作上，使用口語化、曉暢的文字直抒胸臆，面對快速惡化的環境生態，這樣急切的詩創作方式是可以理解的。不過，這並非他創作的全部，他有些

---

51 曾貴海因領導南方綠色革命而被尊稱為「綠色教父」，詳見王家祥〈扇平溪與綠色教父〉，《四季的聲音》，頁148~152。

52 曾貴海，《留下一片森林》，台中：晨星，2001，頁95。

詩表現出來的諷刺意味頗為含蓄，調子甚至可以說是相當「冷」的。如《留下一片森林》附錄中引用的一首詩〈表弟的房子〉[53]：

來高雄闖了十幾年
表弟把一甲多的祖田賣了
終於擁有一間自己的房子
他說種什麼稻子的
種那些雜草幹什麼？
有天去看他
對講機中傳來舊唱片似的聲音
我推開公寓的電動門
按了鐵柵門外的電鈴
表弟透過電眼瞄了一下
打開裡面的插鎖
一甲地就是縮成這間四十幾坪的空間哪
歐洲風味的裝潢
吸塵器音響健身房和閉路電視
牆上掛了幾幅鄉土畫家的作品

此外，書中詩人另有一篇評論性的文字〈台灣戰後的環境生態詩〉，從現實主義及鄉土文學的傳統出發，強調「環境生態詩就是戰後世代詩人們反抗批判精神的表現，他們強烈地關懷鄉土和人民，期待美麗新台灣的到來。」[54]曾貴海直接點明自然寫作生態詩的本土性格與政治意涵，與王家祥由自然寫作發展出來的台灣歷史小說的本土化政治企圖實有殊途同歸之效。

---

53 同上，頁 170。
54 同上，頁 154。

筆者認為，南方綠色寫作社群文本中揉合自然元素的小說，可視為這一波南方綠色書寫的重要「影響」來看待[55]。唯一在小說此一形式努力的是王家祥，他把自然觀察的心得與體悟，融入對土地空間的田調史料與歷史想像，時空揉合，發展成既虛又實，視野遼闊，關懷性極強的「台灣歷史小說」、「台灣奇幻小說」及鬼故事，包括《關於拉馬達仙仙與拉荷阿雷》、《山與海》、《倒風內海》、《魔神仔》、《小矮人之謎》、《海中鬼影—鯤人》、《金福樓》等書，成績豐碩。

其書寫的地理空間仍以南方（南台灣）為主，其中《山與海》中的〈山與海—打狗社大遷移〉一文，以及《金福樓》一書中的〈柴山99號公車〉更集中書寫高雄柴山一地，是歷史與想像在土地上發酵的結果，仍可視為自然寫作的延伸，自然寫作的痕跡在小說中明顯可見。例如〈山與海—打狗社大遷移〉一文中以奇數編碼來進行虛構的小說情節的發展，中間穿插的偶數編碼則是紀實的自然誌與方志相關編年史料的羅列，虛實交纏，歷史藉由想像舖陳，空間在時間的縱深裡復活幻化，展現歷史小說還原土地、以古鑑今的本土化企圖；而偶數編碼的相關自然書寫與田野史料，我們都可以在《柴山主義》一書作者的文章中找到。

証實台灣歷史小說淵源於自然寫作，其實還可從作者的自述中看出。王家祥說，「早期，我的寫作態度是一種責任的修行，很偶然的，在業餘研究生態之下，開始在荒野中提筆，記下當時的心情與思考。這塊土地的巨大苦難，無形中給了我豐富的養分，我一直寫，似乎她毀滅了造就了我，所以我一點也不快樂……我再也不願目睹一處土地的敗亡，而撤退之日只帶走一篇文章……我卻寫得虛弱無力，沈重而哀傷。」[56]他接著寫道：

---

55 為避免陷入諸如王家祥的「台灣歷史小說」是否為「自然寫作」這樣的爭論，筆者在此將其列為「影響」，表明其受自然寫作的啟發與影響，係從自然寫作轉變而來；至於其中自然寫作的成份有多高，可否列入自然寫作範圍，則暫時擱置。

56 王家祥，〈成蔭之路—賴和文學獎得獎感言〉，《山與海》（台北：玉山社，1996），頁10~11。

> 如今我卻是以遊戲的修行來寫作，暫時逃離了那些慘烈的戰場。我彷彿回到戰場的過去，躍入那些活存過戰場上的人們內心深處。我所看見的台灣是縱深的，是過去、現在以及未來同時存在。我在高雄打狗山的熱帶海岸林小徑中行走，為了寫作〈山與海〉，彷彿看見四百年前的打狗社民與海盜的那一場屠村之戰。或者安靜無聲的那一場激烈血戰仍然在四百年中的森林持續上演，不小心被我這個乘坐著叫「小說」的時光機器的人突破了宇宙的能量，在密林中窺中而得以寫下。這種享受想像力的生活實在有趣……

不論是台灣歷史小說（如《山與海》）、奇幻小說（如《海中鬼影—鰓人》）或鬼故事（如《金福樓》），自然元素的揉入不是只當做一種舞台布景或背景來襯托而已，它其實發揮了兩種潛在的功能，一是自然觀察所得的環境倫理觀，一是具有政治性意涵的本土化論述企圖，前者且以一種尋根復古的歷史傾向指向後者。

〈柴山 99 號公車〉裡，老流浪漢（鬼魂）說的，古部落的老靈魂不會輕易現身，「如果他們願意現身就表示你是個善良的人」；對照作者以第一人稱陳述的，一群吵吵鬧鬧的登山客看不見美麗害羞的翠翼鳩，「只有心中寧靜的人才能看得見翠翼鳩」[57]，已映現作者直通陰界的環境倫理觀。

而王家祥喜歡回到大自然歷史舞台現場，喜歡以原住民為小說題材，描寫其遭漢人外族入侵而瓦解遷移、甚至族群消滅的過程，不只以時間豐富土地的空間想像，更暗喻文明侵吞「荒野」（包括生活其間的台灣原住民族）的血淚斑斑的台灣殖民歷史，嚮往一種曩昔荒野低度利用的古老部落文化。這不僅僅是對現實環境敗壞求治而不可能的補償心理所致，更隱藏深層的政治意涵。

57　王家祥，〈柴山 99 號公車〉，《金福樓》（台北：小知堂，2003），頁 133~172。

認識家祥整整十年了，我們結婚也已經六年了，記得我們結婚時，家祥為一群原住民朋友「原舞者」做記錄，這些原住民朋友竟成為我們尋根的引子，於是我們走入福爾摩沙的歷史旅程，找到了我們的平埔祖遠祖，他大概是馬卡道族的後裔，我或許是西拉雅族的後裔，這一趟自然旅程，使我們學習到尊重生命、尊重自然，加入了平埔族遠祖，則使我們學習慎終追遠，尊重文化。[58]

由自然到歷史，這其中即隱含對土地與個人身世（擴而大之是族群）的追尋，而追尋的目的是為了定位，定位的目的是為了在現世找到座標，為未來找到方向。王家祥與涂妙芬的答案是在對台灣「原生」、「本質」的挖掘中，找到自身所來自、所從去。

七〇年代鄉土文學論爭中互為重疊增強又彼此分化抗衡的「中國性」與「台灣性」，在進入八〇年代後雖歸結在「台灣文學」的集體名號之下，但八〇年代台灣文學「多元和嶄新的面貌」、「邁向更自由、寬容、多元化的途徑」[59]底下，仍持續有中國性與台灣性的論爭進行著[60]，就實際創作成果而言，八〇年代的自然寫作可謂直接承受了鄉土文學論爭中「台灣性」的主張與影響。由鄉土文學當下關懷的文學觀出發，由鄉土文學對「此時此地」（台灣）的土地與人民的關懷出發，自然寫作進一步專注於土地的關懷與書寫，重新探討人與土地的關係。一開始的環保文學階段，它關注的土地是被文明汙染的環境，到了自然觀察文學時期，它已將觸角伸入自然與荒野了。

說詳細點，鄉土文學具有強烈的現實關懷，它的「現實」就是台灣—台灣這塊土地和土地上的人民，並非中國、中國大陸等遙不可及

58 涂妙芬，〈福爾摩沙的自然和歷史旅程——序「四季的聲音」〉，《四季的聲音》，頁 11。

59 葉石濤語，見《台灣文學史綱》（高雄：文學界，2000 再版），頁 150、167。

60 最顯著的是陳芳明與陳映真在《聯合文學》進行的筆戰（因連載陳芳明《台灣新文學史》而造成）。

的國度，「台灣性」的意義在此。惟鄉土文學寫土地是透過人民來呈現，傳達的是傳統上「土地與人民的關係」，仍視土地為客體；但進入八〇年代的自然寫作，土地的主體性已以一種「生態系統」的價值呈現，土地（或說自然環境、荒野）已從客體抬高為主體。鄉土文學「土地之愛」的深化就是自然寫作。

考察自然寫作的發展系譜，我們可以在劉克襄身上看到這種由鄉土文學到自然寫作的演進脈絡。劉氏 1984 年的《漂鳥的故鄉》就是一個鄉土文學與自然寫作「交接地帶」的文本，它以詩的形式呈現，內容大都是政治的、社會的，卻以生態觀察、自然寫作的元素為書名、篇名（指章節名）、詩名，例如以「漂鳥的故鄉」為書名，以「漂鳥集」、「候鳥集」、「留鳥集」、「迷鳥集」、「旅鳥集」為篇名，以「狗尾草」、「觀鳥小記」為詩名等。這種以自然為隱喻的政治詩、社會詩，除了反映作者當時正熱中的賞鳥活動，也象徵詩人從政治挫敗的氛圍中（時仍在解嚴以前）退出，轉向具有「出世」意味的自然觀察，然仍未忘情於政治現實，因而藉由自然元素標出具有政治批判、社會批判的重重心事。這種政治的、社會的批判性關懷，明顯的是七〇年代鄉土文學論爭以來發展出來的，劉克襄詩中濃得化不開的陰鬱失敗氛圍反映出鄉土文學因 1979 年底「高雄事件」重挫後一部分知識份子普遍的失望心境；自然寫作的適時出現，可謂提供了作家一個出口，一個逃離頓挫現實的取徑，因而劉克襄自然寫作初期這種即使徘徊於孤獨的賞鳥旅次仍無法忘情於政治現實的以自然為隱喻的政治詩也就不難理解了。[61]

惟這種逃離是具有生產性的，它由土地與人民的關懷轉往環保的、自然的、生態的關懷，例如〈大肚溪口〉[62]一詩就是明顯的例子，

---

[61] 因本文以南方綠色革命自然寫作社群為主要詮釋文本，故有關劉克襄早期富含自然隱喻的政治詩作，這裡只能點到為止，希望未來有機會再深入探討。

[62] 詩作長達 32 行，詳見劉克襄，《漂鳥的故鄉》（台北：前衛，1984），頁 67~69。

這首詩的出現使得鄉土文學政治性的訴求順利的接合到自然寫作的土地環境關懷上，凸顯出環境的控訴基本上是指向政治的。自然寫作傳承自鄉土文學的政治性色彩，後來因為政治解嚴、政黨輪替等大環境的變遷而逐漸降低，土地、環境、生態的重要性漸漸高過「人」；但自然寫作的發展又勢必一再回返、追問、思索人與土地的關係，從空間而時間、自地理而歷史、由自然而人文，從而豐富自然寫作的面貌與內涵。此之所以，南方綠色革命自然寫作社群本土性、政治性取向重現的原因。我們在王家祥身上看到這樣的發展，但這樣的本土性、政治性（或兩者併稱「台灣性」）已與鄉土文學論爭時的訴求不同；王家祥是以一種追尋、重返台灣自然與人文最初並存的理想狀態的方式，嘗試找到「台灣性」終極的根源。

這種復古、崇古的尋根動作，以原住民歷史小說的內容出現，富含在這塊土地上建構國族神話與傳說的想像與企圖[63]，其最終目標是指向未來的，是台灣文化民族主義的積極表現。這與上述曾貴海批評生態詩時「強烈地關懷鄉土和人民，期待美麗新台灣的到來」的說法，有異曲同工之妙，而整個南方自然寫作社群強烈的本土性格，基本上可做如是觀。

四、結論

南方自然寫作社群擁有相似的環境倫理觀、本土性、在地性（指高高屏的地緣性），他們關注相同的環境議題，使得他們的自然寫作具有重疊性與增強性，因而得以論述社群的形式凝聚力量，形成輿論壓力，迫使執政當局重視，從而達到改善或保護環境的目的。

當然，其「坐而言且起而行」的組織行動力亦值得稱道，比起紙上談兵的自然寫作者，此一自然寫作社群更願意付出心力於綠色運動

---

63 在這一層意義上，吳錦發創作童話故事書《一隻鳥的故事》，亦有「以古喻今」，建構國族的相同想像與企圖。

上；惟這也影響他們綠色書寫的質地，多數人為文負有教育社會大眾保育環境的使命，因此文學性便非其首要考量，反因迫切的使命感而驅使其以大眾通曉的文字來寫作。

可以說，1980 年代以來台灣現當代自然寫作發展演變的歷程，都可以在南方綠色革命衍生的這一波自然寫作中，得到一個具體而微的縮影。但其突顯的真正意義還在於其文字事功上，不論是強烈訴求的環保文學、美妙動人的生態觀察文學、還是深刻反省的環境倫理文學，都與強調行動實踐的組織力量結合，而打破過往自然寫作予人孤獨無力、性格孱弱的印象；此外，表現在文本上，南方綠色書寫注重實踐及實用的「文明荒野」式環境倫理觀，以及它往時間縱深發展，豐富土地想像的美學成就亦十分可觀。

最重要的，還是南方自然寫作社群對土地原質、本真的終極追求，接續了七〇年代鄉土文學的本土性與政治性訴求。這是一種由鄉土文學出發，回返、撫觸、關注、疼惜這塊生養扎根的土地本身，不僅從中獲得新生的力量，更進一步以具有崇古、尋根、原質色彩的書寫動作，藉由富含自然要素的「台灣歷史小說」曲折地回饋並彰顯鄉土文學中的本土化的政治訴求。從鄉土文學到自然寫作，再由自然寫作到揉合自然元素的台灣歷史小說，是一種由人而土地，再由土地回到人的過程，南方自然寫作社群從而將其土地信仰由環境倫理的普遍層次推到具有台灣特殊性的隱含政治認同的本土終極關懷上。

（本論文已刊載於《高市文獻》第廿卷第 1 期，2007 年 03 月）

參考書目

1. 王家祥，《文明荒野》（台中：晨星，1990）。
2. 王家祥，《自然禱告者》（台中：晨星，1992）。
3. 王家祥，《關於拉馬達仙仙與拉荷阿雷》（台北：玉山社，1995）。
4. 王家祥，《山與海》（台北：玉山社，1996）。
5. 王家祥，《小矮人之謎》（台北：玉山社，1996）。
6 王家祥，《四季的聲音》（台中：晨星，1997）。
7. 王家祥，《倒風內海》（台北：玉山社，1997）。
8. 王家祥，《海中鬼影—鰓人》（台北：玉山社，1999）。
9. 王家祥，《魔神仔》（台北：玉山社，2002）。
10. 王家祥，《金福樓》（台北：小知堂，2003）。
11. 吳明益主編，《台灣自然寫選》（台北：二魚文化，2003）。
12. 吳明益，《以書寫解放自然—台灣現代自然書寫的探索 1980-2002》（台北：大安，2004）。
13. 吳錦發，《生態禪》（高雄：串門文化，2000）。
14. 吳發錦，《生命 Hiking》（高雄：串門文化，2000）。
15. 吳錦發，《一隻鳥的故事》（高雄：串門文化，2003）。
16. 孟東籬，《濱海茅屋札記》（台北：洪範，1985）。
17. 凃幸枝主編，《柴山主義》（台中：晨星，1993）。
18. 凃妙沂，《土地依然是花園》（台中：晨星，2006）
19. 洪立三，《小小自然觀察家》（台中：晨星，1996）。
20. 洪田浚編著，《壽山的人文歷史》（高雄：柴山自然公園促進會，1995）。
21. 美濃愛鄉協進會主編，《重返美濃：台灣第一部反水庫運動紀實》（台中：晨星，1994）。
22. 高雄市綠色協會著，《南台灣綠色革命》（台中：晨星，1996）。

23. 陳芳明，《台灣新文學史》1~15 章，（台北：聯合文學，178~208 期，1999 年 8 月~2002 年 2 月）。
24. 陳冠學，《田園之秋》（台北：前衛，1983）。
25. 區紀復，《鹽寮淨土》（台中：晨星，1995）。
26. 葉石濤，《台灣文學史綱》（高雄：文學界，2000 再版）。
27. 粟耘，《空山雲影》（台北：林白，1985）。
28. 曾貴海、張正揚等輯著，《高屏溪的美麗與哀愁》（台北：時報，2000）。
29. 曾貴海，《被喚醒的河流》（台中：晨星，2000）。
30. 曾貴海，《留下一片森林》（台中：晨星，2001）。
31. 劉克襄，《旅次札記》（台北：時報，1982）。
32. 劉克襄，《漂鳥的故鄉》（台北：前衛，1984）。
33. 劉克襄《小綠山之歌——台北盆地四季的自然觀察》（台北：時報，1995）。
34. 鍾怡雯、陳大為主編，《天下散文選 I》（台北：天下遠見，2001）。
35. 簡義明，《台灣「自然寫作」研究——以 1981~1997 為範圍》（台北：政治大學中文系碩士論文，1998）。
36. 韓韓、馬以工，《我們只有一個地球》（台北：九歌，1983）。
37. Benedict Aderson，吳叡人譯，《想像的共同體：民族主義的起源與散布》（台北：時報，1999）。
38. 霍爾姆斯・羅爾斯頓著，楊通進翻譯，《環境倫理學》（北京：中國社會科學出版社，2000）。
39. Mike Crang，王志弘、余佳玲、方淑惠譯，《文化地理學》（台北：巨流，2005）。

國家圖書館出版品預行編目

漫遊與獨舞：九〇年代台灣女性散文論集 /
應鳳凰 編 .-- 一版. -- 臺北市：秀威資訊
科技，2007.10
面； 公分. -- (語言文學類；AG0073)

ISBN 978-986-6732-10-2 (平裝)

1. 臺灣文學 2. 女性文學 3. 散文
4. 文學論文 5. 文集

863.207 96017216

語言文學類 AG0073

漫遊與獨舞
——九〇年代台灣女性散文論集

編　　者 / 應鳳凰
發 行 人 / 宋政坤
執行編輯 / 賴敬暉
圖文排版 / 黃莉珊
封面設計 / 林世峰
數位轉譯 / 徐真玉 沈裕閔
圖書銷售 / 林怡君
法律顧問 / 毛國樑 律師
出版印製 / 秀威資訊科技股份有限公司
台北市內湖區瑞光路 583 巷 25 號 1 樓
電話：02-2657-9211 傳真：02-2657-9106
E-mail：service@showwe.com.tw
經 銷 商 / 紅螞蟻圖書有限公司
台北市內湖區舊宗路二段 121 巷 28、32 號 4 樓
電話：02-2795-3656 傳真：02-2795-4100
http://www.e-redant.com

2007 年 10 月 BOD 一版
定價：420 元

讀　者　回　函　卡

感謝您購買本書，為提升服務品質，煩請填寫以下問卷，收到您的寶貴意見後，我們會仔細收藏記錄並回贈紀念品，謝謝！

1.您購買的書名：______________________________

2.您從何得知本書的消息？

□網路書店　□部落格　□資料庫搜尋　□書訊　□電子報　□書店

□平面媒體　□ 朋友推薦　□網站推薦　□其他__________

3.您對本書的評價：(請填代號　1.非常滿意 2.滿意 3.尚可 4.再改進)

封面設計____　版面編排____　內容____　文/譯筆____　價格____

4.讀完書後您覺得：

□很有收獲　□有收獲　□收獲不多　□沒收獲

5.您會推薦本書給朋友嗎？

□會　□不會，為什麼？______________________________________

6.其他寶貴的意見：____

____

____

____

讀者基本資料

姓名：_____________________　年齡：______　性別：□女 □男

聯絡電話：_________________　E-mail：_____________________

地址：____

學歷：□高中(含)以下　□高中　□專科學校　□大學

□研究所(含)以上　□其他________________

職業：□製造業 □金融業 □資訊業 □軍警 □傳播業 □自由業

□服務業 □公務員 □教職　□學生 □其他__________

請貼
郵票

To：114

台北市內湖區瑞光路 583 巷 25 號 1 樓

秀威資訊科技股份有限公司　　　收

寄件人姓名：

寄件人地址：□□□

(請沿線對摺寄回,謝謝!)

秀威與 BOD

BOD（Books On Demand）是數位出版的大趨勢，秀威資訊率先運用 POD 數位印刷設備來生產書籍，並提供作者全程數位出版服務，致使書籍產銷零庫存，知識傳承不絕版，目前已開闢以下書系：

一、BOD 學術著作—專業論述的閱讀延伸
二、BOD 個人著作—分享生命的心路歷程
三、BOD 旅遊著作—個人深度旅遊文學創作
四、BOD 大陸學者—大陸專業學者學術出版
五、POD 獨家經銷—數位產製的代發行書籍

BOD 秀威網路書店：www.showwe.com.tw
政府出版品網路書店：www.*gov*books.com.tw

永不絕版的故事・自己寫・永不休止的音符・自己唱